LA LOTERIE DE LA VIE

DU MÊME AUTEUR CHEZ LE MÊME ÉDITEUR

Soleil brisé, 2015

MILTON O. WALSH

LA LOTERIE DE LA VIE

Traduit de l'anglais (États-Unis)
par Marie Tillol

Michel LAFON

Ce livre est imprimé en France par
un imprimeur soucieux de préserver l'environnement
à travers des actions d'économie d'énergie, de valorisation
des déchets, d'utilisation de produits moins nocifs
pour la santé des travailleurs.

Titre original :
The Big Door Prize

118, avenue Achille-Peretti – CS 70024
92521 Neuilly-sur-Seine Cedex
www.michel-lafon.com

Pour ma famille : ma boussole.
Et pour le cœur à jamais chantant de John Prine.

« Against all odds, honey.
We're the big door prize. »

« Contre toute attente, chérie.
La loterie de la vie nous sourit. »

John Prine, *In Spite of Ourselves*

Question

Comment se douter que la vie va changer du tout au tout, alors que le soleil s'est levé à l'heure prévue par la science, par Dieu ou par qui-on-veut et que les oiseaux tombés du nid partent à la chasse aux asticots comme si de rien n'était ?

Comment pourrait-on le deviner ?

Et qu'est-ce qui porterait à croire qu'une autre vie nous attend, une autre possibilité peut-être déjà en germe en nous, alors que le trajet qu'on parcourt chaque jour au petit matin est si plaisant, si paisible ? Alors que la chaussée est carrossée, les trottoirs, balayés de frais et que les passants s'y aventurant, à notre image, semblent si satisfaits de remettre leurs pas dans ceux de la veille ?

Qu'est-ce qui pourrait nous le laisser penser ?

Après tout, il ne s'agit que de Deerfield, autrement dit Le Pré-aux-Cerfs ; une ville si banale qu'elle tire son nom de ce qui la caractérise.

C'est un lieu où se balancent des paniers fleuris aux devantures des boutiques, où des fauteuils à bascule attendent nonchalamment sur des porches amènes que leurs amènes propriétaires viennent doucement s'y bercer, comme l'ont fait avant eux leurs amènes aïeux. Où règne un tel silence, en cette matinée, comme toujours sous le ciel étale de Deerfield, qu'on entend juste les écureuils téméraires qui fourragent là-haut dans les branches. Peut-être, à côté, le souffle d'un chien familier posté derrière une barrière familière nous chatouillant la main au passage. Et si cela ne suffisait pas à nous rassurer, à nous persuader que cette journée ne dépare pas dans l'indolore succession des jours entamée il y a si longtemps déjà, les premiers mots qu'on entend ce matin sont également les premiers qu'on entend presque tous les matins, le gérant de l'épicerie où on entre chercher un café nous souhaitant « Une bonne journée », à quoi on répond : « À qui le dites-vous ? »

Comment savoir, alors ?

Peut-être qu'on s'en douterait parce que ce matin-là, à Deerfield, dans cette petite bourgade du sud de la Louisiane, on aurait remarqué une nouveauté dans le magasin. Une machine d'apparence toute simple, installée à côté de la caisse, suffisamment vaste pour qu'on y pénètre entre deux rideaux, comme on entrerait dans une cabine Photomaton à la galerie marchande ou à la fête foraine. Elle promet de nous révéler notre vrai potentiel, ce dont notre corps et notre esprit sont *capables*, grâce au pouvoir de l'ADN. Certains, en ville, ont déjà essayé, on le sait, avec des résultats décoiffants. Une voisine a lancé sa petite entreprise après énoncé du verdict. Un vieux copain accro aux opiacés a décroché, il est clean désormais. Une autre personne, paraît-il, a carrément plié bagage, partie pour des vacances rêvées de longue date qu'elle n'aurait jamais osé organiser avant. Ce genre d'histoire suffit à attiser notre curiosité, à attiser la curiosité de quiconque les entend, comme le ferait la rumeur d'un nouveau régime miracle sans effort – et le tout pour la modique somme de deux dollars.

Aujourd'hui, bien au chaud dans le secret de notre poche, on a justement cette somme. Et, bien au chaud dans notre vie, on n'a pour l'heure rien de mieux à faire. Alors, on écarte les rideaux et on prend place dans la cabine. On glisse les billets dans la fente. L'écran s'illumine.

Un message indique de se saisir d'un bâtonnet dans le présentoir, d'en retirer l'emballage plastique et de le frotter délicatement contre l'intérieur de la joue, on suit les instructions sans ciller et pourquoi pas ? Personne ne nous voit. Et quand bien même ? On le dépose ensuite dans la corbeille prévue à cet effet et on ne peut s'empêcher de tiquer en lisant que pareille démarche admet une marge d'erreur d'un pour cent et que l'entreprise, DNAmix, ne saurait être tenue responsable du stress que la conscience de notre nouveau potentiel pourrait entraîner.

On n'en continue pas moins. On attend le résultat. Mais *pourquoi* ?

Là est la question.

Peut-être parce qu'on fait partie des gens qui ont l'habitude de dire, pour plaisanter : « De toute façon, qu'est-ce qui pourrait arriver de pire ? »

Mais quand on est sincère, et seul, la question qu'on se pose, c'est : « Qu'est-ce qui pourrait arriver de mieux ? »

– 1 –

Les Hubbard

Après trente-neuf ans et onze mois révolus, Douglas Hubbard en avait finalement assez d'être Douglas Hubbard. Résultat : le vendredi précédent son quarantième anniversaire, il s'était offert un trombone. Il en avait envie depuis longtemps et, maintenant qu'il en possédait un, Douglas avait le sentiment que cet objet faisait de lui un homme neuf. Il était si enthousiaste qu'il avait passé un week-end entier à lustrer l'instrument jusqu'à ce qu'il étincelle presque, debout devant le miroir en pied dans la chambre qu'il partageait avec sa femme, à prononcer une succession de noms magiques comme Dizzy Douglas, Herbie Hubbard ou Thelonious Doug. Les premiers jours, il inventa suffisamment de surnoms de jazzman pour mener plusieurs carrières au sommet, sans avoir même porté les lèvres à l'embouchure. Pourquoi s'embêter ? Quand on prend un tel plaisir à simplement s'imaginer dans la peau d'un autre, on peut s'épargner tous les efforts concrets que cette transformation demanderait.

Mais ce soir-là, après une première leçon de trombone tonitruante et maladroite dans l'appartement d'un copain, Douglas Hubbard alla trouver sa femme, écarta l'un des nichoirs à oiseaux en bois qu'elle s'était mise à fabriquer ces derniers mois et déposa son instrument sur la table.

– Bon, ben… c'est officiel. Je ne peux pas aligner deux notes.

– Ne dis pas de bêtise, rétorqua sa femme, avant d'éclater en sanglots.

C'était inhabituel.

Cherilyn Hubbard était d'ordinaire d'humeur gaie et optimiste, à cette heure-ci, l'heure où elle aimait se servir un petit verre, et Douglas était toujours impatient de la voir. Au fil des quinze années de ce qu'ils s'accordaient à nommer un mariage heureux et sans complication, elle était demeurée rousse et fidèle, active et belle à sa manière dépourvue de prétention, et aussi prompte à offrir amour et encouragements à Douglas que le jour où il avait posé les yeux sur elle pour la première fois. Mais ce soir-là, elle se tenait à l'autre bout de leur modeste cuisine, seule, et au lieu d'offrir à Douglas un geste réconfortant, elle s'essuya les yeux au creux de son poignet. Puis elle s'adossa en soupirant au comptoir bleu et blanc, couvert de magazines en cours de lecture. À côté d'elle, une bouilloire chauffait tranquillement sur le feu. Près de l'évier, une boîte de macaronis au fromage inentamée. Non loin, il devait y avoir, Douglas le savait puisqu'on était mercredi, deux steaks hachés grésillant à feu doux dans la poêle avec une noisette de beurre.

Douglas ne dit rien. Au lieu de quoi il prit la veste pliée sur son bras et la déposa sur une chaise, accrocha ses clés au crochet prévu à cet effet au mur. Puis il retira son couvre-chef, une casquette en tweed marron qu'il s'était mis à porter depuis l'acquisition du trombone, et recoiffa vers l'arrière les quelques mèches éparses sur son crâne dégarni. Il savait que Cherilyn se sentait mal, ces jours-ci. Elle avait eu des maux de tête prenants, dernièrement, un ou deux étourdissements. Il comptait évoquer tout ça avec elle. Le nombre de flacons d'aspirine qui traînaient dans la maison, le spray nasal d'antihistaminiques qui semblait rivé à sa paume, le matin, depuis quelques jours. Les siestes à des heures incongrues. Autant de changements mineurs dans une vie de couple, suffisants pour inquiéter le mari attentif qu'était Douglas. Il avait mis tout cela sur le compte du stress.

Cherilyn, depuis peu, était débordée, d'une manière atypique. Elle s'était engagée à vendre ses nichoirs à oiseaux au bicentenaire de Deerfield, le week-end suivant, elle y aurait un stand rien qu'à elle le samedi et le dimanche, en conséquence de quoi leur foyer ressemblait à une sorte d'atelier aviaire. En permanence, un panorama d'une centaine de ces maisonnettes, chacune à un stade intermédiaire de fabrication, alors que l'événement approchait dangereusement. De quoi angoisser n'importe qui. Mais Douglas, sachant combien elle prenait plaisir à les confectionner et que ce stand était sa décision, ne lui mettait aucune pression.

Évidemment, il pouvait y avoir d'autres facteurs, au-delà des nichoirs. La vague de chaleur printanière à l'approche, typique du Sud. L'épuisement de s'être tant occupée de sa mère vieillissante, dont, ils le craignaient tous deux, la tête commençait à flancher. Désormais, Cherilyn lui rendait visite quotidiennement, pour vérifier que tout allait bien ou l'emmener faire une course. Elle avait dû lâcher ses petits boulots occasionnels en ville, lever le pied sur le bénévolat ; c'était peut-être ça qui la minait, songea Douglas. Elle avait peut-être le sentiment que son univers s'étrécissait, devenait trop prévisible, et comme le savait la version de Douglas pré-trombone, c'était de nature à plomber n'importe qui.

Pour autant, la voir pleurer à l'heure de l'apéro était inédit. Il tâcha de ne pas surréagir.

Douglas savait prendre le temps qu'il fallait quand leur couple traversait une mauvaise passe. C'était un bon mari, après tout, un garçon prévenant, il voulait réunir autant d'informations que possible avant d'essayer de lui remonter le moral. Il se contenta de s'approcher, observa ses mains qui cornaient quelques pages des magazines ouverts devant elle, son petit nez couvert de taches de son aux narines frémissantes. Au bout d'un moment, il lui toucha le bras.

– Qu'est-ce qui se passe, ici ? Ça va pas ?

– J'ai fait tomber mon téléphone dans l'huile…

Et ses pleurs discrets reprirent.

– Dans l'huile ? répéta Douglas.

– Oui. En plein dans un grand bol d'huile d'olive. Et maintenant y en a plus. Je l'ai attrapé et il m'a glissé des mains. Il est tombé par terre et il s'est cassé. Mais cassé… cassé ! Je crois bien qu'il est fichu.

– Le bol ?

– Non, Douglas. Pas le bol.

Cherilyn désigna son portable, sculpture misérable à l'écran fissuré plantée dans un bol de riz.

– Je cherchais une recette, dit-elle. J'avais envie d'essayer un truc nouveau et il a bêtement glissé.

Elle se frotta la paume, essayant de convoquer la sensation, de rejouer la scène.

– Puis j'ai voulu jeter un œil aux magazines, mais il y a tellement, tellement de plats différents, là-dedans, Douglas.

Elle marqua un temps d'arrêt, comme pour refréner un sanglot, puis :

– Tellement de choses que je n'ai jamais tentées, c'est vrai quoi, t'as déjà entendu parler du *baba ghanoush* ? On fait ça avec du *tahin*, imagine-toi. Tu sais, il s'avère que, dans certains coins de la planète, on cuisine un paquet de trucs à base d'aubergine. Et je te parle pas de coins perdus, mais de lieux parmi les plus beaux au monde ! Pourquoi on mange jamais d'aubergine, Douglas, hein ? Pourquoi on mange jamais d'aubergine ?

Douglas lui frictionna le bras, un geste apaisant.

– Je ne crois pas qu'on m'ait jamais posé cette question.

– Après, j'ai vu cette recette de bœuf Wellington, fit Cherilyn. Tu connais ? Je me suis dit c'est bon, j'ai de la viande hachée. Du bœuf. On a peut-être aussi un rôti au congélo ? Mais visiblement il fallait une sorte de pâté français bien précis pour faire du bœuf Wellington. Il y a un rayon foie gras, chez Johnson's, Douglas ? Ou même un rayon foie tout court chez Walmart, Douglas ?

Douglas n'avait pas la moindre idée d'où sortait tout ça, et donc plutôt que de lui demander si elle n'avait pas attaqué l'apéro un peu tôt ou d'essayer de faire diversion avec une petite blague toute bête, il vint poser doucement ses mains sur ses épaules. Son corps était aussi brûlant que si elle venait de courir, que si elle avait de la fièvre, et tandis qu'il commençait à la masser légèrement, comme il savait le faire, il vit qu'elle avait consulté une bonne vingtaine de magazines, au bas mot, tous ouverts aux pages recettes. Il reconnut les revues, un abonnement qu'on leur avait offert quelques années plus tôt, qu'ils rangeaient bien alignées sur une petite étagère dédiée dans la cuisine sans jamais s'en servir. Le menu semblait relativement gourmet, devant lui, une série de photos au grain parfait mettant en scène des brochettes de viande et des légumes aux couleurs vives en gros plan, encadrés d'une ribambelle de publicités pour des produits comme le jus de grenade ou le quinoa bio. Il continua de masser doucement les épaules de Cherilyn tandis qu'elle refermait et empilait les magazines, un à un, précautionneusement, sans jamais rompre le contact avec lui, jusqu'à formation d'une pile montant du comptoir jusqu'à son doux menton, qu'elle vint poser au sommet.

Douglas prit sa respiration et tenta :

– J'adore nos burgers du mercredi. Qu'est-ce qu'on ferait d'une aubergine ?

– Je sais, fit-elle, se tournant face à lui. Ça n'a rien à voir avec ça. Ni avec toi. Je suis désolée. Je ne sais pas ce qui m'a pris. Je suis désolée pour le téléphone. Je sais que ça coûte cher.

– Ne t'en fais pas pour ça. On ira t'en racheter un. En attendant, on pourrait peut-être s'ouvrir une petite bière ?

– Je ne sais absolument pas ce qui m'a pris, dit-elle encore, avant de pivoter vers la gazinière. Bref. C'était comment, ton cours ? Raconte-moi tout.

– Tu es sûre ? Parce que tout ici suggère que tu es chamboulée. Signe 1, je ne prends pas grand risque : ton stress au sujet du bœuf Wellington. Signe 2, facile… : les gouttes de sueur qui ruissellent sur ton visage.

– Arrête, dit Cherilyn, et elle retourna les steaks. Ça va, je vais bien. Sérieusement. Je sais que tu dois être dingue d'excitation : ton tout premier cours de trombone ! Comment ça s'est passé ?

Douglas fit le tour de la cuisinière pour se placer face à elle.

– D'accord, je raconte – et il balança les bras comme pour dépeindre la scène. Imagine, si tu le peux, le bruit que ferait un éléphant recevant un coup de pied mal placé.

– Arrête, pas à moi. Est-ce que Geoffrey t'a dit ça ?

– Non. Geoffrey est super. Il n'y est pour rien. C'est juste un peu trop impressionnant, tu vois. Genre, le gars sait jouer de douze instruments différents. C'est un génie.

– Toi aussi, ça tombe bien, dit Cherilyn. Assez de sujets de conversation plombants pour ce soir. Si on mettait de la musique ?

– Vos désirs, dit Douglas, sont des ordres.

Ce que chacun doit savoir, au sujet de Douglas Hubbard, c'est qu'il était, depuis tout petit, un siffleur hors pair. Un miracle vivant, vraiment. Douglas Hubbard savait siffler sur tous les tons, tous les rythmes voulus. Le type était comme un oiseau dans la forêt. Il sifflait constamment, sifflait sans se poser de question, sans que ça ne dérange jamais personne. Pas même les lycéens vautrés, occupés à consulter leurs textos sous la table pendant ses cours d'histoire. Pas même ses collègues rincés, soumis à une énième réunion pédagogique déprimante. Pas même les parents à bout de nerfs pendant les courses, qui s'évertuaient en vain à empêcher leurs gamins de mettre à sac le rayon friandises. Et plus notable, évidemment, le sifflement ne dérangeait pas même sa femme, qui avait vécu ces vingt dernières années en immersion permanente dans ce son-là.

Donc, quand Cherilyn lui annonça qu'elle écouterait bien de la musique, Douglas, sachant ce qui venait de se dérouler, lui sifflota *When You're Smiling* de Louis Prima, un homme auquel il avait songé toute la journée. Cherilyn ouvrit tranquillement la boîte de macaronis au fromage, trifouilla les boutons de la gazinière et, sans cesser de siffloter, Douglas regagna la table de la cuisine et sortit son nouvel instrument de son étui. Il passa un petit chiffon sur le pavillon et remit la coulisse en place. Il le manipula avec les précautions dont on entoure un secret car, pendant bien des années, c'est exactement ce que ç'avait été.

Il avait fallu attendre la veille de son quarantième anniversaire pour que Douglas passe aux aveux. Il avait commencé par avouer à Cherilyn une immense vérité émotionnelle, à savoir qu'il avait le sentiment que son existence était dans l'impasse. Le moment était venu, croyait-il, d'opérer un vaste changement de décor. Puisque les conversations graves de la sorte étaient rares entre eux, Cherilyn comprit qu'il était sérieux et prit place tout près de lui sur le canapé. Elle laissa Douglas dérouler son histoire à sa sauce pleine d'autodérision, le laissa se dénigrer sans l'interrompre. Cela n'avait rien à voir avec leur couple, lui assura-t-il, et il était sincère. Et pourtant il était là, avec sa semi-calvitie vaguement dissimulée par une mèche rabattue de travers. Avec son ventre mollasse. Ses douleurs chroniques inexpliquées lorsqu'il portait telle paire de chaussures. Il n'avait pas de passe-temps sérieux, réalisait-il, pas de trophées dignes d'intérêt à exhiber et n'avait en rien imprimé sa marque en ce bas monde. Chacun de ces constats démoralisants, comme s'il venait tout juste de les lire dans le journal, prenait à ses yeux la force d'un fait indéniable. Même son boulot de prof, lui dit-il, celui qu'il allait fort probablement exercer pour l'éternité, n'était plus si épanouissant qu'autrefois. Il n'avait pas fait éclore de prodige, pas sauvé le début de la queue d'un jeune défavorisé des rues de Deerfield, et se rappelait à peine la dernière fois qu'un élève avait eu la moyenne.

Il était, à tout point de vue, en pleine crise.

Puis, une fois qu'il eut vidé son sac et qu'ils eurent tout deux enfilé leur pyjama et gagné leur lit, Douglas révéla à Cherilyn la vérité nue : il n'y avait qu'une issue possible, il fallait qu'il se rase la moustache et devienne un pro du trombone. C'est ce dont il avait toujours rêvé, lui apprit-il, depuis qu'il avait vu, collégien, un homme jouer du trombone au coin de Bourbon et Royal Street, lors d'un voyage de classe à La Nouvelle-Orléans ; ainsi était née la passion qui allait l'accompagner toute sa vie. C'était peut-être toujours la clé de son attirance pour la musique, du plaisir qu'il tirait d'un concert ou d'un vinyle, de sa révérence pour les maîtres du jazz et du funk, et même la musique symphonique, car il s'était inévitablement imaginé en entendant ça produire un jour ces notes cuivrées. Et comment se pouvait-il qu'il ait déjà quarante ans ? Qu'il n'ait jamais honoré sa promesse ? Au moins un baroud d'honneur, par fidélité à son rêve. Comment se pouvait-il que tant d'années aient filé ? Alors que tout le reste, dans sa vie, était si évidemment heureux et rassurant, confia Douglas, lui restait cet unique regret, qu'il ne pouvait taire plus longtemps. La vie était trop courte. Le temps, une denrée trop précieuse. Son envie, trop puissante. Tout lui semblait évident. Il se blottit contre elle dans la pénombre après avoir parlé, se demandant, au vu du silence, si elle était toujours éveillée, puis si ce n'était pas lui qui dormait, jusqu'à ce que Cherilyn prenne la parole, et lui demande de l'embrasser une dernière fois avec sa moustache. Puis elle murmura que s'il pensait que ça pouvait l'aider à jouer du trombone, elle lui raserait elle-même la balayette.

Il le fit donc pour elle. Elle le fit donc pour lui.

Tel était leur couple.

Ce que Douglas ignorait, en revanche, c'est que ce soir-là, tandis qu'assis à table il astiquait son cuivre tout neuf, sa lèvre glabre parut si étrangère à Cherilyn qu'elle la crut de cire. Le feu du rasoir, ainsi que les rigueurs de sa première leçon de trombone, avaient laissé sa lèvre supérieure complètement irritée et Cherilyn, pour la première fois de sa vie, s'imagina que son mari était un inconnu. Mais son imagination n'en resta pas là.

Comme souvent, lorsqu'une personne s'ouvre avec franchise, les cœurs en face aspirent à faire de même. Par conséquent, depuis que Douglas s'était confié, Cherilyn s'était lancée dans une forme d'introspection de son côté. Quel genre de vie menait-elle, au fond ? Quel genre de rêve avait-elle remisé tandis qu'elle jonglait avec les petits boulots, qu'elle faisait ses achats en ville, qu'ils venaient tranquillement à bout du dimanche en papotant autour des mots croisés ? Et ce qu'on n'avait pas réalisé, était-ce encore seulement des rêves, à bien y songer ? Pouvait-on avoir un destin si on n'en connaissait pas la teneur avant d'avoir parcouru la moitié de son existence ? Et elle, quelle était vraiment sa vocation ? Fabriquer des nichoirs à oiseaux en bâtonnets d'Esquimau ? Tricoter des chaussettes de Noël ? Quels lieux fabuleux avait-elle tamponnés sur son passeport ? Une vie entière à Deerfield ? Était-ce ce pour quoi elle était faite ? Pourquoi rien de plus grand ? De plus grandiose ? N'allait-elle pas passer le cap de la quarantaine, à son tour ?

Oui, ça allait arriver.

Mais plutôt que d'évoquer tout cela avec Douglas, Cherilyn se détourna de lui sans un bruit tandis qu'il revissait son trombone. Elle s'essuya les mains sur un torchon et son regard se perdit au-dehors, par-delà la fenêtre surplombant l'évier. Douglas sifflotait toujours son petit air jazzy et, quand vint le solo, fit mine de jouer de son instrument juste là, à table. Il fit glisser généreusement la coulisse, soulignant chaque note aiguë d'un haussement de sourcils.

Puis il se releva et prit la pose pour Cherilyn, instrument en main, comme il l'avait fait tant de fois depuis son achat. Il redressa les épaules, trombone au garde-à-vous, et lui décocha un clin d'œil. Cela l'avait fait rire, précédemment, mais pas ce soir.

– De quoi j'ai l'air ? demanda-t-il, et il gonfla les joues autour de l'embouchure.

– Prêt à jouer à la cour du roi, je dirais.

– Imagine, Cheri, fit Douglas. Lumières tamisées. Tu es à Radio City. Au premier rang de la salle, parmi les VIP. Que voudrais-tu que je te joue ? Un mot de ta part, et c'est parti.

– Tu sais que je suis nulle à ce petit jeu, dit Cherilyn. T'as qu'à jouer un morceau dans lequel on entend beaucoup de trombone. *Soixante-seize trombones.*

– De la fanfare ? Un soir comme celui-ci ? Jamais de la vie ! Pour mon épouse, la plus belle fille de Manhattan, j'ai envie d'un morceau romantique. Un tempo langoureux.

Il ajusta sa posture et prit une inspiration. Puis il porta l'embouchure métallique à ses lèvres et souffla une note basse et vibrante.

– C'est pas mal, dit Cherilyn. Un peu d'exotisme.

Cherilyn alla vérifier l'eau qui frémissait sur le feu. Les pâtes y faisaient des sauts de dauphin, leur dos bombé émergeant vivement avant de replonger. Un nuage de vapeur vint noyer son visage. Qui aurait pu dire combien de mondes ils s'inventèrent chacun, avant de les laisser échapper aussitôt, tandis que le panache de fumée l'enveloppait ? Il était impossible, même pour elle, d'en tenir le compte. Elle vida l'eau de la casserole dans l'évier, attrapa le lait et le fromage en poudre, et ils passèrent à table.

Douglas déplia une serviette en papier sur ses genoux, saisit sa fourchette et entreprit de racler les traînées de graisse brunâtre sur les bords de son steak haché. Il secoua la bouteille de ketchup, l'esprit tout à l'étrange humeur de son épouse, et dit :

– En tout cas, une chose est sûre : j'adore tes burgers.

– Je me demandais… Tu as vu cette nouvelle machine, à l'épicerie ?

– Ça dépend, fit Douglas. Tu parles du truc qui prédit l'avenir ?

– C'est pas du tout à ça que ça sert.

Cherilyn remua les glaçons dans son verre d'eau.

Douglas était au courant, pour la machine. Elle semblait installée depuis peu chez Johnson's, où elle trônait à côté du gros cube vert dans lequel les gens glissaient leurs petites pièces de monnaie, mais il ne l'avait pas vue de ses propres yeux. Il avait toutefois entendu suffisamment d'anecdotes ridicules ces dernières semaines, de la bouche de ceux qui avaient tenté le coup, pour se dire que c'était probablement une cause perdue. Il était prof d'histoire, après tout, une espèce à qui on ne la faisait pas.

– Ça analyse ton ADN, dit Cherilyn. Et ça te révèle ton potentiel, ce que tu *aurais* pu être si tout avait fonctionné comme prévu. Ce que tu es capable de faire, d'être… Tu m'écoutes ?

– Je crois bien que c'est à ça que jouent mes élèves. Charlie Tate m'a filé un bout de papier l'autre jour, qui lui prédisait une carrière de chercheur en physique nucléaire. Il m'a dit que comme mes cours ne lui servaient à rien, je n'avais qu'à lui coller une bonne note directement. C'est pas hilarant, ça ? Pas simplement l'idée qu'un chercheur en physique n'ait pas besoin de cours d'histoire – c'est déjà en soi un concept horrifique, évidemment –, mais l'idée que Charlie Tate ait des responsabilités tout court. Même ses parents seraient d'accord avec moi. Rends-toi compte, j'ai vu ce gosse gober une gomme. Mais bref, tout ça pour dire que oui, je m'en souviens maintenant.

– Et tu crois que ça pourrait marcher ? demanda Cherilyn. Tu crois qu'il est possible de connaître son potentiel, comme ça ?

Douglas trempa un morceau de viande dans le ketchup et l'avala :

– J'en doute. Par définition, à la base, personne n'a de potentiel gravé dans le marbre. Je ne crois pas. Sans compter l'opposition entre l'inné et l'acquis, comme tu sais. C'est pas à un vieux singe qu'on apprend à faire des grimaces, et patati et patata. L'éternel débat.

– On peut faire des tas de choses, avec l'ADN, de nos jours. Tu sais que Megan Daly a ouvert un stand de glaces après avoir eu le verdict de DNAmix disant qu'elle était faite pour l'entreprenariat. Dès le lendemain, le projet était lancé. En une semaine, c'était plié. On fait la queue jusqu'au coin de la rue pour ses cornets de glace.

– Tant mieux pour elle, dit Douglas, et il le pensait.

– Mais tu trouves ça débile que les gens se lancent comme ça, c'est ça ? Que ce truc les impressionne autant ?

Douglas avait conscience que sa femme le dévisageait intensément, penchée vers le centre de la table, le nœud au col de son chemisier oscillant par-dessus son assiette.

– Les gens ont tendance à s'emballer pour un tas de trucs, dit-il. Mais pour ma part je ne miserais pas trop lourd sur un jeu vidéo.

– Ça n'a rien d'un jeu. Pourquoi faut-il toujours que tu dénigres tout ?

Encore un petit détail qui aurait dû alerter Douglas. Contrairement à ce qu'elle pensait, lui n'avait pas du tout l'impression de dénigrer quoi que ce soit. C'était une expérience insolite, pour eux, d'être assis au même endroit mais de se sentir seuls.

Douglas reposa ses couverts et plongea ses yeux dans les siens.

– Je suis désolé. Je me rendais pas compte.

Cherilyn se prit la tête dans les mains. Sa fourchette émergeait entre son pouce et son index, chaque dent plantée dans un unique macaroni, manœuvre qu'il n'avait pas remarquée tandis qu'il mangeait. Son attention se porta sur l'assiette devant elle. Les pâtes avaient été dispersées sur le pourtour, formant des tas de la hauteur exacte du pavé de viande, resté intouché.

– Sans doute que moi, tu ne me dénigres pas, dit-elle. Mais tu n'as pas idée de ce dont je te parle. Je suis désolée. Je sais. Je suis juste fatiguée.

Douglas aurait voulu faire une réponse parfaite, formuler peut-être une tournure de phrase plaisante, qui puisse intégralement sauver la soirée – las, rien ne lui vint. À la place, il accompagna chaque bouchée d'un bruit censé suggérer que ce morceau de viande en particulier était encore plus délectable que le précédent. Quand il fut devenu évident qu'elle n'allait pas toucher à son plat, Douglas tendit le bras et échangea les assiettes. Il détacha du tranchant de la fourchette un bout de viande hachée et s'en servit pour saucer le fromage durci.

– Laisse-moi te dire une chose, Cheri : ce repas est tout bonnement divin. Je ne vois pas ce qu'un homme pourrait désirer de plus.

Cherilyn débarrassa son assiette vide et gagna la cuisine.

– Ça manquait de tzatziki, dit-elle. Non, c'est pas comme ça qu'on prononce. Tza-ziz-ki ?

Douglas acquiesça, bien qu'il ne fût sûr de rien, et se mit à siffler l'air de *Pierre et le loup*.

Plus tard dans la soirée, Douglas se cala dans le canapé devant un match de base-ball des Astros de Houston. Cherilyn avait quitté la cuisine pour la chambre d'amis qui leur servait de bureau, sans prononcer un mot. Au bout d'une heure, Douglas était allé la trouver : elle était assise à la table, plongée dans un gros bouquin, la main gauche glissée dans son chemisier. En poussant la porte, Douglas la vit se caresser mollement le téton.

– Cher ?

La main de Cherilyn quitta promptement son chemisier et elle leva la tête.

– Hein, quoi ? Ça me démangeait.

– Qu'est-ce que tu fais ici ?

– Ton ordi met des plombes à s'allumer, alors j'ai pris un bouquin.

– Tu veux pas venir regarder le match ? On mène dans la cinquième manche.

– Je sais pas trop, dit-elle. Je connais plus les joueurs. Leurs noms se ressemblent trop, je les mélange tous.

– Viens simplement t'asseoir à côté de moi, alors. T'as qu'à prendre ton livre, si tu veux. Je suis tout seul au salon, et tu me manques.

Le livre que lisait Cherilyn était intitulé *Le Pouvoir en héritage – Une histoire mondiale*. C'était un manuel dont Douglas se servait au collège, pour ses élèves de dernière année, avant la refonte des programmes. Cherilyn y glissa un crayon en guise de marque-page et suivit son mari jusqu'au canapé. Elle croisa les jambes et plaça un coussin sur ses cuisses. Jeta un œil à la télévision. Estenitando Escarbiones était sur le marbre, avec une moyenne à la batte pas terrible.

– Tu vois, qu'est-ce que je t'avais dit ? fit-elle quand le commentateur eut annoncé son nom.

– Le monde ne connaît plus de frontières, dit Douglas, qui se mit à siffler une vieille rengaine mexicaine.

– Tu l'as dit.

Sur quoi Cherilyn reprit son livre. Douglas l'observa. Elle feuilletait les pages, passant en revue les photos de ducs et de duchesses, de rois et de reines.

– Qu'est-ce que tu lis ? demanda-t-il bien qu'il le sût pertinemment.

Elle désigna un paragraphe.

– Tu savais que, parmi les cinquante hommes les plus riches de la planète, vingt sont des émirs du pétrole ?

– Je le savais, oui. Ou, du moins, ça a été le cas à un moment donné.

– Regarde celui-là.

Elle tourna le bouquin pour qu'il voie.

– Encore un nom que je ne saurais pas prononcer.

L'homme posait en habit de cérémonie, à côté d'un chameau dont la couverture rouge était brodée de fil d'or.

– On dirait bien que c'est un prince. Il a une sacrée moustache. Comme toi, à l'époque. Il vient d'où, à ton avis ?

– Sans doute d'Arabie saoudite. Ils ont des princes, là-bas.

Cherilyn se leva pour aller consulter le planisphère que Douglas avait accroché au mur d'en face, longtemps auparavant. Ses doigts glissèrent sur le cadre en verre jusqu'à repérer l'Arabie saoudite, qu'elle tapota du bout des ongles.

– Voilà, c'est ici. J'ai trouvé.

Cherilyn regagna ensuite le canapé sans un mot. Elle continua à lire le volumineux ouvrage jusqu'à ce que son mari s'endorme. Finit par éteindre la télévision et le réveiller. Le guida dans la chambre où, une fois qu'ils furent sous la couette, elle eut à son égard des gestes mille fois répétés qui signifiaient, Douglas le comprit aussitôt, qu'elle voulait faire l'amour. Après quinze années de mariage, c'était une demande de plus en plus rare, aussi Douglas, tout ensommeillé qu'il fût, s'empressa-t-il d'y répondre. Les dernières occasions de ce type lui revinrent en mémoire, trois fois peut-être depuis Noël, la toute dernière en date : après une soirée bien arrosée au gala de bienfaisance à l'école, un interlude impromptu sur le canapé du salon, pas du tout dans leurs habitudes, et il orchestra cette nouvelle scène selon le rituel si souvent mis en œuvre depuis vingt ans qu'ils étaient ensemble. Puis, reconnaissant, satisfait, il s'effondra sur elle.

La vie, à cet instant précis, n'allait pas si mal.

Ce qui alerta Douglas, pourtant, et c'était un fait sans précédent dans l'existence conjointe qu'ils menaient depuis si longtemps, fut ceci : une fois que ce fut fini, Cherilyn voulut recommencer.

– Mais peut-être que cette fois-ci, souffla-t-elle, on pourrait y aller un peu plus fort ?

– 2 –

Jacob

Il avait les traits de son père. Cela avait peut-être du bon.

Des traits qu'il avait un temps partagés : les traits de son jumeau. Jacob ne l'oubliait jamais.

Mais comment le voyait-on, à part ça, en tant que personne ? Jacob n'aurait su dire. Comme un gamin de seize ans ? Une grande perche ? Un gars invisible ? Comme *l'autre* fils Richieu, l'éternel numéro 2, ainsi qu'il l'avait toujours été ? Qu'avait-il fait pour se démarquer ? Il avait remporté un concours d'orthographe ? Joué aux Pokémon ? Obtenu une bourse d'études grâce à une note démente en maths ? Cuisiné un soufflé ? Été nul au basket ? Tu parles d'un CV. Jacob s'interrogeait : comment faire mieux ? Comment progresser ? Y avait-il seulement quelque chose dont il ait envie ? Et où était passée la colère qu'il était censé ressentir après la mort de son frère, toute cette rage qui l'avait habité les premiers temps ? Et puis comment faisait-on encore pour rationaliser un numérateur ? On multipliait le numérateur et le dénominateur par $\sqrt{ax} + b + 2$? Est-ce qu'on était jeudi ? Le jour des tacos ou des nuggets à la cantine ? Et elle, à quel point était-elle sérieuse à son sujet ? Et au sujet du reste ? Pouvait-il lui poser la question ? Être sincère ? Pouvait-il lui dire qu'il voulait laisser tomber ? Quelles cartes avait-il en main ? Comment pouvait-il, lui, la personne aux commandes de ses pensées, ne pas avoir le moindre début d'idée de qui il était ?

Jacob n'eut pas le temps de développer davantage car, derrière lui, deux garçons firent leur entrée dans les toilettes. Il leur jeta un regard rapide dans le miroir des lavabos, n'éprouva ni peur ni plaisir à leur vue, et se replongea dans la contemplation de son visage. Il s'agissait de Randall Wilky et de Brett Boone, que Jacob connaissait de vue comme chacun les connaissait à Deerfield Catholic, mais ces garçons comptaient vraiment pour rien, un jeu à somme nulle dans l'équation de la vie de Jacob. Ils étaient en troisième, Jacob, en première, et étaient si accaparés par leur discussion qu'ils ne remarquèrent même pas sa présence.

– Une meuf peut t'allumer, te tailler une pipe, mais personne, jamais, ne t'allume une pipe, ducon, dit Randall. T'es teubé ou quoi ?

– Ouais, je suis teubé, mon gars, d'ailleurs mate-moi cette grosse teube, Jenny la mérite pas.

Eux aussi ? se demanda Jacob. Déjà, à leur âge ?

Il s'arracha une petite croûte sur le menton et se lava les mains. Il détacha une longue bande de papier rugueux du distributeur d'essuie-tout, qu'il pressa contre sa peau jusqu'à ce que le sang ne perle plus. Comme il se dirigeait vers la porte, il frôla les deux garçons se rendant aux urinoirs.

– Quoi de neuf, Jay ? fit Randall. Hé, toi qu'es malin, tu peux expliquer à ce mec c'est quoi « une pipe » ? Il connaît pas l'expression.

– C'est pas une expression, c'est un nom commun, répondit Jacob. « Tailler une pipe », c'est une expression.

– Ouais, si tu veux, reprit Randall. En tout cas Brett serait trop con de dire non à une meuf qui s'appelle Jenny…

– … tal ! Jenny Génitale, la pipe fatale ! beugla Brett.

Éclats de rire gras des deux, qui entrechoquèrent leur poing par-dessus les pissotières tandis que Jacob resserrait les bretelles de son sac à dos. Il s'arrêta un instant sur le seuil avant de quitter la pièce. Ignorant les graffitis familiers qui s'étalaient partout, il se concentra sur le plafond dont le coin gauche était encore vierge, à son grand soulagement. Puis il quitta les toilettes et s'engouffra dans le couloir vibrant sous une cacophonie de portes de casiers qui claquent et de semelles couinant sur le lino, alors que les deux cent vingt-quatre élèves de Deerfield Catholic se hâtaient de rejoindre leur premier cours de la journée.

Jacob entra dans la salle de classe, gagna la place qui lui avait été assignée selon l'ordre alphabétique quelques mois auparavant, tout au fond de la deuxième rangée. Dans les haut-parleurs, la voix du père Peter Flynn crachotait : « Jour après jour… » à quoi les deux cent vingt-quatre élèves de Deerfield Catholic répondaient « … Dieu est bon ». Le père Pete enchaînait avec un « Dieu est bon… » auquel les élèves répondaient « … jour après jour ».

Et c'était parti pour une nouvelle journée.

Jacob posa son sac sur son bureau et laissa tomber sa tête dessus. Ça n'en finirait donc jamais. Chaque jour apportait son lot d'expériences pénibles inédites. En cours, Jacob craignait plus que tout la première heure. Ça n'avait aucun lien avec la matière ni avec l'enseignant, que Jacob aimait plutôt bien, à sa manière discrète.

Cela avait à voir avec la fille large d'épaules qui comatait dans la rangée bordant la fenêtre. Trina Todd, que beaucoup considéraient désormais comme la plus proche amie de Jacob, quand ils ne leur prêtaient pas des liens plus tordus encore. Jacob lui-même, bien qu'il y mette beaucoup du sien, aurait été incapable de définir leur relation. Elle avait été l'ex-quelque chose de son frangin, une des nombreuses ex-quelque chose de Toby, et se trouvait avec lui la nuit de sa mort. Mais pas avec lui dans la voiture. Depuis lors, elle collait Jacob d'une manière déroutante et parfois dure à gérer. Elle l'appelait, lui envoyait des textos, insinuant de façon cryptée que l'accident de Toby n'avait rien d'accidentel. À l'entendre, c'étaient eux, les responsables. Les amis de Toby, tous ces connards du lycée, tous sans exception, mais elle n'avait aucune preuve d'aucune sorte pour étayer son propos. C'était juste une de ces soirées où des lycéens se bourrent la gueule, disait-on, et Toby n'aurait jamais dû prendre le volant.

C'était ce que tout le monde disait, sauf Trina.

Jacob avait tout de même passé des soirées entières à l'écouter, avec peut-être pour seule justification le fait d'entendre prononcer le nom de son frère encore et encore, dans le seul but peut-être de continuer à discuter avec une fille qui voulait continuer de discuter avec lui et, ce faisant, il avouait détester lui aussi tous ces connards du bahut, parce que c'était vrai. La semaine après l'accident de Toby, il avait haï tout le monde. Mais récemment, Trina semblait avoir fait de ce simple aveu une alliance. Elle manigançait quelque chose. Elle allait s'en occuper. Elle lui avait dit qu'ils devaient se serrer les coudes.

Pour autant, cela faisait deux semaines qu'ils ne s'étaient plus adressé la parole au lycée, ou si peu, communiquant quasi exclusivement par le biais de petits mots glissés dans le casier, par texto, ou dehors, dans les bois de Deerfield, qu'ils parcouraient aux heures chaudes séparant la sortie des cours du dîner dans les foyers respectifs où ils n'avaient pas envie de rentrer. Jacob passait donc autant de temps à s'intéresser à Trina qu'à la prendre en pitié, et qu'à être terrifié par elle. Elle dégageait un truc déroutant, comme si elle avait accès à tout un tas de vérités qu'il ignorait, et ce n'était pas une sensation agréable. Était-ce véritablement de l'amitié, ce qui les rapprochait ? Ou la force des choses ? L'attirance ? Le deuil ? Jacob n'aurait su dire. La question qui l'intriguait par-dessus tout, celle qui chapeautait toutes ses pensées dernièrement était tout autre : y avait-il une issue ?

Jacob se redressa en entendant la porte se refermer, s'attendant à voir entrer le prof d'histoire, M. Hubbard. Le gars était accro aux interros surprises et la manière dont il avait discouru pendant les vingt dernières minutes de cours, la veille, sur les conséquences politiques potentielles de l'inévitable extinction du pygargue à tête blanche dans un avenir proche, ou un truc dans le même jus, un truc à propos de choses paraissant hors de notre contrôle alors qu'elles sont contrôlables à notre niveau, qui doivent nous forcer à changer notre symbolique nationale, notre systémique, ou tout autre « -ique », faisait dire à Jacob qu'une interro allait tomber.

Pourtant ce n'était pas M. Hubbard, qui avait donc désormais trois inhabituelles minutes de retard, mais Rusty Bodell qui, avec son mètre soixante-dix et ses presque cent cinquante kilos, son teint blafard et ses pectoraux flasques, pénétrait dans la salle en se pavanant comme un coq, ainsi qu'il le faisait depuis une semaine. Le col de son polo d'uniforme blanc relevé jusqu'aux lobes d'oreilles, les pans de sa chemise pendant sur un short de toile bleu marine, des lunettes de soleil roses sur le nez. Il portait des Nike d'un bleu fluorescent sur des socquettes et la paire de jambes qui en émergeait avait tout l'attrait d'une sculpture en fromage crémeux. Ses bras costauds grêlés de taches de rousseur étaient également remarquables dans leur totale absence d'angles ou même d'épaules, semblait-il, pour autant ils paraissaient opérationnels puisque Rusty les leva pour redonner à sa tignasse carotte son improbable forme aérodynamique. C'était un nouveau style capillaire, pour Rusty, assurément inspiré des pages d'un magazine chez Sup'Hair'Coup', ou d'un film vu récemment, et son maintien curieusement cylindrique rappela à Jacob une coquille d'escargot. Quoi qu'il en soit, il n'y avait pas matière à discuter. Rusty était ridicule.

Et pourtant. Jacob devait lui reconnaître ça. Voilà un lycéen qui avait fait l'impossible. Il s'était réinventé en plein cœur du semestre. Il y a deux semaines encore, il mangeait seul à table, se servant de ses doigts pour enfourner du Nutella à pleine bouche, et maintenant, certes il était toujours seul devant son plateau, mais sapé comme un prince dès 8 heures du matin et sûr de lui comme jamais. À quoi tenait ce changement ? Jacob y voyait plutôt un truc mental, de la même façon que d'autres types désespérés du même âge décidaient du jour au lendemain que ça ne pouvait plus durer. En conséquence de quoi ils intégraient un nouveau groupe, ou essayaient un nouveau sport, ou inventaient une rumeur au sujet d'une liaison avec un prof remplaçant en espérant que ça prenne – ça ratait immanquablement. Quelle que soit la motivation de Rusty, il se donnait à fond.

Debout sur le seuil, il retira ses verres fumés.

– J'ai une annonce à vous faire, dit-il. Je souhaite que toutes les filles de la classe sachent que je suis à l'heure actuelle libre de tout engagement. Je suis donc disponible pour de longues balades dans le parc, des virées en canoë au soleil couchant et des marathons de sexe. Mais mesdames, je vous en prie, chacune son tour.

Du fond de la classe jaillit une boulette de papier à son intention et, au premier rang, Becca Colbert dit :

– La vache, Rusty. C'est toi qui empestes comme ça ? T'aurais pas forcé sur la senteur mâle ?

– Ma chère Becca, dit Rusty, pour ta gouverne, sache que ceci est l'odeur des Portes du paradis.

– Immonde, dit-elle.

– Je suis sérieux, dit Rusty. C'est le nom d'un parfum : Les Portes du paradis. J'ai lâché vingt billets pour ça.

Un étrange bourdonnement résonna derrière Jacob. On aurait dit un hanneton ou un moustique grassouillet passant non loin, mais quand il se pencha pour l'éviter, il vit un petit drone de la taille d'un sous-bock voler près de son bureau. L'engin téléguidé, d'une douzaine de centimètres d'envergure, avec des pales d'hélicoptère miniature, poursuivit son trajet bringuebalant jusqu'au premier rang. Jacob se retourna et repéra Jerry Whitehouse, télécommande en main, et devant lui, ouvert sur la table, le sac d'où on avait relâché le drone. Jerry le fit voler jusqu'à Rusty puis reculer quand ce dernier décocha un revers de la main pour le chasser. Hilare, il lui fit décrire des cercles au-dessus de la tête de l'élève qui, comme on pouvait s'y attendre, fit quelques bonds disgracieux pour essayer de l'attraper.

– Hé, matez-moi ça, fit Jerry. King Kong est de retour.

Sur quoi la classe explosa de rire.

Même Jacob sourit, bien qu'il n'en fût pas fier. Mais c'était devenu si facile de rire de Rusty depuis leurs années de primaire que c'en était quasi thérapeutique. La manière dont ses joues avaient viré au cramoisi tandis qu'il se trémoussait et battait des paluches pour choper le bidule. Sa façon de grimper sur une chaise, les replis de son ventre blanchâtre émergeant de sous son polo. Nul n'était insensible à l'humour cruel, la scène avait vocation à rester dans les annales, et la moitié des gamins présents la filmèrent pour la diffuser à une audience plus large. Tel était le destin de Rusty.

Jacob cessa de sourire quand M. Hubbard fit son entrée. Au lieu de reprendre immédiatement le contrôle de la situation, M. Hubbard se contenta de gagner son bureau et d'y disposer sa sacoche et son étui à trombone. Il était affublé de la même casquette grotesque que la semaine précédente et contemplait des bouts de papier dans sa main, des tickets de caisse peut-être.

– À ta place, Rusty, dit-il sans lever les yeux.

– Monsieur Hubbard, fit l'élève en descendant du siège, j'ai comme l'impression d'être victime de harcèlement.

Le professeur, sans cesser de fourrager dans ses reçus, lâcha :

– Que te reproche-t-on, cette fois-ci ?

– Mon magnétisme animal, monsieur. Mes camarades ont bien du mal à se contrôler.

M. Hubbard replia les bouts de papier et les rempocha. Il regarda Rusty, puis, enfin, le drone.

– Allez, va t'asseoir, répéta-t-il.

Il observa le drone suivre Rusty le long de son périple périlleux dans l'entrelacs de jambes tendues en travers de l'allée. Le garçon s'assit et le drone dessina un large cercle au-dessus de lui.

– Regardez, fit quelqu'un. On dirait une mouche à merde.

– Ça suffit, intervint M. Hubbard. Qui dirige ce machin ?

– C'est moi, dit Jerry, télécommande toujours en main. Je pensais à hier, monsieur Hubbard. Vous savez, je me disais que ça pourrait faire l'affaire, comme mascotte, si le pygargue à tête blanche venait à disparaître.

Il ponctua sa remarque de quelques loopings experts au ras du plafond et se mit à faire des bruits de moteur avec sa bouche, accompagnés de sifflements occasionnels censés évoquer des tirs de missile.

– On pourrait y peindre le drapeau américain. Et l'imprimer sur les billets de banque.

M. Hubbard s'assit sur son bureau et observa l'engin tournoyer acrobatiquement au-dessus des têtes, sous les applaudissements. Puis il reporta son attention sur Jacob. Cette nouvelle habitude du prof commençait à sérieusement agacer Jacob. La façon dont il essayait de croiser son regard dans les temps forts de ses cours. Sa façon de le regarder comme si lui et lui seul connaissait la réponse à ses questions rhétoriques sur le sens de l'histoire. Ça l'insupportait.

Pourquoi M. Hubbard s'imaginait-il que Jacob savait des choses que les élèves de son âge ignoraient ? Était-ce parce qu'il était si prévisiblement, si péniblement premier de sa classe en toutes les matières ? se demandait Jacob. Était-ce aussi bête que cela ? Ou était-ce autre chose ? Cela avait-il à voir avec son frère ? Sa mère ? Son père ? Sa vie privée ? Quoi qu'il en soit, les prières silencieuses que M. Hubbard lui adressait depuis deux mois lui faisaient invariablement monter les larmes aux yeux, ce qui le mettait invariablement dans l'embarras, ce qui le rendait invariablement furieux.

Il fit donc comme d'habitude et évita tout contact visuel. Garda les yeux rivés sur sa table pendant que les autres se marraient. Le drone subissait des jets de trombones, des avions en papier traversaient la classe et, sous la direction de Jerry, on entonna à pleins poumons l'hymne de l'US Air Force, *Off We Go, Into the Wild Blue Yonder*, « Aventurons-nous, dans l'immensité bleue », que la chorale répétait en vue du bicentenaire. Le concert devait avoir lieu le lendemain, en même temps qu'une cérémonie en l'honneur de l'équipe de football américain qui avait fait un excellent début de saison cet automne, ce dont Jacob était au courant non parce qu'il souhaitait y assister, mais parce que Trina l'avait mentionnée comme lieu de rassemblement potentiel général de tous les connards qu'elle jugeait responsables de la mort de Toby. Ils seraient tous là, tous sans exception, sagement assis sur leur cul, « une cible rêvée ». Jacob chassa cette pensée tandis que ses camarades faisaient des percussions sur leur bureau, les stylos battant la mesure sur leurs ordinateurs portables, contribuant ainsi à rendre ce moment mémorable. Quand Jacob finit par relever la tête, il fit l'erreur de regarder vers Trina, sa nouvelle meilleure amie, sans doute, l'ex-quelque chose de son frère, sa compagne de tristesse mystérieuse, son problème, qui le dévisageait elle aussi. Sous des yeux gris translucides, dénués d'humour et même de passion, sa bouche articulait sans un bruit un chapelet de mots à son intention dans le brouhaha ambiant. Jacob tendit le cou et haussa les sourcils comme pour dire *Quoi ?* Comme pour dire *Je ne te comprends pas*.

Sauf qu'il savait très bien ce qu'elle disait. Elle répétait les mêmes mots, en boucle : « Tous sans exception. »

– 3 –

Douglas

Après le déjeuner, Douglas avait une heure de pause.

Si l'on exceptait la première heure, le reste de la journée s'était déroulé sans anicroche. Plus de drone, de chants militaires, ni même de démonstration de magnétisme animal. Pour autant, Douglas n'avait pas bien travaillé. Il s'était senti absent. Avait perdu le fil pendant ses leçons, laissé les mômes s'en tirer alors qu'ils ricanaient de façon odieuse sitôt qu'il avait le dos tourné, sans même songer à leur coller la moindre interro surprise. Cette propension à la rêverie, il le savait, était la ruine de tout bon professeur. Pour autant, il n'avait pu s'en empêcher. Au lieu de réinventer le passé pour ses élèves, Douglas avait passé la matinée à réimaginer son histoire personnelle récente, tournant d'abord principalement autour de son échec à procurer à Cherilyn le bonus sexuel réclamé la veille au soir. Il avait essayé, certes – décevoir sa femme était la dernière chose qu'il souhaitait dans la vie –, mais après s'être positionné entre les cuisses de Cherilyn pour la deuxième fois en trente minutes, son corps, toujours aussi minable, avait succombé à son esprit.

Et pour quelles raisons ?

Le désir de Cherilyn d'y aller un peu plus fort était incongru, c'était certain, mais Douglas n'était pas homme à ne penser qu'à lui. Il se considérait plutôt ouvert d'esprit par rapport à ses congénères, bien que le quotidien de Deerfield lui donnât rarement l'occasion de le démontrer, et aurait été tout à fait content de fournir le petit extra demandé par Cherilyn.

Après tout, tant que c'était à lui qu'elle le demandait, c'était tout ce qui comptait. Mais c'est précisément là que le problème résidait, dans le fait que c'était à lui qu'elle demandait ça. Quand Douglas ploya la nuque vers elle pour la deuxième fois ce soir-là, les fines mèches qu'il peignait soigneusement en arrière pour dissimuler sa tonsure lui tombèrent devant les yeux, lui rappelant son crâne dégarni. Il devait avoir l'air bien idiot, dans cette posture, songea-t-il, tel un représentant de commerce aux abois. Il s'efforça de ne plus y penser et de se concentrer sur les plaisirs qui s'offraient à lui, de penser aux chairs appétissantes de Cherilyn qui ne le laissaient jamais indifférent, mais fut de nouveau distrait par son apparence physique pitoyable, sa bedaine poilue, ses pectoraux mous de type entre deux âges soumis à la gravité, et cela aussi le découragea. C'est pourquoi, en dépit de ses meilleures intentions, la question de savoir s'il était le genre d'homme capable d'y aller un peu plus fort sur commande s'imposa à lui. Il y avait de quoi déprimer. La question en entraîna une autre : était-il capable de faire quoi que ce soit différemment de sa manière habituelle ? Et, dans le cas contraire, quel genre d'homme était-il ? Et qui voudrait être avec un homme qui, à quarante ans, ne savait pas même qui il était ? Ces inquiétudes n'avaient rien de très sexy, mais Douglas n'en continua pas moins de se lamenter sur son sort jusqu'à ce qu'il devienne clair qu'il n'avait rien de plus à proposer.

Il roula de côté en s'excusant et fit quelques tentatives maladroites pour satisfaire Cherilyn de ses mains. Ce tripotage bien intentionné n'eut cependant pour effet que de les embarrasser tous deux et Cherilyn remonta la couette sur sa poitrine.

– C'est pas grave, chéri, dit-elle. Je ne sais pas ce qui m'est passé par la tête.

– J'aurais pu attendre, lui dit Douglas. Je veux dire, si j'avais su que tu n'y étais pas encore. J'aurais attendu plus longtemps.

– Chut. Tourne-toi. Laisse-moi te prendre dans mes bras.

Cherilyn se colla au dos de Douglas et la chaleur de leurs corps sous les draps, leur sueur collante, fut presque plus qu'il ne pouvait en supporter. Il fit émerger un pied de sous la couette. Regonfla les oreillers sous sa nuque.

Il dit :

– Tu sais, biologiquement, les hommes ne sont pas conçus pour faire ça deux fois de suite.

– Je sais, dit Cherilyn, et elle passa doucement une main apaisante sur la mèche au-dessus de son oreille. C'est juste que c'était agréable. Prends-le comme un compliment.

– Nos hormones chutent drastiquement juste après, c'est tout ce que je dis. Sans lien avec notre envie. Tu le sais, pas vrai ? C'est scientifique.

– Parlons d'autre chose, dit-elle.

Douglas ferma les yeux tandis que Cherilyn faisait courir ses doigts de sa nuque à son dos, où elle entreprit de tracer des formes indéchiffrables sur ses épaules.

– J'ai une idée, dit-elle. Interro surprise. Tu es prêt ?

Il soupira :

– Je suis prêt.

– Savais-tu que les rois arabes comme ceux qu'on a vus dans ce bouquin ont un truc nommé harem ? Où toutes les femmes sont plus ou moins de souche royale, des genres de princesses ?

– Je connais, oui. Bien que ta définition soit un brin litigieuse.

– Je me demandais… Comment on choisit les filles, pour un truc pareil ?

– Tu sais, dit Douglas, il aurait peut-être suffi que j'aille boire un verre d'eau et…

– Rhha… Tu as été très bien. Allez, on dort.

Ils demeurèrent tous deux emboîtés en cuillères – plutôt des points d'interrogation en l'occurrence –, s'efforçant de caler leurs respirations l'une sur l'autre. Tout ce temps, Douglas garda les yeux grands ouverts ; la maigre lueur filtrant sous la porte de la salle de bains lui faisait l'effet d'une bougie esseulée, abandonnée à son triste sort au fond d'une caverne. Au bout d'un moment, Cherilyn prit une grande inspiration, chuchota « Je t'aime, Douglas, tu le sais » avant de se détacher et de rouler sur le dos, loin de lui.

Douglas ne répondit rien, feignit de s'être endormi, respiration alentie au point d'en devenir quasi imperceptible. Il continua même après avoir entendu le léger tremblement du matelas dans son dos quelques minutes plus tard, même après avoir reconnu le tempo tranquille de sa femme comblant elle-même son désir que, allez savoir pourquoi, cette nuit-là, il ne se sentit pas en droit d'interrompre.

Mais ça, c'étaient les problèmes de la veille.

Aujourd'hui, Douglas allait être confronté à d'autres difficultés.

Pour commencer, ce matin-là, quand il voulut se rendre au travail, sa voiture refusa de démarrer. Une fois douché, habillé, Cherilyn toujours endormie sous un amas de coussins, Douglas attrapa le trombone en vue de sa leçon après le lycée et le déposa sur la banquette arrière, dont la portière était entrouverte. Il remarqua alors que le plafonnier était HS. Ce fut donc sans surprise qu'une fois au volant le moteur s'obstina à rester muet. Les actes d'incivilité étaient tellement rares au sein de Deerfield que Douglas ne suspecta pas un instant une intervention extérieure, supposant en revanche qu'il n'avait pas dû claquer assez fort la portière la veille, un petit échec de plus à ajouter à la litanie croissante de ses déconvenues. Au lieu de réveiller Cherilyn pour la prévenir, il lui prit ses clés et emprunta sa Subaru.

Durant le court trajet le menant au lycée, Douglas identifia la vague odeur de tabac s'échappant de la clim de la voiture de sa femme. Ils étaient tous deux des fumeurs occasionnels quand ils s'étaient rencontrés, s'achetant un paquet sur un coup de tête après avoir bu un verre ou deux, ils se sentaient alors jeunes et invincibles, mais ils avaient décidé de mettre un point final à tout ça le jour de leurs noces. Cherilyn dérogeait de temps à autre au pacte, sans s'en cacher, et curieusement l'odeur qu'elle entraînait alors dans son sillage rassurait Douglas. C'était une brève réminiscence de leurs débuts, un rappel de la nature imparfaite et insouciante de son épouse, à qui ce petit jardin secret conférait sa plénitude. Un petit jardin comparable à celui que lui-même s'était construit autour d'un séduisant trombone cuivré et du fantasme de voir son nom en haut de l'affiche. Qui était-il pour s'ériger en juge ? Il éteignit la radio et inspira l'odeur à plein nez, convoquant toutes les belles choses que leur vie commune lui inspirait, et sifflota à part lui un morceau méconnu de Marc Copland tout en conduisant.

Quand les effluves de tabac s'évanouirent, Douglas éteignit la clim et ouvrit le vide-poches sous le tableau de bord pour voir ce qu'elle fumait ces jours-ci, si elle y avait planqué son paquet coutumier de Benson & Hedges, mais non. À la place, une pile de ce qu'il prit d'abord pour des tickets de caisse. Les feuilles étaient bleues, cela dit, et pliées bien nettement les unes dans les autres, pas du tout la façon dont on traite des papiers destinés à la poubelle. La curiosité de Douglas s'en trouva attisée. Il s'engagea sur le parking de l'école et extirpa la liasse du compartiment. Les papiers étaient graisseux, comme s'ils venaient de la caisse d'une station-service. Une fois garé, il les déplia. Il avait déjà vu des documents semblables – un constat qui l'attrista – dans la main du gamin qui lui avait affirmé que plus tard il ferait mumuse avec du plutonium.

En tête de la première feuille, s'affichait une silhouette humaine, bras et jambes écartés comme le modèle de Léonard de Vinci. Sa poitrine était barrée d'une hélice double, à l'encre bleu foncé : une représentation d'un brin d'ADN. Dessous, on lisait « DNAmix ».

Puis son œil reconnut le nom de sa femme, Cherilyn Mae Fuller, son nom de jeune fille, et Douglas se trouva bien piètre enquêteur. Comment n'avait-il pas deviné que sa femme avait testé ce ridicule appareil à la supérette ? Qu'il ne l'ait pas interrogée à ce sujet la veille au soir ne laissa plus de le stupéfier, suffisamment pour qu'il remette en question le moindre de ses choix à partir de cet instant.

Sous son nom, une série de nombres en caractères minuscules, ainsi que des données comme : couleur des yeux, des cheveux, taille potentielle. C'est alors que les événements de la veille revinrent avec précision à Douglas, sous l'impulsion de ce terme, « potentiel », dont Cherilyn avait affirmé qu'il était central. Il se rappela sa fourchette et les pâtes qu'elle piquait une à une, les fossettes de peau d'orange sur ses cuisses quand elle s'était assise en tailleur dans le canapé, et la façon dont elle l'avait maintenu serré tout contre elle avec ses chevilles après qu'ils eurent fini de faire l'amour, la première fois.

Sa taille potentielle s'élevait à cent soixante-huit centimètres, ce qui lui parut proche de la vérité. Son nombre d'enfants potentiel était de deux, ce qui lui parut étrange et insultant, sachant qu'ils étaient un couple sans enfant malgré des années de tentatives. Puis Douglas avisa une autre catégorie : « Potentiel dans la vie ».

On y lisait, en gras : **MEMBRE DE LA FAMILLE ROYALE**.

Douglas secoua la tête. Que Cherilyn ait renseigné une quelconque info dans cet appareil inepte le dépassait. Ça ne lui ressemblait en rien, et pourtant, comme souvent avec les surprises, il n'aurait su dire si cela le ravissait ou le déprimait. Il écarta la première feuille et passa à la suivante, sa copie conforme. Encore et encore, au total pas moins de dix passages de sa femme dans la cabine. La réponse ne variait jamais : membre de la famille royale, membre de la famille royale, membre de la famille royale. Une des dernières feuilles mentionnait **SURFEUR**, mais Douglas s'aperçut que ce n'étaient pas du tout ses prévisions à elle, il n'y avait d'ailleurs strictement aucun nom sur la page. Il n'en compara pas moins les données chiffrées de ce document avec celles de Cherilyn, mais rien ne correspondait. Pourquoi se soumettre à un tel exercice ? Qu'espérait-elle s'entendre dire ? Avait-on la moindre idée du fonctionnement de ce machin ? C'était aberrant. Il relut la prédiction du surfeur ; le papier était sale, avait sans doute été balancé à la poubelle, comme l'aurait probablement fait Douglas avec n'importe quel document lui enjoignant de se jeter tête la première dans l'océan. Ce qui ne l'empêcha nullement de replier les feuilles et de les enfouir au creux de sa poche.

Il avait ensuite gagné le bâtiment, enfilé les couloirs jusqu'à sa salle de classe où il avait trouvé Rusty Bodell battant des bras frénétiquement pour se débarrasser d'un drone.

Il était de retour dans sa classe, pour la pause méridienne, occupé à feuilleter de nouveau les prédictions tout en couvant une impérieuse tasse de café. Il avait résolu d'appeler Cherilyn pour en discuter, afin de combler la mince faille qu'il avait sentie s'ouvrir entre eux deux la veille au soir, et d'évoquer la chose avec humour ; il ne faudrait pas grand-chose pour venir à bout des angoisses de son épouse, il le sentait. Douglas trouvait maintenant cela touchant, que Cherilyn ait plongé le nez dans ce manuel, en quête d'une illustration de sa vocation potentielle. Et courageux de sa part d'avoir examiné si attentivement toutes ces recettes étrangères. Dans quelques années, s'imagina Douglas, ils en riraient. Une ligne de plus, songea-t-il, dans la liste de leurs petits heurts conjugaux, rien de plus. Douglas se rejoua une version allégée de la soirée de la veille, ne tenant pas compte, pour la première fois de sa vie, du poids écrasant des rêves.

Il sortit son téléphone portable et, se rappelant que celui de Cherilyn était mort, composa le numéro de leur domicile. Après une succession de sonneries d'une durée inhabituelle, elle décrocha :

– Ta voiture ne démarre pas.

Douglas sourit. Il voulait lui dire combien il était soulagé que toute cette affaire de la veille ne soit pas sérieuse. Lui dire qu'il pourrait remettre le couvert deux fois d'affilée si elle le lui demandait.

– Je sais, répondit-il tout guilleret. J'ai pris l'Outback. Je suis désolé. J'allais être en retard.

– Qu'y a-t-il de drôle à cela ?

Cherilyn semblait sur les nerfs, comme s'il l'avait interrompue, et le sourire de Douglas s'évanouit.

– Oh, dit-il, rien. Rien de drôle, non. Tout va bien ?

– Oui sauf que – et là Cherilyn lâcha un long soupir – j'aurais voulu aller faire quelques courses avec maman mais tant pis, j'imagine. On a besoin de deux, trois trucs, nous aussi, cela dit. Tu peux passer au magasin ?

– Bien sûr, tout ce que tu voudras.

Et il tira de quoi écrire de sa sacoche.

– D'accord, fit Cherilyn, qui fourragea derrière elle. Alors écoute. Il nous faut quatre aubergines, du pain pita, une petite bouteille de jus de citron. Il se peut qu'un ticket de réduction pour ça traîne dans la portière côté conducteur. Je ne sais plus trop. Euh, il nous faut aussi du tahin. C'est de la purée de sésame, demande, si tu ne trouves pas. Deux gousses d'ail. J'ai du sel, de la ciboule. Reprends de l'huile d'olive, on ne sait jamais. On dirait qu'il va nous falloir beaucoup d'huile d'olive.

Douglas nota sous sa dictée et à chaque élément son estomac se serra davantage. Il ponctua d'un point d'interrogation chaque entrée de la liste. Dans la longue histoire de leur couple, lui avait-elle jamais demandé de faire des achats pareils ? Non, jamais. Mais une succession de produits inattendus méritait-elle qu'on s'y attarde ? Après tout, c'est le cœur même du jazz, n'est-ce pas ? S'il voulait monter sur scène, être un homme de scène, il allait sans doute falloir laisser le champ à un peu d'improvisation. Il se renfrogna. Repassa à moult reprises les points d'interrogation. Souligna le mot « aubergines ».

– Mais ça va, toi ? lui demanda-t-il. Et ta tête ? Ta voix n'est pas très gaie.

– Non, ça va plutôt bien. C'est juste que je viens de regarder les infos. Et que le monde semble relativement affreux quand on regarde les infos.

– Tu veux que je prenne des steaks ou un truc dans le genre ?

– Non. Je crois que le plat se suffit à lui-même. C'est principalement à base d'aubergines.

Douglas lui promit de passer par la supérette après sa leçon de trombone de 16 heures, il serait de retour à la maison vers 17 h 30, 18 heures.

– Ça marche, fit-elle.

– Je t'aime, dit-il.

– Ça marche, fit-elle. Moi aussi.

Douglas mit fin à la conversation et reposa l'appareil sur le bureau. Il n'eut pas même le temps de siffloter un air de blues qu'une voix masculine, derrière lui, dit :

– Moi aussi, je t'aime, mon chou.

Relevant la tête, Douglas vit Deuce Newman, le photographe attitré de la ville de Deerfield, debout sur le seuil.

Deuce prenait beaucoup d'espace. Bien qu'il mesurât tout juste un mètre quatre-vingts, il était d'une corpulence certaine : tel un tronc d'arbre, il semblait gagner en circonférence au fil des ans. Son visage étroit, sa coupe étrangement datée qui lui tombait sur les oreilles, les deux gros appareils professionnels qu'il se trimballait autour du cou : tout cela concourait à dissimuler le couloir derrière lui. Ils étaient allés au lycée ensemble, il y a une éternité de cela, du temps où Deuce Newman, qui s'appelait en réalité Bruce, était un milieu de terrain hors pair dans le championnat de football américain de Louisiane sous le maillot, pur hasard, du numéro 2.

Deuce, la quarantaine lui aussi désormais, était devenu une figure locale à Deerfield et dans les environs. Après une déchirure au genou dans son année de senior, Deuce avait résolu, à l'instar de bon nombre d'athlètes, de passer le reste de sa vie à faire fructifier le capital que sa jeune célébrité représentait. En quoi il excellait.

Après tout, l'histoire de Bruce Newman parlait aux petites villes sans envergure. Né dans un milieu modeste, il avait grandi dans une maison de trois pièces avec un père mécano, n'avait pas bénéficié de méthode d'entraînement de pointe, juste les bonnes vieilles structures de placage rouillées derrière le bahut, et pourtant il faisait preuve d'un talent – d'un *don*, aurait-on dit à Deerfield – hors norme. S'était présentée à lui une voie pour quitter Deerfield, devant le mener dans le vaste monde, où il recueillerait une gloire sonnante et trébuchante et tout ce dont on peut rêver, jusqu'à ce qu'un placage irrégulier effectué par un arrière d'un grand club le laisse blessé au genou – retour à la case départ. C'était l'essence même de la vie à Deerfield.

Mais Douglas n'était guère désolé pour lui. Deuce était ambitieux, à sa manière, et au bout du compte avait fini par atteindre une certaine renommée, dans le rôle de la mascotte locale. Après sa blessure, il était resté sur le bord du terrain avec ses béquilles, chauffant le public, récoltant les baisers des majorettes. Même après son diplôme, les entraîneurs avaient continué à le convier sur le banc par sympathie et Deuce, essentiellement parce que l'ennui le gagnait, avait pris l'habitude d'apporter un appareil photo. Il prenait des clichés sur le vif, depuis la pelouse, des photos candides des parents pleins d'espoir dans les tribunes, dont certains se retrouvèrent dans le journal local, *Le Clairon de Deerfield*, mettant ainsi sur les rails les deux décennies suivantes de la vie de Bruce.

Douglas n'avait pourtant pas la moindre idée de la raison de sa présence au lycée, ce jour-là, encore moins de ce qui l'amenait à le dévisager depuis le seuil de sa classe.

– Bruce, dit-il. Que puis-je faire pour toi ?

– J'ai juste besoin de savoir quel genre de type peut être marié à une femme de la trempe de Cherilyn et rester planté là, triste comme une bite en deuil ?

– Charmant.

– C'était Cherilyn, hein ? Je n'interromps rien de secret, si ? Un échange de mots doux avec le chouchou de la classe peut-être ?

Douglas se leva et vint serrer la main de Bruce. Ce genre de vanne crasse et inoffensive était courant entre eux, il ne releva même pas.

– Tu me connais mieux que ça, voyons. Ça fait plaisir de te voir.

À dire vrai, cependant, Douglas n'avait envie de voir personne, pour le moment. Et parmi tous les gens qu'il n'avait aucune envie de voir, Bruce Newman se classait assez haut sur la liste des indésirables. Rien contre lui, expressément, mais ils avaient toujours eu une relation d'un type un peu particulier, déjà au lycée, due au fait que Bruce avait longtemps couvé, sans en être libéré à ce jour, selon Douglas, un faible persistant pour Cherilyn. Les détails pratiques de l'affaire avaient été réglés il y a belle lurette, Cherilyn n'ayant jamais manifesté une once d'intérêt pour Bruce et ayant aimé et épousé Douglas sans hésiter une seconde, le monde étant un lieu logique. Mais les cœurs malavisés de certains hommes, pour une raison inconnue, ne flanchaient jamais. Partant, la façon dont Bruce l'interrogeait à son sujet, sa façon de lui baiser la main quand ils se croisaient dans un magasin ou à un événement quelconque sur le parvis de la mairie, la façon dont il ne manquait jamais de rappeler à Douglas la chance qu'il avait d'être avec elle chargeaient la plus anodine des discussions entre eux d'une certaine tension.

– Oh, dis donc, qu'est-il arrivé à ta moustache ? Ton visage est plus lisse que le vagin d'un dauphin.

– Je dois reconnaître, fit Douglas, que ton répertoire de comparaisons sexuelles animalières est impressionnant.

– Pas sûr de voir où tu veux en venir, mais merci, dit Deuce.

– Et donc, qu'est-ce qui t'amène sur le campus ?

– La fièvre du bicentenaire. Je n'ai plus que deux jours pour tirer tous ces portraits et ces saletés de jeunes arrêtent pas de me poser des lapins. J'ai tout essayé, tout, tout et son contraire. Je me suis dit que je ferais aussi bien de venir les pister sur leur terrain.

Le bicentenaire. Évidemment. En ville, Douglas avait le sentiment qu'on ne parlait plus que de ce satané bicentenaire. Le week-end prochain devaient se tenir à Deerfield des festivités prétendues énormes. Le maire et le conseil municipal y voyaient l'opportunité d'un événement dont on parlerait dans tout l'État, à même d'insuffler un peu d'énergie au patelin, d'injecter quelques dollars de touristes dans l'économie locale, même si Douglas craignait qu'ils se bercent d'illusions. Les habitants de Deerfield avaient planché sur cette célébration avec application depuis un an. La fanfare du lycée avait répété de nouveaux morceaux, on imprimait des banderoles à tour de bras. Cherilyn fabriquait ses nichoirs à oiseaux à un rythme effréné. Jusqu'au tribunal qu'on avait passé au Kärcher et repeint. Le rôle de Bruce Newman dans tout ça était devenu central, de sa propre initiative. Il avait promis à Hank Richieu, le maire, une espèce de mosaïque monumentale, un de ces projets à la typo hideuse de trois mètres sur deux, constitué des visages miniatures de chacun des habitants de la ville. Un concours de talents était également prévu, ainsi qu'une parade, un concours de cuisine autour du gombo et même un feu d'artifice, mais la mosaïque des presque douze mille âmes de Deerfield devait être le clou du spectacle. Les festivités démarreraient le lendemain soir, se souvint Douglas, dans le gymnase du lycée. Il ne comptait nullement y assister. Tout ce qu'il attendait de ce vendredi soir, c'était un dîner normal avec son épouse.

– Mais j'y pense, lui dit Bruce, je n'ai toujours pas ta photo, je me trompe ? Et si tu grimpais sur ton bureau pour m'offrir un peu d'action ? On pourrait appeler ça *Le Prof en pleine réflexion.*

– Ce n'est vraiment pas le moment, tu sais.

Deuce se saisit d'un des appareils dont il commença à régler l'objectif.

– Allez… Pince un peu les lèvres, que j'immortalise le sifflement à la Hubbard. Je vais te prendre au beau milieu de *What a Wonderful World* du petit gros, là.

Douglas se baissa pour attraper sa casquette sur son bureau et récupérer sa tasse de café qui avait déjà refroidi.

– C'est de Louis Armstrong que tu parles ? Ce génie national ?

– Ça ferait un angle pas mal. Mets-toi près de la fenêtre, je vais te prendre avec ta casquette d'artiste qui se la raconte. On l'intitulera *Douglas Hubbard, professeur au repos.*

Douglas était coincé, il le savait. Plutôt que de résister, il se dirigea vers la fenêtre où il posa l'air passablement rêveur, lui sembla-t-il, avec sa tasse et sa casquette.

– Je ne suis pas professeur stricto sensu.

Et cette simple remarque lui rappela ce qu'il n'avait jamais accompli. Pas de thèse de doctorat. Pas de carrière digne de ce nom. Rien sous le capot, ni sous la ceinture – ce qui le ramena à Cherilyn.

– Bruce, dit Douglas, je me demandais : as-tu entendu parler de cette machine, à la supérette ?

– Oui, bien sûr. Impressionnant, pas vrai ?

– Quoi, tu crois à ce genre de truc ?

– Non, fit Bruce. Ce que je veux dire, c'est que c'est impressionnant de voir que des gens sont prêts à payer pour de la merde en boîte.

– J'en déduis que tu n'as pas tenté ta chance, alors.

– Pas besoin, non. Pourquoi contrarier la perfection, tu me diras ? C'est comme toi. Pourquoi t'irais te farcir un truc pareil ? Tu sais qui tu es. Tu es le même depuis toujours. Le type le plus chanceux au monde.

– Je ne sais pas. J'imagine que je pourrais être tout un tas de choses, en soi.

– Si tu le dis, fit Deuce en pointant son viseur. Maintenant, allez, un sourire, monsieur le président. Faites-moi un bon gros sourire des familles pour la postérité.

Douglas cala sa hanche contre le rebord de la fenêtre et se força à sourire. Mais avant que Deuce ait eu le temps d'appuyer sur le déclencheur, une balle de base-ball vint s'écraser contre la vitre, qui vola en éclats. Douglas fut blessé à la main, lâcha sa tasse qui explosa au sol, laissant sa veste tout éclaboussée de gouttelettes brunâtres.

– Parfait, commenta-t-il.

Un gamin du nom de Tim Nevers arriva en courant comme un dératé, pour évaluer les dégâts. Il jeta un œil dans la pièce à travers le carreau brisé.

– Merde ! À votre avis, elle allait à quelle vitesse ?

Deuce ramassa la balle par terre et la fit sauter dans le creux de sa paume à plusieurs reprises.

– Cent trente kilomètres-heure, facile. L'effet était pas mal, belle courbe.

Douglas épongea le café avec la manche de sa veste.

– Va prévenir la principale, Nevers. Tu lui diras de faire venir quelqu'un de la maintenance.

– Je suis désolé, m'sieur Hubbard, dit Tim. Je viens d'apprendre juste hier que je vais être lanceur. En Major League ! J'en reviens pas. Je savais même pas que j'aimais le base-ball.

Deuce fit pivoter la balle dans sa main.

– T'as bien dit « lanceur », c'est ça ? C'est ce que DNAmix t'a prédit ?

– Oui, m'sieur, fit le garçon.

Deuce lui renvoya la balle.

– Pas mal, fit-il.

– Il faut sans doute que tu gagnes en précision, côté trajectoire, lui dit Douglas. Et commence par réfléchir à un moyen de rembourser la vitre brisée.

– Ça sera pas un problème. Je vais être millionnaire.

Et il détala.

Quand Douglas regarda de nouveau Deuce, il vit que ce dernier était déjà en pleine action, l'appareil pointé sur lui, l'air de prendre son pied à enchaîner les clichés de Douglas tout ronchon, tout taché, tout malheureux.

– Douglas Hubbard, sous vos yeux ébahis. L'homme le plus chanceux au monde, déclara Deuce.

– 4 –

Cherilyn

L'Angleterre. Le Luxembourg. Le Liechtenstein. Monaco. Le Maroc. Le Qatar !

Tellement de figures royales googlées et il n'était pas encore midi.

Tellement d'histoires.

Saviez-vous, par exemple, que le royaume du Bhoutan avait un roi-dragon nommé Jigme Khesar Namgyel Wangchuck qui avait épousé une roturière du nom de Jetsun Pema dont il avait fait sa reine ? Juste comme ça. Du jour au lendemain, elle était devenue reine. Pour leur mariage, ils étaient vêtus de foulards multicolores et de kimonos roses, il portait une queue-de-cheval et elle était coiffée d'une couronne. Voilà bien quelque chose que Cherilyn ignorait la veille encore.

Il était bon de se souvenir qu'Internet était utile, songea-t-elle. Bien qu'elle y passât pas mal de temps, à consulter Facebook, à regarder ce que ses amies dorlotaient ou ingéraient sur Instagram, à récolter des idées de création sur Pinterest, tout se faisait depuis le maigre cercle de son téléphone. Il lui arrivait ponctuellement de s'aventurer sur un fil d'actualités pour y récolter quelques gros titres racoleurs sur des célébrités fâchées avec d'autres célébrités au sujet d'infidélités s'étant déroulées, au choix, dans les Hamptons ou à Martha's Vineyard ou autre lieu snob du même acabit, mais aux yeux de Cherilyn ça ne comptait pas vraiment comme du temps passé « en ligne ». Elle n'était pas connectée. Bien au contraire, même.

Pour Cherilyn, le téléphone était un outil permettant les échanges, pas un moyen d'y échapper. Les conversations par textos avec ses copines quand elle était seule à la maison, les appels de Douglas à la pause-déjeuner : tout cela était positif. À choisir, Cherilyn préférait mille fois voir les gens en vrai que via son téléphone, et d'ailleurs, elle devait probablement penser que ces téléphones étaient en bonne partie responsables de ce qui ne tournait pas rond sur terre, depuis peu. Les gens n'étaient plus en phase. Au dîner, Douglas et elle n'apportaient jamais leur portable à table, par exemple. Tandis que chez Jeannie et Ted, on pouvait être sûr que lui passerait la soirée à consulter son écran pour vérifier n'importe quel micro-détail évoqué dans la discussion à seule fin de démontrer qu'il avait raison. Comme cette fois où elle avait dit que la mayonnaise était un aliment miracle, la seule recette dont les ingrédients changeaient littéralement de composition chimique une fois mélangés, formant un objet absolument inédit. À la suite de quoi Ted avait passé cinq minutes à googler comme un damné pour le simple plaisir de la contredire, comme s'il était de salut public de dessiller les yeux de la demeurée qu'il avait en face de lui. Et quand bien même on aurait tort de temps à autre, quand bien même on aurait la mémoire qui flanche, quelle importance ? Qu'on nous lâche la grappe avec ces portables à la con. Qu'on nous laisse hésiter. C'était fondamental.

Peut-être que ces idées ronchon étaient un signe de son âge ? Elle n'était pas vieille, non, loin de là. Mais Cherilyn ressentait déjà de l'inquiétude à la vue des adolescents de Deerfield déambulant sur la grand-place comme des zombies, jouant du pouce dans un but mystérieux. Il lui était arrivé de croiser un groupe de jeunes filles se baladant ensemble mais riant chacune d'un contenu différent sur son portable, et de se dire que, bien que n'ayant que vingt ans de plus qu'elles, bien qu'elle se souvienne de ses années lycée comme si c'était hier, elle n'avait absolument rien en commun avec ces gamines. Sans parler des gens accros à ces jeux où on tirait sans raison sur des cibles humaines, tout en conversant par casque interposé avec de parfaits inconnus pendant trente heures d'affilée. Pour un problème, c'était un problème. Elle avait lu qu'au Japon certains se laissaient carrément mourir dans des cybercafés, oubliant purement et simplement de s'alimenter pendant deux jours de suite. Et même ces gens qui passaient leur temps à tweeter, à s'énerver à tout bout de champ en lisant ce que d'autres tweetaient, qu'est-ce qui clochait, chez eux ? Comment pouvait-on s'énerver autant à propos d'un truc que quelqu'un qu'on ne connaissait même pas n'avait peut-être jamais dit ? Pour Cherilyn, ça restait un mystère. Telle était la vie des gens « connectés », et non, elle n'en faisait pas partie.

S'il fallait qualifier son rôle, son portable avait surtout pour effet de l'ancrer dans son environnement, dans son entourage immédiat. Son fil Facebook était constitué d'amis vivant au coin de sa rue, idem pour Instagram. Sa boîte mail contenait uniquement des pubs et des factures, avec à l'occasion un mème d'un opossum le museau coincé dans un tube de Pringles, qu'elle ferait suivre à Douglas. Elle avait volontairement conçu son usage d'Internet comme un miroir de Deerfield, mais elle lui préférait tout de même l'original, qui avait pour lui le ciel, l'amour, le vent.

Elle fut donc surprise de se rendre compte que ça lui manquait, de ne pas avoir son téléphone. Ça faisait bizarre, d'être assise devant le vieil ordinateur de Douglas en peignoir au beau milieu de la journée. Sa matinée avait déjà été suffisamment déroutante comme ça, elle s'était réveillée toute rouge, respirant à grand-peine sous une montagne d'oreillers, après un rêve dans lequel elle avait mangé des figues à même les branches d'un arbre solitaire sur un îlet au milieu du Mississippi. Dans sa bouche persistait une saveur sucrée, sirupeuse ; elle tendit le bras vers son portable pour voir l'heure et paniqua presque de ne pas le trouver. Que l'objet à l'écran craquelé soit actuellement planté dans un bol de riz lui fit douter d'être bien réveillée. Tournant la tête vers l'horloge posée sur la commode, elle fut stupéfaite de constater qu'il était 9 h 30. Depuis quand n'avait-elle pas dormi si longtemps ? Douglas était-il déjà parti ? Depuis quand ne l'avait-elle pas embrassé avant son départ ?

À cette pensée, lui revint le déroulé de la nuit précédente. Où avait-elle donc la tête ? Lui demander de remettre ça dans la foulée. Pauvre Douglas. Elle savait qu'il essaierait de se rattraper d'une manière ou d'une autre. Il allait sans doute se mettre à faire des pompes le matin, se payer une nouvelle paire de baskets pour aller courir, il était si sensible. Quelle mouche l'avait donc piquée ? Peut-être l'existence romantique des reines mentionnées dans le livre lui avait-elle retourné le cerveau. Ou la sensation insolite de sa lèvre supérieure toute lisse sur sa nuque. L'idée de faire l'objet d'un culte, peut-être ? Ou le simple plaisir de leur bonne vieille routine au lit, ce sexe qui se faisait de plus en plus rare ces dernières années, elle devait le reconnaître. La simple idée d'en redemander. C'était intrigant. Elle aimait être avec Douglas, avait toujours aimé ça, mais le satisfaire était à peu près aussi difficile que glisser une lettre à la poste. Qui sait si elle n'avait pas besoin d'un peu de défi ? Elle n'en avait aucune idée.

Malgré l'heure, Cherilyn traîna un peu sous la couette. Elle se livra in petto à un inventaire de son corps, un rituel désormais quotidien, et dont Douglas ignorait tout. Comment allait-elle, aujourd'hui ? Ses pieds avaient l'air normaux, aucun signe des crampes de la semaine précédente, et ses jambes semblaient OK, elles aussi. C'était peut-être terminé. Tous les symptômes qui l'avaient alertée – les fourmillements dans les mains, l'insensibilité, la fatigue qui l'avait terrassée par moments – auraient peut-être disparu aujourd'hui. Rien à signaler de ce côté. Rien dont il faille s'inquiéter. Comme ce serait agréable.

Elle finit par émerger du lit, se fit couler un café, alluma la télévision et sortit furtivement dans le but de s'en griller une en robe de chambre, s'apercevant alors que sa voiture manquait à l'appel, ainsi que le paquet de secours qu'elle y avait dissimulé. Elle essaya de faire démarrer la voiture de Douglas, en vain, et fut contrariée, il fallait bien l'admettre, de se retrouver ainsi coincée. Était-ce le terme adéquat ? « Coincée » ? Avait-elle déjà pensé cela de chez elle ? Depuis quand donnait-elle autant dans le drame ? *Tout de même, Cherilyn.* Ce n'était pas comme si elle avait quoi que ce soit en vue, en plus. Il arrivait encore qu'on l'appelle de temps à autre pour un remplacement, tenir l'accueil chez le vétérinaire, procéder à un inventaire après la braderie de la paroisse, mais pour l'essentiel elle en avait fini avec tout ça. Qu'avait-elle donc au programme de la journée ? Rien du tout. Elle avait quelques courses à faire à l'épicerie, devait passer voir si sa mère allait bien, choses qu'elle pouvait aisément faire à pied, mais, grands dieux, c'était peut-être précisément cette absence d'options imprévues qui péchait. Elle avait des nichoirs à fignoler, c'est vrai, mais existait-il une perspective plus rasoir sur terre ? Et pourquoi s'était-elle lancée dans les nichoirs à oiseaux, d'abord ?

Pieds nus sur le sol humide de l'auvent où manquait sa voiture, une pensée d'une remarquable clarté lui vint : *Il n'y a rien dans cette ville que j'aie envie de faire.* Comme la veille au soir, elle alla donc s'installer devant l'ordinateur de Douglas. Elle avait des infos à chercher, des éléments à préciser.

Ce qu'elle cherchait avant tout, cela dit, c'était à se sentir mieux. Bien que tout lui ait paru normal au réveil, elle ne pouvait nier qu'elle avait de nouveau des picotements dans la main droite. Encore un infime détail dans l'intrigant faisceau de symptômes tenaces qu'elle avait tenté de mettre sur le compte du vieillissement, voire des allergies saisonnières. Ces manifestations se doublaient généralement de maux de tête, de vertiges, et d'autres désagréments d'ordres divers qui l'inquiétaient. Même à présent, maintenant qu'elle y pensait, une légère brûlure dans la nuque la gênait. Avait-elle dormi dans une mauvaise position ? Elle se serait coincé un nerf quelque part. Un ibuprofène suffirait peut-être à dissiper la chose. Ou un antihistaminique. Du Propofan. Que ressentait-on quand on ignorait le manque ? Qu'on n'avait pas besoin de l'aide d'une quelconque molécule ? S'en souvenait-elle seulement ?

Pas le moins du monde, non.

Cherilyn s'assit et écouta la vieille bécane ronronner péniblement pendant le redémarrage, bien qu'elle l'eût allumée la veille. L'ordi marmonnait comme un vieux sénile péniblement tiré du lit chaque fois qu'on déplaçait la souris. L'unité centrale clignota à plusieurs reprises à ses pieds et émit un boucan tel qu'on aurait dit qu'elle avalait de la petite monnaie.

Une fois que l'engin eut chauffé, Cherilyn googla tout d'abord « DNAmix ». Il fallait qu'elle en sache davantage à ce sujet, peut-être discuter avec d'autres personnes ayant testé la machine, voir ce qu'elles en pensaient, mais sa recherche ne donna rien. On trouvait bien un DNAmix.com mais qui ouvrait sur une page type affichant « Site en construction ».

À qui aurait-elle pu en parler ? Elle n'avait mentionné sa prédiction à personne encore, et n'avait entendu que de vagues allusions au test parmi ses connaissances. Une première fois, dans un texto de Christine Willis : *T'as déjà entendu parler du métier de sommelier ?* Une deuxième chez Bruce Newman, qui lui avait posé la question sans ambages : *Salut toi. As-tu testé cette fameuse machine DNAmix ? Si oui, tu me racontes ?* C'était bizarre, ce texto sorti de nulle part, mais c'était toujours comme ça avec Bruce. Sitôt qu'on l'oubliait, il surgissait devant vous à l'improviste. Ça en aurait agacé plus d'un, elle en avait conscience, mais Bruce était très seul et elle avait un peu pitié de lui. Elle ne mentionna pas ce message à Douglas, cependant, en aucun cas. Elle savait ce qu'il pensait de Bruce Newman, un homme qui ne l'intéressait en rien, dans le grand schéma de la vie, mais un homme auquel elle pensait de temps à autre.

Pas plus qu'elle ne mentionna à Douglas la véritable raison qui lui avait fait lâcher son téléphone, la veille, à savoir que, l'espace d'une seconde, elle n'avait plus senti sa main droite.

Elle commença par googler « famille royale » et passa tous les résultats en revue : les photos de palais, les arbres généalogiques, l'estimation des fortunes, les tenues somptueuses. Les heures défilèrent, elle finit les yeux rivés sur une unique page et toutes les émotions de la veille remontèrent peu à peu. Une certaine forme de chaleur. Une certaine forme de désir. Elle était tombée sur la famille royale saoudienne, d'Oman, et cette spirale infernale avait un effet des plus étrange. Sur leur page Wikipédia, elle avait dégoté une photo d'un homme frappant, à la barbe poivre et sel, coiffé d'un turban bleu et or richement brodé. Elle le dévisagea longuement. Apparemment, c'était un sultan, ce qui, couplé à son portrait, avait désormais aux yeux de Cherilyn une aura quasi érotique, *sultan*, bien que l'unique sultan qu'elle soit en mesure de citer jusqu'alors fût celui de la version Disney d'*Aladdin*, qui n'avait rien d'érotique, même pour Cherilyn.

Elle cliqua sur d'autres images, dont l'une de ce même homme tendant à Barbara Bush une jarre en céramique, une autre du type juché sur ce qui semblait être un trône en or massif. Puis elle atterrit sur un portrait de femme, dont l'élégance sans pareille lui coupa le souffle.

C'était un visage de femme blanche en gros plan, c'est du moins ce qu'il sembla à Cherilyn, entouré d'un châle noir maintenu sur le côté par une broche en or représentant une libellule. Ses yeux verts, sa chevelure d'un blond cendré, la douce courbure de ses lèvres et de son nez. *Oh mon Dieu*, songea Cherilyn. La femme paraissait à la fois belle et naturelle, pas du tout apprêtée comme certaines de ces têtes couronnées britanniques. Mais ce qui insuffla à Cherilyn une dose d'énergie, une dose d'adrénaline, c'est que cette femme et elle se ressemblaient, mais alors vraiment.

Cherilyn cliqua sur la photo, ce qui la mena à une page intitulée « La vie d'une princesse omanaise ». Sa lecture ne lui apporta pas une idée plus claire du quotidien d'une princesse omanaise mais ce qu'elle voulait surtout savoir, c'était le nom de cette femme, s'assurer que c'était un être de chair et de sang et, aucun doute, elle l'était. Elle était la princesse Susan d'Oman. Et ce qui glissa sur Cherilyn tandis qu'elle étudiait les délicates taches de rousseur sur ses pommettes, le reflet auburn délicieux dans ses mèches souples, fut une onde de plaisir. Le sentiment de tomber sur une sœur dont elle ignorait l'existence. C'était faux, bien sûr, mais le sentiment n'en était pas moins tangible.

À cette idée, Cherilyn s'empourpra ; elle réalisait soudain combien elle se sentait seule, dans cette maison, profondément seule, sans téléphone pour envoyer un texto comme on lance une perche, sans personne pour l'interroger. Et, comme pourrait le faire toute personne se trouvant complètement seule avec ses pensées, Cherilyn commença à se demander si elle perdait la tête. Pourquoi cette idée d'être un personnage important la séduisait-elle tant ? Un personnage de sang royal ? Avec sa mère qui perdait les pédales, il faut dire que ce n'était pas facile de garder les pieds sur terre. Elle savait que, de A à Z, l'affaire était absurde, que Douglas avait probablement raison de dire que c'était strictement impossible, et pourtant elle avait passé la matinée précédente dans sa chambre face au miroir en pied à essayer les rares robes de soirée qu'elle possédait, des modèles qu'elle n'avait plus portés depuis des années, dont elle ne pouvait plus remonter la fermeture Éclair jusqu'en haut. Et pourquoi avait-elle exhumé ce vieux CD d'Elton John avec la reprise de *Candle in the Wind* enregistrée en hommage à Lady Di ? Était-ce sous le coup de l'ennui ? Ou perdait-elle carrément la boule ? Dans les deux cas, il y avait du souci à se faire.

Bien qu'il lui eût été facile de trouver à qui parler à Deerfield, où chacun papotait sur son bout de trottoir ou à la pompe à essence, où chacun était au courant des affaires de chacune, cela lui parut l'exact opposé du type de conversation dont elle avait besoin présentement. Il lui fallait un contexte anonyme, lui permettant de discuter avec n'importe qui sur la planète, de n'importe quel sujet de son choix. Un endroit où parler sans crainte de jugement. Voilà qui aurait été bien.

Cherilyn se plaça dans la barre de recherche et tapa « discussion avec des inconnus ».

Le premier site qui s'afficha s'appelait Omegle, elle cliqua dessus. On lui demanda de choisir entre un forum adulte et un forum classique, et comme elle souhaitait parler à des adultes et pas à des enfants, elle opta pour le premier. De petits écrans vidéo apparurent au-dessus d'un bloc de messagerie instantanée, et quand elle eut cliqué sur « OK » elle eut la surprise de voir son visage se matérialiser dans l'un. Elle leva les yeux de l'écran : une lumière verte clignotait sur leur vieille caméra vidéo. Ils ne s'en étaient servi qu'une seule fois, à sa connaissance, Douglas et elle, quand on leur avait dit que Skype allait changer la face du monde. Ils avaient fait l'acquisition d'une webcam et skypé avec un vieux copain de fac qui vivait désormais en France, ç'avait été super sympa mais ça remontait à des années, puis était apparu FaceTime et on avait oublié la caméra.

Le second écran annonça qu'il était en train de la connecter à un parfait inconnu et soudain un homme surgit dans son champ de vision, juste au-dessus de son image. Il devait avoir la soixantaine et quand l'écran devint net, elle vit qu'il était torse nu, une bouteille de lotion hydratante à la main. Le type tapa : *T'aimes être dominée ?* Cherilyn grimaça et appuya aussitôt sur « Suivant ».

Ensuite, il y eut une personne vêtue d'un masque du lapin de Pâques, puis un groupe de trois adolescents qui se passaient ce qui ressemblait à une pipe, mais tout ce temps Cherilyn garda les yeux rivés sur sa propre image. C'était curieux, de se voir filmée à l'écran. Ses cheveux tirés en queue-de-cheval, ses yeux verts, son nez pailleté de taches de son, le col de sa robe de chambre dans le petit cadre. Le tableau n'était pas déplaisant. Pas mal de gens défilèrent ainsi au-dessus d'elle tandis qu'elle s'étudiait attentivement. Ce qu'elle voyait lui plaisait, s'avoua-t-elle, puis le téléphone fixe sonna dans la cuisine.

Elle se leva et traversa le salon, s'arrêtant un instant pour jeter un œil à la télévision qu'elle avait laissée allumée sur une chaîne d'infos en continu. Elle y vit des masures en brique ravagées par une explosion dans un paysage désertique et lut le bandeau défilant : « Aucune victime à déplorer, selon la police. » Sur le téléphone, l'identité de l'appelant s'affichait, c'était Douglas. Elle fut bizarrement agacée d'avoir été interrompue, qu'on la rappelle à ce qu'elle avait à faire, à la réalité, et qu'il lui ait emprunté sa voiture sans lui demander la permission. Elle prit le combiné et dit :

– Ta voiture ne démarre pas.

Après lui avoir demandé de faire deux, trois courses au passage pour cuisiner un truc appelé *baba ghanoush*, Cherilyn regagna le bureau dans le but d'éteindre complètement l'ordinateur. Néanmoins, une fois dans la pièce, elle vit un homme à l'écran, dans le petit carré au-dessus d'elle. Originaire de Jordanie, selon son profil, il avait la peau brune et une barbe bien fournie. Sans doute assis à son bureau, il avait l'air d'avoir dans les vingt-cinq ans et portait un maillot de foot rouge. Derrière lui, on distinguait un drapeau qu'elle ne reconnut pas. Quand il vit sa photo apparaître à l'écran, il sourit. Lui fit coucou. Il était, Cherilyn ne pouvait le nier, assez beau.

Il se pencha, tapa quelques mots et un filet de caractères arabes s'imprima à l'écran. Aux yeux de Cherilyn, c'était de l'art. Elle dut sourire car il lui sourit en retour et tapa : *Anglais ?*

Elle tapa *Oui.*

L'homme répondit *Suis pas très bon en anglais. Mais vous êtes très belle.*

Cherilyn contempla les mots, les lut et les relut, et quitta son siège pour aller se poster à la fenêtre. Quel était ce sentiment en elle ? Son regard se porta au-dehors, sur le gazon kikuyu d'un vert éblouissant sous le soleil. Un chêne projetait une ombre en forme de main contre la clôture en bois écaillée. Sur la petite table au milieu du jardinet, reposaient les nichoirs à oiseaux en bâtonnets d'Esquimau et colle Elmer's qu'elle avait mis à sécher la veille. Et sur l'un des fauteuils rouges Adirondack que Douglas et elle s'étaient offerts à Noël dernier, ceux dans lesquels ils prenaient place pour boire un verre de vin en regardant le soleil se coucher, Cherilyn aperçut un écureuil tout ébouriffé, occupé à faire tourner inlassablement un gland dans ses pattes minuscules, comme si c'était la trouvaille du siècle. Cherilyn resta un moment à l'observer, puis tendit le bras pour baisser le store. Elle retourna à l'ordinateur, desserra un peu la boucle de son peignoir et se rassit.

L'homme était toujours là, elle lui adressa un sourire. Qu'il lui retourna.

Vous me trouvez belle ? écrivit-elle, et il hocha la tête.

Elle défit sa queue-de-cheval et libéra ses cheveux.

Fit tomber une mèche devant son œil comme Susan d'Oman.

OK, tapa-t-elle. *Dites-moi tout. Qu'est-ce que je vous inspire d'autre ?*

– 5 –

« Un moment tortueux »

« A crooked piece of time »

Ils se tombèrent dessus à pleine bouche dans les bois.

Cela faisait seulement une minute, deux peut-être, depuis la sonnerie de 15 heures, et Trina surgit de derrière un chêne, attrapa Jacob par la nuque et planta sa langue rugueuse à travers ses dents d'une manière si agressive qu'on aurait sans doute tort d'appeler ça un baiser. Pourtant, Jacob n'en était pas à chercher le terme exact : le goût de tabac sur ses lèvres, le rappel de son souffle parfumé dans ses propres poumons le gênaient et le ravissaient au point qu'il se croyait devenu aveugle, comme il avait lu en sciences comportementales que ça arrivait parfois après un traumatisme. Le temps qu'il recouvre la vue, Trina l'avait déjà repoussé et son pouce balayait frénétiquement l'écran de son téléphone. Jacob s'essuya la bouche du revers du poing.

– Qu'est-ce qui t'a pris ?

– Je te sentais fuyant, ça m'inquiétait, dit-elle.

Elle fit pivoter son téléphone pour lui montrer la photo qu'elle venait de prendre. Un selfie d'eux deux, langue contre langue comme des oisillons lubriques. Il n'avait même pas remarqué qu'elle les photographiait, tout au choc du baiser, le seul qu'ils aient jamais partagé et le seul que Jacob ait jamais reçu.

– Ahhh, fit Trina, replongeant les yeux sur son écran. Le premier baiser… Je le mets sur Instagram. Et maintenant, quoi qu'il se passe, tu peux plus reculer.

– Reculer ?

Trina tapota encore deux fois sur la surface du téléphone.

– Et voilà…

Puis elle s'agenouilla et ramassa un caillou grenat pas plus gros qu'une pièce de un centime. Jacob s'attendait à ce qu'elle le jette dans le bayou ou à le prendre en pleine poire, il n'aurait su dire, mais en fait elle le frotta contre son pouce à plusieurs reprises, comme on tripote une babiole pour se calmer, et le glissa dans sa bouche.

C'était la deuxième fois qu'il la voyait faire ça. La première fois, à l'enterrement de Toby, deux mois plus tôt, Trina se tenait en retrait sans adresser la parole à quiconque puis, quand les gens avaient commencé à faire leurs adieux à la dépouille, avant qu'on referme le cercueil et qu'il soit mis en terre, Jacob avait vu Trina ramasser un caillou par terre, qu'elle avait serré dans son poing. Puis elle avait rejoint le cercueil de Toby, attendu son tour comme tout un chacun et, une fois devant, avait d'un geste lent glissé le caillou dans sa bouche. Jacob n'avait pas la moindre idée de ce que ça pouvait signifier, même s'il comprenait que ç'avait signé le début de quelque chose entre eux, puisqu'au moment de partir Trina s'était tournée vers lui pour la première fois de sa vie. Toby et elle ne sortaient pas ensemble depuis longtemps, si tant est qu'ils « sortaient » ensemble, elle n'était au lycée que depuis quelques mois et n'avait jamais paru remarquer la présence de Jacob précédemment. Mais, ce jour-là, elle lui saisit la main et y enfouit un bout de papier ; il découvrirait plus tard que c'était son numéro de téléphone. Puis elle planta ses yeux dans les siens, sans larmes ni remords, avec une conviction venue d'on ne sait où, et dit ces seuls mots : « Ce n'est pas fini. »

Jacob aurait tellement souhaité, alors, que la vie de son frère ne soit pas finie.

La scène demeurait un des rares souvenirs nets de la journée des funérailles, que son subconscient essayait désespérément, il s'en rendait compte, de noyer dans le brouillard. Et aujourd'hui, comme alors, Trina ferma les paupières, inspira bruyamment par le nez et fit tourner le caillou dans sa bouche comme si c'était une pastille à sucer.

Jacob l'observa.

– Normal, dit-il.

– Allez, en route, lui intima-t-elle. On n'a pas beaucoup de temps avant que les connards se pointent.

Trina s'engagea sur le chemin menant en ville et Jacob remarqua que, dans l'intervalle de quelques minutes les séparant de la fin des cours, elle était parvenue à arranger ses vêtements au point qu'ils n'avaient plus l'air d'une tenue imposée. Les bretelles de sa jupette d'uniforme pendaient nonchalamment sur ses hanches, les pans de son chemisier étaient sortis et ses socquettes, roulées d'une manière négligée et asymétrique. Ses cheveux d'un noir d'encre, toujours attachés en cours, lui descendaient jusqu'au milieu du dos. Ils étaient épais, huileux, si sales qu'ils semblaient ne pas bouger dans son sillage.

La seule altération que Jacob avait apportée à son uniforme en traversant le parking, c'était la casquette qu'il avait vissée à l'envers sur son crâne. Il l'avait commandée sur un site japonais et c'était sa préférée : elle était noire, avec une visière extra-plate tout aussi noire, et arborait sur le devant son Pokémon favori, un Latios hyper stylisé. Latios était une créature volante aux lignes racées, avec des pouvoirs psychiques que Jacob admirait. Il pouvait faire de sérieux dégâts, en particulier sous ses formes EX évoluées. Mais pour remporter une attaque, il fallait généralement un coup de pouce du destin, puisqu'on tirait à pile ou face. Pour gagner avec Latios, il fallait beaucoup de détermination et un peu de chance, ce qui semblait refléter davantage la vraie vie que les autres types d'attaque. La plupart des garçons de seize ans n'auraient pas osé sortir leur attirail Pokémon en public – à Deerfield, les hommes portaient généralement des fringues à l'effigie de l'équipe de la Louisiana State University ou des Saints, ou des tee-shirts kaki à motif camouflage Salt Life ou PFG, comme si un match de football américain ou une partie de pêche pouvait démarrer impromptu – mais la casquette de Jacob était d'un noir si foncé et d'un style si pointu, tellement loin des conneries de Pikachu qui s'étalaient sur les cartables des gamins, que rares étaient ceux qui identifiaient la référence.

Et Jacob adorait les Pokémon. Il n'en avait pas honte. Ça l'avait toujours passionné. Il se fichait complètement de cette appli débile à laquelle les gens jouaient sur leur téléphone, déambulant dans les rues à la recherche de monstres qui n'étaient pas vraiment là. Non, Jacob s'intéressait aux cartes de base, le jeu, le vrai, celui qui exigeait des talents de stratège hors pair, une réflexion intense, dans un monde figé. C'était comme une partie d'échecs en Technicolor, et ça lui plaisait. Il faut dire qu'il était doué, il dominait tout le monde à l'époque où ça jouait, et avait même participé à un tournoi régional à La Nouvelle-Orléans l'année précédente, ce qui avait paru un juste retour des choses à son père, comparé au nombre de fois où ils avaient accompagné son frère à droite à gauche pour ses tournois de base-ball ou ses matchs de foot. Et peut-être aussi, songeait parfois Jacob dans ces moments tranquilles propices à l'introspection, que le fait qu'il était doué avait eu son importance. Peut-être qu'il n'était pas absolument bon à rien. Pour toutes ces raisons, sous cette casquette Jacob se sentait protégé, à la fois un peu grandi et un peu caché, et n'était-ce pas la raison d'être d'une casquette ?

Quelques pas devant lui, Trina fit pivoter son sac à dos sur son ventre, en tira son portable. Puis elle extirpa le caillou de sa bouche, le fourra dans sa poche, sortit une cigarette qu'elle alluma d'un même geste maîtrisé. Elle souffla la fumée vers les branches ; ce n'était que la première d'une longue série de traînées vaporeuses qui monteraient dans leur sillage pendant l'heure suivante.

Leur itinéraire menait du lycée Deerfield Catholic à la place centrale de la ville. Il était surnommé le sentier de la Grue, la légende voulant qu'un garçon ait un jour aperçu une grue du Japon plantée dans les eaux troubles du bayou Ibis, qu'il longeait. C'était il y a des dizaines d'années de cela, à une époque où on n'avait pas encore bâti le lycée, et le sentier était né sous l'impulsion des ornithologistes amateurs qui avaient déferlé sur Deerfield après avoir lu la nouvelle dans le journal. Ces grues à tête rouge n'existaient pas, évidemment, on n'en revit jamais dans les parages, mais les gens ont une fâcheuse tendance, Jacob le savait, à croire tout ce qu'ils lisent.

Ces temps-ci, le sentier servait surtout de planque aux mômes trop jeunes pour fumer une clope et chiquer du tabac en public et, Jacob ne le comprenait que maintenant, aux rencontres avec le sexe opposé à la sortie du bahut. Des racines de chênes et de cyprès s'entremêlaient au sol, leurs feuilles et leurs bras moussus se rejoignant pour former une canopée au-dessus de leurs têtes le plus clair de l'année. Le week-end, couples mariés et familles en prenaient possession, pique-niquant dans des clairières au bord de l'eau, plantant une ligne pour attraper crapets ou poissons-chats, guettant le passage de la famille d'alligators qui aimait à longer la rive opposée. Le lieu était paisible entre 8 et 15 heures tous les jours, et c'est ce dont voulait profiter Jacob. Jouir d'un peu de solitude, à défaut de paix.

Il avait fait en sorte de quitter le lycée sans croiser personne, et surtout pas Trina : à la première sonnerie, il avait fusé sur le parking, tête baissée, tandis que ses comparses masculins se balançaient des ballons de football américain et faisaient monter des filles sur le hayon de leur bagnole, une scène que Jacob exécrait. Depuis que son frère était mort, Jacob se sentait particulièrement insulté par les déferlements de joie qui suivaient la sonnerie de 15 heures. La tristesse de ses camarades de classe, d'une déférence assez théâtrale en sa présence, s'était évaporée en moins d'un mois, et Jacob ne savait pas si cela avait à voir avec lui ou avec son frère. Toby leur manquait-il comme ils l'avaient affirmé lors de l'enterrement ? L'accident, dont Trina disait qu'il n'en était pas un, avait-il bouleversé le cours de leur vie à jamais ? Ou était-ce juste, comme elle le revendiquait, une bande de connards ? Jacob ne savait pas trop. S'il avait dû tenter une hypothèse, il aurait dit que leur récente explosion de joie tenait au fait qu'ils ne se sentaient plus obligés de se contraindre en sa présence puisque, comme avant la mort de son frère, ils avaient à peine conscience qu'il existait.

La seule personne qui savait à coup sûr où il se trouvait, c'était visiblement Trina. Il n'aurait su dire comment elle l'avait pisté jusque dans le bois, ni s'il aurait préféré marcher avec elle ou rester là à attendre que les connards arrivent à leur tour, alors il resta planté là, principalement occupé à se demander quel était l'intérêt de se fourrer un caillou dans la bouche.

– Tu vois ce tronc ? l'interpella Trina, à vingt mètres de là, le bras tendu vers un chêne creux tombé près de l'eau. Tu t'en souviendras ? Ça nous fera une planque.

Jacob se rapprocha à contrecœur, rejoignant le point d'où sa cigarette dressée désignait le tronc gisant au sol.

– Pour planquer quoi ?

– Tu le sauras en temps voulu. Y en a plus pour longtemps.

Elle refit passer son sac sur l'avant et l'ouvrit.

– Tu veux une clope ? Elles ont un goût dégueu.

– Tu devrais bosser dans la pub. Tu sais donner envie.

– J'essaie.

– Pourquoi tu les as achetées, dans ce cas ?

– Je les ai pas achetées. Je les ai piquées dans une bagnole hier soir, pendant que je faisais une petite reconnaissance des lieux.

Elle extirpa du sac un étroit paquet de Benson & Hedges.

– Je savais même pas qu'on en faisait encore, des fines comme ça.

– Je ne fume pas, dit Jacob. Mais merci de me proposer un truc que tu détestes.

– De rien, c'est un plaisir.

Et, le regardant au fond des yeux, elle ajouta :

– Je suis sincère.

Au-delà du virage, derrière eux, leur parvenaient déjà des voix. Des gamins qui se marraient, se charriaient, se bousculaient, écoutaient de la musique sur leur téléphone. Jacob eut le sentiment qu'ils pourraient rester là, immobiles, Trina et lui, tellement à part dans l'univers du lycée que les jeunes passeraient devant eux sans broncher, comme un fleuve contourne un rocher massif sans dévier sa course. Une part de lui avait envie de tenter l'expérience, voir si quelqu'un le remarquerait, ou s'ils allaient carrément lui rentrer dedans, l'envoyant au sol comme s'il ne méritait pas même qu'on l'évite. Il était d'humeur sombre, ces temps-ci, c'était indéniable. Mais, parfois, quand on est au fond du trou, la meilleure chose à faire, c'est de fermer les rideaux le plus hermétiquement du monde pour voir si l'obscurité s'épaissit encore. Il décida donc de ne pas bouger.

– Que dirais-tu, lui demanda Trina, de pénétrer quelque part sans autorisation ?

Jacob envisagea la chose. Sourit.

– Moi, la pénétration, je suis rarement contre.

– Ouh là, fit Trina en lui attrapant le poignet. J'avais oublié que monsieur était puceau.

Elle l'attira à sa suite en direction de la ville, d'un pas pressé.

– Il faut qu'on trouve comment se procurer le matériel, dit-elle. Comme tu le sais, on a tous les deux moins de dix-sept ans, donc certains achats risquent d'être compliqués sans autorisation parentale. Mais je me disais, en fait, que la plupart des gens ont ce qu'il nous faut chez eux, qui traîne.

Pendant qu'ils parlaient, un groupe de quatre mecs déboula devant eux. Ils étaient à vélo, roulant vite, debout sur les pédales et, au moment de les croiser, Chuck Haydel tendit le bras et arracha la casquette de Jacob. Le coup était si inattendu que Jacob ne dit rien, il se pencha et porta simplement les mains à ses oreilles.

– Sympa, la casquette, tête de cul, brailla Chuck, déjà trop loin pour que Jacob puisse réagir.

Le temps qu'il se relève, son cœur battait à tout rompre, l'adrénaline pulsant sous l'effet de la honte, de la colère ou n'importe laquelle des millions d'émotions exacerbées prêtes à l'emploi dont disposent les adolescents, et ses poings se serrèrent. S'il l'avait pu, il aurait lui-même évolué en Latios, là maintenant tout de suite, il aurait décollé en trombe et l'aurait réduit en cendres avec une Explosion Psychique. L'aurait anéanti. Mais il n'en avait pas le pouvoir.

Il ne fit donc rien.

Trina lâcha sa cigarette pour lui attraper le menton.

– Écoute-moi. Chaque fois que tu auras envie de laisser tomber, je veux que tu repenses à Chuck Haydel. À l'enfoiré qui vient de te chourer ta casquette. Il était avec ton frère, ce soir-là. Tu le sais, n'est-ce pas ? Il lui filait à boire. Le *forçait* à boire. Les conneries habituelles de ces salopards.

Puis, plongeant longuement les yeux dans ceux de Jacob :

– Il faut que quelqu'un paie.

Jacob cracha par terre. Son visage était en feu, ses oreilles, rouge brique, ses tempes, prêtes à exploser. Bien sûr qu'il avait des fantasmes de justice expéditive comme on en voit non seulement dans les jeux de cartes et les jeux de rôles, mais aussi dans les films, évidemment qu'il en avait. Un type comme Chuck aurait mérité des tas de supplices, il y pensait souvent, mais il ne donna pas cette satisfaction à Trina et le garda pour lui. Il n'aimait pas non plus qu'on lui reparle de la nuit où son frère était mort. Cela le mettait en colère pour trop de raisons. Le fait de ne pas avoir été à ses côtés, de ne pas savoir ce qui s'était vraiment passé. Trina mise à part, tout le monde racontait la même version au sujet de Toby, encadrée par les deux faits cohérents dont Jacob savait qu'ils étaient vrais : conduite en état d'ivresse, déjà mort à l'arrivée à l'hôpital. Qu'est-ce qui avait bien pu se passer, susceptible de mettre Trina dans un tel état de fureur ? Pour qu'elle les juge si coupables ? Elle n'avait proféré que de vagues allusions et Jacob détestait ne pas savoir. La colère montait, au bord de le submerger, et il se frotta les paumes pour se calmer.

– Autre question, déclara Trina. Sais-tu ce qui motive près de quatre-vingt-dix pour cent des intrusions dans un véhicule en Louisiane ?

– C'est quoi cette histoire, quel rapport ?

– Je te pose une question très simple, afin de te prouver que ma théorie est juste : on est sur la bonne piste. Contente-toi de répondre par oui ou par non. Sais-tu ce qui motive près de quatre-vingt-dix pour cent des intrusions dans un véhicule en Louisiane ?

– Non, dit-il. Et je m'en fous mais alors…

– Les armes. Les gens cherchent des armes. Nous sommes sur la bonne piste, CQFD.

– Je rentre chez moi, CQFD.

– Attends, fit Trina. Je voulais te demander : ton père, c'est le maire, c'est ça ? L'homme qui détient les clés de cette ville, si on peut dire ? Je me demandais : tu crois qu'il aurait le double des clés de l'école ?

– Je ne sais pas. En quoi ça nous concerne ?

Trina lui décocha un regard si indéchiffrable que Jacob n'aurait su dire si elle allait lui hurler dessus ou l'embrasser de nouveau. Pas plus qu'il n'aurait su dire quelle option il préférait. À la place, elle dit juste :

– Des planques. Je crois qu'il va nous falloir des planques.

Trina avait raison, reconnut Jacob. Une planque, voilà ce dont il avait besoin. Un endroit où il échapperait à tout – à elle, à la ville, à cette vie. Mais Jacob avait résolu de ne plus être d'accord avec elle et ne lui fit pas le plaisir de le lui dire.

– Moi, je crois qu'il faudrait surtout que tu redescendes sur terre.

– Pourquoi, Jacob ?

Puis, le fusillant du regard, elle ajouta :

– J'ai l'air de planer, tu trouves ?

– Je sais pas de quoi t'as l'air.

– Tant mieux. Je crois que je préfère ça.

Jacob resta silencieux et se remit à marcher. Trina le suivit jusqu'à ce qu'ils arrivent au bout du sentier, qui débouchait tout près de la place principale de Deerfield. Dans le monde s'ouvrant sous leurs yeux, les gens vaquaient, entraient et sortaient des magasins, faisaient le plein de leur bagnole, trimballaient des poussettes. Des hommes montaient un échafaudage le long de Annie's Chicken and Biscuits, dont ils passaient la façade de brique au jet d'eau haute pression. À l'autre extrémité de la rue, un autre groupe d'hommes installait des gradins. La ville était plus animée que jamais, de mémoire de Jacob, en pleine effervescence à l'approche du bicentenaire, et pourtant pas une once d'enthousiasme en lui. Sur une touffe d'herbe bordant le bayou gisait sa casquette, que Chuck avait dû vouloir balancer à l'eau. Il alla la ramasser.

– Tu vas le laisser s'en tirer sans rien dire ? demanda Trina. Tu vas laisser ces enfoirés faire la loi ? Tu crois que Toby laisserait passer ça sans réagir ?

Et voilà qu'elle reparlait de Toby comme si elle le connaissait mieux que lui. Jacob n'en pouvait plus. Il fit claquer sa casquette sur son genou et s'autorisa enfin à laisser éclater sa colère – celle qu'il tenait en permanence à couvert – contre Trina.

– Écoute, dit-il, tu ne sais rien de mon frère. Rien, putain ! Tu le laissais te baiser, et après ? Mes félicitations, Trina. Il faisait ça avec un paquet de filles. Alors arrête ton cinéma, là, genre c'était spécial entre vous, OK ? Et si tu le trouvais si formidable, pourquoi t'étais pas avec lui dans la caisse, ce soir-là ? Vous étiez tous ensemble, non ? Alors pourquoi tu l'as laissé conduire s'il était pas en état ? Pourquoi t'étais pas avec lui ?

Trina regarda Jacob. Puis ses pieds.

– Qu'est-ce que tu veux dire ? Tu aurais voulu que je meure, moi aussi ?

Jacob regarda ses pieds.

– J'ai pas dit ça.

– Je suis peut-être morte. Je suis peut-être un fantôme, dit-elle.

– Bon, écoute. J'en ai plein le cul de tous ces gens qui font comme s'ils savaient des tas de choses que moi je sais pas. J'étais son frère, merde. Personne le connaissait mieux que moi. Et j'ai de plus en plus l'impression que tu me racontes des conneries. Je sais pas ce qui s'est passé, selon toi, et quel genre de revanche tu as en tête, mais si tu comptes t'attaquer à ces gars-là pour les faire flipper ou leur coller une raclée, ce sera sans moi. Tout est débile, dans ce projet, du début à la fin. J'aurais jamais dû t'appeler. J'aurais jamais dû t'écouter une seconde. J'en ai ma claque, basta. Si tu sais un truc que j'ignore, soit tu me le dis tout de suite sans tourner autour du pot, soit tu débarrasses le plancher et tu me fous la paix.

Jacob s'attendait à ressentir un soulagement immense après avoir déballé tout ça, au lieu de quoi il entendit une voiture les klaxonner depuis la place. Levant les yeux, il vit une camionnette Toyota bleue à plateau se garer le long du trottoir. Trina n'y prêta aucune attention et se rapprocha de lui. Il espérait que ses paroles l'auraient blessée, que c'en soit fini d'eux deux, mais elle semblait absolument indifférente. Son visage vint se planter juste devant le sien.

– Tu veux savoir un truc que moi je sais et que toi tu ignores ?

Avant qu'il ait pu répondre, elle se haussa sur la pointe des pieds et l'embrassa derechef, sa langue alerte plongeant loin au fond de sa bouche, comme si elle essayait de l'étouffer.

Puis elle se détacha et dit :

– Non seulement tu lui ressembles, mais tu as le même goût.

Elle enfonça son index dans sa poitrine.

– Et pour moi, ça, c'est sacrément problématique.

Sur quoi elle tourna les talons et s'éloigna.

Jacob vit alors le père Pete, l'aumônier du bahut, qui hélait Trina depuis la fenêtre de sa Toyota bleue. Jacob lui fit un signe de tête embarrassé et Trina grimpa sur le siège passager sans même lui dire au revoir.

Après cela, Jacob rentra chez lui, à quelques rues de là, et trouva son père, le maire de la ville, en train d'essayer d'attraper le poste de télévision au lasso.

– 6 –

« Il était réglo avec son niveau »

« Level on the level »

Quand la cloche de 15 heures sonna, Douglas Hubbard se sentait bien plus vieux qu'au réveil. D'un point de vue technique, il avait, de fait, huit heures de plus au compteur, mais c'était comme si des années s'étaient écoulées depuis ce matin. Voire des décennies, et pas des plus simples. Comme s'il était allé bosser ce matin dans la peau d'Elvis période rockabilly et en était ressorti période Las Vegas. Il n'était pas le seul à ressentir ça. Dans toute l'Amérique, à cette même heure, des profs quittaient tête basse des établissements scolaires sordides, vieilles tortues se défaisant péniblement de leur carapace. Ils se protégeaient les yeux de leurs cahiers et classeurs, faisaient tressauter de lourds trousseaux de clés au fond de leur poche et semblaient, dans l'ensemble, désemparés de voir que le soleil était toujours haut dans le ciel, que la journée était loin d'être finie. De confusion, ils en lâchaient leur Thermos favorite ou leur gourde en néoprène sur le parking, qui allait rouler sous le capot d'une voiture, songeaient qu'il leur faudrait s'agenouiller devant leurs élèves pour aller les récupérer, car ces objets faisaient partie de leurs possessions les plus précieuses. Serait-ce la dernière humiliation de la journée ? s'interrogeaient-ils. C'était peu probable. Pour autant, la seule chose dont ils étaient sûrs, ces profs, c'est que le frottement de leurs paumes sur le macadam était douloureux, qu'ils avaient mal au dos à force de rester debout, la voix cassée d'avoir trop parlé et qu'ils se sentaient trop vieux pour leur âge. Tout cela, d'après Douglas, parce qu'ils vieillissaient de fait plus vite.

Il avait une théorie à ce sujet.

Le phénomène de vieillissement accéléré, tel que le corps enseignant notamment en faisait l'expérience. Douglas avait longtemps cru que c'était un effet de la distorsion espace-temps résultant de la fréquentation excessive du monde adolescent par des adultes par ailleurs doués de raison. Ce n'étaient pas seulement les migraines provoquées par les adolescents, avec leurs nuisances, leur ignorance, leurs hideuses manifestations corporelles, qui étaient en cause, mais surtout le découpage de la journée en tranches de cinquante-cinq minutes, spécifiquement conçu pour que les élèves restent actifs, qui rendait le tout, par une ironie suprême, interminable pour les profs.

Prenons la journée qui venait de s'écouler : Douglas avait enchaîné quatre heures d'histoire américaine, avec deux niveaux différents (des secondes et des premières), une heure d'histoire mondiale renforcée (pour les élèves de terminale avec des visées universitaires), un déjeuner bruyant à la cantine, une heure de pause qui n'en était pas une car il lui avait fallu appeler sa femme qui s'était mis en tête qu'elle serait plus heureuse en Arabie saoudite, puis se faire tirer le portrait par un rival en amour tandis qu'un futur dieu du stade faisait voler la vitre en éclats, avant de préparer trois autres heures de cours, à savoir histoire mondiale, enseignement civique et histoire de la Louisiane, qu'il s'efforcerait d'enseigner de son mieux à des élèves les yeux rivés sur un technicien du nom de Wilson occupé à glisser un bout de bois dans la fenêtre afin d'en déloger d'éventuels bris de verre. Le tout sans quitter l'enceinte scolaire, parfois sans quitter sa salle de cours, chaque scène se répétant chaque jour, à l'infini. C'était, à bien des égards, comme être coincé dans une faille spatio-temporelle au boulot.

À vrai dire, Douglas aimait à penser qu'au bout du compte, si on considérait chaque heure de cours comme une journée entière de travail à elle seule, ce qui était conforme à son ressenti, psychiquement, alors un prof de lycée finissait par enchaîner huit journées différentes en une, rien qu'entre 8 heures et 15 heures. Sans mentionner la journée qu'il vivait avant d'arriver au boulot, avec sa famille, ses gamins éventuels, ses scénarios de petit déjeuner, ni celle qu'il devait affronter ensuite, avec cette même famille et le dîner et les factures. Ainsi, un mathématicien pourrait émettre l'hypothèse qu'un prof de lycée mène dix journées de front par jour, traversant donc cinquante journées distinctes dans l'intervalle de cinq jours de travail dont jouissent la plupart des gens. Si on y ajoute les deux journées normales du week-end, avec le schéma typique de semestres de quatre mois on obtient alors huit cents journées en automne et huit cents autres au printemps, soit environ deux années de vie par semestre ce qui, partant, signifie que pour chaque année passée à enseigner en lycée s'écoulent quatre années de vie complètes. Il n'est donc pas anormal qu'à l'heure de quitter le lycée un terminale ait vu son prof préféré vieillir de seize ans quand il n'en a pris que quatre. Et, si d'aventure les profs se trouvaient acculés à donner des cours de rattrapage l'été, alors, selon les calculs de Douglas, ils finiraient bientôt poussière.

Voilà pourquoi même les plus optimistes des pédagogues que Douglas ait jamais croisés, les fraîchement diplômés de Baton Rouge ou de La Nouvelle-Orléans, avec tous leurs projets novateurs, leurs programmes pointus et leurs idées révolutionnaires visant à faire entrer pleinement le lycée de Deerfield Catholic dans le XXIe siècle, se retrouvaient à ressembler à leurs propres grands-parents avant même d'avoir bouclé leur première année d'enseignement et de réunions pédagogiques. La nouvelle prof de sciences humaines, par exemple, Betsy Miller, qui avait paru si séduisante à Douglas quelques années avant, avec sa coupe courte frisottée si punchy et ses lunettes à la dernière mode, ne portait plus que de longues robes bariolées informes, un sévère chignon juché sur le sommet du crâne. Le jeune Matt Clarke aussi, le prof d'anglais avec une spécialisation en beaux-arts, un temps célèbre pour avoir déclamé du Walt Whitman dans la cour à pleins poumons, jouant à fond la carte du *Cercle des poètes disparus*, avec ses bretelles énergiques et ses pantalons à pinces, avait été vu deux fois ce semestre avec des chaussures différentes aux pieds. Le pauvre homme ne s'en était absolument pas rendu compte et ses élèves l'avaient taillé en pièces. On pouvait difficilement le leur reprocher. Les vieux sont des cibles si tentantes.

Malgré tout, Douglas comprenait que si les profs continuaient de traîner dans les couloirs, griffonnant des pense-bêtes au creux de leur paume, jonglant avec les copies d'élèves comme si c'étaient des contrats aux clauses illisibles, c'est qu'ils vivaient chaque jour beaucoup plus de jours que le commun des mortels. Il savait aussi que très peu d'entre eux, à l'exception de Pat Howell, la principale, avaient tenu plus longtemps que lui à ce drôle de jeu.

C'est d'ailleurs cette même Pat Howell que Douglas aperçut alors qu'il quittait le bâtiment, traînant derrière lui son lourd étui à trombone, en route pour sa leçon. Il fallait s'y attendre car il était de renommée publique qu'elle couvait d'un œil soucieux le parking du lycée à l'heure de la sortie, s'assurant que personne ne fumait, ne buvait ni ne se bagarrait ou, pire, n'engendrait de descendance sous sa surveillance. La principale était une femme bien en chair, toute sphérique. Avec ses chemisiers rentrés dans des pantalons taille haute, on n'aurait su dire où s'arrêtaient ses seins et où commençait son ventre. Ses lunettes exagérément immenses donnaient l'impression qu'elle pouvait voir tout ce qui se passait sur le campus, qu'elle soit ou non physiquement présente.

– Hubbard ? fit Pat. C'est bien vous ?

– Moi, moi et toujours moi. Et demain ce sera probablement encore le cas.

Elle l'étudia un instant, le front barré d'un pli inquiet.

– Je ne vous avais pas reconnu sans la moustache. Bon flan de tiroir, quand est-ce arrivé ?

– La semaine dernière. On a eu deux réunions ensemble, depuis. On a discuté au sujet de ma fenêtre juste après le déjeuner, aujourd'hui. Il y a deux heures de cela, peut-être.

– Exact. C'est d'ailleurs précisément de cela que je voulais vous parler.

– Tim Nevers m'a assuré qu'il rembourserait les frais grâce à ses primes de match, une fois son contrat signé.

– Pas de ça, non. Après qu'on s'est vus, j'ai repensé à tout le boulot que vous avez abattu à Deerfield, vous êtes là depuis des tricards de placards d'années au point de faire quasiment partie des murs, vous vous entendez à merveille avec vos mouilles-colles de nouilles-folles de collègues, et même ces petits dermeux d'acnéeux d'élèves semblent vous respecter.

Pat avait, fait aisément remarquable, une drôle de façon de parler. Ses trente années à la tête d'un établissement privé catholique, couplées à sa propre politique bannissant toute grossièreté des lieux, avaient donné naissance à un nouveau lexique à part entière, constitué de quasi-grossièretés qu'elle seule employait impunément. À sa décharge, elle n'optait jamais pour la solution de facilité, les « punaise », « purée » et les « mercredi », comme l'auraient fait la plupart des gens comme il faut à Deerfield en présence d'oreilles juvéniles, mais insufflait à ses invectives des qualités d'allitérations et de rimes internes que Douglas admirait plutôt. Des « mystères et grosse poule molle », des « flûte, turlute et culbute », des « purin de ferme » et de mystérieux jurons de la trempe de « fête de pion » parsemaient la conversation, à n'importe quelle heure du jour, en n'importe quel lieu. C'était surtout lors des réunions que Douglas bénissait cet aspect de sa personnalité, quand l'écouter sermonner un collègue se rapprochait étonnamment de ce que devait être une soirée dans un club de jazz à écouter une Etta James tout feu tout flamme se lâcher au micro pour une séance de scat improvisée. Tout le monde ne devait pas être fan de ses sorties excentriques, pour autant, parce que même le plus naïf des parents d'élève pouvait déduire de n'importe quelle discussion avec Pat qu'elle refrénait de toutes ses forces une envie impérieuse de traiter leur gosse de *petit merdeux*. Si l'on remplaçait ces termes fantaisistes par les jurons auxquels ils se substituaient de toute évidence, on ne pouvait manquer d'en conclure que la principale était sans conteste la personne au langage le plus cru du comté.

– Vous savez, lui dit Douglas en jetant un œil à sa montre, moi aussi j'ai pensé ces jours-ci que ça faisait des mollards de mollardièmes d'années que je travaillais ici.

– Vous n'allez pas commencer à m'enfrapouiller… Je suis sérieuse. Vous méritez qu'on reconnaisse vos mérites à leur juste valeur.

Cette conversation mit Douglas dans l'embarras. Il n'avait pas du tout l'habitude qu'on le complimente au travail, que ce soit les élèves, les pairs ou quiconque en dehors de Cherilyn, à vrai dire, qui, toujours attentive à autrui, comme on pouvait s'y attendre, avait élevé le compliment au rang d'art. Non contente de lui glisser une remarque sur sa prestance quand ils se rendaient à un dîner ou un anniversaire, ce que Douglas prenait miraculeusement pour argent comptant chaque fois, elle s'était également mis en tête de fournir à son mari les éloges professionnels dont elle soupçonnait qu'il ne recevait pas sa part au travail.

Elle excellait tellement à cet exercice que, ces cinq dernières années, à la fin du second semestre, Cherilyn avait organisé une petite cérémonie en son honneur à la table de la cuisine. Elle enfilait une jolie tenue, une blouse bleue et une longue jupe blanche dont il avait mentionné un jour qu'elle lui plaisait, lui préparait un verre de son whisky préféré, un Basil Hayden's qui, à trente-quatre dollars la bouteille, pesait sacrément lourd dans leur budget. Puis elle jouait les maîtresses de cérémonie, distribuant les récompenses dans des catégories propres à elle, elle lui tendait une boîte pleine de remerciements manuscrits de sa main, au nom de ses collègues et élèves ingrats. Dans ces messages, on le remerciait pour une grande variété de petits services extrascolaires qu'il avait rendus au long du semestre, des anecdotes que Douglas avait dû évoquer devant Cherilyn à l'occasion. Bien souvent, le nom des élèves en question lui était inconnu, ce qui désolait Douglas, alors elle concluait les messages par « Bien à vous, signé : le garçon qui ne s'est pas présenté à l'examen mais à qui vous avez offert une seconde chance car vous êtes quelqu'un de bon et compréhensif » ou « Avec mon meilleur souvenir, signé : le prof de géo dont tu as pris en charge la classe quand il a eu ce "rhume" qui était en fait une convocation au tribunal pour conduite en état d'ivresse ». Chaque anecdote donnait lieu à la remise du même petit trophée que Cherilyn avait confectionné, surmonté d'une pomme dorée et légendé « Prof de l'année », qu'elle rangeait sur le manteau de la cheminée.

C'étaient des soirées bienheureuses, Douglas et Cherilyn riaient de concert, comme savent le faire les couples chanceux, à la lecture des messages pleins d'humour et de finesse, à l'évocation de son insondable crédulité en ce qui concernait le travail (qu'il jurait chaque année de combattre) et de l'impressionnante imbécillité de presque tous ceux qu'il croisait après avoir quitté son domicile le matin. Mais ce qui touchait le plus Douglas dans toute cette mise en scène, c'était l'attention qu'elle avait portée au quotidien, lors de chacune de leurs discussions, tout au long de l'année, à ce qui, s'imaginait Douglas, devait s'apparenter à ses yeux à un chapelet interminable de journées fort similaires. Ce ne devait pas être chose aisée. Il se demandait souvent comment elle s'y prenait pour retenir cette somme d'anecdotes, que lui-même avait pour une part oubliée entre-temps, si elle se souvenait de tout ce qu'il lui avait jamais dit ou, peut-être encore mieux, si sitôt le dos tourné elle allait rédiger ses messages le soir même où il s'en était plaint, lui façonnant de menus présents continuellement comme certains parents préparent le Noël de leurs enfants d'un bout de l'année à l'autre. Si oui, alors son amour pour lui ne connaissait pas de repos. Et, comme pour démontrer combien Douglas avait pour sa part du mal à rester concentré lors d'une conversation, il s'aperçut alors que cette brève évocation de son épouse lui avait complètement fait perdre le fil de la discussion avec la principale, qui en arrivait désormais à une conclusion à propos d'un sujet dont il n'avait pas eu conscience qu'elle l'avait abordé.

– C'est pourquoi j'en suis arrivée à cette décision, dit-elle. Qui d'autre que ce bonnard de sifflard de Douglas pourrait faire l'affaire pour me remplacer ?

– Excusez-moi, fit-il. Vous remplacer ? Mais pour quoi faire ?

– Allô, y a quelqu'un ? Vous n'écoutez pas ce que je vous dis ? C'est officiel. Je prends ma retraite. Je ne peux plus rien pour ce lycée, désormais. Je quitte le navire, je mets les voiles, je me jette à l'eau.

La principale extirpa alors un petit bout de papier bleu de sa poche – de pantalon ou de chemisier, allez savoir. Douglas reconnut à l'instant sa provenance : DNAmix.

– Vieux soit cloué. Comment va-t-on se sortir de ce bourbier ? Heddy Frank m'a annoncé tout à l'heure qu'elle a vocation à devenir samouraï. Elle a passé toute la première heure de cours à faire des origamis. Comprenez-moi bien, elle n'a pas la moindre idée de comment on plie un origami. Vous pensez qu'il est temps qu'on interdise ces papiers au sein de l'établissement ? *No problemo.* Comptez sur moi. Je signe ici et maintenant. Pas besoin de réunion. Je vous aiderai même à imprimer les documents. Et qui sait, Heddy nous aidera peut-être à les plier.

La principale était connue pour prendre des mesures de façon unilatérale et immédiate contre les effets de mode. Dès que les mômes manifestaient de l'engouement pour quelque chose, elle faisait circuler dans les carnets de liaison des mots sur papier rose fluo : sous la mention IL EST DÉSORMAIS INTERDIT DE… on était sûr de trouver leur dernier gadget favori. Au fil des ans avaient défilé les toupies Beyblade, les pâtes Slime artisanales, les hand spinners et, pire que tout, les Rubik's Cube. Quels que soient leurs possibles débouchés pédagogiques, si ça plaisait aux élèves, alors Pat faisait en sorte de s'en débarrasser.

– Je ne donne plus dans la prohibition, dit-elle. C'est ce que j'essaie de vous expliquer. Lisez vous-même, vous verrez bien.

Douglas saisit la feuille de papier bleue, convaincu par avance du ridicule de ces prédictions, et la déplia. Elle ressemblait à celle de Cherilyn, avec cette série de chiffres et les maigres infos correspondantes, sauf qu'elle laissait entendre que Pat, à la différence de Cherilyn, n'était pas capable d'engendrer une progéniture humaine. En bas de la page, en gras : « Potentiel dans la vie : **CHARPENTIER** ».

– J'ai donné mon préavis au rectorat, j'ai deux semaines à effectuer. Je déménage à la campagne, pour me bâtir une maison, ma cabane au fond des bois, comme dans la chanson. Vous me sembliez un bon candidat pour le poste.

– Vous voulez rire, dit-il. Pat, c'est juste un bout de papier. Sorti d'une machine à sous.

– Ce n'est pas juste un bout de papier. C'est *le* bout de papier. Depuis que j'ai lu ça, je ne m'en remets pas.

Douglas posa son étui à trombone. Il jeta des regards à la ronde, craignant d'être en pleine hallucination ou filmé pour une caméra invisible. Il ôta son épaisse casquette et essuya la sueur qui perlait à son front.

– Une seule question, Pat. Avez-vous seulement le moindre début d'once d'ombre d'idée de ce que c'est que le travail du bois ?

Pat glissa la main dans la poche de son pantalon ou de sa blouse et en extirpa une paire de lunettes de protection, qu'elle brandit comme preuve.

– Je me suis payé ça chez Bricomachin, hier. C'est dire si la sécurité, ça me connaît. C'est même ma spécialité. Je sais aussi que j'avais un grand-père charpentier, et que le fils du grand chef l'était aussi. Je sais enfin que c'est avant tout une affaire de marteau et de clous, et aussi ce que personne d'autre ne peut savoir, c'est que sitôt que j'ai eu cette feuille en main, j'ai bâti une maison dans ma tête. Chaque partie m'apparaissait : le parquet, le plafond-cathédrale et ses poutres, tous les écrous et boulons qu'il allait me falloir visser, et quel pied ! Tout était là, comme si ça existait depuis toujours, sans que j'y aie jamais fait attention. Et laissez-moi vous dire, Hubbard, quand je me suis vue dans cette baraque, couverte de sciure et de poussière des pieds à la tête, je ne me suis pas reconnue. J'avais devant moi une femme droite dans ses bottes, une femme qu'en a, quoi, si vous me passez l'expression. Bon flan de ciboire, je suis déjà étonnée que vous m'ayez reconnue.

– Vous savez, fit Douglas, j'ai entendu une rumeur : il paraît que Phil Reed a encore mis de la gnôle dans le café de la salle des profs. Vous y êtes passée dans la journée ?

Pat ne répondit pas, son regard dériva vers un groupe de terminales qui faisaient crisser la gomme de leurs pneus sur le parking en accélérant comme des fous. Au grand dam de Douglas, elle ne prit pas la peine de noter leurs noms pour les convoquer le lendemain.

– J'ai précisé dans ma lettre de démission que j'aimerais choisir mon ou ma remplaçante. Je leur communiquerai votre nom demain.

– Écoutez, fit-il, j'apprécie votre geste, mais vous devez savoir que je ne suis pas particulièrement intéressé par davantage de responsabilités, en ce moment.

Il tapota son étui du bout du pied.

– Moi-même, j'avais dans l'idée de changer de voie.

– Vous, changer de voie ? En voilà une qu'envoie du bois. Ne soyez pas ridicule, enfin. Vous êtes fait pour ce job, Hubbard. Vous êtes doué. Tout le monde vous le dira. Certains êtres sont tout simplement exempts de mystère.

Ce que Douglas aurait voulu lui rétorquer, bien sûr, c'est qu'elle se trompait sur toute la ligne à son sujet. Mener une vie en veste et chemise boutonnée jusqu'au col, là était le mensonge. Sa vérité à lui, c'était qu'il était un artiste talentueux, probablement surdimensionné pour une petite ville comme Deerfield. Simplement, il n'avait pas encore réalisé son potentiel. Mais au lieu de lui répondre ceci, Douglas lui renvoya une question :

– Et le père Pete, alors ? Ce serait carrément logique que ce soit lui qui fasse l'intérim dans un moment pareil, non ?

Douglas connaissait déjà sa réponse, à savoir : non. Pete Flynn n'avait pas vraiment les qualités requises, il le mentionnait uniquement parce qu'il venait de l'apercevoir sur le parking, qui rejoignait sa vieille camionnette Toyota bleue à plateau.

– Enfin, voyons, fit Pat. Les mômes n'en feraient qu'une bouchée. Il tournerait au whisky dès midi pétant. Les hommes de Dieu sont trop fragiles pour diriger un établissement scolaire.

Pat reprit la feuille des mains de Douglas, la rempocha et dit :

– Je sais que ça fait beaucoup à digérer d'un coup. Parlez-en à Cherilyn, dites-lui bien que vous aurez une belle augmentation – même si ce poste mériterait davantage, si vous me demandez mon avis – et revenez me voir demain.

Elle conclut ces mots d'une tape sur l'épaule et tourna les talons en direction du lycée.

– Attendez, dit Douglas. Il faut que je sache. Pat, en tant que charpentière chevronnée, dites-moi : comment s'y prend-on, au juste, pour avoir un fil d'aplomb ?

C'était une pulsion assez moche de la part de Douglas de poser cette question, dont lui-même ne connaissait pas la réponse. Mais il avait entendu cette expression dans tout un tas de conversations viriles avec des hommes qui avaient ce genre de savoir et il espérait, le mesquin, que son ignorance mettrait Pat dans l'embarras.

Pat était en train de pousser la porte d'entrée, elle se retourna. Elle attrapa les lunettes de sécurité juchées sur son crâne et les plaqua par-dessus ses lunettes de vue. On l'aurait dit parée pour une séance de plongée sous-marine.

– Pour tout vous dire, je n'en sais rien. Mais je compte bien le découvrir. J'envisage de commencer par m'acheter du fil, m'acheter un plomb et pouvoir enfin, Douglas, vous répondre avec aplomb.

Douglas baissa les yeux.

– Excellente réponse. Je suis ravi pour vous.

– Ne mentez pas. Tout ceci mérite réflexion, c'est vrai. Mais vous savez ce qu'on dit, nous, les charpentiers, Hubbard ? Quand Dieu ferme une porte, on se construit une fenêtre. Qui sait, ce nouveau poste pourrait bien être votre fenêtre.

– Oui, qui sait ? Et qui sait d'ailleurs si vous n'allez pas rentrer chez vous, vous prendre une poutre sur la tête et revenir à la réalité ?

– La réalité ! s'esclaffa Pat, pliée en deux. Vous en avez de bonnes.

– 7 –

Le père Pete

Les hommes de Dieu, à l'instar des profs, vivent peut-être plusieurs journées en une.

Qui sommes-nous pour le dire ?

Comme le père Pete serait le premier à l'affirmer, faire des supputations sur la vie d'autrui, aussi évidentes qu'elles puissent paraître, c'est se fermer volontairement l'accès au cœur de Dieu. Il ne dirait pas Dieu, cependant, et sûrement pas Jésus, et encore moins le Christ, s'il s'agissait d'une simple discussion ouverte. Il savait d'avance que dans la classe les yeux se lèveraient au ciel, y compris parfois parmi les visages qu'il voyait à l'église, s'il venait à prononcer le nom de Dieu en dehors du cadre de la messe, les catholiques n'aimant pas trop se faire sermonner quand ils ne portent pas leurs habits du dimanche. Et donc, au lieu d'invoquer les noms de Dieu tout-puissant, créateur du Paradis et de la Terre, et de Jésus Son unique fils mort sur la croix pour nos péchés et ressuscité, Pete pourrait se contenter de leur rappeler l'adage moins chargé, surtout en culpabilité, selon lequel ce n'était pas un hasard si dans *supputer* on entendait ce qu'on entendait.

Les parents, lors des soirées « Pêche et friture » au Lenten, le vendredi soir, ou les hommes s'occupant des stands de grillades à la kermesse de l'école s'amuseraient de ce genre de phrase choc, mais il ne pouvait pas jouer cette carte avec leurs enfants. Qu'ils entendent le mot « pute », et c'en serait fini de leur concentration, le reste du débat serait aussi productif que si on essayait d'enseigner les maths à un vieux matou. Et donc, que dirait-il à ses élèves, en définitive, s'il les trouvait occupés à des supputations ? Qu'il ne faut pas jeter la pierre ? Ne faites pas à autrui ce que vous ne voudriez pas qu'on vous fasse et blablabli et blablabla ? Que dirait-il à son propre enfant s'il en avait un ? Et pourquoi repensait-il encore à ça ? Il pourrait prier à ce sujet ce soir, peut-être ? Une bonne grosse prière pour savoir comment conseiller l'enfant qu'il ne connaîtrait jamais. *Bon sang*, se dit-il, *et pourquoi pas après tout ?* Il l'avait déjà fait par le passé.

Quoi qu'il en soit, Peter Flynn, ou le père Pete, comme on l'appelait, vivait deux journées pleines et entières en une, et il en avait bien conscience. La cinquantaine, large d'épaules à force d'exécuter ses cinquante pompes tous les matins au pied de son lit, suivies de cinquante flexions du biceps torse nu devant sa glace, le poitrail grisonnant, le père Pete ne vivait à Deerfield que depuis trois petites années, ayant dû quitter Livingstone, une bourgade des environs de Baton Rouge, à la suite d'une mutation, sans qu'il ait commis la moindre faute. Il se considérait comme un bon prêtre, un ami loyal et un admirateur des femmes, des hommes, de la pêche et du sport, qui en apparence ne rompait aucun des serments de son sacerdoce. Non, simplement il avait des pensées, c'est tout, des regrets, quelques rancœurs, ce qui était bien normal. Quand on atteint son âge en s'astreignant à la routine et la discipline que la prêtrise requiert, on sait exactement combien de journées on vit.

Et donc, le temps que le père Pete atteigne son véhicule, salue de la main la principale qui regagnait l'enceinte du lycée de sa démarche pleine de roulis, adresse un signe de tête à Douglas Hubbard, qu'il appréciait plutôt mais à qui il parlait peu, il était impatient de passer à sa deuxième journée.

Il était précisément à une heure et quarante minutes du début de cette journée, ce dont il était pleinement conscient, car elle démarrait immanquablement, non qu'il y puisse grand-chose, à 17 heures pétantes. L'heure où Pete, à moins d'une contrainte professionnelle quelconque, se retrouvait enfin seul chez lui. Mais aussi l'heure où Pete attrapait un citron vert dans le panier suspendu près de l'évier, le posait sur une planche à découper aux contours de la Louisiane, qui aurait pu se doubler d'une fonction décorative mais restait typiquement posée sur l'égouttoir. Il sortait ensuite un couteau d'office du tiroir et ciselait le citron le long de sa ligne équatoriale, le faisait pivoter sur la face pour en redécouper une moitié, répétant l'opération jusqu'à obtention de huit triangles identiques. C'était des triangles courtauds, cela dit, plutôt comme des pyramides, et non ces croissants de lune effilés qu'on obtient en tranchant le citron d'un pôle à l'autre, selon l'usage du restaurant mexicain El Sombrero, en ville. C'était important, à ses yeux, cette opération de découpe, à l'image de bon nombre de rituels. Pete ouvrait ensuite le buffet vitré où il conservait un service de deux verres à cocktail en cristal transparent flanqués d'une silhouette dépolie de la cathédrale Saint-Louis de La Nouvelle-Orléans. Les verres étaient élégants, conciliant robustesse et finesse, un cadeau de l'un de ses professeurs au séminaire pour son ordination, accompagné d'un message manuscrit sommaire : « Et que ça brille, Pete. »

Il en avait bien l'intention. Ça faisait partie de ses objets favoris.

Et donc, quand sonnaient 17 heures, il en extrayait un de la vitrine et le brandissait en pleine lumière, aussi translucide que le jour où il l'avait reçu cinq ans plus tôt, avant de le poser près de la planche à découper. Puis il allait ouvrir le réfrigérateur, où il avait toujours une bouteille d'eau gazeuse fraîche datant du matin même, préparée grâce à la machine Sodastream acquise en ligne pour s'éviter une possible rumeur s'il était vu en train d'acheter une machine à gazéifier l'eau au Walmart de Deerfield. Évidemment, on pouvait toujours s'en servir pour faire de la « root beer » et du Coca et d'autres boissons aromatisées, mais on était en Louisiane, et ce que les adultes faisaient avec de l'eau gazeuse ne trompait personne. Bref, il prenait sa bouteille, attrapait dans la porte du congélateur la flasque de vodka Sobieski, la glissait sous son bras pour avoir la main libre afin de réceptionner une poignée de glaçons du distributeur directement dans sa paume, avant de retraverser la cuisine. Là, il laissait tomber les cubes de glace dans son verre, le cliquetis confinant au divin, pressait le citron vert, versait tout juste assez de vodka pour inonder le parvis de la cathédrale et couronnait le tout de bulles si fraîches et pétillantes que leur retour à la vie sonnait comme une douce averse.

Le père Pete pouvait alors retirer son col et lever son verre à hauteur de ses lèvres, verre dont, à cette heure du jour, si tout s'était enchaîné comme prévu, le soleil se déversant dans la cuisine éclairait le fond de façon telle que le cône de citron projetait des éclats d'un vert acidulé sur chaque angle des glaçons et des bulles alentour. À ses yeux, c'était un spectacle rayonnant et, pensant à son épouse Anna, morte neuf années auparavant, il disait : « Un jour en moins loin de toi. » Puis il portait le verre à sa bouche, le gaz carbonique éclaboussant de fraîcheur son nez et sa lèvre supérieure. Venait enfin la première gorgée, celle qui ne se reproduirait pas dans cette seconde journée, et il songeait qu'il ne s'en sortait pas si mal, dans la vie, étant au service à la fois de Dieu, des hommes et d'Anna au mieux de ses capacités, ayant réussi une fois de plus à atteindre le cap fatidique des 17 heures sans mollir, comme il le leur avait promis à tous.

Mais pour atteindre le seuil de cette seconde journée, aujourd'hui, Pete avait besoin d'aller acheter à boire. Il survivrait sans, s'il devait se passer de ce rituel, ce n'était pas si important, cela lui arrivait d'ailleurs souvent, mais il serait mieux avec. Il était adulte, travaillait, et n'étant pas coincé par la surveillance d'une partie de cabbage-ball typique du Sud ou par une quelconque tâche au presbytère, il allait s'offrir ce dont il avait envie. Il effectua sa marche arrière pour sortir du parking et déboucha dans Iris Lane, dans l'idée de passer la grand-place et rouler jusqu'à la route 61, en direction de Clessy's, un commerce de vins et spiritueux situé dans la commune voisine.

Il aurait pu aller moins loin, l'État de Louisiane, dans sa grande mansuétude, autorisant la vente d'alcool à peu près n'importe où pourvu qu'il y ait une caisse enregistreuse. Les stations-service, les droguistes, la supérette Johnson's, l'immense Walmart, même la pharmacie de Deerfield vendait de la bière et du vin, mais il portait son col romain et n'avait pas très envie de repasser chez lui se changer, et puis, bon, une virée jusqu'à Clessy's pourrait lui faire du bien, lui permettrait de réfléchir à deux, trois choses en route.

Parmi ce à quoi il devait réfléchir, il y avait non pas une chose, mais une personne. Qui se tenait pour l'heure sur le trottoir. Il s'agissait de sa nièce Trina, la fille de sa sœur démissionnaire – une catastrophe –, Trina qui n'avait, à coup sûr, pas dû rigoler tous les jours ces dernières années. Elle n'était arrivée au lycée privé de Deerfield que l'automne précédent et avait du mal à s'y ajuster, Pete le savait d'autant mieux qu'il avait dû subir pas moins de quatre tête-à-tête avec la principale au sujet de son comportement des plus déroutant, limite asocial. Il s'était porté garant d'elle chaque fois, expliquant que sa mère souffrait d'une addiction aux opiacés et s'était enfuie Dieu sait où, qu'on ne pouvait pas davantage compter sur son paternel et que, comme Pat ne pouvait l'avoir oublié, la Bible nous commandait d'accueillir le faible, l'orphelin et les cohortes de malheureux. À moins qu'il confonde avec le poème gravé au pied de la statue de la Liberté ?

Peu importe. C'était à cause de Pete qu'elle était venue dans ce lycée en premier lieu, après qu'il s'était aperçu qu'elle ne mettait plus les pieds en cours dans son ancien bahut public. Il avait négocié un rabais familial et avait aussi réglé les frais de scolarité. Résultat, il se sentait en quelque sorte responsable de sa conduite. À dire vrai, c'était un drôle d'oiseau, il se faisait du souci pour elle. Elle ne lui adressait guère la parole, pas plus qu'à quiconque d'ailleurs, semblait-il, surtout ces derniers mois. Mais la communauté tout entière avait été très touchée par le décès du jeune Richieu. C'était une tragédie au sens fort du terme, comme est tragique le fait qu'un enfant soit rappelé à Dieu avant l'heure. Des racontars au sujet de sa relation avec le garçon étaient parvenus aux oreilles de Pete, il avait entraperçu quelques inscriptions peu flatteuses à son égard sur les murs des toilettes pour hommes, qu'il avait chaque fois scrupuleusement effacées après la sortie des cours, mais, malgré tous ses efforts, il ne parvenait jamais à tirer d'elle la moindre réponse claire.

N'était-ce pas étrange, sachant tout cela, qu'elle se trouve là au bord de la route près de l'autre fils Richieu, dont le visage ressemblait tant à celui de son frère à défaut d'avoir sa carrure, comme si cette exacte même scène se déroulait quelques mois plus tôt ? Est-ce qu'elle sortait désormais avec ce garçon, à son tour ? Il ne voulait rien supputer, bien sûr, on ne savait que trop ce qu'on entendait par là, mais il ne s'en gara pas moins le long du trottoir et lui adressa un petit coup de Klaxon.

– Salut, belle inconnue, fit-il. Je peux vous déposer quelque part ?

Trina habitait à quelques kilomètres de là, sur la route 61, avec son père, Lanny Todd, un type dans lequel même un prêtre avait du mal à reconnaître la main de Dieu. Il avait ruiné bon nombre d'existences, parmi lesquelles celle de la sœur de Pete, Amanda, et vivait sur un ranch à l'abandon – un héritage familial –, pile à la frontière de la commune, devant lequel, providentiellement peut-être, songea Pete, il passait pour aller chez Clessy's ce jour-là. Qui sait si là-haut *on* ne s'était pas remis à l'œuvre ?

Le jeune Richieu restant – il s'appelait Jacob, se souvint Pete – leva les yeux et répondit à son coup d'avertisseur d'un hochement de tête, tandis que Trina l'ignora purement et simplement. À la place, Pete la vit se hausser sur la pointe des pieds pour embrasser ce Jacob à pleine bouche à la vue de tous, langue contre langue, comme s'ils mastiquaient la même bouchée, puis se détacher et lui coller une bourrade dans les pectoraux. Vu d'où il était, ça ne semblait pas franchement un geste amoureux.

– Katrina, l'appela Pete depuis l'habitacle. Laisse un peu d'oxygène à ce garçon. Et viens dire bonjour à ton oncle.

Trina balança son sac à dos sur son épaule et s'approcha sans lui accorder un regard. Le garçon quitta à son tour les lieux et elle, plutôt que de simplement se pencher par la vitre ouverte, comme il s'y attendait, elle ouvrit la portière et s'installa à l'avant.

– Il fait plus chaud dans ce bled que dans cet endroit imaginaire dans ton bouquin favori, dit-elle. J'accepte ton offre.

– Ça me fait plaisir de te voir, dit Pete. Comment se fait-il que tu sois à pied, d'ailleurs ? Ton père ne vient pas te chercher ?

– Normalement, si. Et c'est une expérience fort réjouissante, laisse-moi te le dire. Mais, hélas, il n'a pas trouvé sa voiture ce matin. Ma théorie, c'est qu'il a dû la vendre pour s'acheter de la drogue mais qu'il ne s'en souvient pas. Théorie fondée sur le fait que je l'ai vu la vendre et qu'il ne s'en souvient pas. Mais bref, ça ne sert à rien de discuter avec lui.

Pete quitta sa place de stationnement, fit un signe de la main au conducteur derrière lui pour le remercier d'avoir ralenti et rejoignit la route 61.

– Tu peux toujours m'appeler, en cas de pépin, lui dit-il. T'hésites pas, hein ? Je sais que ton père peut être usant, au quotidien. Je suis là pour toi.

– Oh, mais tu as bien d'autres âmes en perdition à sauver, oncle Pete, fit Trina. Sans compter que tu m'as assez aidée comme ça, en me faisant venir dans ce lycée merdique, merci.

Au moins, avec Trina, on savait à quoi s'en tenir – c'était une base que Pete cherchait à établir avec chacun, afin d'entamer le dialogue. Depuis que sa mère s'était fait la malle et que Pete avait commencé à s'occuper un peu d'elle, depuis qu'il l'avait inscrite à Deerfield Catholic, Trina s'était montrée d'une agressivité sans faille à son encontre. En quoi il reconnaissait la main de sa sœur – il était sûr qu'elle avait dû l'abreuver depuis toute petite de détails peu flatteurs le concernant. Sa sœur Amanda n'était pas méchante, très peu de gens l'étaient, aux yeux de Pete, mais elle ne tournait pas rond. De dix ans sa cadette, elle avait interprété son entrée dans les ordres après la mort d'Anna comme un reproche envers son propre mode de vie dissolu, s'était sentie humiliée, écrasée par la rivalité fraternelle, et avait visiblement considéré que, puisqu'il allait désormais mener une vie exempte de péché, elle pouvait bien doubler la dose de son côté. Pete s'inquiétait pour elle, elle lui manquait, mais c'eût été mentir que de dire qu'ils avaient jamais été proches. Il lui arrivait souvent de se demander si c'était ça – ce sentiment de proximité perdue – qui le poussait à s'investir autant auprès de sa fille.

Quand il eut convaincu Lanny de la laisser intégrer le lycée privé – il s'était fait accompagner du shérif qui lui avait expliqué la législation en vigueur en Louisiane en matière d'obligation scolaire – et lui eut promis qu'il prendrait en charge tous les frais afférents, promis qu'il n'aurait même pas à lever son cul du canapé, Pete emmena Trina acheter ses tenues d'uniforme pour l'année. Trina portait un débardeur noir court qui semblait n'avoir pas de dos du tout, des taches de rousseur couvraient ses épaules carrées, il aperçut une ombre grise sous ses aisselles, et elle se moqua ouvertement du moindre vêtement dans les rayons. Quand il eut fini par lui dégoter tous les différents articles requis par la liste que lui avait remise la principale, elle sortit de la cabine en jupe à bretelles et chemisier, les chaussettes sous le genou, aux pieds des babies noir et blanc dont elle n'avait pas refermé la boucle, et déclara :

– Alors c'est ça qu'on est censée porter au paradis, quand on est une femme ? Il est fétichiste ou quoi, Dieu ?

Le type à la caisse regarda Pete, qui lui tendit sa carte bleue sans commentaire. Reportant son attention sur Trina, Pete lui dit :

– Je t'attends dans la voiture.

Et, une fois assis au volant, il pria pour elle, comme il savait le faire.

Elle portait ce même uniforme, aujourd'hui, mais il remarqua qu'elle y avait apporté plein de modifications depuis la sortie des cours. Ses babies vinrent se poser sur le tableau de bord, toutes crottées, trahissant sa balade dans les bois.

– Comment es-tu venue au lycée, alors, ce matin ? S'il n'y avait plus de voiture ?

– Tessa m'a déposée.

– Qui est Tessa ?

– La pute qui vit avec nous maintenant.

– Trina. On ne parle pas comme ça des gens.

– Mais Marie-Madeleine n'était-elle pas une pute, en son temps ? fit Trina, jouant à merveille les candides. Auquel cas, on pourrait y voir, de ma part, le plus beau des compliments ? C'est vrai, quoi, elle pourrait être élevée au rang de pute en chef par Jésus, un jour ?

– Ça suffit. Depuis quand tu traînes avec le deuxième fils Richieu ? T'es pas un peu jeune pour procéder à des échanges d'ADN en pleine rue ? Tu sors avec lui, maintenant ?

– Si je sors avec lui ? Je ne sors avec personne, oncle Pete, surtout pas avec des mecs. Je suis ce qu'on appelle une polyamoureuse. Garçons, filles, hommes, femmes, et tous les intermédiaires entre. Hétéro, gay, lesbien, trans, toutes les possibilités de Dieu me sont ouvertes. Tu y vois un inconvénient ? Je vais aller en enfer, oncle Pete ? Dieu me déteste-t-Il d'aimer sans cesse un autre prochain ?

– Oh, c'est bon. Je voulais juste discuter, c'est tout.

Ils roulèrent quelques minutes en silence, puis Trina reprit :

– Je réfléchis aussi à me faire avorter, faut que tu le saches. Après quoi j'ai l'intention de faire une donation au Planning familial et puis peut-être que j'enchaînerai avec un peu de porno, pour compléter.

– Chacun est libre de ses choix, fit Pete dont le visage malicieux s'éclaira. Mais si tels sont tes projets, je me propose de te déposer chez toi avant que tu répandes tes chlamydias partout sur ma banquette.

– Pas mal, j'avoue, fit Trina, et pour la première fois depuis qu'elle était montée dans sa voiture elle souriait. Celle-là, elle va te coûter quelques Pater.

Pete attrapa le chapelet qui pendait au rétroviseur central.

– Je suis paré à toute épreuve.

Quand ils eurent dépassé la pompe à essence et rejoint la voie rapide, Pete aperçut ce qui ressemblait à Phyllis Vernon juchée sur un vélo sur la bande d'arrêt d'urgence. Deerfield offrait une grande variété d'activités de plein air, pêche, chasse, quad et même, diantre, du tir à l'arc en amateur, mais, en règle générale, on ne voyait pas grand monde à bicyclette à moins d'avoir entre six et dix-sept ans ou d'être l'un des deux gérants du Getwell's Bar, qui avaient perdu depuis belle lurette la confiance de l'État en ce qui concernait leur capacité à conduire un véhicule motorisé. Ce n'était pas le genre de ville, en d'autres termes, où l'on voyait les gens faire du sport en public. Il faisait bien trop chaud pour ça. La conjonction de ces considérations sociales et géographiques avait concouru à ce qu'il remarque Phyllis, évidemment, mais ce qui avait surtout frappé Pete, c'était sa tenue.

Phyllis Vernon, du haut de ses soixante-deux ans, avec un derrière qui avait acquis un statut de légende auprès de tous ceux qui l'avaient vu s'étaler lentement sur deux chaises au fil des deux décennies précédentes chez le fleuriste Heroman, était engoncée dans ce qui semblait être une combi intégrale moulante en Lycra rose fluo, rayée de bandes noires au tracé ergonomique sur les flancs. Elle était affublée d'un casque de vélo jaune avec des réflecteurs collés sur l'arrière et de cette sorte de chaussons sans lacets qu'on voit parfois porter dans les piscines publiques. Les segments de ses bras et de ses genoux que laissait voir sa combi étaient d'un blanc marbré de bleu et elle pédalait le long de la route à la vitesse approximative de trois kilomètres-heure.

Pete fit descendre sa vitre et ralentit. Il aimait beaucoup Phyllis. C'était une bonne catholique qui souffrait de (ce qu'il imaginait être) un trouble de l'alimentation associé à une simple tristesse humaine causée par la mort de son mari, il y avait presque trente ans de cela. Elle avait évoqué la nourriture en confession à plusieurs reprises, détaillant le nombre presque toujours étonnant de pots de glace vides qu'elle trouvait dans sa propre poubelle, et il avait de l'empathie pour elle.

Une fois à sa hauteur, Pete vit qu'elle ne chevauchait pas une monture ordinaire. Le vélo était flambant neuf, tout rutilant, avec des suspensions à l'arrière et à l'avant. Le nom « Gary Fisher » était gravé sur le cadre et, comme Pete n'avait pas la moindre idée de qui c'était, et comme il n'avait jamais vu de vélo si intrigant, il supposa que ça devait coûter bonbon.

– On va juste lui dire bonjour, précisa Pete à Trina, et il pencha la tête au-dehors tout en conduisant.

– J'ai hâte.

– Hé, mademoiselle ! lança Pete. Je cherche une belle plante du nom de Phyllis Vernon. Vous ne l'auriez pas vue dans les parages ?

Phyllis tourna la tête vers eux mais ne sourit pas, pas plus que, à la grande surprise de Pete, elle ne s'arrêta de pédaler. Elle avait le visage d'un rouge ardent, plus ardent que le soleil en fusion, plus vif que la plus vive des betteraves, et il eut soudain peur qu'elle fasse une attaque juste là, sur le bas-côté. Pour autant elle garda le rythme. Il hésita à sortir du véhicule pour marcher à son côté, au vu de son allure effrénée, mais préféra continuer à rouler au pas.

– Mon Dieu, souffla Trina en la contemplant. Est-ce qu'elle va mourir ? Et, le cas échéant, pourrai-je avoir sa tenue ? J'ai toujours voulu me fabriquer un parachute.

Pete décocha un regard à Trina.

– Sois gentille.

Si Phyllis ne lui avait pas répondu, c'est qu'un tuyau émergeait de sa bouche, branché sur une outre clipsée au dos de sa combi. Elle était en train de boire, comprit-il, ce qui était une bonne nouvelle, parce qu'elle semblait complètement assoiffée. Et tandis qu'elle se réhydratait, il eut le temps d'entendre la plainte de chaque vis, de chaque ressort de ce vélo de choc. On eût cru qu'il avait cent ans d'âge.

– Ça va, Phyllis ? lui demanda-t-il.

Maintenant qu'elle semblait mieux voir qui c'était, elle leva vers lui un pouce énergique. Une chance que son gant, ouvert entre le pouce et le reste de la main, lui autorisât ce geste. Puis elle lâcha le tuyau d'entre ses lèvres et se mit à ahaner avec enthousiasme. Elle tapota le côté de son casque, où, vit Pete, sous l'une des brides en Nylon, était glissé un bout de papier bleu.

– Et comment, mon père ! Peux pas parler, là. Je me réserve.

Elle reporta son attention sur la route devant elle et reprit sa course à son rythme laborieux. Pete jeta un coup d'œil à Trina, qui avait décroché de la scène et tapait présentement un texto sur son portable. La respiration de Phyllis était suffisamment bruyante pour qu'on eût l'impression qu'elle était avec eux dans l'habitacle, Pete conclut donc :

– Entendu. On se voit dimanche, alors.

Et il appuya sur l'accélérateur et se reporta sur sa propre voie.

– À ton avis, ça disait quoi ? l'interrogea Trina.

– Quoi disait quoi ?

– Sa prédiction. Le truc qu'elle a montré. Ça disait quoi, selon toi ?

Pete avait entendu parler de ces prédictions mais ne savait pas trop qu'en penser. Deux confessions distinctes, la semaine passée, avaient tourné autour de ces papiers bleus, une nouvelle manière de voir le monde, en quelque sorte, mais il n'avait guère eu le temps de creuser la question.

– Je parie que c'était sportif de gros niveau. Ou sinon rouleau compresseur.

– Ah, c'est le nouveau jeu ? De la voyance en boîte ?

– Selon certains. Selon d'autres, c'est de la science pure et dure. Bien plus fiable qu'un truc aussi volatil que, mettons, la prière.

À mesure qu'ils approchaient de chez elle, Trina commença à s'agiter sur son siège. Elle se pencha, dézippa son sac et en extirpa un paquet de cigarettes. Elle ouvrit grand sa fenêtre et s'en alluma une sans demander la permission, ce qui sembla déplacé à Pete pour moult raisons. Pour autant, il fut si frappé par ses mouvements nerveux, le soudain passage de la détente à l'anxiété, qu'il laissa faire. Il mit simplement son clignotant et quitta l'asphalte pour s'engager sur une route gravillonnée.

– Et toi, ma clopeuse, tu t'es fait prédire l'avenir ? demanda-t-il.

– Non. Mais je sais ce qu'on me dirait.

Elle posa son sac à dos sur ses cuisses et souffla un panache de fumée par la fenêtre.

– Moi, ce que je vois c'est « Potentiel dans la vie : scalpel ».

Sitôt que Pete eut immobilisé le véhicule devant la maison, Trina bondit au-dehors.

– Je crois que c'est mieux si je te propose pas d'entrer, dit-elle. On va pas se mentir, mon père te prend pour le dernier des cons.

– Je comprends. Je voudrais pas le mettre en rogne. Je suis juste content de te savoir rentrée saine et sauve.

Elle referma la portière et se retourna vers lui.

– C'est ça l'impression que je te donne ? D'être saine et sauve ?

Elle lui tourna le dos et fit quelques pas vers chez elle avant qu'il la rappelle :

– Katrina. Je voulais te demander. Tu as eu des nouvelles de ta mère, ces derniers temps ? Même de loin ?

Elle tira une dernière taffe prolongée et écrasa l'étroite cigarette sur le gravier.

– Non, oncle Pete, rien du tout. Et toi ? Dieu t'a fait signe ?

– Je crois bien que oui. Quand je t'ai vue sur le trottoir, tout à l'heure.

Trina le dévisagea sans souffler mot ni ciller. Ses yeux restèrent si vides, si gris sous le compliment que Pete en fut un peu effrayé. Qu'est-ce qui clochait, chez cette fille ?

Il l'observa marcher jusqu'au porche et rentrer chez elle sans même un au revoir, et Pete se mit à songer à la maison dans laquelle elle vivait. En soi, ce n'était pas si mal, comme endroit. Une baraque en brique, avec des huisseries en aluminium. Posée sur une dalle solide. Au temps de sa construction, que Pete situait dans les années 1940, sans trop hésiter, elle avait dû faire la fierté de toute la famille Todd. Pas un manoir, pas un de ces machins en stuc ronflant comme on en bâtissait aux quatre coins de la Louisiane, mais une belle et vaste demeure avec trois chambres et deux salles de bains. Suffisamment de terrain pour y élever des poules si on voulait ou pour y planter des arbres qui donneraient un coin d'ombre. Il y avait aisément de quoi arranger de beaux massifs de fleurs sur l'avant, devant le porche. Ça rehausserait un peu l'ensemble. On pouvait dégager le tracteur qui rouillait dans le jardin depuis trente ans. Ça libérerait de l'espace. Ça ne ferait sans doute pas de mal non plus de virer aussi la bâche qui servait de niche à l'étrange croisement entre pitbull et chien de traîneau que Lanny gardait enchaîné là-dessous, mais en gros, le lieu était correct. Il avait juste besoin d'un peu d'entretien et, peut-être, songea Pete, d'une petite prière. Il resta si longtemps perdu dans ses pensées qu'il finit par entendre le grincement caractéristique du VTT de Mme Phyllis Vernon dans son dos. Et ce devait être inconvenant, de rester si longtemps assis devant chez quelqu'un à prier pour sa maison, parce que après avoir vu Phyllis grossir peu à peu dans son rétroviseur, son regard se posa sur Lanny Todd, qui marchait dans sa direction. Il était comme de juste torse nu et, plus étonnant, il portait un fusil en bandoulière.

Pete pria pour que, quelle que soit l'issue de la rencontre, il en ait fini avant 17 heures.

– 8 –

« Oh mes étoiles »

« Oh my stars »

Ouf. Record absolu.

Du moins en ce qui concernait les vingt dernières années. Il y avait bien eu cette fois où la mère de Cherilyn s'était absentée un week-end, la laissant seule à la maison, mais elle venait tout juste de découvrir la chose. Quel âge avait-elle, alors ? Quinze ans ? Seize ? En tout cas c'était complètement normal. Sans compter qu'elle avait regardé ce film avec Patrick Swayze et Demi Moore environ dix fois (qui aurait dit qu'un tour de potier pût être si excitant ?) et avait bien dû remettre ça autant de fois pour sa part. Mais depuis ? Peut-être deux fois par mois, pas plus, vite fait dans la salle de bains, ou avec plus d'abandon dans la douche si Douglas était parti au travail. Mais trois fois par jour ? Trois fois depuis midi, pour être précis, maintenant qu'elle y pensait. Plus la veille, pendant que Douglas dormait à côté d'elle.

Qu'est-ce qui lui prenait ?

Elle avait déjà pensé à d'autres hommes avant cela, évidemment, mais toujours de cette manière un peu générale dont Cherilyn s'imaginait que les adultes avec des membres fonctionnels pensaient à d'autres adultes avec des membres fonctionnels. Il y avait une palette de carnations et de tonus musculaires, des attitudes variées, une mâchoire ou une paire de mains différente de ce à quoi elle était habituée. Le V musculeux que dessinait une silhouette de jeune homme de dos, peut-être même une chevelure longue et abondante au lieu (oui, c'était vrai dans certains de ses fantasmes, bien qu'elle détestât l'admettre) du crâne chauve piqueté de taches brunes auquel elle était accoutumée. Peut-être même un tatouage, aussi, un dessin coloré s'étalant sur une poitrine large et débordant sur les épaules, mais ce qu'il représentait, ce qui était inscrit, elle n'en avait pas la moindre idée et s'en moquait, car ce n'étaient pas de vraies personnes auxquelles elle pensait. C'était juste de petits navires de croisière sur lesquels elle embarquait en passant. Des croisières libertines, d'une certaine manière. Les scénarios et décors proposés étaient d'une si grande variété que tout en devenait flou, elle n'en retirait aucune culpabilité car ce n'était pas comme si elle pensait à quelqu'un en particulier, un homme qui ne serait pas son mari, n'est-ce pas, ni comme si elle faisait part de tout ça à quiconque, de toute manière. Alors, quelle importance ? Aucune, c'était uniquement dans sa tête. Et elle se félicitait de voir que ces pensées la ramenaient presque toujours à de chouettes souvenirs avec Douglas.

Et de fait, pour que ces fantasmes prennent une dimension réelle, pour qu'ils la mettent dans tous ses états, il fallait invariablement que Cherilyn s'imagine y participer elle-même. Pas un soi imaginaire, non, son vrai corps, la réunion de son être physique et de son être émotionnel, et chaque fois que cette personne lui semblait assez à l'aise pour partager un plaisir bien réel avec un partenaire, ce partenaire se trouvait être Douglas.

Et aujourd'hui, pour la première fois, elle avait aussi fait ceci. Il s'agissait d'une scène qui lui revenait souvent en tête, datant du temps où ils étaient jeunes mariés. Ils avaient vingt-cinq ans et étaient allés faire de la bouée avec des copains de la fac sur la rivière Tickfaw. Ils étaient si jeunes, si heureux, si novices, tous les deux, et tous les gars dans l'eau étaient torse nu, riaient, plongeaient, s'éclaboussaient, et elle, était carrément en mini-bikini. Oui, cette version d'elle-même avait existé. Elle avait porté des bikinis le plus naturellement du monde jusqu'à son trente-cinquième anniversaire, où elle était tombée sur cette photo prise par Douglas d'eux deux en train de bronzer. Et c'était niet. Après ça, fini les deux-pièces. Il y a un temps pour tout. Elle l'acceptait sans trop de peine. Mais, dans ce souvenir sur la rivière Tickfaw, il y avait un instant où ils s'étaient retrouvés seuls dans un méandre du cours d'eau, ils avaient verrouillé leurs jambes ensemble sous l'eau, Douglas et elle, ils étaient sortis de leurs bouées mais s'y tenaient encore accrochés, et comment était-ce arrivé ? Selon quel phénomène physique ? Elle se souvient des baisers échangés et que c'était elle qui, la première, avait fait glisser son bermuda le long de ses jambes, elle était espiègle et le cherchait, elle n'avait pas imaginé d'abord que ça irait plus loin, mais Dieu qu'elle avait aimé sentir la main de Douglas écarter le bas de son maillot. Comme ç'avait été fougueux, et marrant, de faire ça sous l'eau, l'air de rien, continuant même quand ils avaient entendu leurs copains s'approcher dans le coude suivant, comme si, une fois qu'ils avaient commencé, il n'y avait plus moyen de s'arrêter, et la manière dont ils dérivaient, ne formant qu'un, portés par un courant impétueux, l'effet conjugué de la chaleur, des frottements et du soleil braqué sur eux, le souvenir de sa brûlure sur leurs joues et leurs épaules, et eux se regardant, les yeux dans les yeux d'un bout à l'autre, radieux, prenant leur pied, et elle se mordant pour la première fois la lèvre inférieure, de cette manière qui plaît toujours tant à Douglas, elle le sait, au point qu'il lui en fait parfois la remarque, et tout cela pas vu pas pris. Oh oui. Elle y repensait souvent.

Mais il lui arrivait aussi de repenser à d'autres moments, avec d'autres hommes. Trois autres hommes, pour être exacte, remontant à avant Douglas, et trois lui semblait le nombre parfait, et quoi de plus naturel que les souvenirs ? Et il y avait eu cet incident avec Deuce, auquel elle repensait à l'occasion quand elle avait un petit coup de blues, mais ce n'était rien, trois fois rien. Malgré tout, elle y songeait parfois. C'était sans conséquence, on était loin des péchés capitaux, loin même d'un péché capiteux, juste un truc auquel repenser parfois. Mais pas ce jour-là. Non, aujourd'hui, elle avait d'autres sujets d'émerveillement.

Sa discussion avec cet homme, par ordinateur, par exemple. Difficile de nier à quel point c'était déconcertant. Ils n'avaient pas papoté plus d'une poignée de minutes, et encore, qu'avaient-ils évoqué ? Il lui avait dit qu'elle était belle. L'avait complimentée sur son peignoir. Puis il lui avait dit combien il faisait chaud, chez lui, il venait de jouer au foot et était tout transpirant, il lui avait demandé la permission de retirer le haut.

Elle avait tapé : *Permission accordée.*

Si on se penchait sur son cas, on pourrait se dire que la coïncidence était vraiment intrigante, qu'elle ait battu son record pile le jour où elle avait parlé à ce type, mais ce n'est pas comme si elle le connaissait vraiment. Il n'avait pas davantage d'existence que ses croisières libertines. Mais il s'était passé quelque chose. Oui, c'est vrai. Un truc qui l'avait échauffée. Était-ce une infidélité ? L'avait-elle trompé ? Non, bien sûr que non.

Pourtant, la façon dont il se tenait devant elle n'était pas innocente. Elle l'observa se redresser sur son siège, s'en lever, passer les doigts dans le col de son tee-shirt et le retirer, laissant apparaître une cartographie corporelle valant le détour. Les contours lisses des muscles de son torse, des épaules et des pectoraux vigoureux. Le poil sombre sur sa poitrine, la grille de ses abdominaux, le tout dessinant deux rivières plongeant sous son short, où devaient immanquablement se trouver d'autres continents à explorer. Ce n'était pas un canon, pas un type bronzé aux UV, adepte de la gonflette et tout épilé, et ça lui plaisait. C'était un homme, un vrai, qui se tenait devant elle ; et il mit du temps avant de se rasseoir. Il la laissa le contempler, le valider – ce qu'elle fit.

En examinant son corps, une image s'imposa à Cherilyn : celle d'hommes en pleine course. Pas juste lui, mais d'autres hommes, des hommes adultes, peut-être autour d'un ballon sur un terrain de foot, comme les lycéens en ville. Connaissait-elle des gens qui jouaient au foot ? Non, sûr que non. Avait-elle jamais vu des adultes courir dans la vraie vie ? Elle réfléchit un instant. Pas à la télévision, pas en maillot de football américain, mais là, sous ses yeux ? Avait-elle jamais vu ça ? Avait-elle déjà croisé un homme qui courait ? Senti le souffle dans son sillage ? Senti son odeur ? Pas qu'elle s'en souvienne.

À Deerfield, les types s'asseyaient dans un bateau et tiraient au fusil. Ils chassaient, buvaient, démarraient d'un grand coup sec leur tondeuse à gazon, on ne manquait pas d'hormones mâles, loin de là, mais courir, non, jamais. On ne jouait pas davantage au foot. Et donc elle s'imagina cet homme, sa foulée sportive, son corps luisant de sueur, tout comme elle se représentait tous les coureurs et, à dire vrai, elle avait sans doute aussi convoqué tous les hommes imaginaires, ils s'étaient mis torse nu, pour elle, rien que pour elle, et quand il se rassit devant son bureau et lui sourit, quand il fut évident qu'il était prêt à faire tout ce qu'elle lui demanderait, quand elle sentit son pouls s'accélérer d'une étrange façon, Cherilyn se pencha vers l'écran, remua la souris et cliqua sur « Suivant ».

Elle ferma rapidement la page dans la foulée et éteignit l'ordinateur pour être sûre que personne ne voie rien, et se retrouva seule face à son reflet sur la vitre noire. Il y avait plus déplaisant, comme tableau. Elle porta la main à son visage, fit glisser son index jusqu'à sa clavicule. Elle baissa le regard vers son peignoir. C'était le vêtement le plus confortable de sa garde-robe. Il était bleu, en tissu fin avec un col feutré, un peu décoloré en bas, là où il traînait au sol, et était fermé avec une ceinture de flanelle dépareillée. C'était tout sauf sexy. Elle avait dû l'enfiler un bon millier de fois, comme si c'était son uniforme de la matinée. Mais voilà soudain qu'il prenait une autre allure : elle s'observa derechef à l'écran. *Coucou, toi*, songea-t-elle, et son doigt se crocheta dans l'échancrure, une lente caresse sur sa peau du revers de l'ongle, avant d'écarter plus largement les pans du peignoir. Une moitié d'elle dans le reflet. *Coucou.* Oui, une moitié d'elle à observer.

Avait suivi un intermède plaisant sur son fauteuil de bureau. Puis le téléphone avait de nouveau sonné dans la cuisine et, s'attendant à un appel de sa mère qui devait se demander pourquoi elle ne répondait pas sur son portable, avait peut-être oublié d'éteindre son four et mis le feu à sa maison, Cherilyn alla décrocher, sans même vérifier l'identité de l'appelant. Au lieu de sa mère, ou même de Douglas, elle tomba sur Geoffrey Mallow, qui cherchait à joindre Douglas pour confirmer le cours de l'après-midi. Quand ils eurent papoté quelques minutes et qu'elle l'eut remercié d'être si sympa avec Douglas, qui débordait d'enthousiasme à l'idée de toute cette affaire de trombone, elle regagna sa chambre et, contre toute attente, prit de nouveau son pied juste là, sur le drap, et puis remit ça une dernière fois sous la douche, et pas un instant, dans tout ça, elle ne culpabilisa. Pas un instant. Ni culpabilité, ni dégoût, ni intranquillité. Rien du tout.

Mais pour l'heure, elle sortait de chez elle.

Il était déjà 15 h 30 et d'ordinaire elle arrivait chez sa mère avant midi. Elle avait bien vérifié que la session Internet était close, cliquant sur tout un tas de croix rouges jusqu'à ce que la page d'accueil réapparaisse à l'écran. Puis elle avait eu l'idée de lancer une partie de démineur et de laisser le jeu ouvert, comme si c'était à ça qu'elle avait passé sa journée, avait quitté la maison sans prendre la peine de verrouiller la porte principale, en route pour chez sa mère. Dans un sac en plastique, elle amenait un Tupperware, contenant les restes des burgers et des pâtes de la veille, dont sa mère pourrait se faire un déjeuner tardif ou un dîner, si elle n'était pas d'humeur à cuisiner.

Arrivée au bout de la rue, elle aperçut Stacy Pitre qui désherbait les plates-bandes devant chez elle. Cette dernière lui fit signe d'approcher et se plaignit que ses azalées ne sortaient pas, alors que sur Maycomb Street elles bourgeonnaient déjà, elle craignait que son mari les ait coupées trop tard l'année passée, tu connais Dan, il ne fait jamais rien à l'heure, mais comment allaient-ils s'en sortir s'ils devaient passer tout un printemps sans qu'une azalée pointe le bout de son nez ? Tu imagines ?

Cherilyn ne savait même pas ce qu'elle avait répondu, que *oui* elle voyait très bien, ou *non* elle n'imaginait pas, les deux auraient signifié la même chose dans son scénario, parce que déjà la chaleur de la journée s'était mise à lui peser, à l'empêcher de rassembler ses pensées, d'une manière à laquelle elle n'était pas encore habituée.

Bien loin de la vignette de la jeune femme descendant la rivière sur sa bouée, offrant sa peau et son visage au soleil carnassier, la chaleur du Sud était devenue une ennemie, depuis quelque temps. Cherilyn la tolérait mal, la tête, notamment, lui tournait, la laissant exsangue et un peu vaseuse. Peut-être que, en cette occasion bien précise, une partie de son cerveau était toujours accaparée par le souvenir de ce qui s'était passé sur Internet avec cet homme. Ce n'était peut-être que pure étourderie ? Dans le fond, elle n'avait rien fait de mal. Ça lui aurait si peu ressemblé. Mais pourquoi, dans ce cas, avait-elle ouvert une partie de démineur comme alibi ? Avait-elle menti, comme souvent on ment par omission ? Menti à son mari, sans même avoir prononcé un mot ? L'idée lui déplaisait de bout en bout.

Elle n'en résolut pas moins de ne plus remettre les pieds sur ce site, Omegle, maintenant qu'elle avait le recul nécessaire ; ce n'était pas correct de laisser le regard d'un parfait inconnu pénétrer chez elle, tout comme il était déplacé qu'elle s'immisce chez lui. Elle n'avait plus qu'à s'en laver les mains. C'était du passé, et tout le monde a un passé. Dans la vie, l'essentiel, c'est d'avancer.

Mais la façon dont elle avait du mal à littéralement comprendre ce que lui disait Stacy Pitre – un truc à propos des cellules bourgeonnantes dans les azalées qui doivent remonter depuis la racine jusqu'au bout de la tige, des fleurs qui doivent se régénérer chaque année –, la façon dont les mots eux-mêmes restaient abscons, c'était indéniablement un problème physique. Elle fut soudain prise de terreur à l'idée de se comporter si bizarrement devant sa voisine, plantée là l'œil vitreux devant cette bouche qui lui parlait, bien que Stacy ne semblât rien remarquer. Et quand Cherilyn réussit à s'éclipser, à l'idée des mille cinq cents mètres restant à parcourir pour arriver chez sa mère, l'affaire de quinze minutes de marche, ses jambes lui parurent soudain si lourdes, comme chaussées de semelles de plomb, qu'elle douta sérieusement d'en venir à bout.

Mais Stacy avait raison. Ça bourgeonnait partout en ville, c'était peut-être l'explication. Des allergies. Avait-elle pris son antihistaminique ce matin ? Et son spray nasal ? Les changements météo avaient des effets physiologiques sur les gens, tout le monde savait ça. Même dans le journal, on parlait des pollens et compagnie. Il suffisait de patienter encore une semaine. Si ça n'allait pas mieux d'ici là, elle prendrait rendez-vous avec le docteur Granger.

À moins qu'elle prenne le taureau par les cornes avec Douglas et lui dise que c'était bien pire que ce qu'elle avait laissé voir, bien plus sérieux que de simples maux de tête, il y avait d'autres symptômes qui l'alertaient. Elle lui avouerait peut-être la véritable raison qui l'avait fait lâcher son téléphone. Tant qu'on y était, elle lui raconterait peut-être son incursion sur Internet, ce matin, elle y avait appris des tas de choses passionnantes sur la royauté, n'aurait-il pas envie d'aller visiter un de ces endroits ?

– Madame Hubbard ?

Elle irait peut-être même jusqu'à lui dire, tiens, au fait, j'étais destinée à être reine. Ou princesse, peut-être. Mais une tête couronnée, quoi qu'il en soit. J'ai des preuves. C'est marrant, hein ?

– Ouh-ouh, Cherilyn ?

Et peut-être qu'il l'accompagnerait à la machine, à son tour, on verrait si lui aussi était promis à de grandes choses, ils pourraient avancer main dans la main vers leur formidable destin. Qu'est-ce qui les en empêchait ?

– Allez, une fois… deux fois…

Cherilyn cessa de marcher. Qui lui parlait ? Elle regarda derrière elle et vit une imposante Lincoln noire roulant au pas le long du trottoir. La vitre avant était baissée et le type au volant souriait. Elle le reconnut aussitôt.

Tipsy Rodrigue, tout le monde le connaissait.

– Oh, fit-elle. Bonjour, Tipsy. Ça fait longtemps que vous êtes là ?

– Quatre maisons, à peu près. Je vous dépose ?

– Je vais juste chez ma mère.

– Je vois où c'est. Et j'ai la clim. Allez, grimpez.

Tipsy Rodrigue, entre autres signes caractéristiques, avait plusieurs dents manquantes. Ce n'était pas forcément si rare pour un cinquantenaire qui avait multiplié les choix discutables dans sa vie, mais, malheureusement pour Tipsy, c'étaient les deux incisives du haut. Et donc, quel que soit le sujet abordé – le base-ball, la qualité du gasoil, la faune sous-marine, le changement climatique –, il souffrait d'un manque de crédibilité. Mais c'était un type sympa qui portait sa croix à Deerfield, et rares étaient ceux qui déclinaient la proposition quand ils voyaient le sourire édenté émerger de la Lincoln.

– Il fait sacrément chaud, ça, je vous l'accorde.

Tipsy s'inclina pour lui ouvrir la portière.

– Montez donc.

Avant toute chose, Tipsy Rodrigue était une figure locale. Unique chauffeur de taxi de Deerfield, il jouissait d'une sorte de monopole professionnel sur le transport de personnes. Mais comme il ne se faisait pas payer, personne ne s'en plaignait. Son entreprise ne cherchait pas le profit. Tipsy se contentait de quadriller la ville nuit et jour, proposant ses services gratuits à la ronde. Il n'avait pas besoin d'argent, ayant reçu un beau dédommagement de Walmart après une chute il y a quelques années de cela, mais c'étaient cette blessure à la hanche et les dommages et intérêts afférents qui, aux dires de la plupart, avaient entraîné sa consommation d'alcool et d'autres substances, ayant à leur tour entraîné la conduite en état d'ivresse et la collision frontale avec le magasin de beignets Tony's deux ans plus tôt. Il avait perdu les deux dents de devant dans l'accident, mais on s'accordait à dire que ç'aurait pu être bien pire, car la boutique était généralement pleine d'enfants à l'heure du choc – un samedi matin à 8 heures – et alors, quelle tragédie ç'aurait été, vous imaginez, si Tony n'avait été fermé pour travaux ce jour-là ? Oui, on imaginait très bien.

Tipsy lui-même imaginait si nettement la tragédie-qui-avait-failli-se-produire qu'il avait fait le serment officiel, dans une lettre adressée au rédacteur en chef du *Clairon de Deerfield*, de ne plus toucher une goutte d'alcool avant de prendre le volant. Il avait également refusé de se faire faire de fausses dents pour ne jamais oublier.

Après quelques semaines, cependant, comprenant qu'il n'allait pas réussir si facilement à lâcher la bouteille, Tipsy avait décidé, tout bêtement, de ne jamais cesser de conduire. C'était tout ce qu'il avait trouvé pour se forcer à rester sobre.

Il se mit à prendre en course des couples en route pour l'église, à recueillir ses copains à la sortie de chez Getwell's et à transborder des femmes mariées jusque chez leur mère. Ainsi, il avait tenu parole, la ville de Deerfield veillait sur lui, acceptait de se faire trimballer à droite à gauche et appréciait qu'il fasse amende honorable pour la tragédie qu'il avait failli causer.

Cherilyn l'aimait bien, aussi, parce qu'il s'y connaissait en potins. Un fil d'actualités toujours à la page, concernant Deerfield.

Elle prit donc place à bord et claqua la portière.

– Comment ça va, Tipsy ?

– J'arrête pas, j'arrête pas j'arrête pas j'arrête pas. Je vous le dis, moi, madame Hubbard, avec le bicentenaire et tout le bazar, c'est une vraie fourmilière ici.

– Vous m'en direz tant.

Cherilyn s'adossa à l'appuie-tête en cuir. L'air glacial qui sortait de la clim était un délice, Tipsy fit remonter sa vitre et le véhicule devint une bulle hermétique. La radio diffusait une libre antenne locale et quelqu'un devisait sur l'abondance de truites mouchetées mordant à l'hameçon ce printemps.

– Alors, fit Cherilyn, quelles sont les nouvelles ?

Elle s'efforça de ne rien laisser paraître de son état confus, se débrouilla pour parler de choses et d'autres et laisser Tipsy mener la barque à sa manière, ce serait de toute façon un court trajet. Elle cligna des yeux, considéra ses mains et tâcha de se concentrer. Elle frotta son pouce contre sa paume droite. Les crampes revenaient.

– Sur le plan national, régional ou local ? répondit-il. Vous voulez de la politique ? Des paillettes ? Du prohibé ? Il faut me donner un minimum d'indications.

– Disons… disons que je voudrais éviter les sujets qui fâchent. Ici, je connais tout le monde, vous savez.

– C'est trop froid, pour vous ?

Tipsy tripota le bouton de la clim. Il avait la plus belle berline de Deerfield, avec sièges en cuir noir et ce système d'air conditionné sophistiqué capable, selon ses dires, de commander quatre zones distinctes afin que chaque passager choisisse sa température. Il avait aussi des sièges chauffants, qui ne servaient jamais, et des vitres teintées. Il était fier de son véhicule, fier de ce qu'il avait accompli depuis deux ans et était allé jusqu'à se faire faire un autocollant pour la vitre arrière, JE SUIS S'UBER SYMPA.

Difficile de ne pas l'aimer.

– Commençons par les célébrités, dit Cherilyn.

– OK. Eh bien, il paraît que Britney Spears s'apprête à remonter sur scène.

– Sans rire ? Tant mieux pour elle.

– Elle a du talent. Toute gosse déjà, quand elle habitait encore à Kentwood, pas très loin d'ici, elle sortait du lot. Si seulement elle réussissait à garder sa culotte deux minutes, elle serait tirée d'affaire, c'est sûr. Je peux pas m'empêcher de la soutenir, la gamine.

– Pareil pour moi, fit Cherilyn. Et sinon, la politique ?

– Voyons voir… Vous étiez au courant que demain doit se tenir le dernier conseil municipal au sujet du bicentenaire ? (Tipsy baissa la voix comme s'il révélait un secret.) Et ce qui se dit, c'est que Deuce a dans l'idée de piquer sa place à Hank. Il prétend que Hank est plus bon pour le service, rapport à, vous savez, son deuil personnel.

– Ça n'a rien de bien nouveau. Bruce rêve d'être maire de cette ville depuis qu'il a dix-sept ans. Il est pas méchant. Et puis tout le monde adore Hank. C'est un tel drame, ce qui est arrivé à son fils, mais il va s'en sortir, faut lui laisser le temps, et prier. Mais restons-en au local. Vous avez autre chose en stock ?

– Eh bien… saviez-vous que le magasin de costumes d'Alice marche du feu de Dieu ? Du feu de l'enfer, oui ! J'arrête pas d'y amener des clients. Ils achètent des tenues de pompier, de policier, de vieilles robes à froufrous. C'est tout juste si on peut entrer dans la boutique.

– C'est vrai ?

Cherilyn connaissait bien Alice. Elles avaient fabriqué des choses ensemble, partagé un stand à la Fête de la pêche et Alice avait même proposé à Cherilyn de s'associer avec elle pour le magasin de costumes, il y a longtemps de cela, dix ans au bas mot sans doute. Qu'est-ce qui avait retenu Cherilyn de se lancer ? Douglas l'y avait encouragée, pourtant, pourquoi avait-elle laissé tomber ?

– Comment vous expliquez ça, à votre avis, Tipsy ? C'est en prévision du bicentenaire, c'est ça ? Il va y avoir une fête déguisée ?

– Non, m'dame. Je crois que c'est plutôt à cause de ces…

Tipsy se pencha et pressa un bouton sur le tableau de bord. Un compartiment s'ouvrit silencieusement, chaque mécanisme dans l'habitacle étant motorisé et parfaitement lubrifié ; c'était un spectacle agréable à observer, à son échelle. Tipsy en extirpa une poignée de papiers bleus et Cherilyn sentit son cœur se crisper dans sa poitrine.

– Oh, fit-elle. J'en ai entendu parler.

Mais ce qui lui traversait l'esprit à cet instant, c'était *Où sont les miens ? Oh mon Dieu, ils sont dans ma voiture, avec Douglas. Ils sont dans ma voiture avec Douglas.*

– Alice m'a dit que tous ses clients venaient après avoir reçu ça. J'imagine qu'ils veulent la tenue correspondant à ce qu'ils sont censés devenir. Comme si l'habit faisait le moine, bizarrement, pour une fois.

– Attendez, vous êtes en train de me dire que tous ces gens croient à ce qu'on leur prédit ? On ne les prend pas pour des fous ?

– Et comment, qu'ils y croient ! Puisque c'est de la science, madame Hubbard. C'est aussi basique que ça.

Tipsy saisit une des feuilles entre ses doigts et la tendit à Cherilyn. On pouvait lire : « Justin Paul Rodrigue. »

Une suite de nombres abscons. Puis « Potentiel dans la vie : **CHAUFFEUR** ».

Cherilyn eut envie de pleurer.

– Comme je l'ai dit à mam'zelle Alice, une chance que ma vocation n'exige pas de grand chambardement, pas vrai ? Une chance que je sois déjà au volant. Mais qui nous dit que c'est la chance, derrière tout ça, madame Hubbard ? Peut-être que, là-haut, on a recours à quelques ruses pour parvenir à ses fins ?

– Donc votre prévision s'est révélée exacte ? C'est ce que vous êtes en train de me dire ? (Elle voulut lui rendre sa feuille.) Certaines de ces prévisions sont vraies ?

– Gardez-la. J'ai noté mon numéro de téléphone au dos. C'est ma nouvelle carte de visite. Si jamais quelqu'un avait encore besoin d'une preuve supplémentaire que j'en ai fini avec l'alcool. Voilà une preuve sans appel. Vous pouvez compter sur moi.

Tipsy s'arrêta et se mit au point mort. Cherilyn releva la nuque : ils étaient déjà arrivés devant chez sa mère. Elle observa la façade de brique orangée surmontée d'un toit gris. La moustiquaire rouillée, à l'entrée, et la vieille Oldsmobile garée dans l'allée.

– On dirait que vous êtes attendue, commenta Tipsy.

Cherilyn remarqua alors sa mère, sur le seuil du garage, dont le rideau métallique était grand ouvert. Elle les toisait. Elle portait un ensemble de survêtement rose, pailleté au niveau des épaules, et rien qu'en avisant sa coiffure à distance Cherilyn comprit que ce n'était pas un bon jour.

– Merci, Tipsy, fit Cherilyn, et elle replia le papier bleu au creux de sa paume.

Elle tenait sa preuve, quel grand moment.

– Je suis vraiment très, très contente d'être montée dans votre taxi aujourd'hui.

– Alors nous sommes deux, dit Tipsy.

– Vous me tiendrez au courant, pour Britney, entendu ?

– Sans faute. Vous savez, paraît qu'elle compte ouvrir un nouveau restaurant à Kentwood.

– Vous croyez que c'est vrai ?

– Ouais. Même que ça va s'appeler Hit Me Baby, With Some Fries.

Cherilyn le dévisagea. Tipsy sourit.

– C'est une blague, madame Hubbard. Ça fait plusieurs fois que je la teste.

– Elle est bonne.

Sur quoi Cherilyn referma la portière et gagna la maison. Elle brandit bien haut son paquet devant sa mère, comme pour démarrer la conversation du bon pied avec cette offrande.

– J'ai amené à manger.

Sa mère avait l'air de sortir du lit, ce qui ne pouvait être le cas, Cherilyn le savait. Toutefois, la chevelure d'un blanc lumineux dont elle prenait si grand soin, qu'elle passait en temps normal une heure à mettre en place devant son miroir, pendouillait, aplatie, négligée, comme si elle venait de faire une sieste sur le canapé.

– Où étais-tu ?

– Je suis désolée. Impossible de faire démarrer la voiture et je me suis retrouvée coincée à la maison.

– Ça fait des heures que j'attends. Je n'ai pas arrêté de t'appeler.

– Mon portable est cassé. Pourquoi ? Il y a un problème ?

– Oui, évidemment qu'il y a un problème.

– Et quel est ce problème ?

– C'est ma fille. Elle s'est enfermée dans le grenier. Elle refuse de descendre.

– Oh, maman.

Et tous ces sentiments.

La peur. La maladie. L'angoisse.

Est-ce que tout allait revenir maintenant ?

Oh oui, ils étaient de retour.

Combien de temps pouvaient-elles rester là, ces deux femmes, une mère et sa fille unique, chacune d'un côté de la porte, chacune en proie à un mystérieux désarroi ? Et toutes ces angoisses, entre elles ? Étaient-ce les mêmes ? Étaient-elles différentes ? Dans quelle direction allaient-elles ? Toutes les filles sont-elles vouées à devenir leur mère et toutes les mères, vouées à devenir leur fille ? Et, si oui, était-ce vrai qu'à cet instant la vie s'activait, leur préparait à chacune une grosse surprise, mais dans des sens totalement opposés ? Pouvaient-elles le deviner ? Ce qui allait advenir.

L'avenir.

Pouvaient-elles le sentir s'activer ?

– 9 –

« Une main furtive »

« Slide of hand »

Douglas arriva dans la résidence de Geoffrey Mallow à l'heure, se gara près de la benne verte flanquant l'immeuble et resta les yeux dans le vague à regarder son pare-brise. Il faisait tout son possible pour effacer de sa mémoire la discussion que Pat venait de lui infliger. Il avait essayé d'appeler Cherilyn pour lui parler de ce projet excentrique de le nommer principal de Deerfield Catholic juste parce que sa cheffe s'était payé une paire de lunettes de sécurité, mais Cherilyn n'avait pas décroché. Elle avait dû aller chez sa mère à pied, mais comme elle n'avait plus de portable et que Douglas ne se sentait pas la force de soutenir une conversation avec sa belle-mère, qu'il aimait beaucoup mais qui perdait indubitablement la tête, il décida qu'il déballerait tout le Schmilblick à sa femme le soir. C'était sans doute mieux ainsi.

Après tout, ils avaient pas mal de choses à se dire. À commencer par cette histoire de machine à prédire l'avenir, il lui faudrait bien l'évoquer pour étayer le brusque changement de vocation de Pat. Et ce sujet, s'il surgissait à table entre deux bouchées de la tonne d'aubergine et d'huile d'olive que Cherilyn lui avait fait acheter, ne manquerait pas d'en appeler un autre, la prédiction DNAmix de Cherilyn, dont elle ignorait sans doute qu'il l'avait eue en main. Comment réagirait-il si elle lui en parlait ? Comment devait-il réagir ? Il craignait, pour la première fois de leur vie commune, de devoir faire semblant d'être heureux pour elle alors qu'il ne l'était en rien, de devoir jouer un rôle au lieu de se contenter d'être lui-même. Et tout ça à cause d'un petit bout de papier. Sauf que ce n'était pas une simple affaire d'aubergines et de charpentiers, tout de même ? Ça ne concernait pas uniquement Pat et Cherilyn, mais aussi le lanceur de base-ball de Major League, la fille aux origamis et peut-être tous les élèves de sa classe, tous ses collègues, la ville entière embarquée dans ces rêveries vouées à l'échec. Douglas se trouvait bien démuni. Comment s'exprimer de façon sensée sur le caractère dérisoire de ces prédictions, celle de Cherilyn en particulier, sans avoir l'air de la prendre pour une imbécile ? Comment ramener Cherilyn sur terre ? Tout en étant, lui, moins terre à terre ?

Cela faisait beaucoup de grain à moudre, pour un mardi.

Mais, pour l'heure, place au trombone.

Le Scenic Wetlands Apartments and Balconies était la seule résidence de la ville. Dix années plus tôt, sa construction avait fait beaucoup jaser, les anciens considérant que les appartements, comme tous les logements en copropriété, étaient voués à finir en chambres de passe ou en squats. C'était ridicule, mais il fallait les comprendre. C'est dur, de changer, surtout dans le Sud. Douglas le comprenait très bien. Et puisque depuis toujours dans l'histoire de Deerfield on avait été satisfaits de vivre avec sa famille dans de modestes habitations de type ranch, séparées par de vastes pelouses, le long des voies rapides ou dans de paisibles rues résidentielles, chacune équipée d'une allée couverte de gravillon ou de brisures de coquille d'huître pour éviter les ornières, au centre de laquelle courait une ligne d'herbe, menant à un garage avec un toit en alu ou en bardeaux pouvant loger deux véhicules, pour quelle raison serait-on allés s'entasser sur le toit d'un parfait inconnu ?

Le concept d'appartement, tout comme celui des transports en commun, semblait une offense à l'esprit sudiste, cette liberté individuelle chère à la vieille garde de Deerfield, mais c'était irrémédiable : on avait fini par construire ces immeubles, qui avaient fini par accueillir non des prostituées et des accros au crack mais des gens comme tout le monde, qui n'avaient simplement aucune envie de s'occuper d'un jardin.

Dans la résidence, le calme régnait, comme dans le reste de la bourgade, troublé uniquement, en semaine, par le ronron continu des tondeuses et des débroussailleuses, et le passage occasionnel d'un camion de livraison UPS. Elle faisait désormais partie intégrante du paysage paisible de Deerfield, où par définition on aurait eu du mal à dénicher un endroit, un seul, qui ne fût pas perpétuellement, mortellement silencieux, à l'exception de Getwell's les samedis où jouait l'équipe universitaire ou de la salle de bowling quand s'y produisait ce groupe spécialisé dans les reprises des années 1980, lors du 4 Juillet. Et donc, comme la plupart des sujets d'inquiétude à Deerfield, il n'y avait en fait aucun lieu de s'en faire. Ce n'était pas un repaire de drogués ni un lieu de dépravation et encore moins la fin du monde.

La façade de l'immeuble était assez anodine. C'était un bâtiment sur deux niveaux, totalisant peut-être douze appartements, aux portes anthracite. Des garde-corps rouillés à l'étage, des moustiquaires à toutes les fenêtres. Rien de spécial, vraiment. C'est la vue depuis les balcons, sur l'arrière, qui donnait au lieu son charme. Le terrain était situé aux confins du bayou Ibis, le long d'une étendue marécageuse connue pour attirer des oiseaux tels que les aigrettes et les spatules sitôt que le niveau de l'eau montait. En saison sèche, quand le marais était très bas, le sol se couvrait d'un tapis de fleurs blanches et roses : la légende voulait que ce soit le meilleur endroit en ville pour se poser avec un verre de vin, peut-être jouer un air de guitare ou d'harmonica, s'allumer une bougie à la citronnelle et observer les oiseaux aux longues pattes vaquer paisiblement à leurs occupations.

Douglas prit une grande inspiration, coupa le moteur et sortit de la voiture de sa femme. Il prit l'étui à trombone sur la banquette arrière. Il était si épuisé après cette journée que, s'il s'était agi de n'importe quelle autre obligation, il se serait dérobé. Mais la nouvelle version quarantenaire de Douglas n'aurait jamais annulé un cours de trombone, au regard des conséquences potentielles pour sa carrière à venir, par fidélité à sa passion, mais aussi parce que, bien qu'il ait la tête farcie, il avait encore envie de jouer. Il avait envie de s'entraîner et de progresser. Tout ceci était véridique. Mais la raison plus profonde pour laquelle il n'aurait jamais annulé sa leçon, c'est qu'elle lui donnait une occasion de passer du temps avec Geoffrey Mallow.

Un peu comme un apprenti écrivain peut se complaire à imaginer son œuvre disséquée en cours de littérature à la fac, l'enseignant retraçant ses influences littéraires selon les règles de l'art ou comme un philosophe aime à classer l'évolution de la pensée de Socrate à Platon jusqu'à Jay-Z, ou même comme un athlète aime à remercier Dieu de l'avoir aidé à plaquer un quarterback ou piquer un sprint sur la pelouse, Douglas se plaisait à s'imaginer dans une lignée identifiable. Il voyait déjà son parcours résumé, un petit encadré dans la marge d'un des manuels qu'il utilisait en cours ou une pleine page Wikipédia créée par un de ses fans. Si c'était une rapide évocation, rêvait-il, la biographie pourrait dire quelque chose comme : « Influences musicales : Miles Davis et Geoffrey Mallow ». Ou, s'il s'agissait d'un entretien, Douglas pourrait prendre le temps de remercier un musicien méconnu de Louisiane du nom de Geoffrey Mallow, qui lui avait tout appris. Ou, si c'était une biographie plus étoffée, le genre de reportage approfondi digne d'un Pulitzer, l'auteur pourrait conclure par : « En un mot comme en cent, Douglas Hubbard idolâtrait Geoffrey Mallow. »

Et ce serait la pure vérité.

Geoffrey Mallow était, selon Douglas, le type le plus cool qui soit sur cette planète. Grand et élégant, mesurant pas loin d'un mètre quatre-vingt-quinze avec de longs doigts, des cheveux poivre et sel coupés court et un bouc méticuleusement entretenu, Geoffrey Mallow était tout ce que Douglas rêvait d'être. Le type descendait d'une famille de musiciens de La Nouvelle-Orléans et, sitôt qu'il prenait un instrument en main, ce dernier semblait fait pour lui. Douglas avait pu l'observer maintes fois, lors des nombreuses présentations qu'il avait faites au lycée depuis qu'il avait emménagé à Deerfield, l'année passée, où il dispensait également des cours particuliers et des concerts en solo dans d'autres établissements scolaires. Le simple fait qu'un talent pareil soit rare à Deerfield suffisait à expliquer son statut inédit aux yeux de la majorité, mais pour Douglas il y avait à cela une raison plus profonde. C'était avant tout sa confiance en lui qu'il admirait, sa manière de se balader en ville affublé de n'importe quel couvre-chef – feutre pork pie tout droit sorti d'un club de jazz des années 1930, casquette de base-ball, feutre Fedora à large bord – et vêtu selon l'humeur du jour, s'adressant à chacun avec une assurance et un naturel inébranlables. Ça tenait à sa manière de s'installer pour une partie d'échecs sur une des tables en terrasse du café Butter-It-Better, jouant contre lui-même ou contre quiconque s'arrêtait pour une partie. Sa manière de s'échapper pour une semaine ou deux de concerts à La Nouvelle-Orléans, et de revenir soutenir l'équipe du lycée lors d'un match de football américain en lisant nonchalamment le journal comme s'il ne venait pas de faire la chose la plus cool que Douglas puisse imaginer. Et aussi à la raison pour laquelle il était venu s'installer à Deerfield en premier lieu, qui suscitait également l'admiration de Douglas.

La première fois qu'ils avaient discuté, au lycée, juste après une performance solo dans laquelle Geoffrey avait joué un medley de spirituals et de chants gospel sur pas moins de cinq instruments (saxophone, cornet à pistons, clarinette, hautbois, violon !), Douglas avait voulu savoir pourquoi quelqu'un d'aussi doué était venu s'installer dans un endroit où il n'y avait même pas un club digne de ce nom. Geoffrey lui avait dit qu'il avait donné, côté concerts, il avait gagné suffisamment d'argent avec ses sessions d'enregistrement studio et ses tournées occasionnelles pour pouvoir prendre sa retraite ou, du moins, commencer de vivre comme ça lui chantait.

– Je n'ai pas de gros besoins, avait-il dit. Mes instruments sont déjà payés. Maintenant, c'est le grand face-à-face. Mon souffle et moi. Mes mains et moi.

Cette légèreté était charmante, séduisante, mais également un peu perturbante aux yeux de Douglas qui, comme beaucoup de gens ici-bas, voyait La Nouvelle-Orléans comme l'épicentre de tout ce qui concernait les cuivres.

– Mais la scène musicale ne va pas te manquer ? Parce que bon… ici, c'est le désert.

Geoffrey avait souri gentiment, de l'air de celui qui n'a strictement rien à prouver, et répondu :

– Du bruit, on en trouve toujours. Mais je veux pouvoir être tranquille quand j'en ai besoin.

Cette réponse avait provoqué une immense jalousie chez Douglas, quoique bienveillante, pas si éloignée de ce que peut ressentir un avocat en voyant la vie que mène un professeur d'université, avec ses congés d'été, ses déambulations sur le campus, en comparaison avec l'univers du cabinet, ses réunions interminables, son réseautage acharné. Ou de ce que peut ressentir un professeur d'université en voyant la vie que mène un avocat, les honoraires mirobolants et les vacances en croisière, en comparaison avec les copies à corriger le week-end et la navigation en eaux troubles dans le cloaque universitaire. En d'autres termes, ce qu'on peut ressentir quand on considère les choses hâtivement, quand on juge sans connaître, et ça semblait bien naturel.

Et donc, quand Geoffrey avait voulu savoir si Douglas jouait d'un instrument, il lui avait répondu sincèrement : il avait toujours eu une attirance pour le trombone, mais ne savait pas en jouer.

– Si tu veux, je pourrai t'apprendre. C'est pas différent du reste. Ça demande une pratique intensive, ça génère de la frustration et, si on y est disposé, de la joie.

– Pour tout dire, je suis un bon siffleur, mais je ne suis pas sûr que ça compte comme instrument de musique ?

– Tout est instrument. Vas-y, je t'écoute.

Et Douglas qui, pour la première fois de sa vie, ressentait de la timidité à siffler, avait serré les lèvres et s'était lancé dans le solo de saxo de Charlie Parker sur *Summertime*, extrait de son album intégral « The Master Takes » de 1949, au beau milieu de la cafétéria du lycée. Geoffrey l'avait écouté sans broncher, puis lui avait posé une main sur l'épaule. On eût dit que, quelque part pendant le morceau, ils étaient devenus amis.

– Tu me dis qu'il y a rien à voir, par ici. Mais c'est faux. T'es là, toi. C'était magnifique.

Douglas avait été à la fois extrêmement flatté et embarrassé par le compliment. Son cœur battait de façon erratique.

– C'est Charlie Parker. J'ai l'enregistrement chez moi, en vinyle.

– Non, avait rétorqué Geoffrey en pointant la main vers le buste de Douglas. Tu as l'enregistrement juste là.

Avec ce simple geste, Douglas était tombé quasi amoureux de cet homme, ou du moins de l'idée qu'il s'en faisait. Une année s'était écoulée et il se trouvait là, ayant finalement pris Geoffrey au mot. Il rejoignit le bâtiment et grimpa l'escalier métallique, son trombone à la main. À l'étage, Geoffrey l'attendait debout à la balustrade, devant sa porte. Chose étonnante, il portait un smoking et un haut-de-forme. Il était beau, intrigant, l'œil perçant, comme un cliché tiré d'un magazine d'époque.

– Waouh. Eh bien dis donc, tu nous sors le grand jeu !

Le visage de Geoffrey s'éclaira.

– Le très grand jeu, dit-il, suffisamment fort pour qu'on l'entende jusque sur le parking, et il tendit les bras, exposant ses paumes vides. Regarde-moi bien. Et maintenant, pose-toi la question : est-ce que tu en crois tes yeux ?

À ces mots, Geoffrey balança quelque chose par terre, devant lui, provoquant étincelles et bruits secs sur le dallage, suivis d'un nuage de fumée bleue si dense que Douglas recula d'un pas et se couvrit la bouche. Quand il eut chassé la fumée et rouvert les yeux, Geoffrey avait disparu.

– Bien, bien… fit Douglas. C'était inattendu.

Quoiqu'il ne doutât pas un instant que Geoffrey eût regagné l'intérieur de son appartement, devant lequel il s'était tenu tout ce temps, Douglas dut bien admettre qu'il n'avait pas entendu la porte s'ouvrir. Ni vu la fumée se distordre sous l'effet du courant d'air que cela n'aurait pas manqué de générer. Il se frappa donc les cuisses du plat de la main en guise d'applaudissement.

– Bien joué, dit-il, et il s'avança jusqu'à la porte d'entrée, qu'il ouvrit.

Geoffrey était installé dans un fauteuil, en pleine lecture, vêtu d'un pantalon de toile et d'un tee-shirt noir à l'effigie des batteries Zildjian. Il leva les yeux de sa revue, comme si tout était on ne peut plus normal.

– Salut, Hubs.

Puis, regardant sa montre :

– Tu sais, s'il y a bien quelque chose d'admirable chez toi, en plus de ton talent de siffleur et de l'étendue de tes connaissances en histoire, je dirais que c'est ta ponctualité. Tu es pile à l'heure. Dans le monde du jazz, c'est rare.

Puis il se leva et, s'approchant de Douglas, ajouta :

– Comme on dit, la plupart d'entre nous fonctionnent sur une mesure 6/8. Ce qui signifie que si tu veux qu'on se pointe à 8 heures, faut nous demander de venir à 6. Mais c'est bien. Je suis content que tu sois là.

Douglas le dévisagea.

– OK.

Puis, désignant sa nouvelle tenue, il lâcha :

– Impressionnant…

Il parcourut la pièce du regard, cherchant le smoking, dont il imaginait que Geoffrey avait dû se débarrasser en un éclair et le lancer dans un coin – mais rien en vue.

– … mais aussi désarçonnant.

Pour autant qu'il sache, Geoffrey Mallow n'était pas particulièrement facétieux. Mais tandis qu'il lui serrait la main et passait en revue le petit appartement, un désagréable sentiment de déjà-vu s'empara peu à peu de Douglas. Sur la table basse, trois gobelets étaient posés à côté d'une petite balle rouge en caoutchouc. Sur le canapé, où la veille encore se trouvaient des caisses remplies de disques de jazz, plusieurs boîtes en carton, de vieilles panoplies de magie, une série de manuels et une baguette en plastique aux extrémités blanches.

– Qu'est-ce qui se passe, ici ?

– Attends, fit Geoffrey. Reste où tu es.

Il inspecta l'épaule de Douglas comme si avait pu s'y trouver une araignée ou tout autre insecte ailé, puis passa la main derrière son oreille. Quand il l'ouvrit, comme si ç'avait été là depuis le début, y était niché un petit bout de papier bleu.

– Oh c'est pas vrai, dit Douglas.

– J'ai passé, lui dit Geoffrey, une journée absolument extraordinaire. Pose ton instrument et sers-toi à boire dans la cuisine. Que je te raconte.

Il s'avérait, sans surprise, que la veille au soir, après la première leçon de Douglas, Geoffrey était sorti faire des courses chez Johnson's.

– T'as vu ce truc ? Je te le dis, moi, mon vieux, c'est miraculeux ! J'ai pas fermé l'œil depuis. J'en ai pas ressenti le besoin.

Douglas se traîna jusqu'à la cuisine, se servit un thé glacé, oscillant péniblement entre la colère et la déprime pure et simple, à voir qu'une personne de plus étalait devant lui ses délires les plus cachés et qu'il était censé, visiblement, s'en réjouir.

– Magicien !

Geoffrey saisit un jeu de cartes posé sur la table. Il les battit, les faisant défiler habilement entre ses doigts.

– Il faut que tu comprennes. Parmi tout ce que cette machine aurait pu me sortir, il a fallu que ce soit ça. Ça m'a scié. Mais quand je dis scié, j'en ai pleuré, oui, j'ai pleuré au rayon produits frais. J'en ai oublié ce que je faisais là. Ce qui me fait penser, tu savais que chez Johnson's il y avait une boîte de mouchoirs en libre-service à la caisse ? Il y avait tellement de gens qui pleuraient après leur prévision que le type s'est dit, bon, après tout. Ils pleurent de joie, il m'a dit. De joie, mon gars ! Que du bonheur. Enfin, pour la plupart.

Douglas resta coi. Il descendit d'un trait son verre de thé glacé et s'en versa un second. Il reposa ensuite le pichet sur le comptoir et retourna au salon, où Geoffrey faisait maintenant courir un long foulard rouge sur sa paume. Il lui désigna le canapé.

– Le truc, c'est… tu vois toutes ces boîtes ? Ces boîtes de magie ? Je les ai depuis que je suis gamin.

Se penchant, il en attrapa une, qu'il tendit à Douglas. Ça sentait le grenier et le vestiaire, une odeur rance de bibliothèque, et on y voyait la photo d'un magicien sortant un lapin d'un chapeau. Un jeu Mattel, copyright 1974.

– C'est le Père Noël qui me les a amenées, mon vieux. Pour te dire comme ça date. Mes parents voulaient que je répète mon piano et mon saxo, et donc j'ai lâché l'affaire, mais quand j'étais môme j'ai toujours voulu être magicien.

– Tu m'en diras tant…

Douglas se laissa tomber sur une chaise.

– Et bon, tu vois, j'ai tenté le coup avec cette machine, juste pour déconner. Ça coûte que deux billets. Je me suis dit, allez, on va se marrer.

Geoffrey fit glisser le foulard entre ses doigts, en fit une boule qu'il serra dans son poing et, d'une pirouette, la fit disparaître instantanément. Puis il pencha la tête vers Douglas, adopta un ton proche du murmure et dit :

– Mais quand j'ai lu cette prédiction, ça m'a fait un effet… genre, comment ils peuvent savoir ? C'est comme cette vieille blague, la Thermos. Tu t'en souviens ?

Il guetta une réaction de Douglas, qui ne vint pas.

– Fais-moi rire.

– Mais si, tu connais. C'est un enfant qui demande à un scientifique : « Quelle est la plus grande invention de tous les temps ? » Et le scientifique répond : « La bouteille Thermos, parce que ça garde le liquide chaud l'hiver, et frais l'été. » Et le gamin répond : « Waouh ! » Puis, après avoir réfléchi un moment, il lève la main et dit : « Mais m'sieur, comment elle sait quel temps il fait, la Thermos ? »

– C'est la chute ?

– Oui. C'est un classique. Mais bref, c'est aussi la question que je me pose, Hubs. Comment cette satanée machine a-t-elle su ?

Douglas reposa la panoplie du parfait petit magicien sur le canapé, inspira profondément et pressa ses paumes contre ses orbites. Il sentait monter une envie irrépressible de basculer en mode professeur ; c'eût été indéniablement une erreur, car c'était le pire versant de sa personnalité, le plus pitoyable. Tous les profs avaient accès à ce mode où, sous l'effet d'une dépression rampante et de l'ennui, ils se trouvaient acculés à réfuter tout argument de la partie adverse, fût-ce un enfant de cinq ans. C'était un aspect de son caractère qu'il s'interdisait d'ordinaire de laisser éclater devant d'autres adultes, mais une part de lui, ce jour-là, était au bord de dévisser.

– Geoffrey, dit Douglas, c'est pas pour jouer les rabat-joie, mais est-ce que c'est pas hyper banal, comme rêve, pour un gamin ?

– Comment ça ?

– Ben par exemple, si pour un sondage je demandais à des enfants quel métier complètement fantasmé ils rêvaient d'exercer quand ils seraient grands, aussi peu informés qu'ils soient de la réalité du quotidien de cette profession, tu ne crois pas que magicien arriverait juste derrière, mettons, superhéros, policier et pompier ?

Geoffrey sourit.

– Je vais choisir d'ignorer ta condescendance, pour privilégier une anecdote bien plus éclairante.

– Loin de moi l'idée d'être condescendant, commença Douglas, mais Geoffrey balaya sa remarque d'un geste, comme pour effacer toute la ligne de dialogue.

– Tu sais combien de fois j'ai déménagé, dans ma vie ? Tu vois, quittant un studio miteux pour un autre studio miteux, cohabitant avec quiconque faisait partie du groupe à ce moment-là, dormant parfois à cinq dans la pièce ? J'ai vécu avec des foutus batteurs, mon pote ! Des batteurs ! J'ai eu ma part de galères. Mais bref, tout ça pour dire : j'ai laissé derrière moi mon matos, mes pupitres, mes partitions, mes amplis, tout un tas de trucs de valeur, juste parce que je n'avais pas l'énergie de les trimballer. Mais ça, je ne m'en suis jamais séparé. Tu comprends ? J'aurais pas su dire pourquoi, mais j'ai toujours gardé mes accessoires de magie. Toute ma vie, ça m'a paru important. Et maintenant, ça y est : je sais pourquoi.

– C'est juste de la nostalgie. J'ai toujours la collection complète de cartes de base-ball de la saison 1988 que m'a offerte mon oncle à l'époque. Ça ne veut rien dire.

– Peut-être que non. Peut-être que si.

– Mais, Geoffrey, tu as quoi, cinquante ans ? Tu es un musicien d'envergure internationale. Tu es un génie. Tu crois pas que tu as déjà rempli ta vocation ?

– Je comprends ce que tu dis. Et j'apprécie. Mais pour ça aussi, je suis doué, Hubs. Ça m'est naturel. Et j'ai ce sentiment, tu vois, que la musique est une forme de magie.

C'est peut-être ça qui m'a porté tout ce temps. C'est peut-être ça qui m'a rendu heureux, le fait d'avoir toujours été proche de ma vocation première, même sans en avoir conscience.

Il y avait là un argument massue pour Douglas. La musique, c'est une forme de magie. Même en mode prof, on ne pouvait le nier. Douglas se le disait chaque fois qu'il mettait un disque sur la platine, fermait les paupières et se laissait embarquer loin de Deerfield, immergé dans les cuivres de gens qu'il ne connaîtrait jamais, mais qui parlaient à son âme comme des frères et sœurs, quand ils jouaient. Et en admettant cela, et en voyant comme brillait la prunelle de Geoffrey, assis face à lui, Douglas repensa à Cherilyn, qui prenait de toute évidence sa prédiction tout autant au sérieux que Geoffrey, que Pat, que tous les autres apparemment, et la somme de tous ces visages laissa à Douglas un drôle de pressentiment, peu habituel chez lui.

Et s'il avait tort ?

Ce n'était pas une hypothèse facile à envisager. Combien de génies dans l'histoire de la pensée humaine s'étaient ainsi sabordés parce qu'ils refusaient de concevoir qu'ils pussent avoir tort ? Des figures politiques. Des parents. Des maris. Des hommes. Ils avaient coulé avec leurs navires percés des trous qu'ils avaient eux-mêmes creusés, et ce bien avant que le terme « obstiné » ait été inventé. Et Douglas, là-dedans ? S'il se trompait, au sujet de cette machine ? S'il se trompait sur bien des sujets ? Qui sait si la distance étrange qu'il avait remarquée entre Cherilyn et lui n'avait rien à voir avec elle et sa prédiction, mais tout à voir avec lui ; lui et son caractère borné, son étroitesse d'esprit, lui si prévisible. Il y avait peut-être du vrai, dans cette science, aussi excentrique que ça paraisse, aussi fantaisistes que soient certaines de ces prédictions. Il y avait peut-être un fond de vérité indéniable à cette histoire d'ADN, un truc chavirant, si étranger à Douglas qu'il l'avait jusqu'à présent évacué sans lui laisser sa chance.

Une immense vague de culpabilité vrilla les entrailles de Douglas au souvenir de sa conversation avec Cherilyn, la veille au soir, et de la manière dont il avait tenté de noyer les mystérieux désirs de son épouse sous des grognements appréciateurs au sujet de sa viande rouge. Dont il avait botté en touche quand elle s'était penchée vers lui pour lui demander ce qu'il pensait possible.

N'était-ce pas précisément ça, parler d'amour ? Parler des possibles ? Parler des peut-être ? Et se fermer au possible, y compris dans sa forme la plus générique, la plus élémentaire, que ce soit sous le poids de l'habitude ou des préjugés, n'était-ce pas là le véritable danger, dans un couple ? Ce n'était pas le genre de mari que Douglas voulait être, un mur de pierre dressé face au potentiel de sa femme, ni le genre de mari qu'il avait jamais été, croyait-il. Et donc, plus que tout, Douglas eut soudain une envie folle d'être auprès de Cherilyn. Il voulait lui présenter ses excuses, parler avec elle ou, plutôt, l'écouter lui confier ce qu'elle avait sur le cœur et qui grandissait en elle. Il repensa à la veille, comme il s'était tenu avec son trombone devant elle qui lui suggérait gentiment de jouer *Soixante-seize trombones*, pensant que ça s'accorderait à merveille avec sa journée parfaite, et il eut une idée. Il se leva, gagna la porte près de laquelle il avait déposé son étui et le ramena à la table.

– Geoffrey, dit-il, tu pourrais m'apprendre à jouer un morceau ?

Geoffrey vint poser la main sur l'étui. Il ferma les yeux, fredonna un air par-devers lui.

– Bien sûr.

Et regardant Douglas :

– Mais tu dois d'abord apprendre autre chose.

Il se renfonça dans son siège, croisa les jambes et se caressa le bouc.

– Tu dois apprendre à faire preuve d'enthousiasme. De disponibilité.

Désignant l'instrument du menton, il ajouta :

– Vas-y. Ouvre et regarde.

Douglas se baissa, déclipsa le fermoir et souleva le couvercle.

À l'intérieur, nichées sous les brides à scratch, deux cartes à jouer qui ne s'y trouvaient pas auparavant, face cachée. Le tour eut sur Douglas un effet quasi viscéral. Ses bras se couvrirent de chair de poule, un frisson courut le long de sa nuque.

– OK. Comment tu t'y es pris ?

– Là n'est pas la question, dit Geoffrey. Retourne-les.

Douglas obtempéra, et la première carte qu'il retourna était un 7. La seconde, un 6.

Du cœur, pour les deux.

– La question, dit Geoffrey, est comment *toi*, tu t'y es pris ?

– 10 –

« Une maison dans les pâturages »

« Home on the range »

Le temps d'arriver chez lui, Jacob était trempé. Il n'avait même pas couru. Mais c'était une telle fournaise, vers 16 heures, pas tant à cause du soleil qui tapait que de la chaleur dégagée par les trottoirs. Impossible d'y couper. On pouvait toujours s'en tenir au côté ombragé de la rue. Se trimballer une ombrelle. Agiter un éventail devant son visage. Rien n'y faisait. Quand la température Fahrenheit et le degré d'humidité atteignaient tous les deux les 95, c'était comme se balader dans un sauna. On avait l'impression de suer des yeux. Et on se demandait ce qu'il leur prenait, à tous, de vivre à Deerfield.

Jacob se posait souvent cette question, d'ailleurs.

Il avait appris en cours que les sociologues prétendaient que les gens ne prêtaient guère attention aux traits spécifiques à l'environnement dans lequel ils vivaient, pourvu qu'ils y fussent nés. La météo, la langue, les mœurs, pourquoi cela paraîtrait-il curieux si l'on n'a jamais rien connu d'autre ? C'est comme ça que les gens ne remarquent pas qu'ils ont un accent tant qu'ils n'ont pas quitté leur patelin. Comme ça que dans le Maine on ignore qu'on ne mange pas de homard en Louisiane, et qu'en Louisiane on ignore qu'il n'y a pas d'écrevisse dans le Maine, et ainsi de suite. Mais Jacob avait beau avoir vécu toute sa vie à Deerfield, la chaleur, il ne s'y faisait pas. Alors que la majorité des jeunes n'avait qu'une hâte, que l'été arrive pour aller faire du ski nautique sur le lac Maurepas et pêcher sur le lac Verret, lui, c'était sa hantise.

Sous l'effet de la chaleur, son dos se couvrait de plaques d'eczéma. Il redoutait alors de retirer son tee-shirt en public, ce qui ne faisait que renforcer l'irritation et, dans l'éternel débat avec ou sans le haut, pour Jacob, c'était un tee-shirt, sinon rien. Toby, lui, était de l'équipe des torses nus. Le visage de Jacob aussi, dans toute sa splendeur adolescente, demeurait gras, pâteux, sans jamais brunir. Il avait des démangeaisons dans le cou, ses hanches osseuses le grattaient, au niveau du caleçon, et il sentait fort, quoi qu'il se vaporisât sous les aisselles. On dit qu'en Louisiane la chaleur révèle qui l'on est vraiment et c'était la pure vérité, Jacob le savait.

C'est pourquoi il n'avait adressé la parole à personne depuis qu'il avait quitté Trina au débouché du sentier. Il avait fiché ses écouteurs dans ses oreilles, gardé la tête baissée, maudissant son quotidien comme il le faisait de plus en plus souvent, et lancé la première playlist sur son téléphone. Il était tellement perdu dans ses pensées au sujet de Trina qu'il n'aurait pas su dire quel morceau venait de passer. Un truc bruyant, voilà tout ce dont il se souvenait, quand il fut interrompu par le *ding* annonçant un SMS.

Je sens encore ton / son / votre odeur.

Jacob ne renvoya pas de réponse.

Et qu'aurait-il pu dire ? Il se sentait tellement paumé ; les intentions de Trina à son sujet, au sujet de tout en général étaient si obscures que ça lui faisait peur. Depuis qu'il l'avait appelée, la première fois, quelques jours à peine après l'enterrement, et qu'elle s'était mise à distiller ses sous-entendus à propos des connards responsables de la mort de Toby, rien n'avait trop de sens, avec elle. Même au niveau le plus basique des interactions humaines. Elle avait toujours été à cran, taciturne, depuis son arrivée au lycée, et pourtant elle s'était rapprochée de Toby, étonnamment, qui était tout l'opposé. C'était un garçon sportif, populaire, toujours entouré de types qui se marraient, se tapaient dans le dos ou de filles qu'il connaissait à peine qui lui mettaient la main sur l'épaule, comme si elles voulaient simplement le toucher.

Personne, avant ce jour, n'avait jamais voulu toucher Jacob nulle part. Et la première à le faire, ce serait Trina ? Comment interpréter ce baiser ? Était-ce un « problème », pour elle, que Jacob ressemble à son frère ? Toby lui plaisait-il au point qu'elle trouve maintenant Jacob attirant, à son tour ? Il y avait de quoi être déçu. Et pourquoi au départ une fille comme elle était-elle allée vers un type comme Toby ? Pourquoi, s'interrogeait Jacob, n'avait-elle pas été d'abord attirée par lui ? De quelle espèce de magnétisme invisible jouissait Toby, dont il était pour sa part si ostensiblement dépourvu ? Et de nouveau, pourquoi n'était-elle pas avec son frère dans la voiture ce soir-là ? Trop de questions sans réponse.

Et bien qu'il fût vrai que cette forme précise de confusion ait grosso modo nourri Jacob ces deux derniers mois, passés à l'écouter ourdir quelque vague revanche pour la mort de Toby, avec elle qui avait tant cherché sa compagnie, laissant le scénario devenir une sorte de distraction sombre et merveilleuse le détournant de la réalité, il en avait maintenant assez. Il avait l'intention de couper les ponts. D'ignorer ses textos. Quitte à la dénoncer à la police si elle continuait à le harceler, à porter plainte.

Mais plainte pour quoi ? Soit elle mentait sciemment, soit elle était folle à lier. Obligé.

Pourquoi s'était-il laissé embarquer là-dedans ? Sans doute qu'elle était arrivée pile au mauvais moment.

Dans les jours déments qui avaient suivi la mort de Toby, quand Trina avait la première fois suggéré que les copains de Toby puissent être derrière cet accident, l'ayant forcé à boire shot après shot, initiation virile à la bêtise des hommes, à s'enfiler bière sur bière juste pour prouver qu'il faisait partie de l'équipe première de ce putain de club de base-ball de merde, Jacob était encore tellement en colère que son cerveau était en berne. Il n'était pas lui-même. Il avait fait un trou dans la cloison de sa chambre. Lui avait dit qu'il les détestait autant qu'elle, tous ces connards, qu'il aurait voulu les voir finir dans le décor à la place de Toby. Il oscillait sans cesse entre tristesse et rage, comme tous ceux qui ont un deuil dans la peau. Et la perte était immense, carrément immense. Son frère. Son jumeau. Son ami. Son concurrent. Son soutien. Sa fierté. Son fléau. Sous plein d'aspects : lui-même. Tous disparus en un jour.

On ne pouvait lui reprocher cette confusion des sentiments et, comme tous ceux qui se laissent emporter par la colère, mille options s'offraient à lui pour se venger. Il pouvait se venger de Dieu en étant antipathique. Se venger des copains de Toby en passant à l'action. Se venger de toute la ville. Il avait perdu les pédales, à ce moment-là, c'est vrai, et Trina avait jeté de l'huile sur le feu. De sa promesse initiale « Ce n'est pas fini », il avait conclu qu'ils n'avaient pas fini de parler de son frère et l'avait égoïstement utilisée pour demeurer proche de lui. Il le comprenait avec le recul.

Mais à mesure que passaient les semaines, sa colère s'émoussait ; discuter avec Trina ne faisait qu'empirer son état : Jacob commençait à en prendre conscience. Il commençait à y voir clair.

Trina n'était pas saine d'esprit. C'était un fait.

Premier indice. Jacob avait remarqué que plus il était physiquement proche d'elle, plus elle semblait loin. Ça ne ressemblait à rien de ce qu'il avait connu avec les autres filles qu'il avait essayé d'aborder. Avec les autres, la situation était facile à cerner. Il les appréciait, mais ce n'était pas réciproque. L'équation était très simple. Ce n'était pas que Trina soit particulièrement effacée, ou distante, mais plutôt, craignait Jacob, qu'il n'y avait personne derrière la carapace. Cela aussi l'effrayait. Mais il devait bien reconnaître que son baiser, toute l'attention concrète qu'elle lui avait portée ces dernières semaines, c'était autre chose. Cela avait peut-être un rapport avec son frangin, d'une manière un peu tordue, se servir de Trina pour rester proche de lui, ou même pour marcher sur ses plates-bandes. Ou alors c'était juste une question de genre, Trina était une fille, Jacob, un garçon, il la voyait comme une fille générique, comme il voyait les autres filles de son âge, et c'était agréable et curieux et naturel et au bout du compte la raison même de la perpétuation de la présence des humains sur terre et pourquoi s'en priver ? Pourquoi fallait-il toujours qu'il soit différent ? Pourquoi fallait-il qu'il culpabilise pour un truc que tous les jeunes de son âge faisaient ? Il ne *fallait* pas. Il n'allait pas le faire.

Sauf qu'avec Trina il *fallait* s'attendre à des ennuis. Aucun doute.

Inutile donc de tergiverser. Il allait couper les ponts. L'ignorer. Et faire machine arrière.

Il ne lui donnerait pas ce qu'elle voulait.

Voilà ce qu'il avait prévu.

Quand Jacob tourna à l'angle d'Oxbow Street, il vit la porte du garage ouverte et, devant, un véhicule qu'il ne connaissait pas. Un vieux pick-up Ford, blanc avec des rayures marron sur les flancs, traînant une remorque plate.

D'instinct, Jacob sentit que ça n'augurait rien de bon. Son père avait pété les plombs depuis qu'il avait consulté cette machine à la con. Sa prédiction était ridicule, et sa réaction, risible, mais on avait du mal à lui en tenir rigueur, vu le contexte.

Son père était un homme qui avait désormais perdu une épouse et un fils, sans mentionner ses parents, bien des années plus tôt ; il n'avait pas encore atteint les soixante ans. Il ne lui restait plus que Jacob. Plus que la pâle copie. Combien de malheurs peut-on endurer, dans une vie ? La vie n'avait pas non plus épargné Jacob, mais il avait tout de même conscience que perdre un frère, ce n'était pas perdre un fils. Il n'y avait pas d'égalité, en l'espèce.

Jacob avança jusqu'à la remorque et l'examina. Un imposant chargement de bois y était entassé, qui semblait avoir été balancé là à la va-vite. Il retira sa casquette Latios et s'essuya le front. Ça ressemblait à des planches pour lambrisser, pour l'essentiel, le genre qu'on retrouve au mur des toilettes pour hommes dans les restaurants, déjà abîmées et pleines de marques. À côté, une paire de portes battantes dégondées et un tas de planches. En dessous de tout ça, une longue poutre de bonne facture, du chêne ou du cèdre, peut-être, avec des traces de laque rouge foncé.

Devant la maison, sur la pelouse, gisait un amas de bacs en plastique que, pour le coup, il reconnut. C'étaient les bacs de rangement qu'ils avaient achetés avec son père à Walmart, quand ils s'étaient finalement résolus à trier les affaires de Toby. Ils n'étaient pas allés très loin, avaient tout juste emballé une partie des vêtements que contenait son placard un après-midi, son gant de base-ball et ses chaussures à crampons, quand le père de Jacob était soudain devenu mutique. Jacob avait relevé les yeux : il suivait du doigt la fermeture du sachet vert en plastique transparent que la police lui avait remis la nuit de l'accident, rempli sans doute de tout un tas d'affaires personnelles de Toby, le contenu de ses poches. Son père ne l'ouvrit pas. Il le retourna, comme on tournerait la page d'un livre qu'on hésiterait à lire, et le sachet resta posé sur le bureau de Toby. Puis il dit :

– Bon, j'ai besoin d'une pause.

Et il alla se réfugier dans la solitude de sa chambre.

Plus tard, ce soir-là, Jacob l'entendit déménager les bacs en plastique dans le garage, vides pour la plupart. Après quoi son père referma la porte de la chambre de Toby une bonne fois pour toutes.

Mais pour l'heure, ce que Jacob entendait était bien différent. On aurait dit des rayonnages mis à bas, des bris de verre ; il retira donc ses écouteurs et alla voir dans le garage. Il y trouva son père, debout, sur son trente-et-un, en train de faire virevolter un lasso au-dessus de sa tête. À ses pieds, un vase bleu brisé gisait sur le béton.

– Ça, dit son père, c'était un accident.

Sur quoi il lança l'extrémité du lasso à l'autre bout de la pièce, qui alla rebondir sur le mur et atterrit tranquillement autour du vieux poste de télévision de Toby, posé sur une chaise marron.

– Yiha ! s'exclama son père, et il tendit la corde. Mon meilleur coup, jusqu'ici.

Jacob le regarda attentivement.

Hank Richieu était bâti comme ses fils. On reconnaissait Toby dans les épaules, carrées et solides comme les siennes, pourtant Hank était aussi fin que Jacob au niveau de la taille, quoi qu'il mangeât. Il se tenait les hanches en avant, le dos bien droit. C'était un homme qui inspirait confiance, et à juste titre. Il n'y avait personne au monde en qui Jacob ait davantage confiance qu'en son père. Ce jour-là, comme depuis plusieurs jours, Hank était vêtu d'un jean délavé et de santiags. Une chemise western aux boutons nacrés, parmi la vingtaine qu'il avait achetées en ligne, par lot, sous une veste de cuir. Sur le crâne, l'énorme chapeau de cow-boy qu'il avait pris le pli d'appeler Phil.

– T'es allé bosser, aujourd'hui ? l'interrogea Jacob.

– Mon cheval et moi, on vous salue bien bas, gringo, répondit son père.

Jacob roula les yeux d'une manière si souvent répétée qu'elle passa aussi inaperçue que sa respiration. Devant lui, son père desserra le nœud coulant, ôta la corde du poste de télévision et entreprit de la réenrouler à son côté. Aucun doute, il s'était entraîné. Il portait ce qui ressemblait furieusement à un holster.

– T'es passé à l'épicerie, au moins ? fit Jacob.

– J'ai rassemblé quelques victuailles, on peut tenir un siège en attendant la cavalerie.

– Papa. C'est pas sain, tout ça.

Hank interrompit son geste pour observer son fils. Le temps qu'ils se regardent les yeux dans les yeux, toute sorte de conversation aurait pu surgir entre eux : des discussions longtemps repoussées au sujet de Toby, peut-être, au sujet de la mère que Jacob n'avait jamais connue, au sujet de la poisse qui semblait leur coller à la peau. Mais aucun de ces sujets n'émergea. L'espace était là, Jacob le sentit très nettement, mais il coupa court.

– Il est à qui, ce camion ?

– À moi. J'ai échangé le SUV, nom d'un bison. Il est canon, hein ?

Le camion aurait pu avoir trente ans d'âge. Le capot était rouillé et disposait d'un râtelier à fusil dans l'habitacle. L'antenne était de guingois, les enjoliveurs, pleins de boue. Son père venait d'échanger un véhicule familial en parfait état de marche contre une version utilitaire beaucoup plus délabrée.

– On dirait la plus pourrie des bagnoles Hot Wheels, version adulte.

C'était le genre de camionnette qui aurait pu intéresser un collectionneur, songea Jacob, peut-être même aurait-ce pu être une belle pièce de collection, si on l'avait retapée correctement, mais globalement, il n'y avait rien à en tirer. C'était un témoin du temps passé, une de ces camionnettes à plateau qu'on choisissait en fonction de l'usage qu'on devait en faire, et non pour une question de style, et Jacob supposa que c'était sans doute ça qui plaisait à cette nouvelle version de son père. Ce qui, ironiquement, signifiait que son père était en quête de style, dans cette affaire, voulait se trimballer en ville en projetant une image très éloignée de la personnalité que Jacob aimait tant – voir son père aussi pathétique le mettait hors de lui.

– Pour la dernière fois, lui dit-il en le regardant droit dans les yeux, tu n'es pas un cow-boy. Ici, on n'est pas dans un ranch. Il est temps que tu passes à autre chose.

– C'est peut-être vrai pour le moment, mais tu sais ce qu'on dit ? Le cul d'une vache n'est pas sa tête, non plus, tant qu'on l'a pas tranchée net et plantée là.

– Absolument personne ne dit ça. Jamais personne sur terre n'a dit une connerie pareille.

– Jusqu'à aujourd'hui. Maintenant c'est fait, tu vois où je voulais en venir ?

– Je rentre, dit Jacob en tournant les talons. Tu vas pouvoir tester ton habileté au lasso en conditions réelles. Y a du monde qui arrive.

Hank jeta un œil par l'ouverture, le camion de Deuce Newman s'arrêtait devant chez eux. C'était un énorme tout-terrain Ford F 250, noir, étincelant comme s'il sortait de l'usine. Mais aussi neuf fût-il, comme de juste avec Deuce, il avait déjà subi quelques altérations préjudiciables. Une longue antenne Cibi plantée sur le toit, sur le pare-brise arrière un autocollant JE TIRE SUR TOUT CE QUI VOLE et une paire de testicules en caoutchouc suspendue à la boule d'attelage qui valsaient de façon obscène tandis qu'il immobilisait le véhicule et en sortait.

Hank se tourna vers Jacob et retira son chapeau.

– Le plaisir était pour moi, fiston.

Jacob referma la porte.

Une fois à l'intérieur, il se débarrassa de son sac à dos sur la table et gagna la cuisine. Il avait des devoirs à faire, un exo de maths, quelques pages à lire en histoire, mais ça attendrait. Jacob réfléchit au dîner. Il alla ouvrir le réfrigérateur, qui lui offrit le spectacle familier de cette dernière semaine. Quatre types d'aliments primaires occupaient les rayonnages : une brique de lait. Un pack de six bières Lone Star. Des saucisses sous vide. Deux steaks massifs.

Jacob referma la porte et alla voir au cellier. Là aussi, spectacle familier. Sur l'étagère du milieu, une rangée d'une vingtaine de conserves, porc et haricots en sauce. Un sachet de riz. Des patates. Des paquets de flocons d'avoine. Du bœuf séché. Au sol, un flacon de sauce barbecue Texas Style. Rien à dire, c'était bien là le paradis du cow-boy. C'était aussi l'enfer de Jacob, désormais. Il allait devoir bosser dur pour contenter ses papilles.

Il alla se laver les mains à l'évier et vit, par la fenêtre, Deuce Newman qui avançait vers chez eux de son pas de canard. Il avait une sorte de tuyau de jardinage roulé sur l'épaule et une machine non identifiée dans les mains, un appareil photo, ou peut-être un projecteur. Jacob tenait Deuce pour l'abruti de service. Son ubiquité le mettait mal à l'aise. On croisait Deuce à tous les événements du lycée, dans tous les restaurants, à tous les coins de rue, semblait-il, et il passait chez eux au moins deux fois par semaine pour se plaindre à son père d'un truc que ce dernier faisait prétendument de travers. En un mot comme en cent, c'était horripilant, et ses jérémiades perpétuelles étaient malvenues. Conseils municipaux, dîners au Rotary, gestion des eaux usées, de l'eau courante, rubans à couper, messe dominicale : les obligations pour un maire de petite ville étaient innombrables. Son père faisait de son mieux pour tenir le rythme.

On avait le sentiment que Deuce profitait de la mort de Toby pour usurper la place de Hank. D'un certain point de vue, Jacob comprenait le raisonnement. Son père avait dévissé pile au moment où on avait le plus besoin de lui en ville. Jacob n'en avait rien à carrer du bicentenaire, mais pour son père, c'était toute une affaire. Le téléphone n'arrêtait pas de sonner, même à la maison, avec des requêtes inhabituelles. On lui demandait des autorisations pour installer des stands et autres points de vente temporaires, on essayait de lui soutirer des rallonges de budget de tous côtés, on voulait savoir à quoi serviraient les bénéfices, on se plaignait des nuisances sonores. Une fois, Jacob avait assisté à une discussion d'une heure avec un interlocuteur débattant de l'utilisation de ballons de baudruche ou de ballons à l'hélium. Comment ne pas péter les plombs avec un quotidien pareil ? Si lui et son père avaient quoi que ce soit en commun, ces jours-ci, c'était d'attendre, d'attendre désespérément de pouvoir tourner la page.

Jacob regarda dehors, Deuce branchait le tuyau d'arrosage. Son père le tenait et se mit à asperger le véhicule de Deuce, une brume d'eau magnifique se forma au contact du verre brûlant. Son père ne cessait de refermer l'embout, faisant mine de le rengainer en prévision d'un duel, ce qui commençait visiblement à agacer Deuce.

– Contente-toi de tenir ce putain de tuyau, bon sang !

Puis, tripatouillant son projecteur, il ajouta :

– Attends que je te montre ça, Hank.

Jacob retourna à sa gazinière. C'était là, aussi improbable que ça paraisse, qu'il se trouvait maître en son domaine. Il était *de facto* le cuisinier de la famille depuis l'âge de quatorze ans et n'y voyait pas d'inconvénient. Son père cuisinait de façon acceptable, mais par pure obligation, réchauffant des plats au micro-ondes, ouvrant des boîtes de macaronis au fromage comme si c'était un menu de fête. Toby ne s'en plaignait jamais. C'était un gamin sportif, il lui fallait des calories, et en masse. Pour Toby, la nourriture était un simple vecteur d'énergie, il aurait ingurgité n'importe quoi. Tandis que Jacob avait besoin de plaisir, avec la nourriture comme avec le reste, et c'était aux fourneaux qu'il le trouvait. Il ouvrit une boîte de haricots qu'il versa dans la casserole. Ajouta de la sauce barbecue et saupoudra un peu de piment en poudre pour relever le tout. Se rappelant qu'il avait acheté une barquette de champignons la semaine d'avant, il les sortit du frigo, les éminça et les jeta dans la poêle avec une noisette de beurre et la sauce Worcestershire.

Il dégota un morceau de cheddar qu'il coupa en dés, les ajouta par-dessus et regarda le tout mijoter. C'était un plat sans nom, une petite invention de sa part, et ça lui plaisait.

Il entendit la porte du garage s'ouvrir et se refermer au moment où il baissait le gaz. Deuce Newman entra. Sa chemise était toute mouillée, le tuyau sans doute, et il prit place devant l'îlot central de la cuisine comme s'il était chez lui.

– Fiston, dit Deuce. Je crois que c'est officiel. Ton père a complètement perdu la boule.

Jacob ne répondit rien, attrapa une boîte de cure-dents et s'en servit pour piocher un champignon dans la sauteuse. Il le goba, ce n'était pas mal du tout.

– Je vais te poser une question. As-tu déjà été à Disney World ?

Jacob le regarda et avala sa bouchée. Secoua la tête.

– C'est ça, le pépin, dans ce bled. Personne ne va jamais nulle part. Je vais te dire, moi, j'y suis allé, à Disney World. C'est rien que des jeux d'eau et de lumière. Eau et lumière. Ton père doit absolument piger ça. On doit y aller progressivement. Mais bon sang, faut qu'on se remette dans la course ! Je peux pas faire ça à moi tout seul. Je suis tellement à la bourre que je pourrai sans doute même pas aller à cette foutue chorale, ce soir, pourtant ça serait un concert payant, pour ma pomme. Il me faut juste quelques voyants au vert, rien de plus, pour m'assurer qu'on sera bien prêts à temps pour samedi. C'est dans deux jours, maintenant, et ça, ton père semble infoutu de le comprendre.

Deuce se pencha pour attraper un cure-dent et éperonna un champignon.

– Bon sang, Jake. C'est une tuerie, ton plat. Tu suis les cours d'économie ménagère, au bahut ?

Jacob couvrit la poêle d'un couvercle et l'éloigna de Deuce.

– Vous savez, je crois que ces cours ont disparu quand les femmes ont obtenu le droit de vote.

Deuce cessa de mâcher et le dévisagea.

– Tu perds jamais une occasion de la ramener, toi. Tu me feras le plaisir de surveiller ton langage, à l'avenir.

Jacob sentit crépiter un feu familier. Un picotement dans la nuque. Un frisson de colère. Les mêmes sensations que peu de temps auparavant, quand Chuck Haydel lui avait piqué sa casquette. Celles de la mort de son frère, quand il avait commencé à parler à Trina – en un mot, des sensations qu'il essayait de garder sous contrôle.

– En quoi puis-je vous être utile, monsieur Newman ?

Deuce se leva, essuya ses paumes sur sa chemise trempée.

– Tout d'abord, il me faut une photo.

Il sortit son portable et le braqua sur Jacob, qui ne sourit pas. Il appuya sur le bouton.

– Deuxièmement, j'ai besoin de te convaincre de m'aider. Il faut que tu raisonnes ton père. Qu'il lâche sa panoplie de cow-boy, là. J'imaginais pas qu'il puisse avoir la tête encore plus dure qu'avant. Il ne m'écoute plus, mais alors plus du tout. Faut juste que tu lui dises que s'il se bouge pas, il va prendre cher demain à la mairie. On n'a plus que deux jours pour se préparer. C'est maintenant ou jamais. Soit il se sort les doigts, soit c'est nous qu'allons le sortir.

Cette remarque, la manière qu'avait Deuce de s'en prendre à son père firent monter chez Jacob une envie quasi irrépressible de s'en prendre physiquement à ce type dans sa cuisine. Il en brûlait d'envie. Il se ferait écraser, s'il tentait quoi que ce soit, aucun doute. Deuce pesait bien cinquante kilos de plus que lui. Et puis bon, était-ce vraiment après Deuce qu'il en avait ? Un être doué de raison pouvait-il vraiment en vouloir à un crétin pareil ? N'était-ce pas plutôt la manière dont le monde semblait avoir rétréci, devenu un peu comme une veste trop étroite pour lui ? De quel côté qu'il se tourne, tout était frustrant. Son père. Toby. Trina. Deuce. L'univers pouvait donc être si étriqué ? Comment l'élargir ? Comment le faire imploser ?

– Le prenez pas mal, dit Jacob, mais la boîte à idées familiale est pleine, ces temps-ci. Vous pourriez vous adresser à un autre bureau des pleurs.

Deuce s'accouda au comptoir et plongea son regard dans le sien.

– Il le sait, ton père, que tu parles à tes aînés sur ce ton ? Tu devrais peut-être aller voir ce qu'on te prédit. On te dirait peut-être d'apprendre les bonnes manières.

– Mon père sait très bien comment je parle.

– Ça m'étonnerait. M'étonnerait aussi qu'il sache avec qui tu traînes, au lycée. Je vois bien ce qui se passe. Comme si ça suffisait pas que ton frangin ait fait monter la fille Todd dans sa bagnole. Comme si ça suffisait pas qu'elle ait été avec lui ce soir-là. Faut que tu l'accroches à ton tableau de chasse à ton tour. Tu crois qu'il a envie qu'on lui rappelle toute cette histoire ?

Le cœur de Jacob bondit à la mention inattendue de Trina, le ton insidieux de cet homme dans sa cuisine.

– Vous ne savez rien de moi.

De nouveau, Deuce brandit son portable. Il passa le pouce sur l'écran et le montra à Jacob.

– T'es sûr ?

La photo que Trina avait prise dans les bois, affichée à la vue de tous sur Instagram.

– J'en sais mille fois plus que tu le crois. Fais-moi confiance. Vous êtes persuadés que ce que vous faites sur Twitter et compagnie, ça reste secret, mais c'est tout le contraire. Y a jamais eu une génération aussi transparente. Vous n'avez aucun secret, c'est triste à pleurer, franchement. Mais écoute. Contente-toi de dire à ton père de cesser ses délires d'ici demain, OK ? C'est sa dernière chance. Et je parle en tant qu'ami.

Deuce quitta la cuisine et regagna le garage. Le cœur de Jacob battait comme après un sprint, il prit la boîte de conserve vide et l'envoya valser dans l'évier. Elle résonna, métal contre métal, et d'épaisses traînées de sauce tomate giclèrent sur le mur. C'est Jacob qui serait chargé de nettoyer ça, et ça l'énerva encore plus. Il prit son sac à dos pour faire ses devoirs mais, une fois dans sa chambre, le balança violemment sur le lit.

Il retourna à la cuisine et observa par la fenêtre Deuce qui redémarrait sa camionnette. Son père avait apparemment accroché son lasso à la paire de couilles en caoutchouc pendue à la boule d'attelage, la corde ondulait comme un serpent derrière le véhicule qui s'éloignait. Hank frappa son chapeau sur sa cuisse et se marra tandis que Deuce sortait le bras par la portière pour lui faire un doigt. C'était ça, les adultes, songea Jacob, putain, dire que c'étaient eux, les responsables de sa vie, et il démarra en trombe, traversa l'entrée, passa sa chambre, jusqu'au bureau de son père. La porte était fermée, comme toujours, et Jacob l'ouvrit. La pièce était un bazar sans nom, mais Jacob savait ce qui y était rangé. C'était comme une réplique de son bureau à la mairie. Le long des murs, des rayonnages débordant de permis de construire et de déclarations fiscales, des répliques de clés des villes voisines, des plaques en bois. Des tas et des tas de trucs rasoir. Mais Jacob savait pour les avoir déjà vus que, parmi tous ces documents, se trouvaient les plans du lycée Deerfield Catholic.

Il fourragea dans les étagères et les dénicha. Il allait les poser sur la table quand il aperçut un pistolet qu'on avait offert à son père. Il était sous verre ; c'était une arme commémorative accompagnée d'une balle antédiluvienne que Hank avait reçue lors d'on ne sait quelle réception ridicule en l'honneur d'un événement tout aussi risible, qui était restée accrochée au mur quelques années avant d'atterrir sur le bureau. Un objet, parmi la centaine d'autres objets absurdes dans la pièce. Jacob le poussa de côté et déroula les plans. Ça ne lui ressemblait pas, il en était conscient, d'entrer là sans permission, de céder derechef à Trina, mais parfois, ne pas se ressembler était le meilleur moyen de se fuir, et donc il sortit son portable de sa poche, prit quelques clichés rapides et remit le rouleau à sa place.

Il quitta ensuite la maison par le garage, toujours aussi remonté, où son père était désormais occupé à clouer un morceau de contreplaqué au mur.

– Hé, bonhomme. Une question à tout hasard : t'aurais pas idée d'où on pourrait trouver un piano mécanique ?

Jacob le fixa sans rien dire. Et se mit en route.

Il consulta de nouveau son téléphone et rédigea un texto pour accompagner les photos.

C'est bien ce que tu voulais ? Eh ben démerde-toi avec.

Tapa sur « Envoyer ».

Trina répondit presque instantanément : un émoji avec des cœurs à la place des yeux.

– 11 –

« Je déteste quand ça m'arrive »

« I hate it when that happens to me »

Douglas quitta le parking de la résidence Scenic Wetlands Apartments and Balconies avec tout l'orgueil dont un homme au volant de la grosse Subaru de sa femme peut témoigner. Il débordait d'adrénaline, illuminé comme on l'est au contact de la magie. Il avait à l'esprit tout l'amour qu'il portait à Cherilyn, et au monde entier. Apprendre de nouvelles choses avait toujours cet effet, sur Douglas. C'était même la raison initiale qui l'avait poussé vers l'enseignement. Il en sortait comme rafraîchi, le gain de connaissances lui ouvrait des horizons, l'éveillait, comme si son cerveau était désormais sur scène. Geoffrey lui avait uniquement appris une version ultra-basique de *Soixante-seize trombones*, durant l'heure écoulée, et Douglas s'y était pris comme un manche, mais il n'en avait pas moins pincé les lèvres et soufflé avec entrain. Il avait manœuvré la coulisse d'avant en arrière, gonflé les joues, et l'appartement s'était rempli d'une cacophonie tonitruante et imprévisible. Ça finirait bien par venir. Ça demanderait du temps, c'est sûr, comme tout ce qui en valait la peine, mais ça viendrait.

Il traversa la place de Deerfield, vitres ouvertes, dans le jour déclinant, au son de la radio jazz de La Nouvelle-Orléans. Il retira son couvre-chef, ses mèches éparses virevoltèrent, chahutées sous l'effet de la vitesse ; il se sentait sage, magnanime, plus certain que jamais d'être sur la bonne voie. S'il y avait eu des clochards à Deerfield, Douglas leur aurait donné de l'argent séance tenante. Il leur en aurait donné beaucoup, peut-être tout, en leur disant de ne pas renoncer à leurs rêves. S'il avait croisé un enfant, il lui aurait ébouriffé les cheveux, aurait extrait de sa poche un bonbon et lui aurait révélé le secret du bonheur éternel. Même devant sa classe, oui, même au travail, cette énergie aurait fait éclore le genre de cours qui deviennent légendaires. Il aurait épaté tout le monde, bien des vies s'en seraient trouvées changées, les récompenses auraient plu. Telle était l'humeur qui était la sienne.

Dans son état, il était plus convaincu que jamais qu'entre Cherilyn et lui ça pouvait de nouveau rouler. Il allait être un musicien de jazz. Leur vie allait s'en trouver pimentée. Il le lui annoncerait ce soir. Si elle s'était mise à rêver d'être quelqu'un d'autre, une figure royale, une personnalité, ce n'était pas parce qu'elle n'était pas au niveau, lui dirait-il, car elle était déjà la personne la plus importante de sa vie. Il argumenterait : selon lui, son désir de nouveauté était lié au fait que lui avait stagné. À toujours siffloter les trois mêmes airs. À aller au boulot en traînant les pieds, emmuré dans sa salle de classe. Sa fadeur était devenue contagieuse, l'avait sans doute contaminée. Cela lui sautait aux yeux, maintenant.

Il allait régler tout ça.

Douglas s'engagea sur le parking devant chez Johnson's et tendit le bras vers la liste de courses sur le siège passager. Il ouvrit sa sacoche et trouva le bloc-notes sur lequel il avait tout inscrit, avec ses points d'interrogation et ses mots soulignés, avec toutes les demandes adorablement exotiques de Cherilyn. Il la parcourut en vitesse, tout en guettant une place vacante. *Mais oui*, songea-t-il en arrachant la page, *on va en manger, de l'aubergine. On va manger autant d'aubergines qu'il peut en pousser sur cette bonne vieille planète, mon amour. Et que je t'étale de la purée de sésame sur le trombone, et que je te fourre de l'ail dans la bouche. Il est temps de vivre un peu, non ? Approche-toi. Étonne-moi. Appelle-moi l'Homme qui aime remettre le couvert.*

Douglas trouva une place au fond du parking et s'y gara – plus de monde que d'ordinaire pour un jeudi soir. Il claqua la portière et marcha jusqu'au magasin les mains dans les poches, sifflotant comme un type à qui on vient de donner une augmentation. Il souleva son chapeau à l'intention de Claire Sanderson, qui quittait la supérette avec un chariot plein de fleurs. Il salua Dave Austin qui passait la serpillière à l'entrée, devant le stand des bouteilles de gaz.

– La soirée promet d'être belle, pas vrai ? dit Douglas.

– Je sue comme un goret, fit Dave.

– Ça sue pas, les gorets, fit Douglas sans ralentir le pas. Ça n'a pas de glandes. C'est juste une expression idiosyncrasique bien de chez nous. « Suer comme un goret. » « Puer comme un furet. » Quand je dis que les gens sont intéressants ! »

Oh oui, Douglas était remonté comme un coucou, ce soir-là.

Les portes de Johnson's coulissèrent sans bruit et Douglas pénétra dans l'espace froid et lumineux comme s'il en était le propriétaire. Il prit un panier et se dirigea vers le rayon des fruits et légumes à la recherche d'aubergines et voilà qu'elles étaient là, toute une pile s'offrant à lui. Il consulta sa liste. Combien Cherilyn en voulait-elle ? Quatre ? Bon, dans ce cas il lui en prendrait huit. Rien n'était trop beau. Douglas les cala au fond du panier et partit en quête de citrons. Il ne cessa pas un instant de siffler, un morceau de Stevie Wonder, tandis qu'il jonglait avec les citrons avant de les déposer dans son panier.

Il trouva même le tahin sans trop de difficulté, tapi au sein du rayon produits exotiques entre la sauce sriracha et la sauce soja. Depuis quand était-il si facile de faire ses courses ? Puis il attrapa une bouteille de vin à la volée, à douze dollars, la somme qu'ils y mettaient avec Cherilyn pour les anniversaires et les grandes occasions, et se dirigea vers les caisses. Tandis qu'il cherchait son portefeuille, il fut brutalement rattrapé par la réalité. Le magasin était complètement vide, silencieux, malgré le nombre de véhicules garés dehors. Avait-il croisé ne serait-ce qu'un client dans les rayons alimentation ? Il contempla la rangée de caisses. Une seule était ouverte, et personne dans la file.

Il avança jusqu'au tapis et, quand il eut dépassé la tête de gondole débordant de chips et de viande séchée, vit où ils se trouvaient tous. Une queue, d'une vingtaine de personnes peut-être, s'étirait à l'accueil du magasin. Des personnes de tout âge, des adultes et des adolescents, certaines que Douglas n'avait jamais vues auparavant, attendaient sagement leur tour en rang. La plupart jouaient du pouce sur leur téléphone, d'autres se curaient les ongles.

Douglas posa une aubergine sur le tapis roulant et salua la caissière :

– Salut, Sheila.

Il l'avait eue en cours quelques années auparavant, une fille brillante, qu'il avait toujours plaisir à recroiser. Il se souvenait notamment qu'elle avait rédigé un essai suggérant de retirer les statues confédérées de l'espace public, et ce bien avant que les gens se mettent à le faire de leur propre chef : il lui avait mis un A. C'était le genre de rédaction qu'on n'oubliait pas, des pierres précieuses dénichées dans un océan de gravier. Elle était enceinte, désormais, semblait en forme et empila précautionneusement les aubergines sur la balance.

– Qu'est-ce que vous allez cuisiner de beau, monsieur Hubbard ? Des beignets d'aubergine ? Du caviar ? Il paraît que les aubergines, c'est bon pour les bébés.

Douglas désigna le guichet de l'accueil.

– Vous distribuez des billets de dix, aujourd'hui ? Ça en fait, du monde.

Sheila sourit et, avant qu'elle ait le temps de répondre, un type dans le magasin se mit à crier. La voix venait d'un point de la file invisible depuis les caisses et Douglas n'aurait su dire si c'était un cri d'agonie ou de joie. Puis un homme surgit de derrière les rideaux de la cabine.

– J'y crois pas, dit-il. Non mais *j'y crois pas* !

Le type, sapé comme un avocat ou un courtier en assurances, devait avoir dans les cinquante ans, Douglas ne l'avait jamais vu. Il se tourna vers la file qui attendait. Levant haut les bras, il exhiba un ticket bleu et s'exclama, à l'attention de personne en particulier :

– Si c'est pas de la bombe, ça !

À la suite de quoi il arracha sa cravate et la balança dans une poubelle.

– Pas une journée de plus avec cette cravate.

Il se pencha et délaça ses souliers.

– Pas une journée de plus avec ces pompes.

Puis il retira sa veste, la jeta négligemment sur son épaule et quitta le magasin, le sourire jusqu'aux oreilles, laissant tomber au passage la paire de chaussures dans le bac destiné à l'Armée du salut près de la sortie.

Douglas reporta son attention sur l'endroit d'où le type venait d'émerger. Mais bien sûr. DNAmix. Comment avait-il pu oublier cette machine ?

La file d'attente avança, une femme écarta les rideaux et entra dans la cabine sur laquelle le nom DNAmix s'étalait, Douglas le voyait désormais. Même de loin, c'était bien moins impressionnant qu'il l'aurait cru. L'ensemble semblait fabriqué en contreplaqué ou en aggloméré bon marché, qu'on n'avait même pas pris la peine de poncer pour en arrondir les angles. Le logo aurait pu avoir été tracé par le moins doué des élèves de Douglas tant c'était rudimentaire. Pour autant, Douglas s'efforça de contenir son cynisme. Il avait une mission : passer une bonne soirée.

Il reporta son regard sur Sheila.

– Ah, c'était donc ça, la source de toute cette agitation ?

– Ça fera trente-quatre dollars, monsieur Hubbard, dit-elle en lui tendant un grand sac cartonné.

Il exhiba sa carte bleue.

– Que penses-tu de cette machine ? Tu l'as essayée ?

– Non, monsieur. Je sais déjà ce que me réserve l'avenir.

Elle se frotta le ventre. Puis le tapota doucement.

– D'ici deux mois, une immense fatigue m'attend. Je n'ai pas besoin d'en savoir davantage.

– Cela me semble la sagesse même, dit Douglas. Tu m'impressionnes.

– Et je n'ai pas envie de gâcher deux dollars. J'économise.

– Cela me semble bien avisé. Tu as bon sur toute la ligne.

Sheila sourit et rougit comme elle le faisait lorsqu'il la complimentait en classe, à l'époque.

– Merci. Je regrette vos cours, au fait. Je regrette l'école en général. Je n'ai plus tellement le temps de lire, ces jours-ci, avec le boulot et tout.

– Heureusement, c'est comme le vélo. On peut s'y remettre quand on veut.

Douglas se dirigea vers la sortie, ayant déjà résolu de ne pas se joindre à la queue. Ce serait quasiment redondant, après sa leçon avec Geoffrey, maintenant qu'il était plus convaincu que jamais d'être sur la bonne voie. Et puis, il voulait retrouver Cherilyn. Il avait de l'amour à donner.

En chemin, pourtant, il aperçut dans la file Jacob Richieu, un de ses meilleurs éléments, un sac de courses à la main, dissimulé sous la visière d'une casquette noire. Douglas se fit la réflexion que le gamin s'assombrissait depuis peu. Rien de gothique chez lui, non, mais un air taciturne, de plus en plus renfermé, un peu en colère peut-être. Comment lui en vouloir ? Ça ne durerait peut-être pas.

En tant que prof, Douglas avait observé des hordes d'ados cherchant maladroitement à revendiquer un style ou un autre, ceux de quinze, seize ans, surtout, se projetant prématurément sur l'écran du film de leur vie. Et quel film attendait Jacob ? Il avait ce look malingre de petit génie. Portait une casquette Pokémon de geek, de solitaire, et c'est sans doute ce qu'il était depuis la mort de son frère.

Son frère. Toby.

Pas un élève à l'esprit affûté comme Jacob. Mais Douglas en gardait le souvenir d'un garçon charmant, un môme plutôt sympa, même s'il fréquentait certains abrutis auxquels il n'aurait pas confié une paire de ciseaux. Sa mort n'en était pas moins tragique, ça allait sans dire. Ça expliquait sans doute en bonne partie l'humeur sombre de Jacob. Être le fils du maire ne devait pas aider, non plus. Et puis cette fille avec qui il traînait, là, Trina. Douglas avait bien l'impression que c'était le genre de gamine qui saurait quoi faire d'une paire de ciseaux, elle.

– Jacob, dit Douglas en avançant vers lui. Comment vas-tu ?

Jacob se tenait près du début de la file. Il semblait presque gêné d'avoir été repéré. Il jeta des regards aux quatre coins de la supérette comme s'il avait oublié où il se trouvait et retira ses écouteurs.

– Bonjour, m'sieur Hubbard. Je n'ai pas encore lu le chapitre pour demain, si c'est ça que vous voulez savoir.

Douglas lui sourit.

– Ça ne fait rien. Je sais que tu te donnes à fond.

Il accorda un bref regard à la dame derrière eux et lui fit un signe de tête, par simple politesse.

– Donc toi aussi, tu vas tester ce bidule ?

– Non, fit Jacob. Simplement j'adore faire la queue pendant des heures.

– Ha, ha.

Cette nouvelle attitude, chez lui, qu'est-ce que ça cachait ?

– Non, pardon. Ça fait déjà une bonne heure que je poireaute. Je devrais rentrer.

– Ouh là, tant que ça ? C'est si long ?

Avant que Jacob ait pu ouvrir la bouche, les rideaux s'écartèrent derechef et la dernière femme à être entrée dans la cabine en surgit. On voyait qu'elle avait pleuré et elle quitta le magasin sans un mot, se signant comme si elle quittait le confessionnal.

– Ça ne prend qu'une minute, dit Jacob. Mais je n'ai pas encore osé franchir le pas. Je n'arrête pas de me remettre en bout de file.

– Je comprends. Moi-même, je ne suis guère convaincu par ce truc, je dois dire. Qu'espères-tu qu'on te prédise ?

– Aucune idée. Je crois que c'est ça, mon problème.

Une autre personne entra dans la cabine et Douglas réalisa que Jacob était le prochain.

– Quoi qu'on t'annonce, dit-il, n'en fais pas tout un plat. Après tout, c'est juste une cabine en contreplaqué.

– Ça doit être encore un prototype, fit Jacob. Il faut bien commencer quelque part. Après tout, les premiers avions étaient bien en papier, non ? La première voiture était un cheval.

En observant le garçon, Douglas ressentit un douloureux pincement familier. Comme chaque fois qu'en cours Jacob donnait une réponse à la fois précise, pragmatique et pleine d'esprit. Malgré toutes ses plaintes au sujet des lycéens, Douglas devait admettre que certains gamins avaient l'esprit bien plus mature qu'ils l'auraient dû, des vies intérieures bien plus riches qu'on eût pu le croire. S'il avait eu un fils – c'était peut-être de là que venait le pincement –, s'il avait eu un fils à lui, il aurait sans doute aimé qu'il ait une tournure d'esprit semblable à celle de Jacob. Cela plongea Douglas dans une réflexion plus poussée sur l'existence du garçon, sa mère décédée à leur naissance, à son frère et lui, la façon dont son père les avait élevés seul avec son chagrin, et tout ce que son père donnait encore aujourd'hui à la ville. Chaque fois qu'il posait les yeux sur Jacob, l'empathie le submergeait. Le respect.

Devant eux, le rideau s'ouvrit, la femme sortit.

Un billet bleu à la main, elle proclama :

– Y a cinq ans. Il aurait fallu inventer cette machine y a cinq ans.

Douglas la suivit des yeux, tandis qu'elle quittait le magasin en boitant ; sous son genou droit se profilait une prothèse.

– J'imagine que c'est à toi.

– Nan, fit Jacob en tendant à Douglas ses deux dollars. Allez-y à ma place. On se voit demain.

Sur ces mots, Jacob s'éloigna, sans un regard pour la file d'attente.

Douglas resta planté là avec ses deux billets de un dollar en main, et se tourna de nouveau vers la femme derrière lui dans la queue. Elle avait les sourcils dressés, comme si elle attendait qu'il dise quelque chose, et Douglas comprit soudain que tout le monde avait les yeux rivés sur lui.

– Bon… fit l'un d'eux. Si vous comptez passer votre tour, autant qu'on perde pas de temps.

La femme derrière lui poussa Douglas dans le dos.

– Vous bilez pas. Ça va pas vous manger.

– Oh, dit Douglas. Je ne suis pas vraiment intéressé.

– J'ai deux gamins dans la voiture, reprit-elle. Alors on accélère un peu, d'acc ?

Et c'est ainsi, comme s'il succombait simplement à la pression extérieure, que Douglas franchit le seuil de la cabine et tira les rideaux. Il regarda autour de lui.

Voyons voir…

La machine semblait avoir été construite par un enfant. Devant lui, l'écran d'affichage ressemblait à un simple écran d'ordinateur encastré entre deux plaques d'agglo dans lesquelles, en bas, se découpaient des fentes. Une était aisément identifiable : l'endroit où glisser son argent, comme dans une borne d'arcade ou un distributeur de billets. Une autre semblait conçue pour l'impression du papier bleu. À côté, sous une dernière encoche, on lisait : « Déposez ici votre échantillon. »

Avec tous ces signes évidents devant les yeux, Douglas ne put se retenir. Il explosa de rire. La machine avait un sérieux problème existentiel. Aucune crédibilité d'aucune sorte. Pas besoin d'en faire tout un fromage, il allait lui donner son obole, récupérer sa prédiction juste pour l'avoir fait. Il ne la lirait même pas. Comme ça, selon la tournure que prendrait sa conversation avec Cherilyn, il pourrait lui montrer qu'il avait essayé et ils pourraient rire de bon cœur en découvrant les âneries qu'on lui avait débitées. Ou, encore mieux, ils pourraient se réjouir à l'unisson de l'avenir qu'on lui promettait, sans conteste : joueur de trombone, jazzman virtuose, maestro.

Il glissa ses deux dollars dans la fente et l'écran s'éclaira. *Bienvenue à DNAmix. Tout d'abord, frottez-vous la joue.* Douglas baissa les yeux vers le tas de bâtonnets gisant dans un panier. *Ridicule*, songea-t-il, mais il n'en suivit pas moins les instructions, retira l'emballage plastique et le frotta contre l'intérieur de sa joue. Puis il inséra le bâtonnet dans la fente correspondante d'où il sembla lui glisser de la main. *Merci. Rappel : la démarche admet une marge d'erreur de un pour cent. DNAmix ne saurait être tenue responsable du stress que la conscience de votre nouveau potentiel pourrait entraîner. Bonne journée.*

Un papier bleu sortit lentement de la fente. Douglas le détacha et l'enfouit dans sa poche sans y jeter un regard. Il pivota et sortit de la cabine aussi sec ; dehors des yeux interrogatifs le dévisageaient, comme s'il allait leur livrer une nouvelle épatante. Douglas se sentit obligé de dire quelque chose. Il brandit son sac de courses.

– Souhaitez-moi bonne chance. J'ai de l'aubergine au menu.

Il sortit et, avant même d'avoir atteint sa voiture, sentit qu'il commençait à flancher. La possibilité de la prédiction bruissait autour de lui comme une rumeur, il était difficile d'y rester complètement indifférent. Ce petit bout de papier dans sa poche. Qu'est-ce que ça pouvait bien être ? Il se rendit compte qu'il le tripotait, le frottait entre ses doigts et, soudain, cela lui rappela l'anneau de Tolkien en Terre du Milieu – encore un truc, se sermonna-t-il en mode professeur, rigoureusement imaginaire.

Il s'installa au volant, déposa ses achats sur le plancher côté passager et fourra le papier dans le même vide-poches où Cherilyn avait enfoui les siens.

– Risible, dit-il, et il enclencha la marche arrière.

Mais son pied ne quitta pas la pédale de frein.

– Un bricolage à base d'agglo et de bâtonnets en carton, dit-il, et il repassa le levier sur la position « Parking ».

Puis réenclencha la marche arrière. Puis « Parking ».

Les cinq minutes qui suivirent furent consacrées à ce petit jeu, sa main droite et son pied droit se livrant une guerre d'usure à l'image du combat à l'œuvre dans son cerveau. Il n'est pas aisé de remporter un débat contre un prof d'histoire et donc, quand ce fut fini, Douglas s'en remit à une phrase qu'il servait souvent à ses élèves : « Il n'y a pas de honte à ne pas savoir ; ce qui est honteux, en revanche, c'est d'avoir l'opportunité d'apprendre quelque chose et de choisir l'ignorance. » C'était une citation de son cru, pour autant qu'il sache, et ça marchait le temps de quelques semaines pour les débats en cours. C'était logique. C'était assez passionné. Douglas tendit donc le bras vers le vide-poches.

Il était désormais au clair sur ce qu'il voulait : il espérait une prédiction au hasard, un truc sans queue ni tête. Si on lui prédisait un avenir de quarterback ou de palmier ou même un destin d'hypoténuse, alors la chose serait réglée. Il pourrait faire descendre Cherilyn de son trône royal et on n'en parlerait plus. Il pourrait lui dire qu'elle avait toujours été une reine pour lui, en le pensant sincèrement et, qui sait, ça marcherait peut-être ? Il extirpa le bout de papier du compartiment. Le déplia. Lut.

« Douglas Allan Hubbard. » Oui, jusque-là, c'était exact.

Une longue liste de chiffres. « Yeux : marron. Cheveux : bruns. Taille potentielle : 188 cm. »

Douglas reposa le papier. Redressa le dos et se regarda dans le rétroviseur central.

– Un mètre quatre-vingt-huit ?

Il faisait, au mieux, un mètre soixante-dix-huit.

Il reprit la feuille et continua à lire. « Poids approximatif : 97 kg. » Pas d'enfant potentiel en vue et enfin, tout en bas de la page, il arriva à « Potentiel dans la vie ». À la différence des autres prédictions qu'il avait vues, celle-ci affichait deux propositions distinctes en gras :

SIFFLEUR. PROFESSEUR.

Il resta un moment stupéfait.

SIFFLEUR. PROFESSEUR.

S'il s'attendait à ça.

C'était d'une précision effroyable.

Cette prédiction ne lui plaisait pas du tout.

Sa poitrine se comprima comme s'il s'apprêtait à livrer un combat et il demeura parfaitement statique. Qui sait combien de temps Douglas aurait pu rester à contempler le bout de papier bleu si son téléphone n'avait pas sonné dans sa poche. Sorti de sa torpeur, il jeta un regard hagard dans l'habitacle, comme si quelqu'un s'était trouvé là qui avait subitement disparu. Il ne consulta pas son téléphone, mais chiffonna la feuille au creux de sa main, fit démarrer le véhicule et dit :

– Non mais franchement…

Il quitta le parking sans ralentir au passage des dos-d'âne, sentit la colère lui monter au nez. Ses oreilles étaient brûlantes, un frisson lui parcourut la nuque et, au lieu de l'enthousiasme ou de la dérision qu'il aurait dû éprouver, une vague de terreur le submergea.

Comment était-ce possible ? *Siffleur ? Professeur ?* Ce devait être une blague. C'était grotesque, foncièrement grotesque. Mais alors, pour Cherilyn et Geoffrey ? Pourquoi on ne leur avait pas prédit ce qu'ils étaient déjà ? Et puis, l'ADN, dans le fond, ça rimait à quoi ? Un mètre quatre-vingt-huit ? Et depuis quand *siffleur* était-il une option ? Et *enculeur de mouches*, ils avaient ça en stock, aussi ? N'importe quoi. Ils arrivaient peut-être à récupérer un numéro de Sécurité sociale et des infos d'une caisse de retraite quelconque. On n'a plus de vie privée. C'est bien connu. Les hackers peuvent récupérer tout ce qu'ils veulent. Ça pourrait expliquer la partie *professeur*. Mais pourquoi *joueur de trombone* n'y figurait-il pas ? Pourquoi pas *musicien* ? Ou alors *artiste* ?

Douglas en arriva à la conclusion que c'était un tissu de conneries, du début à la fin.

La machine n'avait rien à voir avec un quelconque potentiel, et encore moins avec un quelconque rêve. Que signifiait sa prédiction à lui ? Que lui suggérait-on ? Même si on lui conférait une once de crédibilité, comment le prendre ? Fallait-il en déduire que Douglas avait déjà donné le meilleur de lui-même ? Non, ça n'allait pas. Il dépassa un panneau STOP. Est-ce que ça signifiait que si tout avait marché comme sur des roulettes il serait l'homme qu'il était aujourd'hui, ni plus, ni moins, à une dizaine de centimètres près ? Cette idée aussi le mit en colère. Ça paraissait tellement injuste. Superficiel au point d'en être insultant. C'en était même antidémocratique, merde. Et le pire là-dedans, c'est que ça semblait immédiatement élargir la faille qui se dessinait entre Cherilyn et lui. La seule chose qu'il voulait, dans la vie, comprit-il, par-delà tous les trombones rutilants du monde, c'était se sentir bien avec Cherilyn, en paix, comme ç'avait été le cas quelques jours plus tôt. Avant qu'il découvre sa prédiction. Avant qu'elle commence à se sentir mal. Avant qu'elle lui demande ce qu'il n'avait pu lui procurer. Il voulait revenir à cet état antérieur et pourtant, à la lecture de son verdict, les chances qu'ils soient de nouveau en phase lui parurent s'éloigner encore un peu. Il arriva dans son quartier et passa devant chez lui sans s'arrêter. Il fit le tour du pâté de maisons et dépassa la sienne de nouveau. Pour la première fois de sa vie, dut-il admettre, il avait honte de se présenter devant son épouse.

Il arrêta la voiture, attrapa son téléphone et, voyant que le dernier appel provenait de chez la mère de Cherilyn, n'écouta même pas son répondeur. À tous les coups, c'était Cherilyn, et que lui dirait-il ? Qu'il avait tout donné ? Qu'elle n'aurait jamais rien de mieux dans la vie si elle se traînait un boulet comme lui ? Qu'il n'avait rien de plus à lui offrir que ce qu'il lui avait déjà donné ? Non. Impossible. Strictement impossible. Et donc, au lieu de la rappeler, il fit ce qu'il n'avait jamais fait auparavant. Il appela chez lui, sachant que personne ne décrocherait, et mentit au répondeur familial.

– 12 –

« Je me balade un peu, ça commence juste à aller mieux »

« I'm taking a walk, I'm just getting by »

Le retour à pied en ville avait aussi ses bons côtés.

Est-ce qu'il aurait préféré rentrer au volant de son camion ? Sans doute. Sa tenue de travail, pantalon et chemise noirs amidonnés, n'avait rien de très confortable. Ses baskets noires, cependant, commandées expressément à La Nouvelle-Orléans auprès d'un fournisseur catholique, faisaient l'affaire. Des semelles bien amortissantes. Bien épaisses. Des lacets robustes. Mais enfin, on ne pouvait nier qu'il faisait chaud. Pete s'en serait bien passé. Pourtant, quand Lanny avait épaulé son fusil et s'était penché par la portière pour lui demander : « Et là, Pete, dites-moi, que ferait votre patron dans une situation pareille ? », Pete avait compris qu'il marquait un point. Ça lui rappelait un de ses moments préférés au séminaire, à vrai dire : un jour où Pete avait interrogé sans relâche l'un de ses instructeurs à propos de la charité, et de sa relation à la connaissance.

Posons une hypothèse, avait-il déclaré devant la classe.

Mettons qu'en arrivant à un carrefour on voie deux hommes, un de chaque côté de la route – un à droite, un à gauche – et que le type à gauche nous demande un dollar. Mettons qu'on le reconnaisse de l'église, de la confession peut-être, qu'on sache que c'est un toxicomane qui essaie de s'en sortir. Un type qui aurait peut-être une famille, des enfants qui comptent sur lui, tout ça. Mettons qu'on sache aussi que le type de droite est un dealer. Comment le savoir sans avoir recours à des préjugés ? Eh bien, disons qu'il brandit justement un sac plein de drogue, et qu'il crie au type de l'autre côté de la chaussée qu'il le lui cédera pour seulement un dollar, ce qui est, coïncidence ou non, exactement la somme que le toxicomane nous demande. Mettons également qu'on aperçoive très distinctement une seringue et une aiguille posées sur le carton ou sur la chaise pliante ou sur tout objet sur lequel est installé le type qui mendie. Bon, il est évident que le type aurait bien besoin de plus de un dollar. Il aurait bien besoin d'un repas chaud et d'une douche et donc on se propose de les lui offrir. On lui propose de venir chez nous, même, mais il décline, non, il veut juste un dollar et il le lui faudrait maintenant, en plus, faute de quoi une opportunité en or lui passera sous le nez.

Bon, avait continué Pete, la charité est censée être aveugle, nous le savons tous. Toutefois, dans ce cas bien particulier, on n'est pas aveugle et on sait (ce ne sont plus des suppositions, à ce stade, rappelez-vous) qu'en donnant un dollar à cet homme on lui donne incontestablement le pouvoir de faire précisément ce qui le détruit.

– Et donc, avait-il dit, j'imagine que la question qui se pose, c'est : dans cette situation hypothétique, est-on toujours obligé de faire l'aumône au type ? Si l'on a des signes incontestables que le billet d'un dollar va conduire le type tout droit dans les bras du dealer, est-ce encore de la charité ? Est-ce un cas d'aveuglement délibéré ? Ou serait-ce possiblement une forme de malveillance ?

Son formateur avait laissé la question en suspens quelques instants, comme le font les bons pédagogues, afin que l'espace physique alloué lui confère sa propre importance, afin que les éléments les plus lents aient le temps de capter et il avait dit, d'un ton placide :

– Me demandez-vous ce que Jésus aurait pu faire dans une telle situation, monsieur Flynn ?

– J'imagine que oui.

– Eh bien, je suppose que Jésus serait sans doute curieux de savoir pourquoi il vous restait encore un dollar dans la poche quand vous vous êtes arrêté au feu rouge.

À cette réponse, Pete sentit les vannes s'ouvrir. Son cerveau vacilla. Son cœur se gonfla. Tant de pureté. Tant de simplicité brute.

Comment avait-il pu ne pas le voir venir ?

Depuis longtemps, dans la classe, c'était lui qui avait la vision la plus pragmatique, la plus ancrée dans le quotidien de la prêtrise ; ce type de dialogue avec ses professeurs était donc monnaie courante. Là où d'autres auraient recherché au séminaire une sorte d'éveil spirituel ou même de confirmation livresque de leur foi, lui s'était distingué par sa quête de réponses : comment mettre sa foi en pratique ? Après tout, il avait des objectifs très bien définis pour sa prêtrise. Il y avait des gens qu'il devait revoir. Ce n'était pas une quête d'ordre philosophique. Il avait donc passé en revue des dizaines d'exercices théoriques de ce type, en cours et avec ses pairs plus jeunes au café, mais la réponse à cette mise en situation l'avait frappé comme jamais auparavant. C'était comme si une nouvelle image, une illustration claire d'un Dieu incarné lui avait été projetée sur le tableau blanc.

– Une charité totale, avait répondu Pete. Il s'agit de charité totale.

– Une charité qui se manifeste sans qu'on le demande, avait conclu le professeur, et il était passé à autre chose.

Pete était resté muet tout le restant du cours.

Ce genre de souvenirs rendit la marche jusque chez Lanny plus facile, l'aida à chasser les doutes qui l'assaillaient parfois au sujet de lui-même, et des gens en général. Il n'y avait rien de plus exigeant que cette acception de la charité, et cela lui tirait des frissons d'extase. Une raison de plus pour laquelle son travail était si formidable, à la réflexion. Ce n'était pas pour les faibles. Mais c'était également la manière dont cette anecdote s'était déroulée que Pete admirait. C'était la manière dont elle vous laissait croire que vous maîtrisiez votre problème (dois-je ou ne dois-je pas faire ?) avant que Jésus fasse son entrée et vous ouvre le champ des possibles (pourquoi n'as-tu pas déjà fait ?) qu'il adorait. Jésus en était coutumier, c'était aussi pour ça, selon Pete, qu'il était tellement formidable. Mais c'était également la façon dont cette histoire concordait avec la vision qu'il avait de la piété qui était consolatoire. Ce n'était pas un mode de pensée dogmatique, *J'ai raison et vous avez tort*, mais plutôt une compréhension holistique du fait que coexistent un *avant moi* et un *avant maintenant*, au sens physique, et un *toujours moi* et un *toujours maintenant* au sens métaphysique. C'est ainsi que le fait d'être éternel dans notre propre conscience, à défaut de l'être dans notre enveloppe terrestre, et que le fait que chacun de nos choix aujourd'hui soit une extension et une opportunité découlant de choix que nous avons opérés précédemment et continuerons d'opérer dans l'avenir, est ce qui nous définit. Et cet aspect non borné de notre existence, quand on fait le bilan, est peut-être ce en quoi nous sommes le plus modelés à l'image de Dieu.

Oh que oui ! Trois fois oui. Cette idée lui plaisait énormément.

Il y voyait une preuve.

Il était donc content de marcher, puisque cela avait occasionné ce plaisant souvenir, et fut content d'avoir accédé à la demande de Lanny de lui emprunter son véhicule un jour ou deux, car le sien avait disparu. Pete s'était fait grossièrement manipuler, mais n'en avait cure. Il avait simplement récupéré son portefeuille et les clés de chez lui, avait passé en revue banquette et tableau de bord au cas où y traîneraient des documents scolaires ou un courrier dont il aurait pu avoir besoin, et était sorti du véhicule. Pourquoi aurait-il joui d'une camionnette, quand d'autres pouvaient en avoir l'utilité ?

– Rien ne presse, avait-il dit à Lanny. Passez-moi un coup de fil quand je peux la récupérer.

– Je la garderais bien une semaine, dans ce cas. J'ai une liste longue comme le bras de trucs chiants à évacuer.

– Marché conclu, avait dit Pete, satisfait de la tournure des événements.

Ce n'était pas comme si Lanny l'avait menacé. Le fusil avait fait partie du tableau, certes, un membre en plus sur le corps de Lanny, et quand Pete l'avait mentionné Lanny n'avait pas eu l'air d'être conscient qu'il l'avait encore à bout de bras. Il avait dit le garder au cas où des « emmerdeurs » se pointeraient, mais s'en servir surtout pour chasser les écureuils derrière chez lui, il avait « dégommé soixante-cinq de ces petits enfoirés » depuis février, toujours exactement dans le même recoin de son jardin.

– Soixante-cinq ? Waouh.

– Et tous dans le même putain d'arbre.

Lanny regarda au loin, comme contemplant l'horizon.

– Ah… être propriétaire au royaume des écureuils.

Lanny était défoncé. Pete le savait. Sur son torse nu, la peau était luisante et presque grise. Du côté des yeux, ce n'était guère mieux : comme s'il avait tripoté ses paupières un bon moment – des médocs, sans doute, c'était ce qui revenait le plus dans le confessionnal à Deerfield. Malgré tout, comme Trina lui avait demandé s'il la pensait en sécurité, il craignit qu'il y ait davantage. Le fait que sa voiture ait disparu. Le fait que cette femme dont il n'avait jamais entendu parler vive avec lui. Tout ça sentait l'embrouille.

Mais Pete savait pertinemment que remettre en cause les choix de vie de Lanny en cet instant précis n'apporterait rien de bon. Il se contenta de quelques questions élémentaires, comme :

– Et Trina, elle vous semble aller bien ?

À quoi Lanny rétorqua :

– Vous devez le savoir mieux que moi.

– Sa mère a-t-elle donné signe de vie ?

À quoi Lanny rétorqua :

– Aux dernières nouvelles, elle était à Natchez, avec un nain.

– À Natchez avec un nain ? répéta Pete.

À quoi Lanny rétorqua :

– Y a de l'essence, là-dedans ?

– En principe, oui, lui dit Pete.

Et ce fut tout.

Lanny prit place au volant, démarra et avança de quinze bons mètres vers sa maison. Puis il coupa le contact, sortit et rentra chez lui sans un mot. Pete resta planté là jusqu'à ce que le chien de Lanny surgisse de sous la bâche et se mette à grogner.

– OK, OK, fit Pete. J'y vais.

Une fois qu'il fut sur l'autoroute, il ne fallut pas longtemps pour qu'on le reconnaisse. Des voitures s'arrêtèrent, on proposa de le déposer, mais il refusa aimablement. Il voulait avoir l'air de marcher volontairement, sans doute, ou alors il n'avait pas envie d'entrer dans les détails. Il était de bonne humeur, se sentait bien, si bien qu'il regretta de n'avoir pas poussé jusque chez Clessy's pour y acheter cette bouteille de Sobieski avant de prendre la direction de chez lui. Il l'aurait grandement appréciée, à cette heure. Une petite indulgence personnelle, en somme. Un petit chapeau bas pour le père Pete.

Il était presque 18 heures et le soleil commençait à décliner. Le trajet de retour lui prit une heure et demie au lieu de dix minutes en voiture et, plutôt que de le désoler, cela le rendit reconnaissant pour l'existence des voitures. Des machines miraculeuses. Une telle ingénierie. Quelle bénédiction ! Oui, Pete était d'humeur reconnaissante, aujourd'hui, et il fut également reconnaissant quand se profila au coin de la rue la silhouette de Getwell's Bar.

Pete habitait à l'autre bout de la ville, à encore vingt minutes à pied. Puisqu'il n'était pas pressé de rentrer, qu'il avait laissé Mayfly dehors avec une gamelle pleine d'eau, il songea que Getwell's était une étape qui en valait bien une autre. Il retira donc son col romain, le glissa au fond de sa poche, déboutonna les deux premiers boutons de sa chemise et entra.

– 13 –

« Ils devraient donner ton nom à une boisson »

« They ought to name a drink after you »

Bien que ce ne fût jamais plein à proprement parler, on n'allait pas chez Getwell's pour se planquer. On était certain d'y croiser un ancien élève, un employeur, un copain, avec qui il faudrait prendre le temps d'échanger quelques mots, sans quoi on passait pour un rustre. Mais ce n'était pas non plus un lieu où « être vu ». C'était, en son cœur lambrissé de pin clair, le bar qu'on voulait y voir, un endroit où vous pouviez boire en paix, quelle que soit votre descente. On eût dit que Getwell's *sentait* les gens qui passaient le seuil, sentait d'une manière ou d'une autre ce qui pulsait en ville et adaptait son univers à cette humeur.

L'hiver, par exemple, les éclairages de Noël poussiéreux courant le long du bar lui donnaient un air festif, et l'été, un air fantasque. Les colliers de perles métallisées de Mardi gras pendus aux bois de Ronnie, le chevreuil empaillé, près de l'entrée, pouvaient soit sembler un effet de manche décoratif, soit, si l'on était d'humeur spontanée, avoir atterri là par hasard. Selon votre regard sur les colliers de perles pendus aux bois d'un animal mort, toutes les lectures étaient permises. C'était un lieu magique, en cela, comme seuls savent l'être certains bars.

Ce que le père Pete remarqua de prime abord en entrant, ce ne fut pas le décor, cela dit, mais la température. L'air conditionné l'enveloppa intégralement, une raison de plus d'être reconnaissant. Il prit place au comptoir et se tamponna le crâne avec une poignée de serviettes en papier. Tirant sur sa chemise, il laissa la chaleur de son torse s'en échapper. Il passa ainsi une bonne minute à se rafraîchir, sans regarder personne, sans dire un mot, simplement occupé à réguler sa température corporelle.

Quand il se sentit prêt pour une interaction humaine, il leva les yeux et tomba sur Cauley Thomas, la patronne. Juchée sur un tabouret derrière le comptoir, elle était plongée dans une page de mots fléchés posés sur ses jambes croisées. Elle était jeune, comparé à Pete, probablement dans les trente-cinq ans, et arborait des tatouages parmi les plus intéressants de la ville. Pete ne la connaissait pas trop mais l'aimait bien, ils avaient eu l'occasion d'échanger quelques mots lors d'enterrements l'année passée, il l'avait croisée à la supérette comme tout un chacun. Il n'avait eu qu'une conversation de fond avec elle, cependant : un jour qu'il avait remarqué que le tatouage d'ailes couvrant ses épaules représentait un ange, il lui avait demandé :

– Est-ce que c'est Gabriel ? J'étais loin de me douter que vous étiez croyante, madame Cauley.

– J'ai lu la Bible, mon père, lui avait-elle dit. C'est sans doute pourquoi vous ne me voyez pas à l'église.

Sa franchise plut à Pete. Il avait sa dose de bondieuseries hypocrites. Il était certain qu'elle allait le reconnaître et, quand il regarda vers elle, elle fit légèrement basculer son poids sur le côté, comme si ses talents de tenancière d'établissement étaient si aiguisés qu'elle pouvait sentir physiquement que quelqu'un avait besoin d'un verre sans même lever les yeux. Elle nota encore une réponse et se leva. Elle posa les mots fléchés près de la caisse, le stylo par-dessus et fit glisser ses lunettes sur le dessus de son crâne.

– Voilà qui est inattendu. Que puis-je vous servir, mon père ?

– Bonsoir, madame Cauley. Je me demandais si vous aviez des verres, de vrais verres en verre, je veux dire, pas des gobelets en plastique.

– Ouvrez grand les yeux, dit-elle en souriant, et son bras alla sous le comptoir en extraire deux verres à cocktail. Non seulement on a des verres, mais on a de la variété.

Elle les brandit tour à tour pour illustrer son propos.

– Nous proposons ce que nous aimons appeler les grands verres et les petits verres.

– Incroyable, fit Pete. Merci. Maintenant qu'on est clairs sur ce point, je me demandais si vous pourriez prendre ce petit verre et y verser de la glace et de l'eau gazeuse bien fraîche. Mais fraîche-fraîche, s'il vous plaît. Avec beaucoup de bulles.

– C'est dans mes cordes.

– Formidable. Auriez-vous également l'obligeance d'y presser un peu de citron ? Directement dessus. Un zeste fera l'affaire, cela dit, pas besoin d'un gros quartier.

– C'est aussi dans mes cordes. J'ai étudié l'art de la mixologie, après tout.

– Parfait.

Il se pencha sur son tabouret pour jeter un œil derrière le bar. Il y vit des tas de bouteilles familières : Taaka et Smirnoff, principalement, rien qui lui convienne. Autant rentrer chez lui si c'était ça les options. Il n'était pas si désespéré, après tout, il avait simplement envie de s'en jeter un. Et quel intérêt y avait-il à s'offrir un rafraîchissement si on n'y prenait pas plaisir ? Il aperçut une bouteille avec un bouchon doré qu'il aimait plutôt bien. Ce n'était pas sa Sobieski, mais ça ferait l'affaire. Cauley avait attrapé le pistolet à eau gazeuse quand Pete ajouta :

– Oh, et puis, si ça ne vous ennuie pas, pourriez-vous ajouter un peu de cette vodka ?

Cauley le dévisagea.

– Ça ne va pas m'attirer des ennuis avec le grand chef là-haut, hein ? J'ai plus de carte joker, moi.

– Non, m'dame. Mansuétude assurée du patron. Voire un point bonus.

Cauley lui prépara sa boisson, la déposa devant lui et Pete la leva à hauteur des décorations de Noël. Le verre était pas mal du tout. Il voyait les bulles remonter gaiement à la surface, la délicate brume caressant le rebord du verre, et les fit pivoter dans la lumière.

– Un jour en moins loin de toi, dit-il avant d'en boire une gorgée.

Exactement comme il l'avait espéré, il sentit un doux crépitement sur ses lèvres et sous son nez, le liquide glacé s'enroula autour de sa langue et s'engouffra dans sa gorge en lui apportant une fraîcheur totale. Il déglutit, la brûlure était parfaite, la dose d'acidité également. Comme s'il avait lui-même procédé au mélange – oh oui, il avait fichtrement bien fait de s'arrêter ici. Il ferma les paupières. *Trina. Sa voiture. Lanny.* Tout cela pourrait bien attendre le lendemain. Il reposa son verre et expira longuement.

– C'est peut-être ça que je devrais me servir, dit Cauley, si ça fait cet effet…

Pete eut un sourire.

– J'ai marché très longtemps, c'est tout. Et pas au sens métaphorique du terme.

Il sortit son portefeuille et en tira un billet de dix. Il n'avait pas la moindre idée de ce que ça lui coûterait, il buvait si rarement en ville, et le cas échéant c'était rarement lui qui payait la note. Impossible de sortir manger chez Dot's Diner sans que quelqu'un lui offre ses pancakes, ce qu'il acceptait de bonne grâce. Au moment où il plongeait la main pour extirper un billet de cinq supplémentaire, au cas où, son regard balaya la salle et tomba sur un visage familier.

C'était Douglas Hubbard, seul à une table, une épaisse casquette en tweed sur la tête.

Pete le connaissait du travail, avait discuté quelquefois avec lui lors d'événements scolaires, mais toujours sur un mode superficiel. Pour autant, il l'appréciait. C'était peut-être à mettre sur le compte de sa bonne humeur naturelle et de (ce qui avait été) son épaisse moustache, mais peut-être était-ce davantage à relier à son expérience, le troisième vendredi du mois, du confessionnal, quand le personnel enseignant était appelé à se confesser. Cette session avait chaque fois le même effet sur Pete.

– Pardonnez-moi, mon père, car j'ai péché, disait invariablement Hubbard, comme dans les manuels.

Mais cette mise en bouche générique n'était suivie que de quelques transgressions mineures, du genre que seul un type bien comme Douglas aurait relevées. Des choses dans cette veine : « Je sais que mon épouse préfère que je range mes vêtements de mon côté du placard mais la semaine dernière j'étais pressé et j'ai juste balancé mes chemises à la va-vite, j'ai vu que ça tombait sur ses affaires à elle mais je n'ai rien ramassé. J'avais l'intention de m'en occuper plus tard, mon père, mais ça m'est sorti de la tête. Elle ne m'a rien dit mais bon, je sais qu'elle aime qu'on respecte son espace personnel. J'aurais dû m'excuser. »

Pete passait donc beaucoup de temps à sourire, pendant la confession de Douglas, et avait développé, il s'en rendait soudain compte, une tendresse grandissante pour lui. Ce n'était pas toujours le cas, dans le confessionnal. Et pourquoi les gens comme Pete appréciaient-ils l'état d'esprit de gens comme Douglas, après tout ? Voilà qui méritait réflexion. En général, l'affection naissait quand on décelait fondamentalement en l'autre quelque chose qu'on admirait, un trait indubitablement hors du commun. L'amour immense et vulnérable porté à une femme, dont Douglas témoignait de façon si flagrante, était plaisant à observer, et sans conteste un objet hors du commun dans le confessionnal de Pete. C'était peut-être là l'explication.

Ce soir, cependant, Pete fut surpris de l'application que mettait Hubbard à boire. Pas un instant il n'avait relevé le menton, hormis pour avaler une gorgée. Nuque ployée, il contemplait ses mains, qui semblaient tripoter quelque chose. Ç'aurait pu être une petite photo d'identité, un Post-it, un ticket de caisse, Pete n'arrivait pas à voir. Il vit en revanche deux verres à Martini vides devant lui ; dans l'un trônait encore une olive.

Pete passa en revue le reste du bar. C'était calme. Il entendait quelques échos de conversation dans son dos, où le comptoir s'ouvrait sur quelques boxes et un jeu de fléchettes, mais sans pouvoir distinguer ce qui se disait. Il reprit un verre. Quand Cauley se fut replongée dans ses mots fléchés, Pete se dit qu'il ferait aussi bien de se montrer sympa, d'aller saluer Hubbard, voir si d'aventure il avait besoin de parler, et il alla donc le rejoindre. Il se souvint de l'avoir aperçu au côté de la principale, dans l'après-midi, et aussi que Pat lui avait parlé de son départ en retraite.

– Vous saviez que vous et moi, commença Pete, nous allions peut-être bientôt avoir un nouveau chef ?

Douglas leva les yeux. Il lui fallut un moment pour faire le point, puis il tendit la main au père Pete.

– Je le savais, oui. Ça explique sans doute en partie le deuxième Martini, maintenant que vous le dites.

– Et le premier, il est dû à quoi ?

Douglas replia le petit papier qu'il avait en main et le fourra dans sa poche. Il leva son verre de Martini.

– À la condition humaine.

– Compris, fit Pete, et il leva à son tour son verre. Pendant qu'on y est, trinquons aussi à l'air conditionné.

– Alléluia. Et amen.

Une minute s'écoula sans qu'ils prononcent une parole, pendant laquelle Douglas grignota l'olive esseulée.

Derrière eux, la porte s'ouvrit, laissant filtrer une lumière pourpre étonnante. Il restait un soupçon de soleil à l'horizon quelque part, on l'oubliait aisément chez Getwell's. Un homme que ni Pete ni Douglas ne reconnurent fit irruption, semblant tout droit sorti d'une autre époque. Il était en tenue de cow-boy, avec un chapeau à large bord, et avançait vers le comptoir d'une démarche chaloupée en faisant tinter ses santiags sur le sol en béton. C'était une démarche peu naturelle, aucun doute là-dessus. Il écartait les jambes d'une drôle de manière, un peu trop, comme s'il essayait de se gratter sans y mettre la main. Il s'installa au bout du comptoir, crocheta illico le passant de sa ceinture du pouce, jeta un regard à la ronde et porta la main au bord de son chapeau à l'intention de Cauley, qui se leva pour le saluer.

– Mademoiselle Cauley, dit-il.

– Monsieur le maire.

– Hank suffira, pour ce soir. J'ai fini ma journée.

– Ça doit faire du bien.

Quand la porte du bar se fut refermée et que l'obscurité eut repris ses droits, Douglas et Pete identifièrent Hank Richieu, et Pete lui fit signe de venir. Hank les rejoignit.

– Hank, fit Pete. Vous voilà bien élégant.

Hank lui serra la main.

– Mon père.

– Pete suffira, pour ce soir. Mais je dois reconnaître que vous me faites me sentir dans mes petits souliers. Je suis le seul homme ce soir à aller tête nue.

Les trois hommes se dévisagèrent, il avait raison. Hank avec son Stetson, Douglas avec sa casquette, et Pete au beau milieu. Ça donnait un bel aperçu des possibilités, comme si, bien alignés, leur portrait commun avait pu exister n'importe où, à n'importe quelle période de l'histoire. Deerfield avait-elle jamais tenu pareille promesse ? Qui aurait pu le dire ?

– Vous connaissez Douglas Hubbard ? demanda Pete. Il enseigne l'histoire au lycée. C'est un des vrais génies que compte cette ville, à ce qu'on en dit.

Douglas s'inclina pour donner une poignée de main à Hank. Son ébriété commençait à se voir, indiscutablement, et il semblait quelque peu dépassé par tous ces échanges impromptus.

– Je connais Hubbard. Comme ma poche, ouais.

– J'oublie qu'ici tout le monde connaît tout le monde.

– Ou qu'ici, intervint Douglas de l'air de qui fait une remarque profonde, chacun aime à penser qu'il connaît tout le monde.

Hank tira une pièce de sa poche et la plaqua devant lui.

– Et qu'est-ce qu'on boit, au saloon, ce soir ? Je cherche l'inspiration.

– Pour ma part, je recommanderais de l'alcool, dit Douglas.

Depuis son tabouret, sans même lever la nuque, Cauley dit :

– Je plussoie.

– Hubbard, dit Hank, vous enseignez l'histoire, c'est bien ça ? J'ai une question pour vous. Si vous me disiez ce qu'il serait historiquement raccord de boire, pour un cow-boy ?

Douglas sentit le mode professeur reprendre le dessus. Le maire aussi était-il une victime écervelée de cette machine ADN à la mords-moi-le-nœud, à propos de laquelle Douglas ruminait depuis une bonne heure ? Était-ce là la cause de son accent ridicule ? De son chapeau de corniaud ?

– Pourquoi cette question, Hank ? Avez-vous soudain l'impression maladive que vous étiez né pour être cow-boy ?

– Naaan, fit Hank, bien que sa prononciation seule laissât penser tout l'inverse. Je m'intéresse, c'est tout. Appelez ça de la curiosité historique.

– Eh bien, je ne saurais trop quelle réponse vous faire, sachant que le terme « cow-boy » en soi n'est pas vraiment une référence historique. Ça ne correspond à aucune période, Hank. C'est un métier, garçon vacher.

– C'est exact, dit Pete, qui essaya alors d'attirer l'attention de Cauley en faisant tinter les glaçons dans son verre.

– Vous voyez bien ce que je veux dire, reprit Hank. Je parle des vrais cow-boys. Des durs à cuire de l'Ouest. *Cent dollars pour un shérif. Pour une poignée de brutes et de truands. Il était une fois dans l'Ouest.* Tout ça, quoi.

– Je peux vous reprendre une eau gazeuse, madame Cauley ?

– La même que tout à l'heure ?

– S'il vous plaît, oui. Vous savez ce qu'on dit, mieux vaut boire le vin d'ici que l'eau de là – et il aligna un nouveau billet de dix devant lui.

– C'est pas donné, pour des bulles, commenta Hank.

– Rien de tel que la charité spontanée, fit Pete.

– Prenons *Pour une poignée de dollars*, dit Douglas. Ça se passe grosso modo dans les années 1870.

– Ah oui ? dit Hank.

– Ça se passe pendant la guerre de Sécession. C'est une bonne partie du film. On peut difficilement ne pas s'en souvenir.

– Une guerre fratricide, dit Hank. Atrocement tragique.

– Amen, dit Pete et il leva son verre vide. Plus jamais ça.

– Et donc, je lui sers quoi, au cow-boy ? demanda Cauley qui entreprit de préparer la boisson de Pete un sourire aux lèvres. Faut pas venir me demander de l'alcool frelaté, du jus de cactus ou un tord-boyaux. Le saloon s'est fait dévaliser.

– Du whisky. Il lui faut du whisky.

– Oui, mon général. Du bourbon pour mes chevaux et de l'eau pour mes hommes, dit Hank.

Ce dernier brandit trois doigts pour commander trois verres et, pour une raison qui échappa complètement à Pete comme à Douglas, mais que nul ne contesta quand l'alcool atterrit devant eux, la soirée commença.

Quelques heures agréables se passèrent à discuter de choses et d'autres, de tout sauf de ce qui leur trottait dans la tête, à observer les allées et venues de Cauley qui servait d'autres clients dans la salle, à dire quelques blagues. Douglas retrouva son entrain habituel, tant il était loin de ce qui le préoccupait, et se prit à partager des anecdotes et à rire.

Ils avaient finalement descendu trois verres chacun, goûté à toutes les variétés de chips en stock, perdu le compte de qui payait quoi, et Pete s'aperçut qu'il avait oublié combien il aimait le whisky. C'était un délice, quand on y prêtait attention. Et ne sommes-nous pas ici pour ça, apprécier les bonnes choses ici-bas ? Il savait aussi comment il se sentirait le lendemain, cela dit, et s'était déjà prescrit par-devers lui une série de pénitences à accomplir avant le lever du soleil. Vingt pompes supplémentaires. Peut-être même irait-il courir. Trois Je vous salue Marie.

Hank se sentait d'humeur tout aussi joyeuse et menait une conversation débridée qu'on aurait pu résumer comme suit :

– C'est un cheval qui entre dans un bar. Le barman lui dit : « J'avais demandé une barrique, pas une bourrique. »

À quoi Pete répliqua :

– Ça me fait penser : vous connaissez la blague du tonneau ? Elle est bidon.

À quoi Douglas répliqua :

– Ah oui, tonneau, barrique… Vous savez, je me suis acheté un dictionnaire des synonymes l'autre jour pour accroître mon vocabulaire, mais ça vaut pas tripette. Je veux dire, non seulement il est pas terrible, mais en plus il est terrible.

Tous trois furent alors emportés par une vague de rire, sans se l'expliquer, le genre sans aucun rapport avec la qualité des blagues mais aussi le genre qu'on embrassait avec orgueil, tenant à distance leurs soucis de bicentenaire, de nièce, d'épouse, de fils, de jazz.

– J'en ai une, dit Pete. Un prêtre, un maire et un prof d'histoire entrent dans un bar. Le prêtre regarde autour de lui et dit : « Hé, vous connaissez la blague à notre sujet ? »

Ce fut le summum. Ils se tombèrent dans les bras, riant et se tapant sur l'épaule comme s'ils étaient les meilleurs amis du monde. Et c'est peut-être ce qu'ils étaient désormais. La blague immortalisa immédiatement la soirée dans leur esprit, les assurant que ce serait un moment qu'ils pourraient se remémorer la prochaine fois qu'ils se croiseraient – dans un lieu futur indéterminé – et, en cela, ça ajoutait de nouvelles scènes à l'histoire de leur vie, formant le ciment d'une amitié nouvelle comme de millions d'autres similaires. Les hommes se sentaient bien, au-delà de bien, jusqu'à ce qu'une autre voix d'homme résonne dans leur dos.

– Mais qu'est-ce que je vois là ? N'est-ce pas une magnifique triplette que ce *ménage à trois** ?

Deuce Newman approchait avec un acolyte que nul ne reconnut. C'était sans doute eux que Cauley avait servis dans le fond de la salle, eux aussi semblaient passer une soirée arrosée.

Quand Deuce reconnut le père Pete parmi la bande, son sourire s'évanouit.

– Excusez-moi, mon père, je ne voulais pas vous offenser.

Pete leva son verre et lui fit un clin d'œil.

– Deuce, par la présente, je vous pardonne votre mauvais français.

Aussi bonne qu'était la vanne, l'irruption inopinée de Deuce avait aussitôt fait perdre son tonus à leur discussion. Bien qu'ils n'eussent aucun moyen de le savoir, tous trois avaient aussi en commun, au-delà de cette soirée, une aversion partagée pour Deuce Newman. Douglas avait une vie entière de raisons, principalement centrées sur la langue que Deuce faisait frétiller sous le nez de Cherilyn, et sa seule présence le mettait en rogne, au souvenir de la façon dont il l'avait ridiculisé lors de la séance photo du matin. Hank,

* En français dans le texte. *(N.d.T.)*

pour sa part, ne supportait pas la présence continuelle de Deuce, cette manière qu'il avait de toujours en demander plus, de toujours sembler prêt à lui piquer son poste. Pete, évidemment, n'aurait jamais admis que quiconque lui déplût, mais une place permanente derrière la grille du confessionnal a de quoi vous rendre certains personnages antipathiques. Non pas que Deuce eût avoué un affreux péché, mais il semblait user de la confession pour aller à la pêche aux compliments. Il confessait de bonnes actions, les coups de main donnés pour sortir quelqu'un du pétrin, et son besoin d'attention n'avait d'égal que le besoin de Douglas de sentir que sa femme l'aimait.

En dépit de tout cela, Hank tendit la main à Deuce.

– On ne se quitte plus, ces jours-ci, semblerait.

– Pendant que j'y pense, dit Deuce, vous ne devriez pas être au turbin ? En train de peaufiner les préparatifs pour demain ?

Hank le regarda droit dans les yeux, leva le coude et finit son whisky d'une goulée dramatique.

Pete dit :

– Et qui vous accompagne, Deuce ?

– Ça ? Ça, c'est personne que vous connaîtriez. Un entrepreneur, un gars comme moi. Un gars qui cherche les opportunités.

Douglas sentit sa nuque s'enflammer.

– Voilà une réponse qui est bien mystérieuse. Comment s'appelle cet homme, Bruce ? On parle de lui, pas de toi.

– Je m'appelle Jack, dit le type et il fit un signe de tête à chacun. Je viens de plus au nord, Oxford, et je bosse pour l'office du tourisme du Mississippi. Deuce me parlait justement de tout son programme pour le bicentenaire. Cette mosaïque est une idée épatante. Et le tout sur le thème de l'eau et de la lumière !

– Je te l'avais bien dit, Hank, fit Deuce.

– Je n'ai pas signé pour ce fichu tuyau d'arrosage, dit Hank.

– Pour votre gouverne, intervint Cauley derrière son bar, quiconque ici sera pris à chanter l'hymne d'Oxford se verra demander de prendre la porte.

– Pigé, fit Jack, et il leva son verre en direction du comptoir.

– C'est quoi, ce tuyau ? dit Douglas.

– Sérieux, les gars, fit Deuce. Qu'est-ce que vous fêtez ? Hubbard, je crois pas t'avoir déjà vu sortir sans Cherilyn. Surtout en semaine. Me dis pas qu'il y a de l'eau dans le gaz.

– Cherilyn est à la maison. Tout va bien. J'apprécie que tu t'inquiètes pour rien.

– Prends garde quand tu laisses une beauté pareille seule chez elle. Mon pote Wick... vous voyez tous qui c'est, pas vrai ? Il s'est mis à bosser le soir, y a un petit moment de ça. Sa femme a tourné complètement folle.

Deuce se pencha pour chuchoter :

– Quand je dis folle... c'est folle de sexe. S'est mise à se raser le pubis, à tout changer partout, enfin, dans la chambre surtout, et au début, Wick, ça l'a plutôt excité. Mais au bout du compte en fait elle se tapait un autre gars tous ces soirs et il ne faisait que récolter les bénéfices collatéraux de sa toute nouvelle *joie de vivre**, si on peut dire ça comme ça.

Bien entendu, Pete savait que Deuce racontait essentiellement des conneries. Il avait entendu la version authentique de la bouche de Wick en confession et, la vérité, c'est qu'il avait été anéanti par l'infidélité de son épouse, qui n'avait aucun lien avec le fait qu'il se soit mis à travailler le soir, mais tout à voir avec l'impuissance dont Wick souffrait depuis des années. Cela faisait longtemps qu'il craignait que sa femme aille voir ailleurs, l'histoire de Wick n'avait donc rien d'une anecdote marrante à raconter au bar, c'était plutôt l'histoire d'un homme qui voit enfin entrer en gare le train chargé des wagons de cauchemars qui hantaient ses nuits de longue date. Tel était le fardeau dont on se déchargeait sur les prêtres.

– Deuce, dit Pete, je doute qu'il soit approprié de débattre ici des problèmes existentiels d'un absent qui n'est pas là pour nous donner son point de vue.

– Compris, mon père. Je m'excuse. Je dis juste qu'il faut toujours garder l'œil ouvert quand quelqu'un change du jour au lendemain.

Les regards convergèrent vers Hank. Ne portait-il pas des éperons ?

– Merci du conseil, fit Hank.

– Du coup je me demandais, dit Jack, est-ce que parmi vous certains ont essayé la machine ADN, là ? Deuce me l'a montrée en passant faire une course. Plutôt alléchant, non ?

Douglas fit un sort à son whisky et dit :

– Si par alléchant tu veux dire ridicule, futile, impossible et stupide.

– N'écoute pas Hubbard, dit Deuce. Il est au-dessus de tout ça. Il sait déjà qui il est. Le type le plus chanceux au monde, c'est ça ? Y a des trucs qui changeront jamais.

– Bon écoute, mon vieux – mais Pete interrompit Douglas en lui posant la main sur l'épaule.

– Je crois qu'on est tous drôlement chanceux, si on regarde le tableau dans son ensemble, dit Pete.

Ce disant, son regard se posa sur Hank qui, cela lui apparut soudain, n'avait guère joué de chance. Il avait tant souffert, avec le décès de sa femme puis de son fils. Pete essaya donc de faire machine arrière :

– Je veux dire, si on prend les choses dans une optique vraiment large. On vit pas dans un sous-sol glauque torturé par un oncle psychopathe, c'est ça que je veux dire.

– Tu as sans doute raison, fit Hank.

– On vit pas en Irak, ni au Koweït, ni dans aucun de ces endroits-là non plus, dit Deuce. On bouffe pas du riz qu'aurait poussé là où on chie.

– Mon Dieu, Deuce, dit Douglas. On voudrait aligner des clichés plus cons qu'on n'y arriverait pas.

– Bref, fit Pete. Ce que je voulais dire, c'est que j'ai du bol d'avoir un boulot qui commence dans huit heures. Faut que je décolle.

– Nous aussi, on y va, dit Deuce. On a du pain sur la planche. Y a partout des opportunités à saisir pour les cons comme moi, Hubbard. Pas trop le temps de fignoler. On se voit demain à la réunion, Hank.

Ce dernier porta la main à son chapeau tandis que les deux hommes s'en allaient ; Deuce avait jeté le bras autour des épaules de Jack et balança sa bouteille de bière dans la poubelle près de la porte au passage.

– Si je n'étais pas en présence d'un homme d'Église, dit Douglas, j'aurais quelques mots choisis en réserve.

– Eh ben, fit Cauley derrière son comptoir, vous êtes en présence d'un homme d'Église et vous êtes également en présence d'une femme qui est prête à rentrer chez elle. On ferme, les garçons.

Elle aligna devant eux trois verres au contenu bizarre.

– J'ai appelé Tipsy, il va venir vous raccompagner. Allez, un dernier pour la route.

Deuce parti, les trois hommes tâchèrent de secouer la morosité qui venait de s'abattre sur eux, de revenir à des temps meilleurs qui leur paraissaient désormais bien lointains.

– Bon, mes fidèles acolytes, fit Hank, on s'en jette un dernier avant la fermeture du saloon ou quoi ?

Ils sourirent et attrapèrent leur verre d'un même geste. Douglas fut curieux :

– C'est quoi, Cauley ?

– Ça s'appelle Les trois rois mages. Pas besoin d'en savoir plus.

Ils trinquèrent derechef et burent cul sec, avec plus ou moins de succès. Quand ils eurent tous avalé le liquide, secoué la tête et vaguement toussé, Hank dit :

– Aucun rapport mais je voulais vous demander : l'un d'entre vous sait-il où je pourrais me dégoter un piano mécanique ?

Sur ces entrefaites, la porte s'ouvrit à la volée sur Tipsy Rodrigue.

– Messieurs. Votre carrosse vous attend.

Ils quittèrent les lieux d'une démarche mal assurée et grimpèrent dans la voiture de Tipsy, puis Douglas dut en ressortir pour aller récupérer son trombone et ses courses pour Cherilyn dans l'Outback.

– Désolé, fit-il en s'installant à l'arrière avec son bazar sur les genoux.

– Hé, dit Tipsy, vous connaissez la dernière ? Paraît que Britney Spears va ouvrir un nouveau resto.

– Hé, répliqua Hank, vous connaissez la blague à notre sujet ?

Cette évocation arracha un sourire à chacun des passagers, les replongeant dans un climat de légèreté délicieux, et Pete dit :

– Hubbard, c'est vrai que tu es un siffleur expert ? C'est ce qu'on dit, au boulot.

– Si c'est vrai ? s'étonna Tipsy. Mais vous n'avez jamais entendu le gars siffler ! Dieu du ciel, on dirait un pinson descendu du paradis !

– Fais péter la musique, *compadre.* Histoire d'égayer notre chevauchée vers l'Ouest.

Bien que ce ne fût pas franchement dans la nature de Douglas de se donner en spectacle, il se dit qu'il lui restait davantage d'énergie pour siffler que pour affronter les remarques incessantes s'il n'obtempérait pas. Il se cala confortablement sur son siège, serra son étui à trombone contre sa poitrine et siffla les premières mesures du *Bon, la brute et le truand*, qu'ils reconnurent tous. Mais il ne s'arrêta pas en si bon chemin, il continua à siffler tout le morceau composé par Ennio Morricone, regorgeant de petites trilles et de tons bas qui exigeaient de lui qu'il fasse tourbillonner les notes, toutes choses qu'il adorait, et personne ne fit mine de l'interrompre.

À la place, chacun s'immergea paisiblement dans son avenir probable. Douglas se demandait ce que Cherilyn faisait en cet instant, si elle dormait déjà, comment il justifierait le fait de n'être pas rentré, et il méditait les enseignements à tirer de sa prédiction DNAmix désastreuse, et de celle de sa femme. Pouvait-il lui en parler ? Si oui, comment ? Hank songeait à ses fils, à celui qui était physiquement absent et celui qui était émotionnellement absent, et à ce qu'il allait devoir réparer. Il sentait qu'il allait devoir mettre les mains dans le cambouis, pour recoller les morceaux épars d'une vie qui se faisait chaque année plus solitaire. C'était à sa portée, pour sûr. Il le fallait. Pour sa part, Pete rêvassait par la fenêtre et ne pensait à rien de plus qu'à la beauté du morceau sifflоté par Douglas, à son don époustouflant. Il aurait adoré rester dans cet état de quasi-béatitude mais ce qu'il vit l'en tira : ça ressemblait à une personne sortant d'une maison par la fenêtre. Elle se déplaçait furtivement, comme un voleur dans la nuit, comme dans l'un de ses vers favoris de la première épître aux Thessaloniciens qui disait : « le jour du Seigneur viendra comme un voleur dans la nuit », et Pete n'en dit rien à ses compagnons de trajet. Il savait qu'il aurait dû. Bien sûr qu'il le savait.

Mais il se tut car il avait reconnu Trina.

– 14 –

« D'étranges phénomènes nocturnes »

« Things that go bump in the night »

Était-il vrai qu'elle avait d'abord rêvé d'éléphants ?

Cherilyn y croyait dur comme fer et, par-dessus cette trame de rêve, se tenait sur une route poussiéreuse infinie. Pas Deerfield, pas de gravier, pas de coquille d'huître concassée, pas même de terre, mais une douce route de talc de la couleur des grandes pyramides. Elle se trouvait en un lieu où elle n'avait jamais mis les pieds et qu'elle n'eût su nommer car il n'avait pas de nom et pas de sens, excepté qu'elle s'y tenait grande et droite et couverte de soie rouge et de fil doré, enveloppée d'une robe si longue et flottante qu'elle se mouvait davantage comme le vent lui-même que sous ses assauts. Le temps avait filé, depuis qu'elle était là, avec rien en vue et c'était indéniablement elle. Entre le foulard de soie rouge, sous les bijoux ornant le front de la femme, elle distinguait ses yeux bien reconnaissables. Pas le vert qu'elle voyait tous les matins dans la glace mais un vert suffisamment profond pour insuffler de la vie à toute cette poussière, suffisamment dense pour introduire sa propre conscience au sein de ce corps onirique où elle devenait plus qu'une simple voyeuse devant une scène, mais se mettait à vivre dans cette personne, aussi. Elle était à la fois dans et hors du rêve, à la fois metteuse en scène et actrice, quand elle entendit un bruit de tonnerre derrière elle, à l'approche d'une caravane. Sous ses pieds, le sol trembla, les grelots à ses chevilles tintinnabulèrent au passage de deux rangées d'éléphants, leurs larges croupes ornées de couvertures bleues et de diamants, leurs gueules masquées comme sous un uniforme militaire. Elle tendit les mains pour grattouiller leur peau épaisse du bout des doigts et chaque animal leva haut sa large trompe pour manifester sa reconnaissance. Un son si étrange, si joyeux, et pourtant Cherilyn demeurait stoïque, placide dans son rêve parce qu'elle savait que c'était pour elle qu'ils chantaient. Leur chant d'appel telle une nouvelle musique, leurs défenses pointées vers le ciel telles des épées, leur progression tel un tremblement de terre. De plus en plus fort, maintenant, comme pour annoncer sa venue, comme pour crier au monde sa majesté et sa marche à perte de vue dans les plaines inconnues de sa vie avant de prédire l'histoire à venir. La clameur continue de leurs trompes. Ou, non.

La clameur d'un trombone.

Lui annonçant le retour de Douglas.

Cherilyn ouvrit un œil et consulta son réveil. Minuit passé et elle venait tout juste de sombrer dans ce sommeil profond si révélateur. Pourquoi avait-elle veillé si tard ? Elle aurait pu dire qu'elle se faisait du souci pour Douglas, et c'eût été partiellement vrai (sortir boire un verre un soir de semaine ?), mais était-ce véritablement ça qui l'avait tenue éveillée ? Depuis le salon, ça résonna de nouveau. Un bref vagissement du trombone. L'apparence d'une note, puis d'une autre, sans aucun lien entre elles. Et enfin un bruit final, misérable écho de bedaine crevée, comme si Douglas s'était trouvé à bout de souffle au milieu de sa lancée. Elle s'assit dans le lit. Entendit l'étrange tempo d'un pas titubant. Puis une chute.

Entendit Douglas dire : « Oups là. »

Cherilyn ne ressentit pas le besoin de se précipiter.

Elle connaissait suffisamment son mari pour savoir que s'il jouait du trombone à minuit à la maison, c'est qu'il était, comme aurait dit sa mère, rond comme une queue de pelle, et qu'il avait sans doute simplement perdu l'équilibre. Douglas se mettait rarement dans de tels états. Il arrivait qu'il se serve un petit scotch avant le dîner, qu'ils partagent une bouteille de vin sur le canapé, mais ils n'avaient jamais eu à prendre une quelconque résolution au sujet de l'alcool ces vingt dernières années car le besoin ne s'en faisait pas sentir. Quel luxe c'était. Douglas évitait les excès quelle que soit son humeur et c'était bien agréable de pouvoir compter là-dessus. Et puis, ils avaient bien vécu, il fut un temps, qui était-elle pour juger ? Elle continuait d'ailleurs à fumer quelques cigarettes de son côté. Elle n'était pas parfaite. Cherilyn ne s'inquiéta donc pas outre mesure, comme l'auraient fait bien des épouses.

Douglas était infailliblement drôle, quand il avait bu, voilà ce à quoi songeait Cherilyn et elle plaignait ses amies dont le compagnon se révélait cruel ou déprimant sous le coup de l'ivresse. Quel genre d'existence ce devait être. Non, Douglas et elle avaient trouvé un bon équilibre, côté soirées, et Cherilyn savourait sa chance, parce que chaque fois que se présentait une opportunité de lever le coude à Deerfield, ils en avaient pour leur argent sans en ressentir de culpabilité. Douglas se transformait en une version outrée de lui-même quand il buvait. Et c'était un conseil qu'elle aurait pu donner aux jeunes. Avant d'épouser quelqu'un, vérifier qu'on aime aussi sa version alcoolisée. On n'épouse jamais une seule personne, avait-elle coutume de dire. Certains couples ne s'en rendaient pas compte. Quand on se marie, on épouse un bon millier de personnes.

Non seulement Douglas demeurait d'un commerce agréable quand il avait un coup dans le nez mais il semblait rajeunir, en quelque sorte, le genre de buveur sincèrement intéressé par les gens qui l'entouraient. Il parlait aux inconnus, ou appelait de vieux copains pour leur tenir des propos encourageants et intelligents. Bien loin du ton professoral que, Cherilyn devait bien l'admettre, il adoptait parfois, il faisait preuve de ce type d'enthousiasme qui vous donnait l'impression que vous appreniez à son contact. Ç'avait un aspect contagieux, comme s'il vous faisait partager son émerveillement devant tel nouvel aspect du monde et c'était toujours bon à prendre, d'où que ça vienne. Et s'ils étaient en vadrouille et qu'il y avait un juke-box ou un groupe sur scène, Douglas la faisait danser sans cesser de siffloter, finissant immanquablement par menacer de jouer d'un instrument invisible quand ils se rasseyaient à leur table pour souffler. Juste une seconde. Juste pour la faire marcher. Juste pour lui faire savoir qu'il était toujours le genre de type capable de se mettre à jouer d'un trombone imaginaire n'importe où devant tout le monde. Lui montrer que ce n'était pas parce qu'ils étaient mariés depuis si longtemps qu'il se priverait de l'embarrasser en public. Il jouerait le jeu suffisamment longtemps pour que Cherilyn le regarde, lui sourie comme si, de fait, elle pouvait être gênée par ce qu'il pourrait bien inventer, après toutes ces années, alors il s'arrêtait. Et ça, Cherilyn adorait. Elle lui prenait la main par-dessus la table, Douglas la lui serrait en retour, encore et encore, parfaitement en rythme avec la musique.

Mais quand plus un son ne lui parvint d'en bas, elle craignit qu'il se fût blessé. Elle enfila son peignoir et quitta la chambre. Elle appuya sur l'interrupteur du salon et Douglas apparut ; déjà une petite bosse rougissait sur son front, au-dessus de son œil droit. Rien de bien méchant, mais ça laisserait une marque. Elle l'observa une minute et tous les sujets d'inquiétude qui l'avaient empêchée de dormir s'envolèrent temporairement. Son gentil Douglas et son sourire d'ivresse imprévu pour un jeudi. À quoi était-ce dû ? À une excellente leçon de trombone ? Était-ce une tranche de bonheur pour Douglas ? L'idée lui plut et elle lui passa la main dans le dos.

– Je ne voulais pas te réveiller, dit-il.

– Tu jouais du trombone.

– J'imagine que tu dis vrai.

– Je vais te chercher de la glace.

– Oh, fit Douglas. Ce serait grandiose, merci.

Dans la cuisine, Cherilyn vit que Douglas avait retiré ses chaussures devant le placard à provisions, abandonné ses chaussettes près du téléphone et sa ceinture sur la gazinière. Sur le plan de travail, un paquet de biscuits entamé. À côté, le sac de commissions de chez Johnson's. Elle en considéra le contenu : aubergines et huile d'olive. Une bouteille de vin, également. C'était déjà ça. On pouvait compter sur Douglas.

Elle retourna au salon et s'agenouilla près de lui. Elle appuya le pack de glace contre son front et il ouvrit les yeux.

– Quelle drôle de sensation !

– Tu t'es bien amusé, ce soir ?

– Oh oui, fit-il.

Cherilyn l'observa minutieusement et sourit. Il était affalé au sol, dans la position d'une silhouette approximative dessinée à la craie, les bras par-dessus la tête comme s'il avait chu après avoir fui une vision terrifiante. Tout près, gisait sa casquette marron.

– Tu n'es pas paralysé ni rien ?

Douglas remua son index.

– Non, c'est bon.

Après un court intervalle, il souleva légèrement le talon.

– Je crois que j'ai simplement un peu sommeil, c'est tout.

Elle lui frotta doucement le dos.

– Tu veux venir te coucher ou tu es bien là où tu es ?

– Tu sais, je crois que je suis aussi bien ici, mon chou. Merci. Et toi, ça va ?

Le visage de Cherilyn s'éclaira et elle lui toucha la joue.

– Ça va, oui. Je suis contente que tu sois rentré.

Elle prit la couverture posée sur le canapé et en couvrit son mari. Il serait aussi bien ici, en effet, et plutôt que d'essayer de le faire changer d'avis, le mieux était sans doute de le laisser faire à son idée.

Elle ramassa la corbeille qui avait roulé par terre et la reposa sur la table. Puis elle baissa les yeux vers lui et balança son index d'un air mutin.

– Assez de rock'n'roll pour ce soir, jeune homme. C'est bien compris ?

– *Roger*, mon pote.

Sur quoi Douglas ferma les paupières.

Cherilyn éteignit la lumière et alla se recoucher.

Elle ne dormit pas bien, après cela. Elle commença par penser à son mari et aux petites surprises qu'il lui réservait. Du trombone à minuit passé ? Une ceinture sur la cuisinière ? « *Roger*, mon pote » ? C'étaient là des pensées agréables. Mais quand elle eut épuisé ce filon, Cherilyn dut retourner à ce à quoi elle avait consacré sa soirée.

Elle avait passé quelques heures chez sa mère, à faire un peu de ménage, à appeler Douglas pour voir s'il pouvait aussi prendre à boire pour le dîner, mais sans obtenir de réponse. Sa mère avait prétendu qu'elle plaisantait, quand elle avait affirmé que sa fille était enfermée au grenier. Que c'était pour la faire tourner en bourrique. Mais Cherilyn avait capté une étrange lueur au fond de sa pupille, qui donnait le sentiment que sa mère regardait deux films en même temps sans trop savoir sur lequel se concentrer. Tout allait bien, avait-elle répété, comme à son habitude, mais c'était franchement difficile de savoir qu'en penser – c'était épuisant. Tandis que, bien installées dans les vieux fauteuils cosy dans le salon de sa mère, elles regardaient la télé, sans trop parler, Cherilyn avait été submergée par une vague de culpabilité d'avoir discuté avec cet homme par Internet. Elle pouvait expliquer son geste de toutes les façons possibles, c'était trois fois rien, elle n'avait rien fait que des millions de gens ne fissent quotidiennement, elle n'avait en rien trompé son mari, ni légalement ni techniquement, aucun tribunal sur terre ne pourrait l'en accuser. Pour autant, ce sujet tournait en boucle et l'affolait.

Elle décida donc de fouiller dans les placards de sa mère et en sortit des bougies. Elle lui réchauffa une soupe, fourra lesdites bougies dans le même sac qui lui avait servi à amener les restes plus tôt dans l'après-midi et rentra chez elle, fermement résolue à marquer le coup avec Douglas ce soir-là. Elle s'attellerait à sa nouvelle recette, il pourrait lui donner un coup de main, pour émincer ou hacher menu. Puis elle allumerait les chandelles, ils boiraient du vin en discutant de son cours de trombone. Ils pourraient regarder le base-ball, si ça lui chantait. Lire ensemble au lit. Peut-être même faire d'autres choses au lit et elle ne demanderait pas de deuxième service, cette fois-ci. Elle s'enfouirait tête la première dans leur merveilleuse normalité qui lui manquait à l'instant présent, sans trop savoir pourquoi, et ça effacerait définitivement le démarrage de cette journée. Elle lui raconterait peut-être, pour la prédiction, si le moment s'y prêtait. Et pour celle de Tipsy. Et pour le lien qu'il y avait peut-être entre les deux.

Mais en rentrant elle trouva le message de Douglas sur le répondeur, il buvait un coup avec Geoffrey, et donc elle s'occupa un moment avec ses nichoirs à oiseaux, se concocta un repas sur le pouce et se sentit vite toute chose. Ce n'était pas un sentiment agréable. C'était la montée de plus en plus familière d'un vertige affreux qui lui collait la nausée, cette montée soudaine et imprévisible qui avait plusieurs fois failli lui faire faire des embardées au volant. Un tel poids sur sa cage thoracique qu'elle se sentait clouée au sol. Sitôt qu'elle le sentait monter, ce vertige emportait tout sur son passage. Elle s'arrima à la table et inspira profondément le temps que ça passe. Puis elle sortit un Propofan du flacon et s'apporta un grand verre d'eau devant l'ordinateur. Elle cliqua dans la barre de recherche et tapa « WebMD ».

C'était l'un des rares sites, à l'exception de ses ventes sur Etsy, qu'elle avait parfois fréquentés, mais jamais pour assouvir sa propre curiosité. Les fois précédentes, c'étaient des questions sur l'état de santé de sa mère qui l'y avaient menée.

Douglas s'était assis derrière elle et le diagnostic s'était rapidement imposé : sa mère avait à peu près toutes les maladies identifiées par l'homme à ce jour. Ils avaient trouvé si facilement que c'en était insultant, juste en tapant les mots-clés « oublis », « incohérence », « femme ». Douglas avait averti son épouse : ce site pouvait provoquer l'hypocondrie.

– Tu sais ce qu'on dit ? « WebMD, des symptômes par milliers. »

Cherilyn n'avait donc pas pris trop au sérieux ce qu'elle avait lu au sujet de sa mère. Il y avait trop d'options à disposition : démence, Alzheimer, micro-AVC, ménopause, grossesse, déshydratation, vieillissement normal. On pouvait être aussi malade qu'on le souhaitait.

Cette fois-ci, cependant, c'était pour elle-même qu'elle faisait une recherche. Elle lista des symptômes comme « vertiges », « migraines », « fourmillements », « crampes » et un tel déluge de possibilités effroyables s'abattit sur elle qu'elle se promit de prendre rendez-vous avec le docteur Granger dès le lendemain. Trop, c'était trop. Mais tous ces possibles la suivirent dans la chambre à coucher, où elle ouvrit le manuel de son mari sur les familles royales, qu'elle fixa sans vraiment le voir jusqu'à ce que ses yeux se ferment et qu'elle se réveille au son des éléphants.

Quand l'aube parut, accompagnée d'un concert de pépiements, elle trouva Douglas assis au bord du lit, douché de frais et en tenue de travail. Il sentait délicieusement bon, une fragrance masculine – savon et eau de Cologne –, comme toujours à cette heure précise du petit matin. Ses cheveux fins étaient soigneusement peignés sur son crâne et sous son œil droit, là où le sang avait séché, était apparu un hématome violacé.

– Aïe, fit Cherilyn.

– Si tu voyais contre quoi je me suis battu.

– T'as pas l'air bien.

– Et encore, sous mon crâne c'est pire.

– Désolée.

– Je crois que je deviens aveugle. C'est comme si mes globes oculaires avaient cessé de fonctionner. Comment on faisait pour boire autant, à l'époque ?

– On était jeunes. On séchait les cours le lendemain.

– Tu es toujours jeune, dit-il. Attends de passer le cap des quarante. C'est là que tout fiche le camp.

– Je vais tâcher d'en profiter un maximum d'ici là.

Douglas alla prendre sa casquette dans l'armoire. Cherilyn roula dans le lit pour le suivre des yeux. Il s'observa dans le miroir et coiffa le couvre-chef. Quelle tête faisait-il ? Drôlement sérieuse, semblait-il, quand il se regardait. Dans quelle pose espérait-il qu'on le surprendrait ? Qui essayait-il d'impressionner ? Faisait-elle ça, elle aussi ? Douglas pêcha ensuite une paire de lunettes de soleil dans la coupe posée sur la commode et les glissa sur son nez.

– Classe, dit-il au miroir. Aujourd'hui, nous allons aborder le sujet de la gueule de bois.

Cherilyn se mit sur le flanc. Cala un oreiller entre ses cuisses.

– Hé, Cher. Désolé, hein, pour hier. Je sais que tu attendais de pied ferme cette aubergine. Je ne sais pas trop ce qui m'a pris.

– C'est pas grave. Je me suis fait des spaghettis. J'avais simplement envie de passer du temps avec toi. Qu'on parle un peu, toi et moi. Tu n'as pas l'impression qu'on ne se parle pas beaucoup, ces derniers temps ?

– On se parle tous les jours. Je me suis entièrement confié à toi la semaine dernière. (Il étudia son visage dans la glace.) Regarde, j'ai la lèvre toute gonflée à force de parler. J'arrive toujours pas à m'y faire.

– Tu dois avoir raison… Je sais plus trop quoi penser. J'ai juste l'impression qu'on a des choses à se dire. J'ai l'impression qu'on s'éloigne.

– C'est ma faute, dit Douglas. Mais je vois ce que tu veux dire. Il faut vraiment qu'on se parle. Je suis désolé. J'aurais dû rentrer à la maison, hier.

Pourquoi cette réponse la gêna-t-elle ?

Cherilyn se sentit immédiatement irritée par Douglas, mais sans avoir la moindre idée de pourquoi. Il se montrait gentil, se faisait des reproches alors qu'il n'avait rien fait de mal. Mais c'était peut-être ça, au fond. Et si c'était quelque chose qu'elle aurait fait, elle ? Ne pouvait-il pas la laisser se planter, pour une fois, s'éloigner, être en tort ? Est-ce qu'on n'avait pas tous le droit de se planter ?

– On parlera ce soir, dit-il. On discutera autour d'un bon plat d'aubergines. Mais là faut quand même que j'aille bosser.

– D'accord, fit Cherilyn.

Douglas se pencha vers le lit et lui posa un baiser sur le front. Il grogna comme si c'était un mouvement pénible pour quelqu'un dans son état et lui dit qu'il l'aimait. Quand il fut parti, Cherilyn roula sur le dos et s'abîma dans la contemplation du plafond. Elle procéda à l'examen de son corps : les pieds, OK, les mains, OK, la tête, OK.

Au bout d'un moment, Douglas revint en trombe dans la pièce. Il était hors d'haleine.

– On a un problème. J'ai pas de voiture.

Sur ces entrefaites, comme en réponse, on sonna à la porte.

– 15 –

« Debout au petit matin, prêt à trimer comme un chien »

« Up in the morning, work like a dog »

Pete n'atteignit finalement jamais son lit.

Il avait plongé dans le silence depuis qu'il avait aperçu Trina par la vitre et c'est tout juste s'il avait marmonné un « bonsoir » quand Tipsy avait déposé ses comparses avant de s'arrêter devant chez Pete, où il promit de revenir le chercher le lendemain matin. Pete le remercia et, titubant, nuque ployée, il entra chez lui. Ses chaussures valsèrent dans la buanderie et il alla directement sur le porche à l'arrière de la maison où Mayfly l'attendait, nez pressé contre la porte-moustiquaire. Mayfly était une bâtarde beige et blanc, croisement de labrador et de black mouth cur, cadeau d'un ami après la mort d'Anna. Elle était bonne fille, même si elle commençait à se faire vieille et n'avait jamais été une lumière. Mais c'était un profil tout à fait acceptable pour un compagnon domestique et Pete admirait sa nature simple. Mayfly se contentait de peu : il lui fallait à manger, à boire et qu'on lui jette de temps à autre la baballe afin qu'elle la ramène. Pete lui offrait tout cela et Mayfly, en retour, l'adorait – voilà à quoi tenait le grand plaisir égoïste d'avoir un chien.

Pete ouvrit légèrement la porte et se faufila sur la terrasse pour éviter que la chienne bondisse à l'intérieur.

– Je sais, je sais, dit-il, et il observa la boule d'énergie qui se dégoupillait.

Mayfly tournait en rond sur elle-même en frétillant de la queue, léchant allègrement les mains de Pete quand il voulut la caresser.

– Du calme.

C'est là où il voulait en venir quand il disait qu'elle n'était pas bien maligne. Ça se voyait qu'il lui avait manqué. Il savait qu'elle voulait qu'on la câline. Elle s'excitait tellement, dans ces cas-là, même après toutes ces années, à battre de la queue comme un poisson hors de l'eau sans se laisser attraper, qu'il était impossible de lui donner ce qu'elle attendait.

– Du calme, duuuu calme, dit-il, faisant claquer sa langue. Papa est là maintenant.

Pete lui tapota vigoureusement le flanc et lui frotta le dos, puis il se laissa tomber lourdement sur la chaise de jardin qui trônait, solitaire, sur son porche. Il contempla son jardinet. À la faible lueur du lumignon extérieur, il ne distinguait pas grand-chose sur la pelouse sombre, juste la silhouette du chêne planté près de la clôture, et Mayfly enfouit sa tête entre ses genoux. Pete inspira longuement. Les grenouilles chantaient. Les insectes s'en donnaient à cœur joie autour de l'ampoule. On lui faisait la fête. Il gratta Mayfly derrière les oreilles jusqu'à ce que, satisfaite, elle s'en aille chercher une vieille balle de tennis qu'elle vénérait. Un vieux machin tout marronnasse dont le caoutchouc était quasi à nu. Il avait maintes fois tenté de la remplacer par plus fringant, lui achetant des jouets élaborés qui couinaient, certains montant jusqu'à dix dollars et plus à la supérette, mais elle les éviscérait sur-le-champ afin de mettre fin au bruit. Plus le jouet coûtait cher, plus vite elle le mettait en pièces, apparemment. Ces jours-là quand, en rentrant chez lui, Pete trouvait Mayfly dans le jardin, la balle en caoutchouc ultra-moderne censée durer le temps d'une vie réduite en confettis entre ses pattes, comme après un accident d'avion, il disait :

– Tu sais, c'est pour ça qu'on n'a que des vieilleries.

Mayfly surgit de l'obscurité et vint déposer la balle aux pieds de Pete. Elle avait l'oreille baissée, la queue dressée comme si elle était gelée.

– Qu'est-ce qu'on va faire de toi, ma fille ?

Mayfly resta silencieuse. Pete se pencha pour ramasser la balle et faillit tomber. Il se renfonça dans son siège et la jeta puissamment en l'air ; la balle partit trop haut, en plein dans le plafonnier. L'applique éclata, une pluie de débris luminescents s'abattit sur le sol.

– Ouh là, gaffe. Y a du verre.

Et Pete s'endormit sur sa chaise.

Il se réveilla couvert de rosée, Mayfly sur les genoux. Avait-elle seulement bougé ? Allez savoir. Il balaya les éclats de verre, prit une douche, s'habilla et le souvenir de Trina se faufilant hors de cette maison lui revint comme un remords. Il dit ses prières matinales et fit ses pénitences, vingt pompes et trente abdos supplémentaires, pas le temps en revanche pour un jogging, un mal de tête familier mais pas insurmontable commençait à poindre. Pete alla à la cuisine se préparer un sandwich à l'omelette, avec sauce pimentée et mayo, et prit le téléphone. Il avait décidé d'appeler chez Lanny, voir s'il pouvait parler à Trina avant les cours. Il était contrarié de ne pas avoir son numéro de portable. S'il parvenait à la joindre suffisamment tôt, ils pourraient peut-être convenir d'un rendez-vous dans son bureau, et discuter. Il lui donnerait alors une chance de s'expliquer.

Lanny décrocha :

– Quoi, qu'est-ce j'ai gagné encore ?

– Bonjour, Lanny. Pete, à l'appareil.

– Merde. Ça fait déjà une semaine ?

– C'est pas pour la voiture que j'appelle. Trina est là ?

– Nan, l'est au bahut, j'l'ai déposée. Croyez vraiment que j'serais d'bout à une heure pareille sinon ?

– On est nombreux à être levés à cette heure. Il fait jour.

– À propos. Z'avez vu qu'y a comme un pète sur le capot à l'avant, hein ? C'est tout cabossé. Z'avez dû vous prendre un sacré dos-d'âne. Mon avis, vous d'viez rouler à toute blinde. Ou même sans phare, p'têt' bien.

Pete consulta l'horloge. 7 h 30. Il comprit que Lanny avait dû salement amocher son véhicule durant le peu de temps qu'il l'avait eu entre les mains, mais ce n'est pas ce qui le chiffonnait dans les paroles de Lanny.

– Il est pas un peu tôt pour aller en cours ? demanda Pete. La cloche ne sonne pas avant 8 heures.

– L'avait un truc à faire. Un devoir. M'a pris la tête toute la soirée avec ça.

– Bon, je vais essayer de la croiser au lycée, alors.

– Si vous la trouvez, fit Lanny, lui direz qu'elle m'doit dix billets.

Pete raccrocha et agrafa son col romain. Puis il but un verre de lait et sortit Mayfly pour lui donner sa pitance. Quand il rentra, Tipsy toquait à la porte. Pile à l'heure. Il lui ouvrit et ils échangèrent une poignée de main.

– On pourrait s'y habituer facilement, dit Pete.

– M'en parlez pas.

Ils montèrent dans la berline de Tipsy et parcoururent les quelques kilomètres les séparant du domicile de Douglas Hubbard. Pete ne l'avait jamais vu à la lumière du jour, du moins pas en sachant que c'était chez lui. C'était une maison style ranch, de plain-pied, comme la plupart des maisons du quartier, de la brique brune avec un étroit porche et un jardinet. Une jolie plate-bande d'azalées l'égayait, un peu de paillis traînait dans une jardinière et ce qui ressemblait à une dizaine de nichoirs à oiseaux étaient suspendus à l'avant-toit. On en apprenait beaucoup sur les gens en observant leur jardin et Pete se représenta Douglas et Cherilyn en train d'arracher les mauvaises herbes le week-end, s'adonnant à tout un tas de corvées, car pour avoir un joli jardin comme ça il fallait se retrousser les manches. Il voyait Cherilyn coiffée d'un chapeau pour se protéger du soleil, Douglas poussant une tondeuse à gazon. Pourquoi s'imaginait-il une tondeuse électrique ? Il n'aurait su dire. Douglas lui semblait être ce genre de type suffisamment ouvert au progrès, le genre à prendre en compte des sujets qui le dépassaient, comme l'environnement, la sauvegarde du littoral, les droits de l'homme et d'autres trucs évidents auxquels certains en ville ne semblaient guère accorder d'importance. Cette vision d'eux réunis dans ce partenariat conjugal, allez savoir pourquoi, lui fit aimer encore davantage les Hubbard.

Il resta dans la voiture pendant que Tipsy allait sonner à la porte. Douglas finit par émerger, l'air mal embouché. Il avait enfoncé sa casquette en tweed sur son crâne et chaussé des lunettes noires bon marché du genre qu'on vous donnait dans les stations-service. Il avait gardé sa sacoche à la main au lieu de la passer en bandoulière à l'épaule et, dans l'autre main, son étui à trombone semblait un fardeau inattendu. De loin, il paraissait livide, presque verdâtre, et se traîna péniblement jusqu'à la voiture. Pete sourit. Voilà qu'arrivait la version zombie de Douglas Hubbard, en route pour le lycée.

Douglas ouvrit la portière et prit place à l'arrière. Pete se pencha pour lui serrer la main.

– Pete Flynn, dit-il. Je crois qu'il se peut que vous ayez croisé mon double maléfique hier soir, Errol Flynn. Je m'excuse pour tout ce qu'il a pu dire, il a tendance à être un peu fanfaron.

– J'ai l'impression d'être aveugle, et Douglas désigna ses lunettes puis les souleva, révélant un œil en piteux état. Disons que pour des rois mages traversant le désert dans le noir, on n'est pas au point.

– Aïe aïe aïe. Comment vous vous êtes fait ça ?

– Je compte dire à mes élèves que je me suis abîmé les yeux en lisant leurs rédactions. En réalité, je crois que j'ai simplement oublié comment on faisait pour marcher.

Tipsy s'installa à la place du conducteur. Il ajusta son rétroviseur et leur sourit à tous deux.

– Ne vous en faites pas, messieurs. Douglas, je vais vous ramener à votre voiture. Mon père, on se met en route pour le presbytère. J'ai déjà déposé Hank. Chacun sera à son poste avant que la cloche sonne.

– Prenez votre temps, dit Douglas. Non, vraiment – et il laissa son regard vaquer au-dehors par la fenêtre.

Si ç'avait été un jour comme les autres, Douglas aurait été en pleine marche arrière devant chez lui, saluant au passage Dan Pitre de la main, qui, lui, aurait été en pyjama en train d'arroser son gazon. Il aurait klaxonné en passant devant Bill Kelly, assis sur son porche avec le journal. Fait un signe de tête en direction de Tanisha Summers promenant ses trois chiens racés. Mais Douglas ne croisa aucune de ces figures familières. Il aperçut Justin Ashbaugh en train de fixer un panier de basket au-dessus de la porte de son garage. Vit Lynn Thomas lancer des balles de golf dans une corbeille. Remy Esteve jongler avec des pommes. Au coin des rues Bertha et Jackson, Ben Shields tronçonnait minutieusement un arbre, faisant de la souche restante une sculpture, on eût dit un cochon, ou une vache. Dans la rue d'après, Willy Ennis tirait des flèches dans des balles de foin depuis son fauteuil roulant. Trois nouveaux panneaux À VENDRE avaient fait leur apparition rien que dans son quartier. Ceci n'était donc pas, Douglas ne pouvait l'ignorer, une journée comme les autres.

– Et comment se porte mademoiselle Cherilyn aujourd'hui ? demanda Tipsy.

– Elle profite de son absence de gueule de bois, je suppose.

– Hé, fit Pete qui se tourna vers Douglas. Je me demandais. Est-ce que ma nièce Trina a cours avec vous ?

– Moui, grogna Douglas. Je l'ai en première heure. Comment elle tient le coup, d'ailleurs ? J'arrive pas à savoir, avec elle.

– Elle déteste être ici. Mais comme elle déteste tout, c'est dur de juger. Elle a pas eu la vie facile, faut dire.

– Elle habite avec son père ? Sur la route 61 ?

– Ouais. Ça fait partie du problème, ça va sans dire. Il m'a l'air de tremper dans de sales affaires.

– C'est ce que j'ai entendu dire, répondit Douglas. Quel dommage ! C'était un chanteur démentiel.

– Qui ça ? Lanny ?

– Oh mon Dieu, oui. J'étais avec lui à l'école. On allait à la chorale ensemble. Tous les solos étaient pour lui. Il avait cette voix de fausset, aucun autre môme pouvait rivaliser avec ça. Mais après ç'a été le lycée et j'imagine qu'il s'est lassé de traîner avec les enfants de chœur et il a pris la direction opposée. Il a eu un groupe de rock pendant un moment, je me souviens, les Broken Clocks, ou un truc dans ce goût-là. Ça fait une paye que je ne l'ai plus vu mais, quand on était jeunes, il avait une voix qui tirait des larmes aux parents.

– Je n'en savais rien, dit Pete. On n'a jamais été proches. Il a épousé ma sœur, mais on n'était pas très proches non plus.

– J'en suis désolé aussi.

Douglas se rencogna sur la banquette. Il soupira, comme si cela lui demandait un effort surhumain de parler dans son état.

– C'est sympa de votre part de l'aider, cela dit, Pete. Je parle de Trina. On pense tous ça, au lycée. Vous êtes quelqu'un de bien, au-delà du fait d'être prêtre.

– Je souscris entièrement à ces propos, ajouta Tipsy.

– Parfois je me demande, fit Pete. Je déteste voir les gens si malheureux.

– Hé, dit Douglas, si vous pouviez réussir à lui faire faire ses devoirs, vous me faciliteriez grandement la vie. J'aurais trop peur si je devais refuser de lui valider son année. Elle a un regard qui peut être assez flippant. Le prenez pas mal.

– Je ne le prends pas mal. Croyez-moi. Je connais ce regard. Ça ne vous gêne pas, si je passe pendant votre cours ? Je voudrais juste lui toucher un mot.

– Pas de souci.

Douglas ferma les yeux.

– Un élève en moins sur qui vomir.

– Elle est montée dans ma voiture, hier, vous savez, intervint Tipsy. Je l'ai déposée chez sa mère.

– Qui ça ? dit Douglas.

– Votre épouse. Elle avait l'air de cuire dans la rue, donc je l'ai recueillie. Une femme si sympathique. Elle va bien ? Elle semblait un peu accablée par la chaleur.

– Elle l'est. Sympathique, je veux dire. Et oui, ça va. Merci pour ce que vous avez fait.

– À votre service, dit Tipsy.

Douglas n'en dit rien, mais la nouvelle lui déplut.

Cherilyn était montée dans cette même voiture la veille et il n'en savait rien ? Cela lui faisait tout drôle. Il n'y avait pas là de quoi faire une crise de jalousie ni se fâcher, bien sûr, Douglas n'était pas fou, mais cela lui faisait un drôle d'effet, ces petites poches de vie qu'on ne voyait pas chez les autres. Où s'était-elle assise ? À l'avant ? À l'arrière ? Il savait que Cherilyn faisait des choses sans lui, évidemment, tout comme il faisait des choses sans elle. Elle passait à peu près la moitié de la journée sans lui, il se représentait cette moitié emplie par ses activités artistiques et ses amitiés. Il la voyait penchée sur son travail, allant donner un coup de main à droite à gauche pour des boulots occasionnels, papotant avec une copine au téléphone, aidant sa mère. Ce qui le frappait soudain, c'est qu'il avait toujours eu le sentiment qu'il savait où elle se trouvait physiquement parlant quand il la quittait, et c'étaient toujours des espaces limités. Elle lui apparut à la table du petit déjeuner ou au volant de son Outback, à l'épicerie, dans la maison de sa mère sentant le renfermé, tous ces endroits où lui aussi était allé. Apprenant que Cherilyn était allée dans un nouvel endroit sans lui, cette berline étincelante à la clim confortable, il ressentit l'étrange besoin de lui parler de l'appartement de Geoffrey, à son tour, où il s'était rendu sans elle la semaine passée.

– Voulez-vous jeter un œil ? dit Tipsy. Ne serait-ce pas Jud Chaney en smoking ?

Douglas regarda au-dehors et, de fait, Jud Chaney, un opérateur de transpalette de cent quarante kilos, se baladait en costard et nœud papillon. Il avait peigné sa longue barbe, s'était payé une coupe. Douglas le vit se pencher pour cueillir une fleur dans un pot et la glisser à sa boutonnière.

La vision lui donna un haut-le-cœur.

Quelle prédiction improbable avait-il bien pu recevoir ? Magnat du pétrole ? Espion de classe internationale ? Qu'est-ce qui avait bien pu changer pour Jud Chaney ? Et pourquoi chez DNAmix n'avait-on rien de nouveau en rayon pour lui ? L'injustice le mit hors de lui. Quelle opportunité ridicule pouvait pousser un homme à se retrouver en smoking avant 8 heures du matin ? Douglas espéra secrètement que, quel que soit le projet, il était voué à l'échec, que Jud se planterait dans cette nouvelle quête, et cette nouvelle version d'un Douglas pessimiste et aigri ne lui plut pas. L'esprit chagrin, il repensa à sa propre prédiction, et à celle de Cherilyn, et à la manière d'aborder le sujet avec elle. En lieu et place de la gracieuse conversation qu'il avait envisagée la veille, il songeait maintenant à des arguments logiques imparables. Il réfléchit au moyen de *ne pas* lui avouer le contenu de sa prédiction. En d'autres termes, il réfléchit au moyen de lui mentir, et répéta des répliques dans sa tête, comme *tu pourrais peut-être goûter à la grandeur, Cher, à la royauté, sans que ce soit ou tout noir, ou tout blanc ?* Comme *ça vaudrait sans doute la peine qu'on prenne en compte cette vision, qu'on y rêve un peu, mais elle n'est en rien vraie, d'ailleurs les choses ne sont jamais « vraies » en soi, parce que ces prédictions ne sont pas exactes.* C'était un jeu sans importance, un passe-temps qu'on leur proposait chez Johnson's, et rien d'autre, en convenait-elle ? *Sinon on en entendrait parler aux infos, tu ne crois pas, si c'était vrai ? On verrait ça ailleurs qu'à Deerfield, non ? À New York. À Los Angeles. Le monde entier n'aurait que ça à la bouche.* Et donc, *peut-être pourrait-on reprendre le cours normal de nos vies, on s'en souviendrait comme d'un truc intéressant qu'on avait tenté un jour, une histoire qu'on s'était racontée l'espace d'un instant, hein, Cher ? Un temps pendant lequel on avait cru qu'on pouvait être quelqu'un d'autre ? On peut en parler. On peut en rire.* Parce que ce n'est pas ainsi qu'on envisage la vie, pas vrai ? L'idée qu'une machine ait quelque chose à nous dire à propos de notre destin ? Que la vie qu'on s'est choisie, qu'ils s'étaient choisie ensemble, puisse être une erreur ? Puisse être une déception ? Que c'était triste, d'envisager ça. *Je t'aime pour ce que tu es*, lui dirait-il. *Aucun bout de papier ne pourra me faire penser que nous ne sommes pas faits l'un pour l'autre. Je me fiche de ce qui y est écrit.*

Le sujet, dans son cerveau qui fusait, fut vite clos : il réglerait son compte à la machine le soir même.

Tipsy tourna devant Getwell's. Il stationna juste à côté de l'Outback de Cherilyn, Douglas attrapa son étui, sa sacoche et le remercia. Puis il jeta un œil de l'autre côté de la rue à la station-essence où il vit Deuce Newman faire le plein de son pick-up ridicule avec ses roues disproportionnées, et le fait que Deuce fasse partie des premières personnes qu'il vît en cette journée pourrie n'avait rien d'anodin à ses yeux. Malgré tout, il était déterminé à reprendre le cours normal de sa vie. Tous ses arguments étaient fin prêts dans sa tête.

DNAmix et sa machine à pognon. Il allait casser le mythe. Le réduire en morceaux.

Tipsy fit descendre sa vitre et lui tendit la main.

Il tenait un bout de papier bleu.

– Hé, Hubbard, avant de filer, laissez-moi vous donner ma carte.

– 16 –

« Mon portrait affiché bien haut »

« My picture in a picture show »

Un seul « like » sur vingt followers ?

Un tel sommet d'antipathie était rare. Ce n'était pas tant le faible nombre d'abonnés qui avait surpris Jacob : le fait que Trina cultive une liste si incroyablement réduite était logique. Elle était incontestablement cruelle, et refuser les demandes d'abonnement sur les réseaux sociaux était une façon hyper efficace de se montrer cruelle. Même pas besoin d'enfiler une fringue. Mais qu'un seul parmi les vingt ait « liké » ? La majorité des gens appuyait sur « Like » par quasi-réflexe, pour voir le cœur se remplir de rouge, pour combler le vide, en déroulant leur fil d'actualités. Jacob faisait partie de ces vingt abonnés, mais pour sa part, il était clair qu'il n'y avait là rien qu'il puisse « liker ». Il haïssait surtout son expression, il avait l'air effrayé par ce baiser, les yeux douloureusement plissés comme s'il croquait dans un citron. On apercevait la main de Trina dans sa nuque, on voyait qu'elle l'attirait à elle. C'était évident. Elle le dominait de la langue, sans doute y avait-il tout un tas de cinglés sur Internet pour trouver ça sexy, mais lui n'y voyait rien d'attrayant. Le pire étant, à ses yeux, que le seul « like » obtenu fût venu de Deuce Newman.

Pourquoi Trina l'avait-elle autorisé à s'abonner à son compte, parmi vingt malheureux élus ? Cette pensée le rendait malade. Jacob avait une fois reçu une demande de Deuce sur Instagram, il y avait des mois de cela, comme tout un chacun à Deerfield, au prétexte que Deuce essayait de réunir des photos dans l'optique de son projet. Mais personne, parmi les moins de trente ans, n'avait accepté. Jacob en était certain. C'était une vaste blague.

Jacob ferma l'appli d'un geste et rempocha son portable.

Il était de nouveau face au miroir, dans les toilettes des garçons, vérifiant son visage avant la première heure de cours, comme chaque matin. Il ouvrit le robinet, se lava les mains et le bruit d'une chasse d'eau lui parvint depuis la cabine derrière lui. Rusty Bodell déverrouilla la porte et sortit. Il remonta son Dickies, rajusta son col et vint se poster près de Jacob aux lavabos. Il posa un objet métallique de la taille d'un palet de hockey sur la tablette sous le miroir. Sans doute une boîte de tabac à mâcher, supposa Jacob, du Grizzly ou du Skoal. Sauf que c'était un gel pour les cheveux, baptisé « crème coiffante Look Ki Pik ». Le nouveau style capillaire de Rusty nécessitait quelques réglages, apparemment. Jacob l'observa se rincer les mains avant de sortir de sa poche un flacon d'eau de toilette. Il s'en tamponna les poignets à plusieurs reprises et les frotta l'un contre l'autre comme s'il malaxait une pâte.

– Je te le dis, moi, mon gars, fit Rusty en portant ses poignets à ses oreilles. Ce week-end, les affaires vont cartonner. On va recevoir des *p'tits lots* de partout, si tu vois ce que je veux dire.

Jacob le considéra un instant. Il connaissait Rusty pratiquement depuis toujours, mais n'avait pas eu la moindre conversation sensée avec lui depuis leur dernière partie de Pokémon en primaire. Rusty combattait avec un deck tout fait qu'il avait acheté le jour même, et Jacob lui avait fait mordre la poussière avec l'un de ses plus faibles decks faits maison, composé d'énergies de Plantes et d'Eau – un comble. Pas la moindre carte EX. Jacob avait fait profil bas. Rusty affrontait plus fort que lui, comme la plupart des gamins face à Jacob. Pour l'heure, il avait l'air complètement à la masse, à se bichonner comme ça, avec ses baskets rutilantes.

– Pour être franc, Rusty, je n'ai pas la moindre idée de ce dont tu parles.

Rusty se passa les doigts sur les sourcils pour les assagir et vérifia qu'il ne restait rien de coincé entre ses dents.

– Je parle des filles. Des jolis p'tits lots par milliers ! Le défilé va commencer dès ce soir, avec le bicentenaire, mon gars. On va crouler sous les mamelles, toutes les filles de pêcheur de crevettes de Louisiane seront là, ce soir. Et tu sais ce qu'elles font dans les bayous, les filles de pêcheur, Jay ? Elles pensent plus aux crevettes, j'te l'dis. Elles pensent à se tirer de ce putain de marais et à rencontrer des mecs que leurs pères connaissent pas. Et ce week-end, devine qui va les réceptionner ?

Jacob fit mine de ne pas savoir.

– Qui ?

Rusty pointa les deux pouces vers sa poitrine.

– Ce gars-là.

– Rusty, je peux te poser une question sérieuse ? Qu'est-ce qui tourne pas rond, chez toi ?

– Rien. Je me prépare à vivre ma meilleure vie.

– Je t'ai vu chialer parce que t'avais pas réussi à avoir un billet pour l'avant-première de *Rogue One*, dit Jacob. Je t'ai vu t'enfiler un seau entier de croquettes au fromage tout en rédigeant une fanfiction de *Firefly*. Je voudrais pas te vexer mais qu'est-ce qui te fait croire qu'une personne de sexe féminin pourrait t'autoriser à s'approcher de son enveloppe charnelle ?

Rusty se tourna vers lui.

– Je préférerais que tu évites de me juger.

Il plongea la main dans sa poche et en tira un papier bleu.

– Lis ça, et pleure.

Il tendit la feuille à Jacob, qui y lut :

« Rusty Bodell. Poids potentiel : 200 kg.

Potentiel dans la vie : **AMANT**. »

– Mais c'est carrément dément, dit Jacob.

– Vas-y, marre-toi tant que tu veux. La science, c'est imparable. Sans compter, chuchota-t-il, que c'est carrément logique.

Il fit un clin d'œil à Jacob.

– C'est vrai, quoi, je suis monté comme un baudet, moi. Je vais les noyer sous le jet.

– Je te remercie pour la vision d'horreur. Mais ce qui est dément, c'est ton nom. Rusty Bodell. T'es roux et on t'a donné un prénom de roux à la naissance ? Avant même de savoir comment seraient tes cheveux ? C'est une coïncidence tellement chelou.

– C'est pas mon prénom officiel, mais la machine sait des choses, mon gars. Elle va au-delà et plus loin encore.

Il pivota vers le miroir et sortit un peigne de la poche arrière de son pantalon.

– Tu sais, Jay, je m'attendais à plus d'ouverture d'esprit de la part d'un gars futé comme toi. Va consulter la machine et tu verras bien.

– Et qu'est-ce que je verrai, Rusty ? Suis-je censé être une star du porno ?

– J'en sais rien, moi, merde. Et toi non plus d'ailleurs. C'est le principe. Mais ce sera mieux que le bahut. Ça, je le sais. Maintenant, rends-moi service, tu veux, et passe-moi mon gel.

Jacob obtempéra en grimaçant.

– Je te soutiens à mille pour cent dans ton projet d'éclater tes records sexuels. C'était juste pour info. Allez, bonne chance.

– J'en ai pas besoin, fit Rusty. C'est dans mes gènes. C'est gravé dans les étoiles. C'est comme si une grande banderole au paradis proclamait RUSTY VA TOUTES SE LES FAIRE. C'est mérité.

Jacob allait franchir le seuil de la pièce quand il aperçut le coin gauche au plafond, au-dessus de la porte d'entrée. Dans sa poitrine, un pincement lui serra le cœur, un frisson enflammé courut sur sa nuque. Il y avait désormais trois chiffres inscrits, là où la veille tout était blanc. C'était là que Trina lui avait dit de guetter le moment de passer à l'action, et il ne pouvait pas faire semblant de n'avoir rien vu. 687. Il reconnut le numéro aussitôt, c'était celui de son casier.

Il s'engagea dans le couloir. Vérifia son téléphone : il lui restait cinq minutes avant que le cours démarre. Il se rendit devant son casier et l'étudia avec soin. Il paraissait semblable à tous les autres, peinture métallique beige, cadenas à code, serrure pour les inspections générales de l'administration. Deerfield n'était pas encore le genre d'endroit où les élèves devaient porter des sacs transparents ou utiliser des stylos à l'épreuve des balles. La tendance, de l'avis de Jacob, aurait plutôt été à essayer d'équiper les profs avec des armes automatiques et des lance-roquettes, ou d'autres engins arriérés, mais ils commençaient tout de même à prendre en compte les risques, comme de juste. C'est pour cela que la principale faisait des rondes quotidiennes dans les couloirs, on l'entendait claquer les portes des casiers au hasard dans quelque salle qu'on se trouve. Par conséquent, les gamins, pas bêtes, avaient reporté tous leurs petits secrets dans leurs téléphones, et planqué leurs joints d'herbe et leurs clopes électroniques dans leurs chaussures.

Le seul casier autorisé à différer quelque peu des autres était celui situé juste en dessous du sien. Ç'avait été le casier de Toby et l'école en avait fait une stèle commémorative. Ses camarades l'avaient couvert de cartes, de croix et de rubans. On aurait pu croiser un truc comme ça au bord de la route, existant à seule fin de proclamer *Quelqu'un est mort ici.* En le voyant, Jacob avait cru défaillir, quand il était retourné en cours après l'enterrement de Toby. Ce jour-là, il était arrivé devant son casier et avait trouvé Trina qui l'y attendait. Elle l'avait toisé, avait baissé les yeux sur le mémorial improvisé puis :

– Rien ne va, là-dedans, Jacob. Il faut qu'ils le comprennent. Il faut qu'on leur montre.

Jacob était si dévasté par sa peine qu'il n'avait pas su répondre et avait simplement quitté le bâtiment ; son père était toujours sur le parking, comme s'il avait prévu le coup.

– On réessaiera demain, p'tit gars. L'école va pas s'envoler.

Jacob songea bien à démonter tout ce bazar, comme il avait voulu le faire chaque matin depuis lors, juste pour effacer ce sinistre rappel, mais il n'en fit rien. Au lieu de quoi, il regarda par la fente de son casier s'il n'y avait pas un mot à l'intérieur, de la part de Trina, mais il ne vit rien. Il fit son code et l'ouvrit, dedans l'attendait un sac de sport bleu qui n'était certainement pas à lui.

Il regarda autour de lui avant de le soupeser précautionneusement. Ç'avait dû être déposé par Trina, qui d'autre ? Mais comment ? Lui avait-il confié son code ? Non. Le sac était léger, vide sans doute, et il en fut soulagé. À quoi s'attendait-il, de toute façon ? À un flingue ? Elle n'était tout de même pas si déterminée. Et pourtant il ne l'avait pas arrêtée quand elle avait évoqué les armes, la veille. Pourquoi ? Et pourquoi lui avait-il donné les plans ? À quoi pensait-il ? Qui était-il ? Pourquoi fallait-il qu'il fasse sans cesse des erreurs ? Il attrapa le sac et, d'un geste lent, ouvrit la fermeture à glissière. Il y plongea la main mais ne trouva rien. Ça suffisait comme ça, estima-t-il, et il envoya valser le sac dans son casier, claqua la porte et remit le cadenas.

Il se dirigea ensuite vers sa salle de cours où il s'imaginait Trina le dévisageant fixement, au lieu de quoi il trouva M. Hubbard à son bureau, les pieds juchés sur la poubelle. Il portait des lunettes de soleil et semblait assoupi.

– Bonjour, fit Jacob.

– Déjà ? dit M. Hubbard sans bouger d'un cil.

Jacob passa devant la place de Trina, vide. Son absence le perturba. Elle arrivait souvent en retard mais Jacob eut l'étrange pressentiment qu'elle ne viendrait pas aujourd'hui, qu'elle ne reviendrait peut-être jamais, et comment le prendrait-il ? Il s'assit et sortit son cahier.

Quelques minutes passèrent et M. Hubbard se redressa sur sa chaise.

– Bonjour à tous, dit-il. Aujourd'hui, nous allons parler de la destinée. Et nous évoquerons également le sujet du foutage de gueule. Nous en tirerons sans conteste des conclusions on ne peut plus logiques pour réussir à les distinguer l'une de l'autre.

Jacob jeta un regard circulaire, ses voisins riaient sous cape en roulant des yeux outranciers. C'était indéniablement le premier gros mot qui soit jamais sorti de la bouche de M. Hubbard, ou d'un quelconque prof à Deerfield, et ils ne savaient pas trop sur quel pied danser. Jacob non plus ne savait pas trop quelle conduite adopter avec les adultes en général, depuis quelque temps. Son père, Deuce et maintenant M. Hubbard, tous ces adultes à l'air de parfaits crétins. Il repensa à la veille au soir, il avait entendu son père rentrer bien après minuit, chantant une chanson apparemment nommée *Je suis un vieux cow-boy du Rio Grande*, avant de fourrager dans les placards et dans le salon. Ses santiags avaient résonné sur le carrelage, des portes de placard avaient été ouvertes puis fermées. À un moment donné, il y eut des bris de verre. Son père était fin bourré, c'était clair, et Jacob partit en cours sans même l'avoir vu.

– Vous allez bien, monsieur Hubbard ? demanda Becca. Vous avez l'air un peu différent, aujourd'hui.

M. Hubbard se leva de son bureau. Il ôta ses lunettes noires, révélant un vilain œil au beurre noir.

– Je suis content que tu poses la question, Becca. Parce que, vois-tu, de fait je me sens différent aujourd'hui. Mais nous sommes tous censés être différents ces jours-ci, n'est-ce pas ? Prenez Rusty Casanova, là, dans le coin, nom d'un chien. Regardez Heddy qui essaie de nous faire un cygne avec une fiche bristol. Heddy ? Chapeau, j'arrive presque à reconnaître le long cou. Je te félicite de répondre à l'appel de ta destinée. Je parie que chacun d'entre vous, ici, s'est mis à faire des tas de nouvelles choses épatantes. Allez, dites-moi. Qui, ici, se sent différent ce matin ?

Quelques mains se levèrent.

Dans sa poche, Jacob sentit son téléphone vibrer.

– Voici ce qu'on va faire, dit M. Hubbard. Je veux que tous ceux qui se sentent différents aujourd'hui me sortent la prédiction que leur a donnée cette machine DNAmix. Nous allons procéder à une expérience. Si vous avez fait le test, sortez-le.

Certains des élèves se mirent à chercher dans leurs poches et leurs sacs à dos, visiblement trop apeurés par cette nouvelle version de M. Hubbard pour lui demander ce qui était arrivé à son œil, et Jacob attrapa son téléphone. Il avait reçu un texto de Trina, auquel était jointe une vidéo.

Il passa en mode silencieux et la démarra. Son cœur se serra.

Sur la vidéo, on le voyait, quelques instants auparavant, devant son casier. Jacob se vit en extraire le sac de sport bleu et le fouiller. Il se vit regarder aux quatre coins du couloir, une scène qui lui donna des frissons. On aurait dit des images de vidéosurveillance ou une caméra cachée, peut-être dans le plafond, à travers une grille d'aération. Y avait-il une caméra planquée là-haut ? Et comment Trina y aurait-elle eu accès ?

Jacob leva les yeux au plafond.

Merde alors, et si Trina se baladait dans les conduits d'aération ?

Sous la vidéo, un message s'afficha.

À poster sur Instagram ? À toi de me dire.

Jacob rangea son portable. Il sentit une goutte de sueur rouler le long de ses côtes. Il eut un flash, comprit soudain que tout ce qu'il avait cru au sujet de Trina était faux. Que ce qui la reliait à lui n'était pas un lien qu'elle comptait renforcer, mais un lien qu'elle comptait exploiter. Mais dans quel but ? Dans sa poitrine, son pouls était déchaîné ; Jacob s'efforça de se calmer, essayant de réfléchir, de respirer un bon coup et de se concentrer sur ce qu'il avait sous les yeux.

Il observa M. Hubbard arracher un petit papier bleu à l'un des élèves et le brandir bien haut.

– Voyons voir, dit M. Hubbard, qu'avons-nous là ?

– 17 –

« Dans la cuisine des mouches volent, le *bzz* de leur course m'affole »

« There's flies in the kitchen,
I can hear them a-buzzin' »

Cherilyn crut voir une ombre passer devant sa fenêtre.

Elle rêvassait, appuyée contre l'évier de la cuisine, écoutant le gargouillis irrégulier de sa cafetière, entrecoupé d'un hoquet occasionnel, les yeux rivés sur ses mains agrippées au bord du comptoir. Elle étudia les diverses veines, rides et taches de vieillesse, la façon dont son doigt avait gonflé autour de son alliance. Elles commençaient à ressembler aux mains de sa mère, des mains de femme âgée, et Cherilyn songea combien il était curieux de se pencher un jour sur ses mains et d'être frappée par l'évidence : non mais, ce ne sont pas du tout mes mains. À qui sont ces mains ? La pièce s'assombrit, comme sous l'effet d'une éclipse inopinée, et elle perçut le fracas de la camionnette avant de la voir débouler. Cela lui remua les entrailles, ce bruit de moteur devant chez elle, puis il s'éteignit.

Cherilyn jeta un œil dehors, Bruce Newman ouvrit la portière et s'extirpa de son véhicule. La panique s'empara d'elle aussitôt. Qu'est-ce qu'il pouvait bien fabriquer par ici ? Quelle raison aurait-on de venir si tôt chez elle ? Cherilyn recevait des visites, en journée, bien sûr. Des amis passaient pour un brin de causette, des voisins venaient demander si elle avait vu leur chien ou leurs enfants, le facteur glissait des enveloppes sous la porte, mais là, il était à peine 9 heures. Elle était encore en peignoir. Ne portait même pas de soutien-gorge.

Elle resserra la ceinture de sa robe de chambre et alla en chercher un dans la buanderie. Elle fit chou blanc. Sans même s'en rendre compte, elle se retrouva à contempler son reflet dans le miroir près du portemanteau. C'était automatique. Elle pressa ses paumes contre son visage, fronça le nez et lissa ses cheveux sur sa nuque. Son apparence la décevait. Plus décevant encore, le fait de ressentir de la déception la décevait. Elle n'aurait pas dû se soucier de ce dont elle avait l'air devant Bruce Newman. Évidemment que non. Mais elle s'en souciait, étrangement, à cause de lui.

Parmi tous les petits secrets éventés de la ville, le béguin de Deuce pour Cherilyn était l'un des plus mal gardés, et elle était au courant. Bien des femmes étaient jalouses, avait-elle entendu dire un jour, qu'elle ait autant d'importance à ses yeux. Deuce ferait un compagnon acceptable, sans doute, elle en convenait. Il était plein d'un bon sens pragmatique, il était ambitieux, savait se servir d'un outil, d'un ordi et manier son appareil photo, bref : un type qui savait y faire dans une maison. Il n'était pas nécessairement séduisant, mais il avait une carrure qui plaisait à ces dames. Son côté ours mal léché n'était pas dénué d'attrait. C'est vrai, quoi, elle connaissait plein de femmes qui avaient choisi bien pire. Et, pour cette raison, Cherilyn se sentait tenue de se présenter sous son meilleur jour à Deuce. Cela faisait des années que ça durait, comme avec un disciple fervent, qu'il importerait de ne pas décevoir, et elle n'en était pas fière. Cela la faisait se sentir un peu vaine, un peu fourbe aux entournures, mais cela lui donnait également une sensation de pouvoir, bien qu'elle n'aimât pas l'admettre. Elle appréciait le regard que Bruce posait sur elle. Évidemment ! C'était agréable de se sentir désirable, non ?

C'était délectable de se sentir désirée, même si elle n'attendait rien en retour.

Et donc, chaque fois que Douglas et elle sortaient le soir, pour une fête ou un événement officiel où elle savait pouvoir croiser Bruce, Cherilyn passait un peu plus de temps devant la glace, un peu plus de temps à fouiller dans ses placards. Et curieusement, elle y trouvait son compte. Elle pouvait sortir sans maquillage, se trimballer en ville avec un sac de courses et un legging, et Douglas était toujours fou d'elle. Elle le savait. Il était inébranlable. Mais avec Bruce, aussi mesquine que soit sa motivation, Cherilyn voulait faire de l'effet. Elle avait conscience que ce n'était pas là sa première qualité.

Elle espérait pouvoir aller se changer dans sa chambre, mais avant qu'elle ait pu franchir le couloir, Deuce s'encadra dans la porte vitrée donnant sur le garage. Improbable mais vrai, il était sur son trente-et-un, dans un costume mal coupé tombant comme un sac, et se contemplait dans la vitre. Il l'aperçut et lui sourit.

Cherilyn porta la main au revers de son peignoir et s'avança. Elle lui ouvrit de la main gauche, plaquant le tissu contre sa poitrine de l'autre.

– Bruce, tu t'es perdu ou quoi ? Il est 9 heures du matin.

– Tu me connais. Je ne me perds jamais.

Cherilyn secoua la tête et s'efforça d'avoir l'air perturbée. Il n'avait rien à faire là et le savait pertinemment, aucun doute.

– Bah alors, que se passe-t-il ? dit-elle en désignant sa tenue du menton. Quelqu'un est mort ?

Deuce regarda son costume. Il tira sur les manches comme s'il avait voulu les rallonger.

– Non. J'ai des rendez-vous importants aujourd'hui, c'est tout. J'essaie de me montrer sous mon meilleur jour. T'en dis quoi ?

– Aucun de ces rendez-vous n'a lieu dans mon garage, si ?

– Non. Non, bien sûr.

– Alors, que puis-je faire pour toi ?

– Oh, fit Deuce en reculant d'un pas.

Il porta la main à son côté gauche comme si une flèche l'avait atteint en plein cœur. Et sourit.

– Ne me demande pas ça. Je t'en prie, tu sais qu'il ne faut pas me demander ça.

– Bruce. Tu sais très bien ce que j'entends par là. Qu'est-ce que tu fais ici ?

– Je ne suis peut-être pas venu pour toi, madame Je-sais-tout ? C'est peut-être Douglas que je cherche. Il est là ?

– Non. Il est au travail. On est en semaine.

Deuce jeta un regard à la voiture de Douglas.

– Dans ce cas il y est allé comment ? Sa bagnole est ici et la tienne est chez Getwell's.

– Sa voiture est morte. C'est une longue histoire. C'est vraiment pour ça que t'es venu ?

– Je l'ai croisé hier, tu sais. Il avait l'air d'en tenir une bonne.

– C'est un adulte. Ils sont allés boire des coups, avec Geoffrey.

– Geoffrey ? C'est ce qu'il t'a dit ?

Cherilyn plissa les yeux d'une manière qui en trahissait trop. Bruce n'avait pas à savoir à quoi Douglas consacrait ses soirées mais lui avait-il menti ? Pourquoi aurait-il fait ça ? L'idée était si farfelue qu'elle eut du mal à se rappeler la dernière fois qu'elle s'était posé cette question. Dans ses cauchemars, principalement, des rêves dans lesquels Douglas lui cachait quelque chose, ne faisait pas attention à elle ou en aimait une autre. Des versions de sa vie terribles, dans lesquelles Douglas se fichait complètement d'elle.

– Bref, peu importe, dit-elle. Il n'est pas là pour l'instant.

– C'est pas cool, ça. Je voulais lui proposer de le déposer pour qu'il récupère l'Outback. J'aurais eu besoin de lui toucher deux mots pendant le trajet. Mais puisqu'il est pas là, je peux peut-être t'embarquer à la place ?

– C'est soit très chevaleresque, soit complètement déplacé. Je n'ai pas besoin qu'on me dépose.

Elle pointa du doigt la voiture de Douglas, une Honda Accord bleue vieille de dix ans.

– En revanche, si tu réussissais à démarrer celle-là…

– Cherilyn Mae Fuller. Êtes-vous en train de me faire le coup de la panne dans votre propre garage ?

Elle soupira.

– Tu peux t'en charger ou pas ?

– Je peux. Tu veux regarder ?

– Non. Je voudrais aller m'habiller. Tu me démarres cette voiture et moi, je te démarre la cafetière ?

– Marché conclu.

Cherilyn referma la porte et regagna sa chambre. Et comme c'était invariablement le cas depuis qu'elle avait reçu cette prédiction, son esprit se mit à divaguer de façon inquiétante. Son destin était peut-être bien d'accéder au trône, d'être un objet de convoitise. Elle avait quelqu'un chez elle, en cet instant même, qui aurait donné cher pour l'avoir, après tout. Que ferait une reine, à sa place ? Abuserait-elle de son pouvoir ? Que pourrait-elle obtenir de lui, si elle lui demandait ?

Dans sa salle de bains, elle se planta face au miroir. Rejeta sa chevelure en arrière comme Susan d'Oman et laissa tomber son peignoir à ses pieds. Elle se contempla, contempla son corps, et ce n'était pas si mal, loin de là. Elle sentit la fraîche caresse de l'air climatisé dans son dos, sur sa poitrine et ses cuisses nues, mais n'en resta pas moins incroyablement tiède, comme si la chaleur émanait d'elle, comme si le pouvoir de ses formes corporelles rayonnait, et elle s'appuya contre le mur. Il était froid, contre sa peau, et elle posa également ses paumes contre le mur. Écarta les doigts. Puis elle pivota la tête sur le côté et ferma les paupières, se préparant, mais à quoi ? À quoi ?

Cherilyn enfila ensuite un soutien-gorge et un tee-shirt, un short, et ne fit aucun autre effort intentionnellement. Ce serait sa punition pour s'être pointé à l'improviste. Elle ne ferait rien pour lui. Quand elle retourna à la cuisine, elle jeta un œil à l'extérieur : la camionnette de Bruce était garée devant le garage, moteur ronflant. Elle occultait tout son champ de vision. Les deux moteurs dans le garage tournaient de concert, c'était étrange. Est-ce à cela que ressemblerait son foyer si elle avait épousé Bruce Newman ? Un énorme véhicule étincelant devant sa porte, à défaut d'autre chose ?

Si Cherilyn avait résolu d'accepter sa proposition bien des années plus tôt, celle à laquelle elle repensait parfois, en serait-elle là ? Le soir où il l'avait coincée en tête à tête dans le hall du gymnase et lui avait donné la clé de chez lui. Il pleurait presque, dans son aveu débile, et avait dit :

– Quand tu veux. Je le pense sincèrement. Maintenant, ou dans cinquante ans, même si on n'est plus que des sacs d'os. Si un changement survient, voilà. Elle est pour toi. Tu la gardes. Tu sais où me trouver.

– Oh, Bruce, avait-elle dit.

– Tu ferais de ma maison un royaume.

Bon, pour être honnête, Cherilyn ne se souvenait pas s'il avait vraiment prononcé cette dernière phrase ou si c'était apparu sous l'influence de ses nouvelles préoccupations, mais toujours est-il qu'elle avait gardé la clé, parmi d'autres objets qu'elle regardait rarement, enfouie dans une boîte au fond d'un tiroir. Un bracelet datant du lycée. Un pendentif avec la photo de sa copine Jennifer, qui était morte depuis des années. La souche du billet d'entrée pour *Les Misérables*, qu'ils avaient vu avec Douglas à l'époque où elle s'était juré de consacrer davantage de temps à ses passions. Une petite boîte de bricoles, comme Douglas en avait lui aussi une, fermée à clé, dans l'armoire. Ils étaient des gens, pas uniquement des époux, et les gens ont des secrets.

Deuce fit son apparition dans la cuisine, l'air affligé.

– Que je comprenne, quel genre d'homme faut-il être pour ne pas avoir une paire de câbles dans son coffre ? J'ai cherché partout. J'ai dû utiliser les miens.

– Viens, entre. Assieds-toi. Tu prends du sucre ou de la crème ?

– Aucun des deux. Je le prends *au naturel**.

Deuce retira sa veste et la secoua, avant de la placer sur le dossier de la chaise.

– Est-ce qu'il sait seulement réparer un pneu crevé ? Je n'ai pas vu le moindre outil, là-dedans.

– On a Triple A.

– T'appelles Triple A pour te changer une roue ? Mais qu'est-ce qui cloche, dans ce pays ?

Cherilyn lui servit un café et le lui apporta.

– C'est moi qui ai voulu ça. Ça me rassure.

– Bon, c'est vrai que c'est une super entreprise américaine, fit-il en saisissant la tasse. Merci.

Cherilyn alla se verser un café à son tour et Deuce prit place à table. Il souleva l'un des nichoirs qu'elle avait peaufinés la veille au soir et l'examina sous toutes les coutures.

– La vache, c'est toi qui fais ça ?

– Oui, pardon. Pousse-les un peu, s'ils te gênent.

– C'est drôlement travaillé. Tu as fait de sacrés progrès.

Cherilyn s'assit à l'autre extrémité de la table et l'observa qui étudiait le nichoir. C'est vrai qu'elle avait bien progressé, avec ses créations. Rien de révolutionnaire, bien sûr, mais elle s'était mise à poncer et à humidifier ses bâtonnets, ce qui lui permettait de les tordre et de leur donner différentes formes, ça ouvrait des tas de possibilités. Sur le nichoir que Deuce avait en main, deux petits escaliers en spirale grimpaient le long de la façade, dont elle était fière. Cela lui avait pris beaucoup de temps. Sans compter qu'il y avait trois orifices pour les fenêtres. C'était un foyer qui avait vocation à être partagé.

– Mais c'est carrément un manoir ! Je me demande quel genre d'oiseau pourrait se payer un luxe pareil. Un oiseau docteur ? Un oiseau avocat ?

– Ne te moque pas de moi.

– Je suis sérieux. Elles sont superbes.

Cherilyn le regarda.

– Je te remercie. C'est pour le bicentenaire.

– Je parie que tu vas tout vendre en dix minutes. Et sinon, quoi de neuf ? Tu fais quoi, ces jours-ci ?

– Pas grand-chose. Je m'occupe surtout de ma mère. Elle commence à perdre un peu la tête, j'en ai bien peur. Elle ne sort plus trop de chez elle.

– Tu m'en vois désolé. Moi, je ne saurais pas dire quand ma mère a commencé à dérailler. Elle a toujours été dingue.

– Et toi, alors ? Il paraît que tu n'arrêtes pas.

Deuce reposa le nichoir le plus précautionneusement du monde et dit :

– Tu n'imagines pas, Cherilyn. Tout va changer pour moi, je le sens.

Elle réaligna les nichoirs devant elle, repositionna quelques brindilles disposées en couronne sur une porte.

– Ça fait du bien, un peu de changement, non ?

– Tu vois ? dit Deuce en frappant du plat de la main sur la table. C'est une des choses que j'aime, chez toi. La plupart des gens détestent le changement, par ici. On dirait qu'ils ont plaisir à rester embourbés dans leur quotidien.

– En parlant de changement, dit Cherilyn, pourquoi tu m'as envoyé ce texto à propos de cette machine, là, DNAmix ? Tu as essayé ?

Deuce sourit.

– On ne parle plus que de ça, en ville, hein ?

– C'est clair que c'est le sujet numéro 1. J'ai entendu de drôles d'histoires. Judith Freeman serait devenue bouddhiste. On m'a dit ça l'autre jour, et sur le coup j'ai éclaté de rire. Mais maintenant je me demande si elle a pas testé la machine. C'est vrai, quoi, il paraît que ça prédit parfois des trucs bizarres.

– Moi, on m'a dit que Jamie Mize avait commencé de creuser une piscine. Paraît qu'une carrière de champion olympique de natation l'attend.

– Ce gros lard ? Il coulerait comme une pierre.

– C'est aussi ce que je me suis dit. Mais tant mieux s'il décolle de son canapé. C'est toujours bien, que les gens tentent un peu autre chose, même si leurs projets sont à la limite de l'absurde.

– Et toi, alors ?

Cherilyn referma ses mains sur sa tasse.

– Qu'est-ce qu'on t'a prédit ? Quel destin attend Bruce Newman ?

– Je te retourne la question, tiens. À ton avis, qu'est-ce qu'on m'a prédit ? Quelle réponse pourrais-je te donner, qui te ferait changer d'avis à mon sujet ?

Cherilyn soupira de nouveau.

– Donc tu ne l'as pas encore fait.

– Je n'ai pas dit ça.

Deuce posa les deux mains bien à plat sur la table et se pencha vers Cherilyn.

– On va passer un accord. Je te montre ma prédiction si tu me montres la tienne.

Cherilyn lui sourit.

– Désolée. Je n'ai pas encore tenté le coup. Je ne sais pas trop si j'ai envie.

– Je vais te dire un truc. Tu mens atrocement mal.

– Dans ce cas, que crois-tu qu'on m'ait prédit ? lui demanda Cherilyn. Puisque tu es si sûr de toi.

Deuce se recula sur sa chaise et soupira un grand coup.

– Ouh là, fit-il. Tellement d'options. Clocharde. Vagabonde. Briseuse de cœurs.

– Arrête. Je suis sérieuse. Vas-y, devine.

Deuce l'observait de près. Cherilyn sentit son regard s'attarder sur son visage, son cou, ses doigts, même, qui tripatouillaient sa tasse de café.

– Un destin important, voilà ce que je crois. Un destin hors du commun.

Le cœur de Cherilyn eut un sursaut étrange, mais elle préféra lui cacher l'effet que sa phrase avait eu sur elle et se contenta de le regarder droit dans les yeux. C'était à qui céderait le premier.

– Faux, dit-elle.

– En tout cas, lui dit Deuce, je parie que je sais ce que ça n'a pas prédit.

Il tendit le bras et vint poser sa main sur la sienne.

– Je parie que ça ne disait pas juste « Mme Douglas Hubbard ».

Cherilyn se rencogna sur son siège. Elle esquissa le geste de lisser le pan du peignoir qu'elle ne portait plus depuis un moment déjà.

– Tu sais, Bruce, je crois qu'il est temps que tu y ailles.

Il ne bougea pas.

– Cette maison est atrocement silencieuse, Cherilyn.

Cherilyn sentit ses yeux s'humecter mais songea qu'elle avait versé son comptant de larmes, ces derniers temps. Elle n'allait pas pleurer aujourd'hui, et surtout pas devant lui.

– Je suis sérieuse. J'ai pas mal de choses à faire.

Deuce se leva.

– Moi aussi, j'ai à faire. J'arrête pas, tu sais. Rendez-vous avec le maire à l'hôtel de ville. Deux, trois trucs à fignoler pour ma mosaïque. J'ai du pain sur la planche.

Il prit sa veste, la jeta sur son épaule et Cherilyn fut prise d'une pulsion délirante : le garder là. Il était le seul à qui elle avait parlé de la machine, réalisa-t-elle, et peut-être aussi le seul qui ne la prendrait pas pour une folle si elle lui racontait. Et la manière dont il l'avait regardée quand il avait essayé de deviner sa prédiction. Comme s'il savait. Comme s'il avait pu la croire. *Oh et puis merde*, se dit-elle. Et puis merde. Elle n'avait aucune envie qu'il parte.

Elle se leva pour le raccompagner à la porte et se retint de se jeter à son cou en le suppliant de rester. Une autre tasse de café, peut-être, juste pour prolonger encore un peu cet état – elle était de nouveau happée par son rêve, au royaume du sable fin, et si quelqu'un pouvait simplement s'en rendre compte, quelqu'un avec qui elle pourrait partager cette vision, ça suffirait à clore le sujet. Mais avait-elle envie de clore le sujet ? Et si oui, pourquoi alors le suivait-elle dehors ?

Deuce ouvrit la portière et monta dans sa voiture.

– Bruce, dit Cherilyn en posant la main sur la poignée. À propos de cette mosaïque. Tu vas avoir besoin de me prendre en photo.

Il la regarda longuement.

– Sans doute, oui. Mais là, j'ai pas l'appareil qu'il faut. On fait ça plus tard dans la journée ?

– D'accord, dit-elle. Mais pas ici.

– 18 –

« La caravane des imbéciles »

« The caravan of fools »

Le général George Custer. Benedict Arnold. Michael Dukakis. Les Buffalo Bills.

Dans l'histoire, nombreux étaient les hommes à avoir contemplé le gouffre béant de la défaite, Douglas n'était donc pas seul à broyer du noir. La moitié de l'heure ne s'était pas encore écoulée que le constat était implacable : il avait échoué à montrer que les prédictions DNAmix de ses élèves étaient un ramassis de flatteries autocentrées. Il avait retiré sa veste et faisait des allers-retours d'un bout à l'autre de la salle entre les bureaux. Tous ses arguments logiques à l'encontre de la démarche tombaient à plat, il était seul contre tous, et Douglas poursuivait sa quête inlassable, quasi folle, d'au moins un sceptique. Vu du dehors, il paraissait enflammé. Il arracha un autre papier bleu de la main d'un élève au deuxième rang et l'exposa aux yeux de tous.

– « Marionnettiste » ? Voilà un exemple on ne peut plus parlant. Joseph Weems, réponds-moi en toute franchise. On est au XXIe siècle, quand même, putain. Ça t'intéresse vraiment, les marionnettes ?

Le garçon était nerveux, tout comme ses comparses depuis qu'un M. Hubbard amoché avait entamé son étrange croisade, à grand renfort de jurons. Il bégaya :

– Euh, ben, quand j'étais petit, j'aimais bien Elmo, dans *Sesame Street.*

La classe s'esclaffa. Quelqu'un imita Elmo :

– Hé bonjour les enfants. C'est moi, Elmo. J'ai un tout petit plumeau.

– Ça suffit, fit Douglas. Vous aussi vous adoriez Elmo, faites pas les malins. Vous oubliez que je vous ai tous vus naître. Mais pour en revenir au sujet qui nous intéresse : marionnettiste, c'est juste un métier qu'on t'a suggéré au hasard, sorti du chapeau, pouf pouf comme ça. Vous en avez tous conscience, j'espère ? Vous vous souvenez, je dis toujours que l'histoire est écrite par les vainqueurs ? C'est juste une question de point de vue.

– Peut-être bien, fit Joseph, mais depuis qu'on m'a dit ça, j'ai pas arrêté de manipuler des trucs.

Il plongea vers son sac et en sortit une marionnette de la taille d'un gant. Elle avait de longs cheveux bruns, de grands yeux bleus, une robe à carreaux et ne ressemblait en rien à un être humain.

– Et avec les marionnettes, dit-il en glissant sa main dans la figurine, eh bien… disons que j'arrive à leur fourrer la main sous la jupe. D'habitude, on me laisse pas aller si loin.

Douglas lui adressa un regard stupéfait.

– « Marionnettiste-proctologue », ça n'a rien d'un destin. Allez, repose-moi ce machin abominable et va consulter. À qui le tour ?

Douglas observa à la ronde ; tous les élèves évitaient de croiser son regard, sauf une. Jenny Clarette. C'était l'une des plus gentilles gamines qu'il connaisse. Il tendit le bras et attrapa sa prédiction, qu'il lut à voix haute :

– « Optimiste ». Mon Dieu, Jenny, tu n'as même pas droit à un nom commun. Juste un adjectif ! s'exclama-t-il en la dévisageant. Comment vas-tu faire pour devenir un adjectif ?

Jenny Clarette faisait partie de l'équipe de volley. C'était une élève modèle, membre de la Fédération des élèves chrétiens. L'année passée, le journal du lycée avait fait paraître un article racontant qu'elle passait ses week-ends à collecter des boîtes de conserve alimentaires pour les enfants du Rwanda. Elle était animatrice en colonie de vacances, l'été. Elle leva vers lui le visage le plus souriant qui soit. Ses dents étaient parfaitement alignées.

– J'ai la ferme intention de faire de mon mieux.

– Oh et puis merde. Encore heureux.

– Je ne comprends pas pourquoi vous en faites tout un plat, monsieur Hubbard, intervint une fille du nom de Shaina. C'est vrai, quoi, c'est que des bonnes choses. Pourquoi ne pas s'en réjouir ?

Douglas se tourna vers elle comme si elle l'avait insulté. Le mode professeur venait de passer au cran supérieur, l'hostilité franche, une arme redoutable.

– Qui a dit que c'étaient de *bonnes choses* ? L'histoire de l'homme s'est-elle jamais nourrie de *bonnes choses* ?

– Ben par exemple, dit-elle en lui tendant son petit papier, sur le mien, ça dit « Cuisinière ». Bon, alors j'avais jamais rien cuisiné de ma vie, hein.

Elle extirpa un sac en plastique transparent plein de cookies du fond de son sac à dos.

– Mais j'ai pris la recette de mon père pour faire des cookies à la menthe et puis j'ai ajouté deux, trois trucs au pifomètre.

Elle lui présenta un biscuit.

– Vous devriez goûter. Mon père dit qu'ils sont encore meilleurs que ceux de ma mère.

– Sans façon, dit Douglas.

– Allez, goûtez.

Et bientôt d'autres voix s'élevèrent à sa suite. En moins d'une seconde, le slogan fut repris par tous :

– Goû-tez ! Goû-tez ! Goû-tez !

Douglas transpirait.

– Je ne goûterai pas ce putain de cookie, compris ?

Il tourna la tête. Pat, la principale, se tenait sur le seuil de sa classe, une visseuse à la main. Depuis combien de temps était-elle là ? Il n'en avait pas la moindre idée.

– Écoutez-moi tous, dit-elle, le cours est fini pour aujourd'hui.

Aussitôt, les cahiers se fermèrent, les téléphones furent rempochés et, tandis que les élèves se dirigeaient vers la porte, passant devant le bureau du professeur, on entendit l'un d'eux lui dire :

– Vous savez, monsieur Hubbard, je suis de votre côté. Peu importe ce que ça prédit, selon moi. C'est plutôt la façon dont on l'interprète qui compte. C'est peut-être juste une sorte d'algorithme aléatoire qui pond ces trucs, ou un logiciel de reconnaissance faciale.

Puis, tirant sa prédiction de sa poche :

– Moi, on m'a prédit « Glu ». C'est pour dire.

Douglas fixa les mots sur le papier.

– Tes parents doivent être tellement fiers. Merci de m'avoir éclairé.

Douglas ramassa les quelques copies que des élèves désireux avant tout de filer sans rien dire lui rendaient en retard et conclut :

– Bon, je tiens à vous remercier tous de m'avoir offert cet aperçu du fin fond des abysses. Lundi prochain, il y aura une interro sur les médiums à la télévision, les cartes au tarot et les baguettes de sourcier. Pas besoin de réviser.

Douglas contourna son bureau pour aller se rasseoir. Tandis que le défilé vers le couloir continuait, gamins pouce rivé sur l'écran, il songea que pour la plupart des gens il aurait été grand temps de rentrer chez soi. Il avait péniblement traversé cette heure avec une gueule de bois carabinée. N'était-ce pas assez ? Il avait travaillé toute une journée dans sa tête, avait passé toute l'heure précédente à bouillir de rage et ce n'était que le début. Il avait également été pris en flagrant délit de grossièreté, chose strictement interdite par Pat, et s'attendait à un savon. Pour l'instant, Pat faisait mine de viser chacun avec sa visseuse qui vrombissait et quand le dernier élève eut quitté la salle, Jacob Richieu vint trouver Douglas à son bureau.

Il avait l'air hagard. Quelque chose semblait différent, dans son visage. Au niveau du menton, ou alors dans la manière dont il tripotait frénétiquement ses sourcils, et Douglas prit soudain conscience qu'il ressemblait à son père, qu'il avait vu la veille au soir. Il y avait beaucoup de Hank, dans ce garçon, et ce n'était pas rien, songea-t-il.

– Je voulais que vous sachiez, dit Jacob, que j'ai rien fait.

– Je le sais, Jacob. C'est pour ça que je ne t'ai pas interrogé. À vrai dire, c'est tout de même à cause de tes deux dollars que tout ça a commencé.

– Non, pas ça. Je parle d'autre chose.

– Excuse-moi, Jacob, fit Pat, en faisant vibrer son engin à plusieurs reprises. J'ai besoin d'échanger quelques mots avec ton professeur.

Douglas considéra Jacob.

– Il semblerait qu'on s'apprête à me revisser les idées en place. On peut en reparler plus tard ? Je serai ici, à la pause-déjeuner. Ma porte est toujours ouverte. C'est d'ailleurs une règle instaurée par notre chère principale ici présente, si je ne m'abuse ?

– Vous ne vous abusez point. Pat Howell ici présente a déclaré la guerre aux roupillons du midi.

– Je voulais juste que vous le sachiez, redit Jacob, et il quitta la pièce.

Pat se posta devant le bureau de Douglas.

– Eh bien, commença-t-elle en désignant son œil. À vous voir, on dirait que Cherilyn n'a pas accueilli la nouvelle très favorablement ?

– Oh, ça ? Ça date.

– Vous n'allez pas me lâcher maintenant, Hubbard ? J'ai donné votre nom ce matin même.

– Mais je n'en ai même pas encore discuté avec Cherilyn. J'ai plutôt dans l'idée de refuser votre proposition, pour l'instant.

– Je ne m'inquiète pas trop. Cela fait trente ans que je fais des paris sur les gens. Vous représentez ce qu'on pourrait appeler un pari très sûr. Prenez-le comme un compliment. Ce n'est pas tellement pour ça que je suis venue, cela dit.

– Je verserai mon amende pour mon langage grossier, vous pourrez vous payer un chouette marteau.

– Est-ce que Trina était présente, ce matin ?

– Non, je l'ai pas vue, fit-il en secouant la tête.

– Bon, écoutez, Harold me dit qu'il l'a vue arriver ce matin avec un gros sac de sport sur l'épaule. Je ne suis pas du genre à surréagir mais enfin, Harold, lui, oui, il m'a dit que c'était pile le genre d'accessoires qu'on devait surveiller, dans le contexte de l'épidémie de fusillades scolaires et tout et tout.

– Elle n'a pas vraiment le profil, tout de même, si ? Déjà, elle n'a pas de testicules.

– Ouais, mais il y a des zones d'ombre dans son histoire qui peut-être nous échappent. J'ai entendu des rumeurs sur ce qui s'est passé la nuit où Toby est mort. Des trucs qui se seraient passés entre elle et les autres garçons, avant l'accident.

– Vous ne feriez pas mieux d'avertir Pete ? Ou son père ?

– Je vais le faire, mais ce ne sera pas simple. Comme je l'ai dit, les hommes d'Église sont fragiles, Hubbard. C'est une chose dont je me suis aperçue. Enfin je vous dis tout ça surtout parce que, à partir de la semaine prochaine, ce sera votre problème, et non plus le mien. La simple idée de parler de ça me révulse. Vous savez, je ne crois pas que ces gamins soient différents de quand j'ai débuté. Simplement, ils endossent d'autres rôles, c'est tout. Ce sont les adultes qui ont changé.

– Il y a là matière à débat, sans nul doute, dit Douglas. Mais qu'attendez-vous de moi, exactement ?

– Juste une surveillance de principe. Ouvrez l'œil si quelque chose vous paraît suspect. D'un côté, on pourrait imaginer que ce week-end fasse de cet établissement une cible de choix. C'est ce que prétend Harold, en tout cas, puisque tout le monde va débouler ici ce soir pour le concert d'ouverture et tout le toutim, mais il est du genre à voir des complots partout, alors… D'un autre côté, ça serait absurde de faire quoi que ce soit d'illégal pile le week-end où la ville va regorger de policiers.

– Voyez-vous, Pat, cette promotion me semble de moins en moins attractive.

– À qui le dites-vous.

– Rien à voir, mais j'ai une question pour vous. Si j'étais principal, est-ce que je serais chargé de définir les programmes ?

– Bien sûr, mais avec certaines contraintes. Nous sommes un établissement catholique, souvenez-vous.

– Mettons que je veuille monter un cursus d'enseignement du jazz. Voire donner un cours d'histoire du jazz, de temps à autre. Je pourrais faire ça ?

– Il faudrait que vous en référiez à votre supérieur. C'est-à-dire à vous-même.

Pat fit vrombir sa visseuse et joua des sourcils, l'air de dire « Je vous l'avais bien dit ».

– Vous voyez, Hubbard ? Dieu vous a ouvert une porte. Et moi, je vais vous réparer une fenêtre.

Pat alla vers le carreau cassé et décrocha le morceau de contreplaqué que Wilson y avait fixé en attendant. Elle sortit quatre vis de sa poche de chemisier et de pantalon et les aligna sur le rebord de la fenêtre.

On frappa à la porte. C'était Pete.

Pat se retourna.

– Mon père ? Ce n'est pas le jour des confessions ?

– Si, si. Mais je cherche Trina.

Pat reporta son attention sur la fenêtre. Elle enfila ses lunettes de sécurité et enfonça bruyamment les vis dans le cadre.

– Jamais deux sans croix, comme on dit.

– 19 –

« Ça t'ira toujours, tu portes si bien l'amour »

« Never will go out of fashion, always will look good on you »

D'aussi loin qu'elle se souvienne, ce n'était jamais arrivé : elle n'avait rien à se mettre.

Cherilyn avait sorti à peu près tout le contenu de son armoire et tout étalé sur le lit. Elle avait essayé des robes et de jolis chemisiers et exclu à peu près tout ce que Douglas adorait. Cela lui semblait blessant de porter une tenue qui lui plaisait pour aller voir Deuce, sans compter qu'elle n'avait pas envie d'avoir le même look que d'habitude. Elle voulait en jeter. En jeter comme jamais. Puisque ce portrait allait être projeté à toute la ville, qu'il demeurerait pour l'éternité, elle voulait être à son avantage et s'imaginait, paradoxalement peut-être, que la meilleure version d'elle-même était encore à venir. Elle avait toujours été trop sage. Trop Deerfield. Elle allait sortir de sa chrysalide, leur montrer à tous une image sensationnelle, manière de proclamer qui elle était sans avoir à le dire, et peut-être par la même occasion de le montrer à Douglas.

Il était déjà plus de 10 heures et Cherilyn remarqua autre chose, à propos de cette journée. Elle ne se sentait pas trop mal. Pas de nausée, pas de mal de crâne, pas de crampe. Elle aurait pu courir un kilomètre si on le lui avait demandé. Cette petite aventure était peut-être pile ce qu'il lui fallait. Peut-être n'avait-elle pas besoin de plus ? Elle prit une douche, passa un jean et un tee-shirt et prit place dans la voiture de Douglas. Sa voiture lui manquait et elle aurait bien fumé une petite clope. Elle aurait bien aimé également revoir ses prédictions, juste pour se rappeler ce qui y était écrit, que c'était bien réel, qu'elle n'était pas folle.

Elle s'engagea sur la chaussée et fut vite happée par l'agitation dans la rue. Regarde, là, Justin Ashbaugh en train de tirer des paniers ! Et Nan Shepard, là-bas ? Qui aurait eu l'idée de jouer au tennis juste devant chez soi ? *Suis si fière de voir tous mes petits sujets si inventifs*, songea-t-elle. *Si fière !* Elle ressentait un besoin pressant de baisser sa fenêtre et de dire : *Une nouvelle journée commence, mon peuple ! Soyez heureux ! Jouez ! Vivez !*

Oh mon Dieu, je deviens folle.

Cherilyn traversa leur quartier, passant devant Ben Shields, qui semblait sculpter un tronc d'arbre à la tronçonneuse. Un poney shetland, ou bien un cochon à l'embonpoint flagrant, c'était affreusement astucieux, se dit-elle. Elle tourna à droite en direction du magasin de costumes d'Alice, afin de vérifier si ce que lui avait dit Tipsy était vrai et voir si elle pourrait dénicher quelque chose à se mettre. Partout, la vie bouillonnait ! Des ouvriers fixaient une banderole proclamant BIENVENUE À DEERFIELD !! DEUX SIÈCLES DE PAIX ET DE TRANQUILLITÉ !! Des policiers, debout devant leurs voitures garées en demi-cercle devant Tony's Donut, plaisantaient tous ensemble. L'un d'eux avait les bras en l'air, écartés, comme s'il tenait une énorme balle imaginaire, et Cherilyn sourit. Elle passa devant la grand-place où étaient installés les gradins, on clouait des panonceaux fléchés indiquant LE SENTIER DE LA GRUE, et Cherilyn eut l'impression de n'avoir pas mis les pieds en ville depuis des années, bien que ce ne fût évidemment pas vrai.

Quand était-elle sortie pour la dernière fois ? À part pour aller chez sa mère ? Ça remontait à son passage chez Johnson's, quand elle avait testé la machine. Une journée fatidique, à de nombreux points de vue, elle s'en rendait compte a posteriori ; la ville n'avait sans doute pas changé depuis, mais elle, si. Elle ne pouvait plus l'ignorer, désormais.

– Non, sans blague… lâcha-t-elle en se garant devant le magasin.

Le parking était bondé et trois rangées de véhicules occupaient la pelouse. C'était donc vrai, la boutique était prise d'assaut. Tout cela était très positif. Et pour Alice aussi. Le lieu n'était pas grandiloquent, en soi, un vaste entrepôt métallique sans fioriture, dont la peinture bleue datait du temps où l'on y vendait des pneus. Aujourd'hui, en revanche, les gens faisaient la queue, suant à grosses gouttes, le long de portants qu'Alice avait disposés à l'extérieur. Cherilyn sortit de sa voiture et traversa la pelouse entre les voitures stationnées, se protégeant les yeux du soleil du plat de la main.

Un homme surgit devant elle, paume tendue.

– Halte ! Créature terrestre !

Il portait un casque spatial, le genre avec de l'or pur dessus, et Cherilyn ne put distinguer qui c'était. Il appuya sur un bouton commandant l'ouverture de la visière et elle reconnut Mel Beacher, un taxidermiste qu'elle connaissait de l'église.

– Laissez-moi deviner, Mel… Vous êtes un astronaute !

– Ça ne saurait tarder. Je me suis inscrit ce matin même pour un stage d'été sur le thème de l'espace à Huntsville. J'ai dû leur dire que j'avais quatorze ans mais, une fois sur place, je leur expliquerai, ça devrait aller.

– Vers l'infini et au-delà, commenta Cherilyn.

– L'ultime frontière ! dit-il.

Cherilyn sourit et rejoignit les portants de vêtements. Il y avait des costumes de généraux confédérés, de soldats de l'Union, un uniforme des Harlem Globetrotters. Était-ce Chewbacca ? Deux jeunes enfants déboulèrent de nulle part et vinrent se cogner à ses jambes. La fille s'excusa et partit à toute allure derrière le garçon. Elle tenait en main un stéthoscope.

– J'ai pas encore fini, Luke ! cria-t-elle.

Cherilyn hocha la tête et salua quelques connaissances, qui lui sourirent toutes en retour, et Cherilyn se crut dans le lieu le plus heureux au monde. Une fois dans la boutique, même constat. De longs rayons de vêtements et de déguisements, des boîtes de bijoux et trois femmes qu'elle n'avait jamais vues devant la caisse enregistreuse.

C'est alors qu'elle repéra son amie Alice dans une des allées.

– Mais regardez-moi qui nous honore enfin de sa présence ! s'exclama cette dernière. N'est-ce pas Cherilyn Hubbard en personne ?

Alice la serra bien fort dans ses bras.

– Que je suis contente de te voir !

Alice était une des personnes les plus énergiques que Cherilyn ait jamais rencontrées. Sa voix semblait toujours deux octaves trop haut perchées, comme si tout ce qu'elle disait était atrocement palpitant. La première fois qu'on la voyait, on pouvait penser qu'elle était sarcastique, tant son plaisir était tonitruant. Mais pas du tout.

– Alice, fit Cherilyn. Ce lieu est sensationnel.

– Je sais ! J'ai racheté deux friperies à Jackson et une à La Nouvelle-Orléans. Je leur ai dit : « Envoyez-moi tout ce que vous avez ! » J'ai même pas le temps de me constituer du stock, tout part.

– C'est génial !

– Je suis contente que tu sois venue. Je t'attendais !

– Comment ça ?

– Je le disais encore à Marian, l'autre jour : « Cherilyn Hubbard va passer nous voir. »

Alice héla une des filles :

– Marian, je te présente Cherilyn. Je t'avais pas dit que Cherilyn Hubbard viendrait nous rendre visite avec une prédiction fantastique ?

Marian avait trois épingles au coin de la bouche. Elle les retira et dit :

– C'est vrai. Tu me l'avais dit.

– Alors vas-y, accouche. C'est quoi ?

– Je suis juste venue jeter un coup d'œil à tout hasard, dit Cherilyn.

– Arrête ton char. Elle disait quoi, cette prédiction ? J'espère que c'était cogérante de la boutique Costumes et Créations. Tes idées feraient merveille, ici. J'ai toujours ce rêve dans un coin de ma tête. Et je ne sais toujours pas pourquoi tu n'as pas voulu.

– C'étaient nos idées à toutes les deux.

– L'offre tient toujours, sache-le. Cinquante-cinquante. On vendrait tes créations et mes costumes. Enfin, merde, quoi, c'est vrai, c'est toi la plus douée de nous deux ! Moi, je me contente de passer des commandes à des gens.

– Merci. C'est complètement faux mais merci.

– Alors, ça disait quoi ? Qu'est-ce que tu cherchais à tout hasard ?

Cherilyn jeta un coup d'œil aux alentours.

– Voyons voir… Est-ce que tu aurais une tenue un peu… qui vienne d'ailleurs ? Un truc un peu exotique, peut-être ?

– Oh là là, me dis pas que tu es une geisha. Je n'y croirais pas une seconde. Tu as toujours attiré les hommes comme des mouches, ça va pas être l'inverse maintenant.

Cherilyn piqua un fard devant les autres femmes. Leur regard avait changé, lui semblait-il, et Cherilyn était ravie de voir qu'Alice leur avait parlé d'elle. Elle sourit.

– Je ne vois pas du tout de quoi tu parles.

– Marian. Regarde comme cette femme est belle. Regarde-moi ces magnifiques yeux verts. Et c'est sa couleur de cheveux naturelle ! Regarde-la juste un instant. Non seulement elle est belle, et gentille, mais elle a le plus séduisant des maris, si tu voyais sa moustache… Un type adorable, comme on n'en voit pas souvent. Mais par-dessus le marché, cette femme est douée. Qu'est-ce que tu prépares, pour le bicentenaire ? Tu refais des crayons fantaisie ? J'aurais pu en vendre une centaine aujourd'hui, rien qu'en les posant devant la caisse.

– Des nichoirs à oiseaux. C'est tout.

– Bien. J'imagine qu'ils en mettent plein la vue.

– À vrai dire, j'avais en tête un type de robe un peu particulier. Une robe un peu ample, avec un foulard pour couvrir la tête.

– J'ai trouvé ! Tu es le génie de la lampe, c'est ça ? Ce serait logique. Depuis que je te connais, tous tes souhaits se sont réalisés.

– Mouais, je dirais pas ça. J'ai encore plein de rêves à accomplir.

– Et c'est tant mieux, dit Alice en posant la main sur l'épaule de Cherilyn, parce qu'on est pas au bout de notre vie.

– En effet. On est loin du bout.

Alice prit Cherilyn par la main et l'entraîna vers la caisse.

– Marian, pourrais-tu s'il te plaît montrer à Mme Hubbard nos plus jolis saris ? Je dois aller annoncer à M. Lowry que nous n'avons plus de talons aiguilles et, vu sa tête, il risque de mal le prendre.

– Venez, fit Marian en se lançant dans un des rayons. Je crois que nous avons quelque chose qui pourrait vous convenir, au fond. Vous aviez pensé à un foulard très couvrant ou plutôt à une sorte d'étole ?

– L'essentiel est que ça puisse flotter au vent.

– Un peu comme la princesse Diana ou comme la princesse Jasmine ?

– C'est qui, celle-là ?

– Celle de Disney. *Aladdin.*

– Ah je vois. Vous allez me trouver bizarre si je vous dis oui ?

– Sur l'échelle de Richter de la bizarrerie, j'en ai vu depuis quelques jours, croyez-moi. Vous faites à peine bouger l'aiguille.

Marian la guida jusqu'à une pile de robes tout au fond du magasin, un camaïeu de toutes les teintes imaginables.

– Faites votre choix. Je n'ai pas encore eu le temps de les mettre sur cintre. Je vais vous chercher des foulards, pendant ce temps.

– D'accord. Et merci.

Cherilyn contempla la pile multicolore et sut avec certitude qu'elle y trouverait son bonheur. Elle passa en revue les étoffes, et chaque robe fleurie qu'elle soulevait lui donnait le frisson en attendant la prochaine, tant elles étaient délicieuses sous ses doigts. Puis elle trouva.

Elle se redressa et déplia la robe devant son buste. Elle était rouge vif, vaporeuse, brodée de fil d'or et tombait jusqu'au sol. Cherilyn imaginait déjà la caresse du tissu léger sur sa peau.

Marian revint les bras chargés.

– Mais c'est ravissant ! Alice avait raison : vous êtes très belle.

– Je n'ai jamais rien porté de tel.

– Vous voulez l'essayer ? Les cabines sont juste derrière.

– Je veux bien.

– Suivez-moi. Je vous ai apporté des foulards.

Elle fourragea parmi sa prise et en sortit un rouge assorti.

Cherilyn tourna les talons, résolue à essayer l'ensemble.

– Attendez, dit Marian. Vous voulez jouer dans la catégorie des pros ?

– Oui, je crois que ça me plairait assez.

Marian lui sourit.

– Avez-vous déjà entendu parler du henné ?

– 20 –

« Presque tout le monde était là »

« Practically everyone was there »

C'est bon ? On peut commencer la réunion ?

Tout le monde est là, il ne manque personne ?

Je crois qu'on peut y aller. Go.

Écoutez. Voici comment ça va se passer.

Organiser une célébration de cette ampleur, c'est tout un art, Hank. Vous me comprenez ?

Oui, dit Hank. Il comprend, et il se masse les tempes, c'est d'ailleurs pour cela qu'ils s'en occupent depuis un an. Ça ne suffit pas d'aller pêcher quelques invités de marque, comme le lui dit Francine Benoit, d'obtenir quelques articles de presse. Et, comme le fait remarquer Leo Blitch, on ne peut pas se contenter d'installer des stands de hot dogs et penser qu'on a fait le job. Vous vous souvenez du fiasco de la Little League, en 2008 ? Oui, évidemment qu'ils s'en souvenaient tous. La listeria, c'est ça ? Jim Bennett propose de mettre des food trucks, c'est le grand truc en ce moment, dans les *vraies* villes. On peut se faire servir d'authentiques tacos mexicains, ceux fourrés au porc et pas au bœuf, avec des tortillas de maïs et pas de blé, des vrais tacos à emporter, de la vraie street food, quoi, mais dans un camion à Charlotte, en Caroline du Nord, c'est même pas près de la frontière mexicaine, il sait, il y est allé, donc il sait de quoi il parle, est-il encore temps d'en dégoter un pour le week-end ? Y en a même à la télé, sur Food Network, dit Betty Retz – sa façon d'acquiescer. Elle s'enfile ce genre d'émissions quand elle a pas le moral, explique-t-elle, elle est d'ailleurs preneuse de toute suggestion si quelqu'un a un bon programme à lui recommander, parce qu'elle a Netflix maintenant. Kent Williams trouve que ça en dit long sur la misère culturelle qu'il y ait une émission entière consacrée aux tacos, mais en l'occurrence celle dont on parle concerne les food trucks, pas les tacos. Rachel Anne vérifie le programme télé, il a raison. Et c'est ça qu'il nous faut, dit Jim, des food trucks, pas juste des tacos, parce que les mômes qui vont venir des villes des environs, La Nouvelle-Orléans, Jackson, s'attendent peut-être à en trouver et si on ne répond pas aux attentes des jeunes d'aujourd'hui, alors à quoi ça rime, tout ce cirque ? Hank se pose la même question, mais se tait.

Il faut aussi qu'on parle de la sécurité, Hank. C'est vrai.

Y a plus de respect, de nos jours, on vit une époque où un gamin psychopathe peut se pointer avec une arme automatique au catéchisme, y a vraiment des gens tordus. Non pas qu'il faille empêcher les gens d'avoir une arme, bien sûr. Faut pas lancer Willy Trudeau sur le sujet. Si on abandonne notre droit à porter une arme, avant d'avoir le temps de dire ouf on va retrouver ce pays sous la coupe d'un tyran qui n'aura aucun respect pour la Constitution. Bon, c'est tout de même assez ironique, dit Hester Evans, mais vous avez raison, on ne va pas lancer ce sujet. Et n'oubliez pas, intervient Celia Starnes, qu'on court le risque de se faire égorger par un de ces terroristes. C'est véridique. Plein de gens n'osent même plus prendre l'avion. Vous saviez ça ? Ned Herchel ne prend plus l'avion, il y a tant de belles choses à voir aux États-Unis. Qu'irait-il faire à l'étranger, alors qu'il lui reste tant à explorer dans notre beau pays ? Hank leur rappelle alors que le shérif Bates a d'ores et déjà mobilisé des renforts policiers au-delà du comté, sans compter qu'ils s'adressent à une entreprise de sécurité privée, ces gars en polo jaune qui se campent là, jambes écartées, cigarette au bec, donc tout est sous contrôle. La place sera sécurisée d'un bout à l'autre, même le lycée avait prévu des flics pour le concert de ce soir, bien qu'on ne s'attende pas au moindre incident. Tiens, au fait, vous saviez que Phyllis Vernon avait arrêté ? Arrêté quoi ? La clope. Vérifiez le procès-verbal, on a bien parlé de cigarettes, non ? Elle a arrêté ? Oui, du jour au lendemain. Qui a parlé de clopes ? Elle a complètement changé de style. S'est payé un vélo dernier cri. Enfin, tant mieux pour elle.

Il faut aussi prévoir un moment-phare, une apothéose.

Le bicentenaire, c'est une chose dont on peut s'enorgueillir, bien sûr, mais même pour une fête d'anniversaire, il y a le moment du gâteau. Nous, on aura le feu d'artifice. C'est vrai. On aura le défilé. C'est vrai aussi. Le défilé s'impose, on est en Louisiane, quand même. Mais comment ça se fait qu'on n'ait ni roi ni reine, veut savoir Sarah Centola. Parce qu'il ne nous a pas paru correct, lui rappelle Hester Evans, de mettre en avant deux personnes plutôt que d'autres. On est encore en démocratie, non, aux dernières nouvelles ? dit-elle. Dans les parades, il y a souvent des invités célèbres. Oui, c'est vrai. On n'a pas le budget pour. Sans compter que ça ne nous paraît pas non plus correct, fait remarquer Hester Evans, de mettre en avant des gens qui ne sont même pas de Deerfield. C'est vrai aussi. Et on a quoi, comme célébrités locales ? Personne, ça c'est sûr. Vous avez appris que Britney Spears allait ouvrir un nouveau restaurant ? Tout le monde en parle. Il y aura un groupe en concert. C'est vrai. Et la chorale du lycée nous prépare un spectacle, aussi, n'oubliez pas. J'espère vous y voir tous. Il n'y a rien à redire à notre programme, fait Hank. Mais est-ce que tout le monde n'oublie pas un peu vite, intervient Deuce, qu'il va y avoir un point d'orgue à ce week-end ? On parle de douze mille photos, ici, leur rappelle-t-il, réunies pour former une unique image, une fresque immense. Il n'est pas sûr que tout le monde comprenne bien ce que ça implique. Et puis, l'eau et la lumière qu'il leur faut pour rendre la chose spectaculaire, pour ça il leur faut un coup de pouce supplémentaire du maire, qu'il leur refuse pour le moment. Personne d'autre n'a remarqué que le maire était un peu ailleurs, ces jours-ci ? Tous ces appels auxquels il ne répond pas. Et il fallait que ça tombe cette semaine, entre toutes. Il y a sans doute un peu de vrai, là-dedans, reconnaît Hank, il s'en excuse, mais pour l'heure il est là et bien là. Debby Harris aimerait mieux un livre qu'une mosaïque, un peu comme les annuaires de fin d'année, mais pour toute la ville. Frank Casiddy lui rétorque que ce qu'elle a en tête, c'est un journal, et ils en ont déjà un. Mais non, Debby pense plutôt à un beau livre relié, comme au lycée. Ils pourraient les lancer depuis les chars, en même temps qu'ils jettent les colliers de perles, et chacun en attraperait un exemplaire. La fête, c'est demain, lui rappelle Hank, et la plupart pensent, bien qu'ils s'abstiennent de le dire sur le moment, que Debby Harris fait immanquablement les pires suggestions possible pour ce type d'événement et plus tard, quand ils résumeront la réunion à leurs amis ou leur famille, ils diront : « Balancer des livres aux gens. Tu y crois, toi ? C'est ça qu'elle avait en tête. »

Mais bon, il faut bien laisser s'exprimer un peu la spontanéité.

Si on planifie tout à la minute près, on ne peut plus s'amuser. Et Jeannie Crisp se demande si on ne pourrait pas installer un stand de voyance, car elle vient de découvrir qu'elle est douée pour lire dans les lignes de la main. Eh bien elle n'a qu'à s'inscrire pour avoir un stand et payer sa fichue cotisation, comme tout le monde, après ça elle pourra faire tout ce qui lui passe par la tête, lui répond Ted Crisp. Ce n'est pas évident de tenir une réunion en présence de deux divorcés de la trempe de Jeannie et Ted, voilà ce que pensent la plupart. Il y a tellement de divorces, faut dire. Ils savent, pour Joe et Barbara ? Pour Donald et

Lydia ? Oui, mais eux, tout le monde s'y attendait. Et qui sait, on apercevra peut-être des cerfs à Parker Field, suggère Libby Jones, comme ça tout le monde verra d'où la ville tire son nom. On ne peut que l'espérer. On laisse Parker Field ouvert, en tout cas, leur rappelle Hank, au cas où, mais je ne compterais pas trop dessus, à votre place. Arnie Gilder propose de faire un lâcher de chevreuils juste derrière le champ. Il a vu une entreprise, sur Internet, qui fait ce genre de truc. De les laisser flâner un peu. Tout le monde adorerait ça, dit Greg Berdon, d'autant plus que ça augmenterait le nombre de bêtes disponibles pour la chasse la saison suivante. Vous avez vu le mastoc qu'il a descendu, l'année dernière ? Un sacré paquet de saucisses, que ça lui a fait. Un bon rôti, aussi, dans le filet. Jeannie Crisp dit qu'elle a plusieurs rennes en plastique dont elle se servait comme décoration de Noël, à l'époque où on-ne-dira-pas-qui avait encore du respect pour les fêtes de famille et ses proches. Ted refuse catégoriquement qu'on mette des rennes à grelots au milieu de leur bicentenaire, ce à quoi tout le monde acquiesce, pourtant il est rare qu'ils soient d'accord avec Ted, qui est responsable de tout ce qui s'est passé avec Jeannie, mais franchement de quoi on aurait l'air, avec ces rennes ? Mais si Jeannie tient à s'en débarrasser, Wendy Peterson déclare que ses enfants seraient ravis de les avoir, peuvent-elles en reparler plus tard par texto ?

Il faut aussi qu'il y ait une clôture. Un point final, en quelque sorte.

On ne peut pas laisser les gens continuer des heures et des heures en roue libre. Vous avez vu que Ben Shields ne fait plus rien depuis une semaine hormis sculpter des troncs d'arbres devant chez lui ? Ah, c'est ça qu'il fait ? Oui, et c'est affreux. Il a dit à Kate Holden qu'il essayait de faire un Snoopy mais ça ressemblait davantage à un nain qu'à un chien, selon elle. Deuce Newman aussi pensait qu'il fallait clore tout ça avec faste, on ne l'écoutait jamais, dans cette putain de ville, il aurait bien voulu mettre un point final à pas mal de choses, pour l'heure, à commencer par cette réunion à la con, juste pour leur rabattre le caquet, et il est tenté, bien qu'il n'en dise rien, de leur montrer le bout de papier bleu dans sa poche afin qu'on en finisse.

– 21 –

« Dinde et crevettes-pistolets au menu »

« We ate turkeys and pistols »

Que faire des coupables ?

Est-ce qu'on les sépare de leur propre corps ? Est-ce que x / x = justice ? C'était ça, l'équation de Trina ? Si oui, pourquoi les englober *tous sans exception* ? Ou est-ce qu'on avait $x \times \infty$ = justice ? Et justice pour quoi, au juste ? Pour son frère qui avait fait une sortie de route ivre mort ? Son frère forcé de boire comme un trou, peut-être ? Son frère victime d'un bizutage ? Combien de gars sportifs avant lui y avaient survécu ? Des tas, Jacob le savait. C'était une tradition idiote parmi les millions de traditions idiotes du lycée. Toby était-il le genre de mec à se laisser dicter sa conduite ? Si peu maître de ses actes ? Et si oui, cela signifiait-il que Jacob aussi était comme ça ? Avait-il été programmé du fond de son ADN pour être un suiveur ? Il était né en deuxième et semblait toujours jouer les seconds couteaux avec son frangin, qui était peut-être lui-même le second couteau d'un étudiant médiocre parmi d'autres. Dans le genre déprimant… Pourtant Jacob jouait aussi les doublures auprès de Trina, quoi qu'elle demande. Était-ce ça, sa véritable nature ? Le truc dont tout le monde se rappellerait ? Jacob essayait d'avoir une vue d'ensemble. Ou plutôt, il essayait de tout déconstruire, de la même façon qu'il s'efforçait de reconfigurer le tas de purée et de sauce brune peu ragoûtant dans son assiette à la cantine.

Le réfectoire se remplissait rapidement, mais pour le moment il était seul à sa table, dans un coin. Au centre de la salle, il repéra Chuck Haydel et sa bande de connards. Ils se vannaient, se poussaient les uns les autres et semblaient fonctionner comme si le monde extérieur n'existait pas. C'étaient des gars bruyants, athlétiques, les muscles saillant sous leurs polos identiques, des sportifs qui s'enfilaient des brocs d'eau comme si la déshydratation était le seul danger à même d'hypothéquer leur avenir. Ils semblaient jouer à tout un tas de jeux à la fois, deux d'entre eux se marrant devant un écran de téléphone, deux autres s'envoyant une balle de base-ball par-dessus la table. Les portions de dinde, dans leur assiette, paraissaient ridicules.

Qu'est-ce qui, dans cette vision, fit s'enflammer les entrailles de Jacob ? Qu'est-ce qui lui donnait cette envie de les voir percés à jour et tomber, humiliés, de leur piédestal ? Était-ce juste parce que Chuck lui avait dégommé sa casquette, la veille ? Parce qu'il avait eu l'outrecuidance de croire qu'il avait le moindre droit de lever la main sur Jacob ou sur ses affaires ? Il était peut-être bien coupable de délits ou pire, après tout. Ils l'étaient peut-être tous. Tous sans exception. Trina avait peut-être raison. Y avait-il seulement quelque chose qu'ils ne se permettaient pas de toucher, d'attraper, de prendre ? Ou était-ce simplement leur gloutonnerie dans cette cafétéria qui le révulsait, les doubles portions qu'on leur servait d'office sans même qu'ils aient à le demander, leur ingestion permanente de barres survitaminées, de boissons énergisantes, de litres et de litres d'eau et, le week-end, de litres et de litres d'alcool. Leur façon de se comporter comme si ce qui était bon pour les autres ne leur suffisait pas, à eux, qu'ils méritaient et obtiendraient mieux, et que personne ne le leur reprocherait jamais. Et tout ça pourquoi ? Parce qu'ils étaient programmés pour être grands et virils et leurs pères avant eux ? Une consommation si effrénée. Accaparant la nourriture, l'air dans la pièce. Où est-ce que tout cela ressortait ? s'interrogeait Jacob. Sous quelle forme ? Pour quel résultat ?

Ou est-ce que la seule raison qui rendait Jacob malade à leur vue, qui l'emplissait de haine, était qu'il savait que Toby serait assis parmi eux, s'il était encore en vie ?

Et au-delà de ça, il se demandait si Toby serait encore là si lui, Jacob, avait choisi d'être le genre de personne à s'asseoir à cette table, lui aussi ? S'il avait opté pour le base-ball ou le football ou été capable de soit passer outre, soit combattre la sensation d'ennui qui l'écrasait sitôt qu'il entrait dans une salle de sport, les machines, la fonte, un des repaires préférés de Toby, son frère serait-il encore en vie ? Aurait-il pu veiller sur lui, ce soir-là ? Dire stop ? Le reconduire à la maison ? N'aurait-il pas pu faire ça pour son frère ? Était-ce un si grand effort ? Ils étaient jumeaux, après tout, partageaient un lien censément plus fort que tous les autres, étaient presque la même personne, biologiquement parlant. Avait-il abandonné son frère ?

Après tant d'années à recevoir les mêmes cadeaux de leurs proches, voir les mêmes photos d'eux dans les mêmes vêtements, était-ce Jacob qui, le premier, avait pris ses distances ? Et, si c'était vrai, s'il avait délibérément choisi de n'être pas comme Toby, celui que tout le monde semblait apprécier, entouré d'amis, de filles, à la vie sociale bien pleine, alors quelle était cette existence qu'il s'était choisie ? Et dans ce cas, comment pouvait-il de nouveau faire confiance à cette personne pour choisir quoi que ce soit en son nom ? Où se situait la frontière entre être indépendant et être seul ? Qui la traçait pour vous ?

La tête de Jacob était pleine de questions sans réponse.

Toby lui manquait, dans ces moments, il devait bien l'avouer. Ce dernier aurait peut-être pu lui simplifier les choses avec Trina, il en aurait ri comme il semblait rire de tout, et alors Jacob se sentait moins seul. Malgré leurs différences, malgré le mépris qu'il avait pour ses copains, il manquait à Jacob. Là où d'ordinaire il aurait dû sentir le regard de son frère se poser sur lui depuis la table centrale – juste un simple signe de reconnaissance, un *coucou, je te vois* –, Jacob ne vit que Steven Garrett qui lui retournait son regard. C'était un garçon avec lequel Toby et lui avaient tous deux été amis plus jeunes, mais lui aussi avait fait des choix et décidé à qui faire allégeance depuis. Quand Jacob croisait son regard, désormais, Steven pinçait les lèvres, comme pour dire *désolé*, et baissait les yeux vers sa table. Jacob reporta son attention sur son assiette, il creusait de minuscules sillons dans sa purée de la pointe de sa fourchette quand il entendit un sac en papier s'abattre sur la place voisine.

C'était Denny Cadwalder, un des rares copains de Jacob, un type allergique à peu près à tout. À l'arachide, au gluten, aux œufs. Au choix. Jacob avait assisté à pas moins de quatre réactions carabinées à l'école, Denny avait donc fini par laisser tomber complètement la nourriture servie à la cafétéria. Celui qui semblait ne manger que des algues et des oursons en gélatine s'assit face à lui.

– Tu vas pouvoir m'expliquer, Jay, dit-il. J'ai pas pioncé de la nuit, j'ai regardé toute une saison de *Pokémon* en streaming et j'ai une question pour toi.

Jacob, en son for intérieur, eut honte qu'on lui parle de ça. Il aimait bien Denny, mais il savait que ce dernier cherchait si désespérément à être son ami qu'il modelait presque toute son identité pour correspondre aux centres d'intérêt de Jacob. Il avait dépensé des fortunes en decks Pokémon et amassé une collection encore plus coûteuse que celle de Jacob, bien qu'elle ne soit pas aussi impressionnante, parce que ses classeurs regorgeaient de doubles que Denny refusait d'échanger. L'esprit du jeu lui échappait complètement, c'était perdu à jamais, et ça embêtait Jacob. À titre d'exemple, Jacob lui avait même parlé de l'entreprise japonaise où il avait acheté sa casquette Latios, et Denny s'était pointé la semaine suivante avec une casquette violette à l'effigie, tenez-vous bien, de Miaouss. Ça ne lui allait pas du tout. Pour autant, quiconque choisissant délibérément d'arborer le matou pleurnichard qu'était Miaouss méritait davantage la pitié que le mépris, et donc Jacob le chambra. Toute discussion était bienvenue, pour chasser Trina de ses pensées.

– Quelle saison ?

– *Soleil et Lune.*

– Je vois. Quelle est ta question ?

– Je comprends rien à Pikachu, mon pote. Déjà, pourquoi Sacha le fait-il sans arrêt intervenir ? Il perd tous ses combats. Hop, on commence à se battre et Pikachu balance une décharge électrique supra faible et le Pokémon en face en profite pour attaquer et Pikachu se retrouve au sol avec des spirales dans les yeux. Il est tout mignon avec son petit « Pika ! Pika ! » qu'il nous fait tout le temps, OK, pigé, mais Sacha devrait quand même voir que ça le plombe chaque fois.

Jacob toisa Denny.

– T'es sérieux, avec ta question ?

Denny ouvrit le couvercle de son Tupperware d'algues.

– Très. Le gars gagne jamais rien.

– Mais pense à l'histoire, Denny. Où qu'il aille, Sacha est un étranger. C'est juste un gamin, genre notre âge. Pikachu est le seul en qui il puisse avoir confiance. Peu importe qu'il soit puissant ou non. C'est toujours vers lui que Sacha va se tourner quand il a besoin d'aide. C'est pour la même raison que des tas de joueurs gardent un Pikachu dans leur deck. Le but n'est pas vraiment de faire des dégâts. Il s'agit plutôt d'avoir quelqu'un qui puisse prendre un coup pendant qu'on réfléchit à tout le reste.

– Moi, je dis juste que tout ça me paraît profondément illogique.

– Dit le gars qui mange des chips aux algues séchées de chez Walmart.

– Bref, fit Denny en plongeant le bras dans son sac à dos. J'ai décidé de laisser tomber cet enfoiré de poussin jaune.

Il sortit un classeur débordant de cartes Pokémon qu'il ouvrit sur la table. Deux pleines pages de Pikachu en double.

– Tu peux les prendre si tu veux. Je fais le ménage.

Jacob savait que la plupart des cartes étaient sans valeur, mais en vit immédiatement une qui lui plut. Il appelait ça une erreur d'aiguillage : tout y était écrit en japonais et non en anglais, alors qu'elle était vendue aux États-Unis. Jacob adorait ce type de cartes, leur opacité l'attirait, l'idée que deux cartes avec des illustrations identiques puissent dire quelque chose de totalement différent selon la traduction, et il la fit glisser hors de l'étui en plastique.

– Garde-la, dit Denny.

– Tu sais, la principale se chargera de te débarrasser de tout ça si elle te voit avec ce classeur.

– Sans déc. C'est pour ça que je l'ai sur moi. Elle est en pleine inspection, là. Paraît qu'elle est en ce moment même dans les couloirs et qu'elle ouvre les casiers les uns après les autres. Pas trop pigé ce qu'elle cherchait, exactement.

– Attends, fit Jacob. Tu veux dire qu'elle vérifie tous les casiers ?

Denny retira un brin vert coincé sur son incisive.

– Il paraît, ouais.

Jacob saisit son plateau et balança sa sacoche sur son épaule.

– Faut que je fonce, dit-il en se précipitant hors de la cantine.

Il atteignit le bâtiment scolaire, le silence y régnait. La moitié des élèves était à table, l'autre moitié, en cours. Il approcha du couloir principal, en sueur, jetant un coup d'œil par la vitre de chaque salle de classe pour voir si Pat était là, mais ne la trouva nulle part. Il tourna dans la portion de couloir où se trouvait son casier, les lieux étaient déserts, là aussi, et il craignit d'arriver trop tard. Elle l'avait peut-être déjà ouvert ? Mais qu'y trouverait-elle, au fond ? Un sac de sport vide ? Pourquoi se faisait-il tellement de souci ? Il avait essayé de joindre Trina par texto depuis la première heure, l'avait cherchée partout, en vain. Si ça se trouve elle l'avait repris ? Il n'était peut-être même carrément plus là ?

Jacob gagna tout de même son casier avec précipitation. Il composa son code, l'ouvrit. Le sac était toujours là. Il s'en saisit et le fourra dans son sac à dos, sans savoir ce qui le poussait à faire ça. Il se dit *Je peux peut-être me retirer à cent pour cent de tout ça. Je peux peut-être carrément effacer mes traces. Supprimer tous les messages. Déchirer tous les papiers. Balancer ce sac dans le bayou. Ne plus rien avoir à faire avec ça.*

Il referma la porte de son casier et son sac à dos, quand il vit apparaître au détour du couloir la principale qui venait vers lui.

– Monsieur Richieu, n'êtes-vous pas censé être en train de déjeuner ?

– Si, bien sûr, j'y étais. Mais je n'ai pas très faim aujourd'hui.

– Que se passe-t-il ? C'est le jour de la dinde ? Je ne vous jette pas la pierre. J'ai souvenir d'avoir souffert le martyre, ici, pour Thanksgiving.

– Oui, m'dame.

– Vous êtes sûr que ça va ? Vous me paraissez un peu transpirant.

– Je ne me sens pas vraiment dans mon assiette, non.

Pat baissa les yeux vers le casier de son frère. Ils s'absorbèrent tous deux dans la contemplation du semblant de mémorial. Au bout d'un moment, Pat posa la main sur l'épaule de Jacob.

– Vous savez, je me rends compte que nous ne vous avons peut-être pas suffisamment demandé ce que vous en pensiez. Tout cela part d'une bonne intention, j'en conviens, mais peut-être n'avons-nous pas suffisamment pris en compte votre ressenti ? Cela vous rend-il les choses plus difficiles, de voir étalés ici toutes ces condoléances et ces hommages, alors que vous vous rendez simplement en cours ?

Jacob la dévisagea. Il ressentit exactement la même chose que quand M. Hubbard le fixait des yeux en cours. Le même genre de regard intrusif. Mais qu'est-ce qu'ils attendaient de lui, ces gens, à la fin ? Qu'est-ce qu'ils attendaient tous de lui ? La vérité ? Mais quelle vérité ? Où pourrait bien commencer une vérité à laquelle il aurait accès ? Pourquoi croyaient-ils qu'il savait ?

– Non, ça va, dit Jacob en reportant son regard sur le casier. Je penserais à lui de toute façon.

– Je n'en doute pas, fit-elle en lui tapotant le bras. Et votre père, au fait, comment tient-il le coup ?

– Ça va. Il bosse beaucoup.

– J'en suis sûre. Et donc, vous n'avez rien remarqué de louche, ce matin, de votre côté ? Je guette plus ou moins l'apparition d'un sac de sport bleu.

– Non, m'dame, dit-il en pressant son sac à dos contre les casiers.

– Et Trina ? Vous êtes assez proches, non ? Vous avez des nouvelles ?

– Je ne l'ai pas vue ce matin.

– D'accord. Prenez soin de vous. Ce serait trop bête d'être malade pile ce week-end.

– Ça va aller, fit Jacob qui resta planté là sans bouger tandis que Pat s'éloignait en faisant cliqueter son trousseau de clés.

Jacob était soufflé qu'elle ait mentionné le sac de sport bleu, mais surtout qu'elle l'ait interrogé au sujet du casier de Toby. C'était vrai. Pourquoi personne ne s'était-il intéressé à ce que ça lui faisait ? Y avaient-ils seulement pensé ? Il observa les cartes scotchées sur la porte et une terrible évidence le frappa soudain : Toby et lui utilisaient le même code pour tout, leur casier, leur portable. C'était leur date de naissance, le mois et l'année.

Il se demanda si Trina le savait aussi, si c'était comme ça qu'elle s'était introduite dans son casier. Après avoir vérifié que le couloir était bien vide des deux côtés, Jacob se pencha et composa les quatre chiffres sur le cadenas de Toby. Il leva le loquet et la porte s'ouvrit.

À l'intérieur, une enveloppe était posée sous une pierre.

Ça n'augurait rien de bon.

Jacob s'agenouilla et examina l'ensemble de plus près, comme si ce pouvait être piégé, d'une manière ou d'une autre, connecté à des fils invisibles ou un rayon laser. C'était une idée absurde. Mais le souvenir de la vidéo où on le voyait à son casier était suffisamment cuisant dans son esprit pour qu'il se méfie de tout, et c'est donc d'un geste précautionneux qu'il tendit la main vers la pierre et l'enveloppe dessous.

Il rejoignit ensuite en hâte les toilettes où il s'enferma dans une cabine. Il sortit la pierre et passa le pouce dessus. C'était un galet plat, ovale, d'un beige très légèrement veiné de rose. Du genre parfait pour les ricochets. Il le rempocha et passa à l'enveloppe.

Elle était tout aussi quelconque, toute blanche, le rabat passé sous l'encoche et non collé. Jacob glissa son doigt pour l'ouvrir et regarda ce qu'elle contenait. Un simple papier bleu.

C'était censé imiter une prédiction DNAmix, sauf que ça n'en était pas une. Jacob en avait vu suffisamment pour pouvoir l'affirmer sans faille – il avait encore eu dans les mains celle de Rusty le matin même. Là, en revanche, le papier était différent, relativement artisanal. Il était épais au toucher, presque du papier cartonné et quand Jacob le retourna, il vit que le message était écrit à la main, et non imprimé. En lettres majuscules, en petits caractères bien nets, on lisait :

JACOB RICHIEU

POTENTIEL DANS LA VIE : TOBY RICHIEU

– 22 –

« Pardonne-nous et nous Te pardonnerons »

« You forgive us and we'll forgive You »

Bon écoutez, j'ai lu des tas de choses sur les abeilles, mon père. Vous savez que toutes ces abeilles meurent à cause des antennes-relais téléphoniques – ou satellites, je confonds mais une des deux –, or il s'avère qu'on a besoin des abeilles pour vivre, car elles pollinisent tout. C'est pas juste une question de miel, hein, ce que je dis, même si le miel aussi, ça a son importance. Enfin, tout ça pour dire qu'on refait notre porche. Toute la baraque aurait bien besoin d'un coup de neuf, mais faut bien commencer quelque part. Donc voilà que j'abats un des piliers et dessus, qu'est-ce que je trouve, un nid. Fallait le voir pour le croire, mon père. Carrément plus gros que tout ce qu'on peut voir à la télé. Faut savoir que ma femme, elle est allergique aux abeilles. Elle était partie bosser, et je voulais surtout pas qu'elle rentre et qu'elle voie ça, elle aurait piqué une crise que vous avez même pas idée. Tout ça pour qu'on finisse par aller crécher chez sa sœur, merci bien. J'ose même pas imaginer depuis combien de temps qu'elles étaient là, sans qu'on en sache rien. J'étais scié, mon père, impossible de bouger, je suis resté là des heures à les regarder. Ça grouillait de partout. Et je repensais à tous ces trucs que j'avais lus. Je pensais à la beauté, la beauté du truc pris dans sa globalité. Comment on est tous connectés. Comment un truc aussi minus qu'une abeille finit en bout de chaîne par me remplir mon assiette en nous permettant à moi et ma famille de vivre, en fait, mais pas que ça, aussi comment elles dépendent d'autres trucs tout aussi petits comme les fleurs, pour faire leurs affaires. Comment tout se tient, dans ce grand schéma global où rien ne sert jamais à rien. Mais j'ai aussi pensé à ma femme, vous voyez, comme quoi je lui avais promis de refaire le porche, que j'allais gérer sans qu'on doive prendre quelqu'un qui nous facturerait trois fois le prix. Et donc, ce que je voulais dire, mon père, c'est que je les ai asphyxiées. Je les ai toutes tuées. Je m'en remets pas, franchement. Y en avait tellement, mon père, fallait voir, c'était quelque chose. J'ai tout bombé et après… ça tombait comme des mouches.

*

Pardonnez-moi, mon père, mais je crains de n'avoir pas grand-chose à confesser. Je n'ai que quinze ans, je n'ai pas de voiture et je passe l'essentiel de mes journées en cours, le soir je fais mes devoirs et le week-end c'est rare que je sorte, donc je n'ai franchement pas tellement d'occasions de commettre des péchés spectaculaires. Mais j'ai reçu ce papier qui dit que je suis censé devenir prêtre. Moi, ça me dérange pas spécialement, mais mes parents sont hyper flippés. Bon, moi je me suis dit, ouais, c'est typique. Évidemment qu'on allait me prédire ça. Je suis voué à rester puceau. Enfin bref, ils voulaient que je vous demande tout un tas de trucs sur comment ça se passe, en fait. Genre y a une école et tout ? Puis combien ça coûte ? Et ça paye bien ?

*

Bon, ce que j'ai à vous dire n'est pas facile, mon père. Je vais sur pas mal de sites, si vous voyez ce que je veux dire.

Des sites pour adultes. On trouve de tout, là-dedans, vous pouvez me croire. Y a des Américaines, des Européennes et des Mexicaines. Pas mal qui viennent de Prague, visiblement. Pour vous dire, à force, j'ai l'impression d'avoir visité Prague en long, en large et en travers. Et je suis marié, vous savez, donc j'évite au maximum tous les plans où on essaie de vous faire rencontrer des filles près chez vous. Je me tiens éloigné de tout ce qui ressemble de près ou de loin à des plans avec des femmes mûres et chaudes comme la braise. Chacun ses limites. Juste, moi, je regarde des vidéos de gens que je verrai jamais en vrai. Que des trucs réglo, quoi. Je fais rien de mal. Y a rien d'illégal à ça, si vous voyez ce que je veux dire. En fait ce que j'essaie de vous dire, là, c'est que ces sites, j'y vais, mais énormément. On peut installer ça sur son téléphone, alors après... Pas que j'aie envie vraiment de compter le nombre de fois où je suis allé sur ces sites, mais j'imagine que ça doit faire un paquet. Parfois, je fais ça au boulot. Ou je vais dans la cuisine, quand ma femme dort. Dès qu'elle me laisse seul à la maison, en fait. Je crois que si on prend du recul, en fait c'est une bonne chose. Ça m'aide à rester fidèle, vous voyez ce que je veux dire, quand j'ai besoin de me soulager ben je me soulage. Parce que ma femme, au lit, Dieu sait qu'elle est pas souvent partante, non pas que je lui reproche. Je comprends, hein, faut pas croire. Moi non plus j'aurais sans doute pas envie de coucher avec moi. Donc bon, c'est pas vraiment elle, le problème, dans l'affaire. Le problème, c'est que j'ai quarante-six ans et que ça fait un bail que je fais ça et je crois que j'ai vu toutes, mais absolument toutes les vidéos qui pourraient m'intéresser. Je traîne d'un site à l'autre, sans trop de but, et y a jamais rien que j'ai pas déjà essayé. Je trouve plus rien sur quoi cliquer. En fait, je crois que j'ai fait le tour. C'est toujours les mêmes parties du corps qui font et refont les mêmes gestes à l'infini et ça me fiche la trouille, mon père. Vous voyez ce que je veux dire ? Ben, moi, du coup je me dis : qu'est-ce qui me reste, après ?

*

Pardonnez-moi, mon père, mais je ne sais pas trop ce que je devrais vous dire exactement. C'est clair qu'il s'est passé des choses, il y a quelques mois, avec l'équipe, des choses dont personne ne parle. Des choses terribles, et moi j'ai tout vu, j'y étais mais je pensais pas que ça irait aussi loin. Ils se sont comportés comme… enfin, on s'est comportés comme des animaux, quand j'y repense. Ça avait plutôt bien commencé, on se marrait, mais c'est clair qu'elle, je sais pas, j'avoue je m'en veux maintenant. Puis, après, il est mort, donc on a tous pensé à autre chose pendant un moment. Sauf que… j'arrête pas d'y repenser. J'ai peur qu'elle essaie de se venger, je sais pas comment. Non, non. Pas question que je porte plainte ou quoi que ce soit dans le genre. Je pensais que je pouvais tout dire, ici. Non. Je ne veux pas en dire davantage. Je crois qu'à un certain niveau, sans doute que ça relève de la police. C'est pour ça que je peux pas en dire trop. On a fait une sorte de serment. Mais je me posais surtout une question, mon père, c'est au sujet du pardon. Pour quelqu'un qui a *vraiment* fait quelque chose. Est-ce que ça marche *vraiment* ?

*

Pardonnez-moi, mon père, car j'ai péché. J'ai menti. J'ai simulé pas moins de quatorze orgasmes avec mon petit copain depuis ma dernière confession. Mais bon ça remonte à un bail, alors je me rends pas trop compte si ça fait beaucoup ou si c'est genre dans la moyenne.

*

Pardonnez-moi, mon père, mais j'ai eu cette prédiction. Juste l'autre jour, et vous savez ce qu'elle dit ? Pardon, j'avais pas prévu de pleurer. Mais vous savez ce qu'elle dit ? Ça dit « danseuse classique », mon père. Danseuse ! Alors que j'avais quasiment oublié. Pardon. Mais si vous saviez comme j'ai bossé dur, depuis toute petite, et même encore au lycée, combien je me suis entraînée. Tout ce que mes parents ont dépensé. Tout ça m'est revenu d'un coup. Désolée. Je vais arrêter, promis. Mais ça m'a aussi rappelé le fait que, vous savez, je n'ai jamais voulu d'enfant. On était tellement jeunes, et bêtes, et ça n'a jamais vraiment été ma vie, en fait. Je suis désolée, mon père. Mais quand je pense à toutes ces années, vous comprenez ? Des années et des années sacrifiées. Et puis les enfants. C'est ça que ça m'a rappelé. J'aurais préféré ne pas en avoir.

*

Pardonnez-moi, mon père, j'ai doublé dans la file. Je suis pressé. J'ai entendu dire que la principale prenait sa retraite, c'est vrai ? Si oui, il faut absolument que vous l'en dissuadiez. On est au beau milieu du semestre, nom de Dieu. Les élèves vont devoir passer leurs examens pour l'entrée à l'université, il va y avoir des matchs officiels, la vente de charité et le bal de fin d'année. Et en tant que membre bénévole, j'insiste sur le bénévole, des parents d'élèves, laissez-moi vous dire qu'on ne pourra pas en faire davantage. On a déjà travaillé comme des damnés pour toute cette histoire de bicentenaire. Donc il va absolument falloir que vous lui disiez de calmer ses ardeurs, si je puis dire. Il faut juste qu'elle patiente jusqu'à la fin de l'année, c'est tout. Je vous remercie. Je voulais aussi mentionner le fait que je suis dans le rouge ce mois-ci, de trente-trois dollars. Non. Non. Je ne lui ai toujours pas dit.

*

Pardonnez-moi, mon père, mais j'ai une gueule de bois du tonnerre. Sans compter que, ça n'arrange rien, c'est avec un prêtre que je me suis mis minable, hier soir. Bon, j'ai toujours entendu dire que la doctrine de l'Église était assez stricte, question alcool, mais vous auriez vu la descente du gars ! Je veux dire, non mais waouh. C'est ça qu'on vous apprend au séminaire, mon père ? Avec le maire, c'est à peine si on arrivait à tenir le rythme. Oui, il a aussi corrompu le maire de la ville, parfaitement, c'est fou, non ? Mais il sortait de bonnes blagues, pour un curé, je dois l'avouer, et il avait l'air sympa, donc c'était une bonne soirée. Mais bref, ce prêtre, que vous connaissez peut-être, on a dû le raccompagner chez lui parce qu'il avait vraiment trop bu. Il avait même pas de bagnole sur le parking, maintenant que j'y pense. On l'avait peut-être bue ? Je sais plus trop. Bref, j'y pense que maintenant, mais c'est malpoli de ma part de pas lui avoir proposé de le déposer ce matin au lycée quand Tipsy m'y a conduit. On va au même endroit, après tout, mais j'en tenais une telle couche que ça m'a même pas traversé l'esprit. C'était malpoli et je vous présente mes excuses. Mais bref, là il est 15 h 15, mon père, et c'est l'heure de la quille. Et donc la question que je me pose, c'est : voulez-vous que je vous dépose quelque part ?

– 23 –

« Chacun cédait la priorité, encore et encore et encore »

« The yield went around, and around, and around »

Après la confession, les hommes conçurent un plan.

Douglas conduirait Pete jusque chez Geoffrey, pour sa leçon de 16 heures. Pete pourrait alors prendre la voiture de Douglas, en l'occurrence celle de Cherilyn, pour passer chez Lanny prendre des nouvelles de Trina, que personne n'avait vue en cours. Il serait de retour dans l'heure, lui dit Pete, sans faute, simplement il fallait qu'il s'assure qu'elle allait bien.

– Ça vous arrive d'avoir un très mauvais pressentiment ? demanda Pete. Et après vous regardez autour de vous et tout vous semble de mauvais augure ? Comme si les problèmes se multipliaient ?

– Ça m'arrive chaque fois que la classe à qui j'enseigne l'éducation civique en quatrième heure se pointe.

– Écoutez, dit Pete, je suis resté assis dans mon confessionnal toute la journée, donc moi aussi, je suis d'humeur à faire un aveu. Après le bar, hier soir, quand Tipsy nous ramenait, pendant que vous siffliez – c'était magnifique, d'ailleurs, j'en profite pour le dire –, j'ai aperçu Trina devant chez quelqu'un. Je l'ai vue passer par la fenêtre.

– Vous croyez qu'elle voit quelqu'un ?

– Non, ça ressemblait pas à ça. Je crains plutôt qu'elle se soit livrée à un petit cambriolage.

– Ho ho, fit Douglas tout en enfonçant la pédale de frein.

Ils étaient arrivés à un croisement sans signalisation, peu après la place. Le trafic était intense, plus personne n'avançait. Il n'avait jamais vu autant de véhicules à Deerfield, des camions de livraison, des utilitaires chargés de piquets de tentes, de chaises pliantes et, tandis qu'il les contemplait, Douglas réalisa combien il avait hâte d'en avoir fini avec ça. Il jeta un regard à droite, vit le conducteur jeter un coup d'œil à sa droite à lui, où un autre conducteur consultait la sienne, non pas par politesse, comme c'eût pu être le cas à Deerfield n'importe quel autre jour, mais plutôt parce que aucune des voitures n'avait nulle part où aller. Deerfield était pleine à craquer, semblait-il.

– Je veux juste passer la voir, dit Pete, pour parler un peu avec elle.

– Vous êtes sûr ? C'est pas plutôt à la police de s'en charger ? Vous feriez pas mieux d'en parler à Lanny ?

– Je sais. Mais je veux lui laisser une chance de s'expliquer. Il y a pas grand monde qui la soutient, même pas son père. Il s'occupe que de sa gueule, celui-là.

Douglas réussit enfin à se dégager, pour s'arrêter aussitôt de l'autre côté du carrefour.

– Oh bordel de Dieu ! lâcha-t-il, regrettant immédiatement d'avoir aussi gaillardement contrevenu à l'un des dix commandements juste devant un prêtre.

Pete fit comme si de rien n'était, pour une raison évidente. Il était absorbé dans la contemplation de la rue, afin de dissimuler ses larmes. Cela n'échappa pas à Douglas. Une énergie d'une autre nature circulait maintenant dans l'habitacle, une électricité obscure. Quand Pete reprit la parole, il se racla la gorge et parla d'une voix voilée :

– Je ne sais pas, je lis des trucs à son sujet sur les murs des W-C et ça me fait mal pour elle.

Il pressa ses doigts au bord de ses yeux. Douglas prit à droite et s'engagea dans un parking pour échapper à la circulation. Il regarda Pete, puis la route.

– Je comprends.

Il comprenait surtout que Pete était en train de pleurer, et la seule chose à faire, quand quelqu'un pleure, c'est de le laisser en paix, ne pas l'interrompre, ne pas lui donner de conseils. Il est rare qu'un homme pleure devant un autre, c'est comme voir le point d'où part un éclair, ça n'appelle pas de commentaire.

– Je suis désolé, dit Pete en inspirant un bon coup par le nez. Mais la confession, ça me plombe. Ça m'a toujours plombé. Surtout les gamins. Je les entends me parler, ce sont des mômes, et la semaine d'après ils me confessent une bêtise affreuse et, soudain, ce sont des adultes. Ça se passe si vite, j'entends quasiment la transition se faire. Ça m'attriste. J'ai l'impression que nous, on avait le temps, on profitait d'un entre-deux interminable avant l'âge adulte, non ? Alors qu'eux ils passent si vite le cap, ça s'entend. Au regret dans leur voix. Enfin, je crois. Ces gamins font un truc qu'ils regrettent et c'est terminé. Bam. Tout d'un coup, ils sont comme nous.

Douglas conduisait en silence et tous deux, sans en avoir conscience, se mirent à faire ce que font bien des hommes quand ils sont confrontés à des problèmes insolubles de taille. Ils essayèrent de les résoudre. Que feraient-ils, s'ils étaient les parents ? Comment s'y prendraient-ils pour régler ça ? Ils se montreraient peut-être stricts, ou honnêtes, ou davantage compréhensifs envers leurs enfants, un peu plus prompts à pardonner. Quoi qu'ils fassent, ça marcherait. Ou sinon, bien sûr, ça échouerait. Les bonnes intentions, ça finissait souvent comme ça.

– Parfois, je me dis qu'être prof est un plus, fit Douglas. Le fait de fréquenter autant les mômes. Ça devrait m'aider à les comprendre. Mais, d'une certaine manière, je crois que ça a l'effet absolument inverse.

Pete inspira par le nez. Il se redressa dans son siège comme s'il voulait changer de sujet.

– Vous n'avez jamais voulu avoir d'enfants, avec Cherilyn ?

– Si, on aurait voulu. On a essayé quelques années. Passé des tests et tout vérifié. Mes nageurs fonctionnent cinq sur cinq, comme on dit, et tout est en ordre de son côté aussi. Mais arrive un moment où soit on consacre toutes ses économies à courir après ce rêve, en faisant tourner toute sa vie autour de ça, soit on renonce.

– Il y a des choses auxquelles il n'est pas si simple de renoncer.

– Je sais, oui. On a vu des couples sur ce mode, chez le médecin, qui suivaient tout un protocole, des jeunes couples comme nous à l'époque, se faisant mutuellement des piqûres et suivant des calendriers à la lettre et on a vu la peur dans leurs yeux quand ça ne marchait pas. On pouvait voir qu'ils se disaient *Mais pourquoi suis-je encore avec cette personne ?* Je sais que Cherilyn ferait une très bonne mère. Il n'y a pas plus attentionné qu'elle. Mais je n'ai jamais eu envie qu'on soit comme ça, à tout planifier autour d'un rêve qui pourrait ne jamais se réaliser. À constamment penser à ce qu'on n'a pas au lieu de se concentrer sur ce qu'on a.

– Vous savez ce qu'on dit ? Il n'y a qu'une seule manière de faire marrer Dieu.

– Et quelle est-elle ?

– De faire des prévisions.

La blague arracha un sourire à Douglas, mais l'idée lui fit immédiatement reconsidérer son plan du matin. Convoquer Cherilyn et briser ses rêves sans autre forme de procès. Était-ce vraiment cela qu'il souhaitait ? Quel genre de personne cela ferait-il de lui ? Serait-il toujours un mari, ou même un ami, s'il suivait cette tactique ? Ou cela ferait-il de lui une sorte de voleur, comme Trina ? Il s'engagea dans Willow Street, en route pour chez Geoffrey.

– Et vous ? demanda Douglas. Je suppose que vous n'avez jamais voulu en avoir, vu qu'il n'est pas permis de… vous voyez quoi.

Pete le regarda.

– Pas permis de quoi ? De faire la bête à deux dos ?

– J'allais dire de se marier.

– Eh bien, j'ai été marié. Il y a bien longtemps. Avant d'entrer au séminaire.

– Est-ce que je le savais ?

– Aucune idée, sourit Pete. C'est une info que je ne fais pas trop circuler.

Douglas songea à ce qui pouvait mener un homme anciennement marié à devenir prêtre et aucune des explications n'était plaisante. Quelque chose lui disait qu'un prêtre ne pouvait pas être divorcé, et cette information limitait les options déplaisantes à une seule.

– Je suis désolé. Je l'ignorais.

– C'est pour cela que je me suis lancé, pour être franc. Si vous m'excusez ma franchise.

– Vous préféreriez que je tire un petit rideau entre nous ? Vous vous sentiriez davantage à votre aise ?

– Non, fit Pete. C'est juste qu'on croyait qu'elle était enceinte. Je ne l'ai pas souvent raconté, mais nous aussi, on voulait des enfants. Et on a cru que c'était bon. Elle prenait du poids et tout, on était fous de joie. Sauf que ce n'était pas un bébé. Tout s'est passé à une vitesse hallucinante, ensuite.

– Oh mon Dieu.

– C'est aussi ce que je me suis dit, dit Pete en le regardant. Soit c'était Dieu pour le restant de mes jours, soit je devenais un type infréquentable.

– Puis-je vous demander comment elle s'appelait ?

– Anna. Elle s'appelait Anna, répéta-t-il en se rasseyant bien au fond de son siège.

– D'accord.

– Anna, redit Pete.

– Anna, dit Douglas.

Il fut submergé par une vague de respect pour Pete, sans trop pouvoir s'expliquer ce qui provoquait pareil sentiment. Était-ce sa foi ? Sa sincérité ? Son choix de faire quelque chose de positif après une épreuve si épouvantable que Douglas pouvait à peine la concevoir, perdre Cherilyn ? Qu'est-ce que cela lui ferait ? Il se sentait déjà complètement en vrac émotionnellement parlant, et lui et Cherilyn n'avaient même pas encore évoqué leurs prédictions. Ne s'étaient même pas encore disputés. Comment Pete avait-il pu survivre à la mort d'Anna ? L'idée l'emplissait d'effroi.

Ils roulèrent en silence jusqu'à la résidence.

– Vous savez, dit Douglas, plus je parle avec vous, plus je réalise que j'ai un bon millier de questions à poser à un prêtre. Pas vraiment des questions spirituelles, hein – bien que j'en aie aussi quelques-unes de ce type –, mais plutôt des questions terre à terre, sur la vie de tous les jours.

– Je suis à votre disposition. Allez-y.

– D'accord. Pour commencer, est-ce que ça gêne, ce col ? Ça fait comme une cravate ? Je supporte pas les cravates, moi.

– Nan, parfois j'oublie même que je le porte.

– Ah OK. Puisque vous dites si souvent la messe, vous arrive-t-il de décrocher complètement et d'oublier jusqu'au passage que vous étiez en train de lire ?

– Non. Il s'agit des saints sacrements. Ça me semble relativement important de garder le fil, dans ces moments-là.

– Ça paraît logique, dit Douglas. Et Dieu, dans tout ça ? S'adresse-t-Il parfois directement à vous ? Je veux dire, vous entretenez un lien spécial ?

– Oui, mais ce n'est sans doute pas si éloigné de la manière dont Il vous parle.

Douglas se gara.

– Une dernière. Le moment que je préférais à la messe, quand j'étais petit, c'est quand le prêtre brandit les hosties.

– Le corps du Christ, dit Pete, sourire aux lèvres.

– Oui, pardon. Quand il brandit bien haut le corps du Christ, que les cloches sonnent et qu'il psalmodie un truc comme : « Le myssssstèrrrrrre de laaaaaaaa foi ! »

– Oui, moi aussi j'aime bien ce moment.

– Le prêtre avant vous avait un style très différent, vous le saviez ? Il la jouait très grave, alors que chez vous ça sonne assez facétieux, ce que je préfère. J'adore la manière dont vous le dites. On dirait une phrase d'une chanson que je siffle souvent. Et donc, ma question, c'est : est-ce que chaque prêtre peut tout bonnement décider de comment il veut le faire ? Je veux dire, on vous forme, pour ça ?

Pete sourit derechef.

– Allez savoir…

Douglas le toisa.

– Et dans le monde entier, il y a des centaines de prêtres en formation plantés devant leur miroir en train de chanter ? Ça fait comme une chorale de prêtres à l'entraînement, chantant chacun dans son coin *Le Mystère de la foi* ?

– En tout cas, la scène est plaisante à imaginer, dit Pete. Vous voulez que je vous le fasse ?

– Oui, trois fois oui.

– Vous m'accompagnez ?

Pete baissa la visière de la voiture et fit glisser le volet dissimulant le petit miroir.

– Ça n'a pas l'air mal, dit-il.

Et Douglas fit de même, baissa la visière de la voiture de sa femme pour s'observer. Et sur le parking des Scenic Wetlands and Balconies Apartment, tous deux entonnèrent à l'unisson :

– Le myssssstèrrrrrre de laaaaaaaa foi !

– 24 –

« On va l'enregistrer en public, c'est pas du jive »

« We'll record it live, that's no jive »

Douglas les entendit avant d'avoir grimpé la moitié des escaliers.

On aurait dit *In the Mood* ou *Sing Sing Sing*, ou peut-être un truc de Basie ou Miller. Des percussions régulières, basses, un riff de guitare jazzy, un cor pour faire mijoter le tout. Ce simple son, Douglas le savait, dès les premières secondes, avait une chance de transformer complètement sa journée. Tel est le pouvoir des oreilles.

Mais ce n'était pas un disque, ni la radio. Le son était trop incarné, du direct. Douglas jeta un œil à sa montre, il était à l'heure et se demanda si Geoffrey avait de nouveaux élèves. C'était toujours mieux que le scénario de cauchemar dont Douglas avait rêvé la veille, dans lequel Geoffrey déménageait à Las Vegas pour extraire des lapins d'un chapeau, mieux que sa peur de trouver porte close en se pointant aujourd'hui. Se penchant à la balustrade, il vit Pete repartir au volant de l'Outback. Il redressa sa casquette sur son crâne et frappa à la porte.

La musique ne s'arrêta pas. Douglas insista.

Il allait essayer d'ouvrir la porte de lui-même quand elle s'ouvrit toute seule.

Geoffrey était au milieu de la pièce, debout sur la table basse. Il portait le haut-de-forme de la veille sur un jean et un tee-shirt. Il dansait, des petits pas parfaits sur le rythme qui le baignait, bien plus clair maintenant que la porte était ouverte, juste un pas en avant, un pas en arrière. Il semblait complètement immergé dans la bulle de ce morceau et souriait. Il retira son chapeau, le fit tournoyer entre ses mains. Il ouvrit grand les bras comme pour dire *Bienvenue, Hubs*.

En entrant, Douglas vit quatre musiciens en cercle autour de lui. Geoffrey descendit de la table et vint lui serrer la main. Il se tourna vers le groupe qui n'avait pas cessé de jouer et dit :

– Je vous l'avais pas dit ? Ce gars-là est toujours pile à l'heure.

Geoffrey brandit la montre de Douglas, qu'il était parvenu on ne sait comment à retirer de son poignet sans qu'il s'en rende compte. Il la balançait devant lui en signe de preuve.

– Salut, fit Douglas. Comment t'as fait ça ?

– La magie naît parfois sous la contrainte, dit Geoffrey en lui rendant la montre. Allez, viens, entre.

Douglas referma la porte derrière lui et posa son étui à trombone par terre. Le rythme continua sur sa lancée, bas, lancinant, sans que les musiciens lui disent un mot.

– Hubs, je te présente The Bedknobs and Broomsticks, dit Geoffrey. C'est mon ancien groupe. Ils jouent sur la grande scène demain pour le bicentenaire. Je les ai invités.

Douglas salua chacun d'eux d'un signe de tête, mais ils continuèrent à jouer. C'était un rythme lent, sur une mesure 3/4, crut discerner Douglas ; ils avaient l'air d'être en train d'accorder leurs instruments et pas de jouer un quelconque morceau. On eût dit qu'ils attendaient, espéraient peut-être un signe pour se mettre à jouer à l'unisson.

– The Bedknobs and Broomsticks ? « Têtes de lit et manches à balai » ? s'étonna Douglas. Comme dans ce film, là, qui ressemble à *Mary Poppins* ?

Le batteur leva les yeux. De sa voix rauque, profonde, avec des intonations encore plus sudistes qu'à Deerfield, il dit :

– Ça s'appelait *L'Apprentie sorcière.* On a commencé sous le nom de Badaboum Boum Boum. Alors tu vois le chemin parcouru…

Douglas observa autour de lui. Dans le meilleur scénario, une créature bienfaisante avait remplacé le petit studio dans lequel il se trouvait la veille par une version du paradis. La musique suivait sa trame basse et le batteur, maintenant que Douglas y prêtait attention, semblait aveugle. Il tenait le fût de la caisse claire serré entre ses jambes et la frappait à coups de brosses. Il secouait la tête de côté comme s'il avait de l'eau dans les oreilles et essayait de s'en débarrasser. C'était incontestablement l'une des choses les plus cool que Douglas ait jamais vues.

Sur sa gauche, la bassiste devait mesurer pas loin d'un mètre quatre-vingt-quinze. Elle était maigre comme un clou et portait une chemise sans manches en flanelle. Elle avait les bras couverts de tatouages de paon et Douglas remarqua qu'émergeait de sa poche une jolie cigarette électronique, semblable à celle qu'il avait confisquée à un élève. Elle jouait en boucle une rythmique entraînante, les yeux rivés sur ses doigts comme s'ils pouvaient la surprendre.

Le guitariste était installé dans un fauteuil, à l'autre bout du salon, soixante ans au bas mot, coiffé d'un Fedora à plume que Douglas lui envia aussitôt. Sa main glissait le long du manche d'une large Gretsch à corps creux, branchée sur un ampli pas plus gros qu'une cafetière à ses pieds. Il ne jouait que des accords barrés, ses gestes aussi légers et gracieux que s'il ne faisait qu'effleurer les cordes. Il regarda Douglas et hocha la tête.

À la droite de Douglas, se tenait un saxophoniste, au repos. Les yeux fermés, une longue queue-de-cheval dans le dos, il tripotait les boutons nacrés de son instrument. Douglas entendait les valves claquer discrètement et comprit que le type se jouait un solo in petto. La concentration se lisait sur son visage, ses lèvres fermées sur l'embouchure, ses sourcils s'arquant sous l'effet de la surprise. Aucun doute pour Douglas : il était en train de livrer une performance impeccable.

Le regard de Douglas revint vers Geoffrey. Il songea qu'on devait ressentir quelque chose de cet ordre quand on prenait des drogues dures pour la première fois. C'était une euphorie inattendue.

– Je dérange, peut-être ? dit Douglas.

– Tu veux rire ? fit Geoffrey. C'est pour toi, Hubs. Je leur ai parlé de tes projets. Maintenant remonte-moi ce trombone et en piste. On jamme.

Douglas ouvrit l'étui et entreprit de revisser les différents éléments avec nervosité tandis qu'autour de lui la musique s'épaississait, la mesure se renforçant.

– Et maintenant écoute, dit Geoffrey, tu te souviens de ce qu'on a vu ensemble hier ?

– *Soixante-seize trombones* ?

– Appelle ça comme tu veux. Je te parle de la première note que je t'ai montrée. Hyper basse. Pince les lèvres et souffle fort, ça doit venir du ventre.

Douglas arma le trombone à l'épaule et souffla. La note résonna, mais personne ne lui accorda un regard. Ils continuaient de jouer.

– Plus fort.

Geoffrey se saisit de sa baguette posée sur la table basse. Il la tapota sur son ventre.

– Il faut que ça vienne de là. Tu n'es pas un petit être fragile. On n'est pas au conservatoire.

Douglas inspira profondément et souffla de nouveau, et ça y était.

– Voilà, tu l'as ! Tu peux t'en tenir à ça, d'accord ?

Il fit tournoyer la baguette dans sa main.

– Chaque fois que je la dirige vers toi, tu joues cette note. Ça va passer crème.

Douglas prit une grande goulée d'air et porta le trombone à sa bouche. Il sentait que le groupe s'accordait, chacun s'extrayant de sa bulle. Le batteur leva les yeux au plafond et Geoffrey reprit sa petite danse, comme s'il dirigeait l'ensemble de la pointe des pieds. Il dessinait un petit cercle, laissant à Douglas le temps de sentir la mesure et, de fait, elle lui apparut. Elle montait tout autour de lui, l'englobait. Il raffermit sa prise sur l'instrument et, comme prévu, pile quand il s'y attendait, Geoffrey pointa sa baguette sur lui et Douglas souffla.

Dieu que c'était bon.

Geoffrey ne fit aucun commentaire et ne donna aucune instruction complémentaire, laissant la sauce prendre. Il levait sa baguette et *bomp*, Douglas répondait présent. Il le sentait désormais, le thème sous-jacent. Il faisait la note basse. Il n'avait qu'à les suivre avec régularité, son trombone deviendrait le tronc central à partir duquel toutes leurs branches pousseraient. Douglas en était capable, il maîtrisait, il pouvait tenir cette note sur ce rythme le temps d'un morceau infini.

Il se mit à se balancer d'avant en arrière, ses souliers vernis frappant le lino en cadence, devenant une ligne de plus de leur rythme évident. *Bomp.* Nouvelle impulsion. Une fois qu'il eut fait la preuve qu'il était fiable, Geoffrey cessa de pointer sur lui sa baguette. Il étala un jeu de cartes sur le plateau, ses mains dansant par-dessus au rythme de la musique. *Bomp* puis *tat-tat*, *bomp* puis *tat-tat*, et le tempo devint tangible, concret. Pendant ce temps, les cartes sur le dessus de la pile s'étaient mises à bouger. Le rythme s'intensifia, Geoffrey dansait, et les cartes se soulevèrent insensiblement du sommet de la pile comme tirées par une ficelle. Elles planaient sous la paume de Geoffrey, et Douglas lança sa note de nouveau. Il aurait pu pleurer.

Geoffrey tapa dans ses mains sur le premier temps, les cartes retombèrent sur la table et le saxophone plongea dans son solo comme si chacun n'avait attendu que cela.

Douglas n'aurait su décrire la joie qui le submergea en entendant souffler son partenaire, c'était une euphorie réservée aux musiciens. Le son du saxophone emplit la pièce, inédit, et tous levèrent les yeux de leur instrument pour le regarder jouer ce dont il avait rêvé.

Geoffrey frappa le plat de la table de sa baguette et désigna Douglas.

– OK, et maintenant, à toi.

Douglas lui fit des yeux ronds, manière de dire *Non, non, pas ça*, et rejoua sa note basse.

– Pas avec ça, non.

Et, pointant ses propres lèvres, Geoffrey ajouta :

– Avec ça.

Douglas semblait déçu. Il baissa son trombone.

– Que je siffle ? Je sais pas trop.

– Je leur ai parlé de toi, dit Geoffrey sans que le groupe cesse de jouer. C'est ça qu'ils veulent entendre. Mais pas le *Summertime* de Charlie Parker. Un truc bien à toi. Que tu te laisses porter où bon te semble.

Qu'il n'y ait pas plus simple manière de les contenter surprit même Douglas. Il n'avait pas plus tôt posé le pied sur la première marche, tout à l'heure, et entendu la musique, à peine était-il entré dans la pièce qu'il avait été assailli d'une flopée de gammes possibles. Il n'aurait pas su les nommer, n'aurait pas su dire d'où elles lui venaient, mais son imagination en était pleine. Il pouvait le faire les yeux fermés. Et c'est ce qu'il fit.

Douglas laissa ses paupières se fermer tandis qu'il sifflait la première note, un ton bas, ponctuel, comme il en avait joué au trombone, juste pour qu'ils sachent qu'il était là. Le saxo atténua la force de son solo et Douglas rejoua cette note grave, mais cette fois-ci il y ajouta deux brefs coups un peu plus aigus, un petit coup bonus, comme s'il frappait à la porte.

Le saxo monta d'une octave pour lui dérouler le tapis rouge et Geoffrey, tendant le bras, prit le trombone des mains de Douglas. Celui-ci ouvrit les yeux et sourit. Il rejoua sa note grave et s'humecta les lèvres. Entendit le guitariste complexifier doublement ses grilles d'accords, comme pour prévenir chacun de ce qui s'annonçait, et vit Geoffrey hisser le trombone sur son épaule. Ce dernier lui décocha un clin d'œil, se redressa et dit :

– Allez, on y va.

Et de fait, ils y allèrent.

Douglas se lança dans une complainte aiguë, reprenant le rêve que le saxo avait déroulé précédemment. Le groupe accéléra pour le rattraper et Geoffrey s'adossa à cette ossature, jouant avec tout le talent requis. Douglas jouait toutes les notes sur commande, contorsionnant son visage et montant et descendant sur les talons, et quand il chuta dans les graves, flirtant avec la tonalité d'un saxophone baryton, sa langue vrillant dans sa bouche, le batteur, qui ne regardait même pas dans sa direction, cria :

– Ouais !

Douglas s'immergeait dans des standards et s'en affranchissait quand ça lui chantait. Il reprit des passages de *Basin Street Blues* et de *Swingtime* et conclut sur un florilège de sa composition, jusqu'à ce que, alors qu'il était au bord de l'asphyxie, Geoffrey lève son trombone et prenne le relais.

Le morceau dura encore trois minutes, une éternité de grâce, ponctuée par les claquements de doigts de Douglas qui sifflait sur la trame. Il dansait sur place, baigné dans la musique, quand son portable sonna dans sa poche.

Douglas le sortit et, juste comme ça, le morceau prit fin dans une dernière embardée.

– Eh ben, ça alors, fit la bassiste. Ça, c'est siffler !

Douglas sourit sous les compliments, puis vit que l'appel venait de chez sa belle-mère. Cela aussi le ravit. Il ne se souvenait pas de la dernière fois qu'il s'était senti aussi bien et, comme tous les gens amoureux, avait envie d'en faire part à Cherilyn. Téléphone en main, il dit :

– Un instant.

Et sortit sur le palier.

Il ne put réprimer un sourire en entendant la bassiste lancer un nouveau tempo et sifflota une mesure d'accompagnement tout en prenant l'appel.

– Est-ce ma dulcinée au bout du fil ? Le miaou de mon chat ? Mon aubergine à moi ?

– Douglas ?

C'était Cherilyn.

– Quoi de neuf sous le soleil, ça jazze ?

– Pourquoi tu parles comme ça ?

– Je suis chez Geoffrey. Avec des musicos. On jamme. Tu verrais, c'est incroyable.

– Chez Geoffrey ? Alors je sais pas si je dois te croire.

Douglas écoutait à peine. Il se sentait attiré par le rythme, commença à siffler au téléphone, une petite mélodie suivant la basse de l'autre côté de la porte. Il espérait que Cherilyn l'entendrait comme lui, pourrait en profiter aussi.

– Qu'est-ce que tu fais ?

– Je siffle.

– Bon, tu peux arrêter s'il te plaît ?

Douglas obtempéra.

Avec cette simple phrase, le nuage noir au-dessus de lui doubla de volume. Lui avait-elle déjà dit ça auparavant ?

– Écoute, je sais qu'on était censés discuter ce soir, mais je vais sans doute rentrer un peu tard.

Douglas ne répondit rien.

– Je suis chez ma mère.

– D'accord. Mais tout va bien ? Tu veux que je vienne ?

– Non. Amuse-toi, profite. Je voulais juste que tu ne m'attendes pas.

– Tu seras là pour le dîner ? J'ai une envie dingue de manger de l'aubergine.

– Je sais pas trop.

– Mais ça va ? T'as l'air bizarre.

– Peut-être que je suis un peu bizarre, hein. Tu devrais y penser.

– Je ne comprends pas. Qu'est-ce qui se passe ?

– Rien, simplement ne m'attends pas. Je me réchaufferai un truc en rentrant.

Cherilyn raccrocha et Douglas rempocha l'appareil. Il n'aurait su dire quoi, mais quelque chose clochait.

Il n'eut pas le temps d'y réfléchir davantage, une gamine s'était matérialisée devant lui sur le palier. Elle devait avoir dans les dix ans. Dans le creux de sa paume, un ticket bleu.

– J'habite juste en dessous, dit-elle. Ma mère m'a dit que je ferais mieux de monter.

Sur le papier, on lisait : **AGENT ARTISTIQUE**.

– 25 –

« J'ai relevé ma vitre mais j'ai le moral en berne »

« Got the windows rolled up
but my mind's rolled down »

Pete devait reconnaître que l'Outback tenait la route.

Il n'avait pas dépassé les quarante kilomètres-heure depuis qu'il avait quitté les Scenic Wetlands Apartments and Balconies, mais avait pris quelques virages un peu raides. Trois virages en épingle, pour être franc, et une manœuvre hasardeuse.

Il y eut d'abord une série de zigzags sitôt franchi le portail de la résidence. En sortant, il avait dû donner un brusque coup de volant pour éviter un écureuil et un autre en voyant que ce dernier était poursuivi par un chien. Pete n'avait pas spécialement envie d'écraser une quelconque créature de Dieu avec son automobile mais il aurait tout bonnement perdu la tête, dans l'état où il était, s'il avait percuté un chien. Il fit donc une embardée, s'en remit à Jésus, ferma les yeux en grimaçant, appuyant inexplicablement sur la pédale d'accélérateur au lieu du frein et sentit le véhicule réagir d'instinct, comme un animal lui aussi. Il bondit en avant à la seconde, les pneus accrochant le bitume, et gérant les brefs coups de volant comme des griffes. Quand Pete rouvrit les yeux, il se signa et dit une courte prière. Il n'avait rien entendu ni senti passer sous ses roues, et quand il jeta un coup d'œil dans le rétroviseur, il vit l'écureuil sur le bas-côté, escaladant les maillons d'une chaîne le menant jusqu'à un pin, et le chien, de l'autre côté de la chaussée, se grattant l'oreille comme incapable de se rappeler ce qu'il faisait au bord de la route en premier lieu.

Le premier virage sportif suivit peu après quand, voyant combien Maycomb Street était embouteillée, il voulut subitement prendre à gauche pour tenter un raccourci. Le volant répondit à la seconde, sans déperdition – le véhicule aurait pu slalomer sans dommage à travers les pièces d'une maison tant il était maniable. Il n'avait rien conduit d'autre que son camion depuis vingt ans, réalisa soudain Pete, et la direction était si lâche qu'il fallait tourner le volant plusieurs fois avant que le capot commence à opérer son virage. Avec son camion, il se sentait davantage à la barre d'un navire que pilote.

Il avait ce camion depuis Anna, s'y était arrimé depuis Anna, ou à cause d'Anna, aurait-on pu dire, et de fait, elle occupait toutes ses pensées depuis qu'il l'avait évoquée avec Douglas. Il était heureux de l'avoir évoquée. Quand avait-il parlé d'elle à quelqu'un pour la dernière fois ? Il y a trop longtemps, aucun doute, et le fait d'en parler à Douglas lui avait fait l'effet d'une confession. Et pourquoi en avait-il parlé ?

Douglas ne l'avait pas directement interrogé sur son passé, il avait simplement mentionné ce projet d'enfant et Anna avait surgi inopinément. Pas seulement elle, mais aussi ce qui aurait pu être, ce qu'ils auraient pu être tous les trois – ce qui aurait *dû* être, Pete se le disait souvent. Pour autant, sa façon de tenir à couvert ce sentiment d'injustice, de faire en sorte que sa foi n'en souffre pas, confortait Pete dans l'idée que ça *devait* advenir, que, dans le fond, c'était écrit depuis la nuit des temps, afin de permettre la naissance de celui qu'il était aujourd'hui. L'idée qu'elle était peut-être morte pour qu'il puisse aider les autres à voir combien ils étaient chanceux à travers Dieu, à travers même l'idée de Dieu, combien il avait de la chance d'avoir connu Anna, de l'avoir tenue dans ses bras, d'avoir connu l'amour d'une personne physique, senti ses mains, l'étau de ses bras reconnaissants. Il devait s'en souvenir et s'en montrer digne.

Il était heureux d'avoir partagé cela avec Douglas, par ailleurs. Pete avait le pressentiment ténu de s'être fait un nouvel ami, ces dernières vingt-quatre heures. La chose était rare, plus rare qu'il l'aurait voulu ; on se rend vite compte, en tant que prêtre, qu'on n'est pas en tête de liste des invités aux plus folles soirées de la ville. Il aurait eu d'autres choses à dire à Douglas, et notamment combien il l'admirait. Pour son couple, ses confessions emplies de sincérité, et la manière dont son amour l'habitait. Douglas semblait triste, que lui arrivait-il ? Pete aurait simplement voulu lui faire part de son admiration. De telles paroles étaient rares, entre hommes, et c'était bien regrettable.

Le deuxième virage serré au volant de l'Outback fut un coup de génie, malgré le dérapage. Pete eut soudain l'idée de couper par un chemin passant derrière quelques maisons pour éviter le trafic. D'ordinaire, il respectait scrupuleusement le code de la route. Le chemin n'était pas vraiment praticable, mais Pete se savait pressé. Douglas lui avait donné une heure, et le trajet jusque chez Lanny prenait vingt minutes avec une circulation normale.

L'Outback obtempéra de bonne grâce. Elle traversa l'étendue d'herbe grasse comme si elle avait attendu ce pas de côté de longue date, ses pneus absorbant les chocs comme des pistons, sans que les cahots transparaissent dans l'habitacle. On aurait pu y siroter son café sans en renverser une goutte et Pete songea qu'il faudrait féliciter Douglas pour la tenue de route. Il lui fallut à peine deux minutes pour arriver sur le parking derrière Johnson's. Il ne lui restait plus qu'à gagner l'avant du magasin et rejoindre la route principale, et il aurait réussi à contourner les bouchons paralysant la ville pour atteindre la route 61.

Le troisième virage survint sans crier gare, quand Pete atterrit sans l'avoir prémédité sur une place vide. Une idée lui était venue.

Il coupa le contact, sortit et chercha son portefeuille dans sa poche arrière. Il voulait apporter un cadeau à Trina. Pas pour l'acheter, non, juste un gage de paix avant de lui demander de s'asseoir pour discuter avec lui. Ou, mieux, avant que lui s'asseye et l'écoute.

Plusieurs personnes le saluèrent tandis qu'il gagnait l'entrée de la supérette. Il croisa tellement de monde qu'il eut la sensation de passer par la sortie. Il entra et se dirigea vers l'accueil. Personne n'attendait, il alla donc directement voir Cal Johnson, le propriétaire, qui réassortissait les rouleaux de tickets de loterie.

Cal le regarda par-dessus ses lunettes. Il était âgé, dans les quatre-vingts ans, mais était en bonne santé, toujours aimable ; il travaillerait sur place jusqu'à ce que lui ou son magasin tombe en poussière.

– Pete, dit-il. Désolé d'être l'oiseau de mauvais augure mais elle est HS.

– Qui est HS ? sourit Pete.

Cal pencha la tête vers le coin où trônait la grosse cabine DNAmix, surmontée d'un panneau disant exactement la même chose : HORS SERVICE.

– Croyez-le ou non, dit Pete, mais je viens pour une question encore plus bizarre que ça. Je me demandais si vous vendiez des Benson & Hedges. Vous voyez lesquelles, les ultra-fines.

Cal retira ses lunettes et se pencha par-dessus le comptoir.

– On en vend, mais je dois bien admettre, mon père, que j'ignorais absolument que vous fumiez.

– Ce n'est pas pour moi, c'est pour une amie.

– Loin de moi l'idée d'être indiscret, fit Cal en tendant le bras vers un paquet. Dieu sait que si je devais juger les gens d'après le contenu de leur panier j'aurais fait faillite depuis longtemps et j'aurais pas tenu deux mois avant de finir en dépression.

Il posa les cigarettes sur le comptoir.

Pete n'en aurait pas mis sa main à couper mais ça ressemblait suffisamment au paquet qu'il avait vu dans la voiture pour qu'il sorte son porte-monnaie.

– Oh, une dernière chose. C'est quoi, ces chewing-gums que mâchent les gens qui essaient d'arrêter de fumer ?

– Les Nicorette ?

– Oui, c'est ça. Vous m'en mettrez une boîte ?

Cal sourit et recula de quelques pas pour attraper les chewing-gums sur sa gauche.

– Je dois dire que vous envoyez à votre amie des messages contradictoires.

– J'essaie surtout de lui proposer une alternative, dit-il en tendant un billet de vingt.

Cal l'encaissa tandis que Pete jetait un regard à la ronde. Le magasin s'était complètement vidé. Dan Austin remplissait les rayons, un type vint se planter devant la machine pour photographier le panneau HORS SERVICE avec son téléphone avant de quitter les lieux et une femme enceinte, devant sa caisse, se caressait le ventre tout en lisant un livre.

– C'est tranquille, ici, tout à coup. Vous avez intérêt à remettre la machine sur les rails fissa.

– Oh, moi ça me va comme ça. C'est même pas tellement bon pour les affaires. Les gens entrent, il y a du rire ou des larmes mais ils repartent généralement les mains vides. Personne se parle vraiment. Il y a des gens comme Shelly Swanner ou Deuce Newman ou quelques autres qui se pointent ici tous les jours pour cette satanée machine. Avant, ils prenaient le temps de papoter.

Cal prit la monnaie dans le tiroir-caisse et compta les billets dans sa main.

– Maintenant, ça défile, et pas un mot.

Et, regardant Pete avec intensité, il ajouta :

– Certains jours, j'ai l'impression qu'ils se servent de moi pour mes futures capacités divinatoires. Ça me fait me sentir un peu minable.

– Vous savez, il m'arrive de ressentir exactement la même chose.

– Ça m'étonne pas, dit Cal en recomptant les billets sur le comptoir. Voilà votre monnaie.

Il glissa les cigarettes et les chewing-gums dans un sachet en papier qu'il poussa vers Pete.

– Et une alternative, une !

Pete prit le sac et empocha les billets.

– Je vais vous confier un secret, dit Cal en se penchant vers lui. Elle n'est pas vraiment cassée.

– Ah bon ?

– J'ai reçu un appel, il y a quelque temps, me demandant d'en fermer l'accès. Apparemment, demain, on va l'installer sur la grand-place pour le bicentenaire. J'imagine qu'ils ont en tête de se faire pas mal d'argent avec les touristes.

– Qui ça, ils ? À qui elle appartient, cette machine ?

– Je ne sais pas. On m'a juste dit DNAmix, ils avaient l'air de savoir de quoi ils parlaient et j'ai pas demandé plus. Sans déconner, je me rappelle même plus qui est venu l'installer. J'ai jamais signé de papier, ni rien. J'imagine que ma gérante, si, mais elle a testé le truc le jour même où ça a été livré et s'est fait la malle dans la foulée. On l'a pas revue depuis. J'espère que ça va. Elle a des gosses et tout.

Pete examina la cabine.

– Donc ce que vous me dites, c'est que ça marche parfaitement ?

Cal haussa les sourcils et regarda aux alentours.

– Si vous voulez tenter votre chance, je peux faire diversion le temps que vous vous glissiez dedans.

– Et vous, vous avez essayé ?

– Oh non, putain, ça fait plus de cinquante-cinq ans que j'approvisionne mes rayonnages, j'ai une vision assez claire de ce que j'ai et de ce que je n'ai pas.

Pete consulta sa montre. Grâce à son raccourci, il était dans les temps.

– Je vous déçois pas trop, si j'essaie ? C'est juste l'affaire d'une minute, c'est ça ?

– Je vous couvre, mon père – et Cal lui fit signe d'y aller.

Pete crut un instant que ses pieds ne lui appartenaient plus. Une force qui le dépassait le poussait vers la cabine. Pourquoi ? Il n'y avait guère réfléchi avant. Peut-être était-ce à mettre sur le compte de cette journée inédite, une originalité profonde qui lui donnait envie d'essayer de nouvelles choses. Son besoin d'aider Trina, le souvenir bouleversant de sa femme, son amitié avec Douglas. Peut-être portait-il en lui tous ces éléments auparavant, mais à mesure qu'il approchait de la cabine, tout s'emboîtait, prenait sens, et Pete se sentit bien.

Après tout, il savait déjà ce qu'on lui dirait.

Il était possible qu'un autre destin l'attende sur un bout de papier bleu, mais Pete en doutait. Il en avait rarement si peu douté. Il avait la conviction de savoir précisément qui il était, et cette personne lui allait. Il entra dans la cabine, suivit les instructions et un bref regard au papier lui suffit pour confirmer son intuition. Il pria, remercia Dieu avec une sincérité comme peu d'humains en témoignent.

Il enfouit le papier dans sa poche, quitta la supérette et, une fois dehors, vit un camion de déménagement s'engager sur le parking. C'était le gars qu'il avait rencontré la veille chez Getwell's avec Deuce. Jack, ou était-ce Jim, faisait signe aux voitures de faire le tour et salua Pete de loin.

Les deux hommes échangèrent un signe de tête trahissant le fait qu'aucun ne se souvenait du prénom de l'autre, Pete ouvrit la portière de l'Outback et s'assit. Il allait devoir contourner de près le camion pour sortir dans la direction voulue, que ça plaise ou non à Jack, ou Jim, ou quelque prénom que ce soit. Pete avait des choses à faire, peut-être bien même une âme à sauver, et pas de temps à perdre.

Il démarra et entama sa marche arrière.

– C'est parti, voyons voir ce que cette boîte de conserve a dans le ventre.

– 26 –

« Petites images, grandes conséquences »

« Little pictures have big ears »

Après les cours, c'est un Jacob fantomal qui retourna chez lui. Il ne parla à personne, ne regarda personne, ne fit pas le moindre bruit. Tournant à l'angle d'Oxbow Street, il vit son père qui bricolait dans le garage, marteau en main, mais n'eut pas le courage d'aller le voir.

Pour lui dire quoi ? *Je suis embarqué dans une affaire qui me dépasse, papa.* Pour lui avouer quoi ? *J'ai eu des tas de pensées atroces, papa. Puis les choses se sont emballées…* Quelle raison invoquer ? *Le monde, après Toby, ne me semblait pas réel, papa. J'étais tellement paumé. Tellement en colère.* Quel était son problème ? *Le monde dans lequel on vit, papa, le monde où vit Trina, où vivent tous ces connards, avec toutes ces questions, avec moi, me paraît encore pire.* Quelle solution envisager ? *Je veux lâcher tout ça, papa. Je veux reprendre ma vie. Je veux qu'on me foute la paix. Je veux pas être exclu.*

La vérité nue contenait à elle seule trop de vérités.

Et que pourrait lui répondre son père ?

Youpi youpi ya ?

Non, ça n'allait pas le faire.

Mais Jacob mentait affreusement mal. Il avait la franchise de son père. On lui reconnaîtrait peut-être cela ? Pour cette raison, il avait passé les dernières heures au lycée en proie à la panique, la tête posée sur son bureau, les bras croisés sur son estomac comme s'il avait des crampes. Il transpirait, se sentait nerveux, à l'opposé du gars qui passe inaperçu, alors que la principale cherchait partout ce qu'il avait précisément dans son sac, ce qu'il avait pris sous l'œil de la caméra. Jacob ne parvenait pas à faire autrement. Il aurait voulu la jouer cool, arborer un masque de cire comme au poker jusqu'à ce qu'il y voie plus clair, mais il se sentait mal.

Qu'est-ce que ça voulait dire, de toute façon ? Trina suggérait que Jacob pouvait être son frère ? Et ce message laissé dans son casier, elle avait prévu qu'elle le trouve ou non ? Jacob s'était-il montré plus malin qu'elle, déjouant ses ruses ? Ou, comme il le craignait, avait-elle déjà un coup d'avance sur lui ?

Il n'en avait aucune idée.

Le pronostic qu'elle avait réalisé avec tant de soin, était-ce la promesse pour Jacob d'un avenir optimiste ou une espèce de menace ? Toute la peur qu'il avait ressentie en se voyant à l'écran fut éclaboussée de notions plus positives. Était-ce *l'espoir* qui l'avait poussée à se lier d'amitié avec lui en premier lieu, à l'embrasser, lui faire confiance, sous prétexte qu'il pouvait devenir comme Toby ? Était-ce pour cela que leur similarité était un « problème » ? Se sentait-elle si attirée par Toby que Jacob, par sa simple ressemblance, lui faisait le même effet ? Et le cas échéant, sa version optimale n'était-elle qu'un ersatz de quelqu'un d'autre, un reflet ? Pour le formuler en termes mathématiques : Jacob était-il victime d'une opération associative ? Et, si oui, que voulait-elle qu'il imite chez son frère ? Pas sa personnalité grégaire, c'est certain, pas sa musculature. Que parviendrait-il à singer, s'il essayait ? Ou Trina croyait-elle que leurs ADN similaires faisaient d'eux des personnes identiques, comme si un jour Jacob allait émerger de son cocon obscur pour enfin devenir une version tobiesque de lui-même ?

Dans ce cas, pourquoi l'avait-elle attiré dans ses manigances ? Si les copains de Toby avaient vraiment joué un rôle dans sa mort, lequel ? Avait-il succombé à un bizutage nocturne ? Si ces connards avaient fait quelque chose à Toby, Trina croyait-elle que la justice exigeait que ce soit Toby en personne, ou du moins la version la plus proche possible de lui, qui se venge ? Toby et la fille que personne n'aimait ? S'assurait-elle juste que Jacob ne puisse plus reculer le moment venu ?

Tous sans exception, avait-elle dit. *Oui, tous.*

Plus il y pensait, plus cela lui semblait affreusement clair. Mais comment l'expliquer à son père ? À quiconque ? Impossible.

Jacob continua à raser le trottoir, alluma son téléphone pour voir si Trina lui avait répondu, mais rien. Avec ses textos à sens unique, il avait l'air à la ramasse, passant de *Putain c'est quoi ce délire ? Tu m'espionnes maintenant ?* à *Trop marrant. Comment t'as réussi à filmer ça ?* puis à *STP le diffuse pas. Sérieux. Faut qu'on parle* pour en arriver à *T'es où ?*

Mais visiblement Trina n'était nulle part.

Il rangea son portable. La remorque qui, la veille, était pleine de bois était désormais quasiment vide. Pas d'indice quant au projet sinistre que son père avait en tête. Jacob passa devant chez lui sans s'arrêter, revint sur ses pas et entra par la porte principale, comme l'aurait fait un étranger. Il se comporta comme tel, une fois à l'intérieur. N'alla pas à la cuisine grignoter un morceau ou lancer un dîner ou allumer la télé comme il l'aurait fait d'ordinaire. Il s'engagea dans le couloir, passa sa chambre et alla directement dans celle de Toby.

La porte de Toby était restée close depuis le jour où son père avait essayé d'empaqueter ses affaires et, quand Jacob posa la main sur la poignée, lui vint l'idée outrageuse qu'il s'apprêtait à entrer dans un lieu qu'il n'avait jamais vu auparavant. De fait, il attendait davantage de l'existence.

Il aurait voulu que le monde soit moins constant dans son indifférence, moins prévisible dans ses offrandes, moins décevant jusque dans ses propriétés physiques. Pourquoi ne pouvait-ce être un monde où il aurait ouvert la porte sur le passé ? Sur un souvenir de Toby et lui luttant au sol, roulant sur des briques de Lego et dégommant les livres sur les rayonnages comme deux chiots en plein jeu ? Ce jour avait indubitablement existé : pourquoi ne pouvait-ce avoir lieu qu'une seule et unique fois ? Pourquoi le monde était-il si limité, si dépourvu d'imagination qu'on ne pouvait l'amender ? Si c'était trop demander, de retourner si loin en arrière, alors pourquoi pas dans un laps de temps moins ambitieux ? Pourquoi pas une scène remontant juste à deux mois, à la nuit où Toby avait été tué, par exemple. Pourquoi ne pas laisser à Jacob une chance de le garder à la maison, ou du moins de lui dire au revoir ? Pourquoi ne peut-on se voir offrir dans la vie le simple luxe de la correction, de savoir d'avance ce que l'on saura ensuite inévitablement ? Jacob aurait su naviguer dans ce monde, il n'en doutait pas, si toutes les possibilités avaient soudainement été nouvelles.

La pièce dans laquelle il entra, toutefois, n'était qu'une chambre, rien de plus.

Rien de magique n'y opérait.

Les tiroirs restés ouverts, langue pendante. Des chaussures en vrac sur le lit défait. Des posters de sportifs aux quatre coins des murs, une rangée de trophées trônant sur l'étagère. Le tout si familier, pourtant Jacob avait le sentiment de violer un territoire interdit. Il retira son sac à dos et s'assit au bord du matelas de Toby ; l'air qu'il respirait avait une épaisseur différente, désormais, plus dense que partout ailleurs dans la maison, comme s'il n'avait pas été renouvelé ni filtré ces derniers mois, en attendant que quelqu'un ouvre la porte. Jacob se demanda si l'air qui gonflait ses poumons était suffisamment ancien pour qu'il inspire des bouts de son frère, même microscopiques, puisque nous sommes constitués en surface de poussière.

Il regarda autour de lui. Aurait-ce pu être sa chambre, comme la prédiction de Trina le suggérait ? Aurait-il pu être cette personne ? Aurait-il *dû* être cette personne plutôt ? Les gens seraient-ils plus heureux si Toby était encore de ce monde ? Trina, certainement, les copains de Toby, oui, mais son père ? L'idée était trop flagrante pour être chassée d'un revers de main et les yeux de Jacob commencèrent à lui piquer. Sa gorge se serra. Il inspira longuement par le nez, quand avait-il pleuré pour la dernière fois ? Lors de l'enterrement ? Dans ses nuits sans sommeil ? Il agrippa le montant du lit et se balança d'avant en arrière, doigts crispés sur le bois. De loin, on aurait dit qu'il se préparait à sauter.

Mais il ne sauta pas.

Il resta dans cette position pendant quelques minutes, inspirant à pleins poumons, poings serrés sur les draps, jusqu'à ce que son téléphone vibre dans sa poche.

Enfin, songea-t-il. Trina.

Mais quand il tira son portable pour lire le message, c'était Denny.

Salut Jay. C quoi ce compte Twitter ? Ça va ?

Pourquoi était-il entouré d'idiots ? se demanda Jacob.

Il répondit illico. *Suis pas sur Twitter*, et c'était vrai. Il y avait traîné quelque temps mais la masse de tweets décervelés ou si outrageusement indignés, avec aucun espace pour souffler entre, était telle qu'il avait laissé tomber dans la foulée. Il n'avait pas rouvert l'appli depuis un an et tirait une espèce de fierté à n'être pas twitto-dépendant.

Denny répondit : *Bah alors c qui @j_richieu2 ?*

Jacob n'en savait rien. En deux coups de pouce, il ouvrit Twitter. Et évidemment, il y avait bien un @j_richieu2 actif depuis deux semaines. La photo de profil était une image de Félinferno, un Pokémon de feu avec lequel Jacob n'accrochait pas plus que ça. Dessous, le slogan Pokémon

« Attrapez-les tous ! », et Jacob se demanda si ce pouvait être un *bot*, une pure coïncidence qui aurait relié son nom à ce contenu. Après tout, il n'avait jamais prononcé cette phrase à voix haute de sa vie, c'était plutôt un truc lié au jeu vidéo et au dessin animé qu'au jeu de cartes. Ceux qui pensaient avoir affaire à Jacob en tombant là-dessus le connaissaient fort mal. Le compte n'avait pas loin de cent abonnés, cela dit – un seuil que Jacob n'avait jamais atteint quand il était sur Twitter –, et ne suivait personne. Jacob consulta la liste des abonnés ; la plupart étaient des gens qu'il connaissait du bahut, parmi lesquels Denny avec un horrible dessin de Miaouss. Le compte avait tweeté une douzaine de fois environ et l'estomac de Jacob se souleva quand il prit connaissance de la teneur des posts.

Pas étonnant qu'on pense que c'était lui.

Presque tout son fil, un message par jour grosso modo, consistait en : *RIP Toby*.

Il parcourut les tweets auxquels on avait répondu, les plus actifs étant les premiers que le compte avait postés. Sous ses *RIP Toby*, les élèves de sa classe avaient posté des émojis absurdes, mains jointes en signe de prière ou crucifix, visages jaunes ruisselants de larmes. Certains disaient *On n'oublie pas* ou *Mon pote pour la vie*, mais, au fil des jours, l'enthousiasme faiblissait et la teneur des échanges tournait, comme tout sur Twitter, en une sorte de forum sans filtre où l'ironie le disputait au cynisme. Un message disait : *En même temps il s'attendait à quoi en conduisant bourré ?* Un autre : *Mon Dieu, heureusement que personne d'autre n'a été blessé.* Suivi d'un GIF d'une main lâchant un micro, posté par quelqu'un qui semblait convaincu que Toby n'avait eu que ce qu'il méritait. Jacob n'avait pas la moindre idée de l'auteur du post, mais fut tenté de rechercher son identité, de le balancer à sa famille et de lui fourrer un micro dans l'orifice approprié. Cette pulsion d'agressivité lui rappela pourquoi il avait quitté Twitter à l'origine, il passa donc à autre chose.

Il déroula le fil et vit que le ton des tweets changeait. Les derniers n'avaient plus rien à voir. L'un disait *Plus que 3 jours. Profitez.* Le suivant, *Plus que 2 jours.* Jacob consulta les dates et, comprenant que le jour J était aujourd'hui, il sut que ça allait mal finir.

Un tweet daté du matin même était accompagné d'une image. Un sac de sport bleu, béant, posé sur un sol non identifié. À l'intérieur, clairement visible, le canon d'un fusil.

Le tweet était laconique : *Off you go, into the wild blue yonder*, en référence à l'hymne de l'US Air Force.

Il n'avait généré qu'une réponse, de Denny, qui avait posté un GIF de Sacha, le personnage central du dessin animé *Pokémon*, tout transpirant, se rongeant les ongles à sa manière erratique, avec en légende : *T'as pris tes médocs, mon pote ?*

Jacob éteignit son téléphone et le lâcha sur le lit. Qu'est-ce que Trina avait en tête ? Si elle tentait de le piéger, dans quel but ? Il songea qu'ils étaient embarqués sur le même bateau. Mais quel bateau ? Il n'avait jamais été d'accord pour rien. Il pensa bien à essayer de la joindre mais eut finalement une autre idée. Son regard accrocha le sachet en plastique transparent posé sur le bureau de son frère, qui contenait les effets personnels de Toby la nuit de l'accident, celui que son père avait observé avant de quitter la pièce pour se réfugier dans sa chambre.

Il l'ouvrit. Un paquet de chewing-gums, un peu d'argent, un chapelet de préservatifs, une cigarette électronique. Mais surtout, ce que Jacob venait chercher : le téléphone de Toby.

Il s'en saisit ; c'était le même modèle que le sien, seule la coque différait. Une image de Poké Ball pour Jacob, de balle de base-ball pour Toby. Même forme, deux réalités distinctes. Jacob dénicha un chargeur sur le bureau et brancha l'appareil. L'écran reprit vie aussitôt, la petite pomme s'afficha, que Jacob interpréta comme un avertissement parental.

Sur l'écran de déverrouillage, Jacob entra son propre code, le mois et l'année, et comme prévu ça marcha. Une trame d'icônes apparut, pour à peu près tous les réseaux sociaux existants, des applis de clubs sportifs, la chaîne de sport ESPN et, en fond, une photo de Toby jouant au base-ball. Jacob resta un moment à contempler l'ensemble. Quand avait-il vu son frère pour la dernière fois ? Toby se tenait devant lui, en pleine frappe, la balle encore visible sur sa violente trajectoire vers un point, songea Jacob, où on ne la rattraperait jamais.

Comment était-ce possible que cette personne n'existe plus ? Pourquoi sommes-nous faits d'une matière si fragile ? L'idée que Toby, qui était si sûr de lui, si péremptoire dans sa manière d'appréhender le monde, ait pu être une victime n'avait aucun sens.

Jacob cliqua donc sur l'icône « Photos » pour tenter d'y voir plus clair.

Toby avait plus d'un millier de clichés, des centaines de vidéos et Jacob ouvrit la première qui attira son œil. On y voyait Toby et Trina et, à cette vue, une vieille sensation de jalousie refit surface, car, un instant fugace, il crut se voir sur la photo. Cela n'arrivait pas aussi fréquemment qu'on aurait pu l'imaginer s'agissant de jumeaux. Bien qu'ils soient quasi identiques, un certain nombre de différences apparaissait à quiconque les considérait comme deux individus et non comme un lot de deux. Jacob était droitier, Toby, gaucher. Jacob avait un grain de beauté dans le cou, juste au niveau de la clavicule, Toby non. Sitôt qu'on les avait laissés exprimer leurs préférences, ils avaient adopté des coiffures distinctes, également. Jacob toujours impeccable, peigné de gauche à droite, là où Toby laissait ses cheveux vivre leur vie ; il passait sous la tondeuse tous les deux, trois mois, et dans l'intervalle laissait prospérer une touffe anarchique qui lui donnait l'air d'un petit fêtard en herbe depuis qu'il avait l'âge d'enfourcher un vélo. Mais la différence la plus notable, entre eux, c'était leur sourire.

Chez Toby, il s'affichait perpétuellement, large, sûr de lui, tandis qu'il était plus rare, chez Jacob, et semblait lui demander un effort considérable.

Il ne fallut donc pas longtemps à Jacob pour reconnaître que ce n'était pas lui, sur la photo, mais peut-être parce que Toby portait une casquette, peut-être parce que l'éclairage n'était pas génial, il avait fait l'expérience de ce temps de confusion généralement réservé aux schizophrènes et aux ivrognes confrontés à des photos prises dans des moments dont ils ne gardaient aucun souvenir. Cette impression désarçonnante, *Bon, c'est moi, là. Mais si c'est moi, alors, où est-ce que j'étais ?*

Si étrange que soit cette sensation, tout aussi bizarre était l'autre moitié de l'image, où Trina souriait. Jacob avait-il déjà assisté à cela ? Non, jamais. Sur quelle planète cela avait-il eu lieu ? Ils avaient tous deux l'air d'avoir bu, le regard vitreux et, vu l'angle du bras de son frère, c'est lui qui avait dû prendre la photo. Son autre bras était passé autour des épaules de Trina, il fixait l'objectif, alors que Trina, elle, ne regardait que lui. Jacob eut un coup au cœur, comprenant qu'il avait sous les yeux la photo de deux personnes, pas juste une, qui n'existaient plus. C'était bien Trina avec son corps anguleux, une certaine noirceur – on était loin de la jeune fille en fleur – mais son sourire le surprenait. Elle avait un air insolent, mais aussi plein d'espoir. Elle mijotait déjà quelque chose, aucun doute, elle avait eu un truc derrière la tête chaque fois qu'ils s'étaient parlé. Sauf que ce qu'elle se croyait sur le point d'atteindre recelait des promesses opposées à ce qu'elle projetait grâce à Jacob. Toby lui plaisait, à l'époque où cette photo avait été prise, comme les garçons peuvent ravager le cœur des filles, ça crevait les yeux. Jacob s'en voulut terriblement d'avoir passé tant de temps à se demander ce qu'ils fichaient ensemble. Elle avait bien le droit de tomber amoureuse de qui elle voulait. Qui ça regardait, à part elle ? Personne.

La réalité distilla en lui une culpabilité qui le chamboula. Ces idées avec lesquelles il avait joué, Trina et lui, elle lui appartenant désormais, glissant sa langue dans sa bouche, lui apparurent soudain vénéneuses. Il n'avait pas joué franc-jeu avec elle, tournant autour d'elle comme autour d'une proie, comme s'il voulait récupérer ce que personne ne voulait lui donner.

Mais plus il contemplait la photo de Toby, plus la gêne grandissait. Le bras passé sur les épaules de Trina l'enserrait, une contrainte plus qu'une étreinte, dont elle n'aurait pu se libérer si elle l'avait voulu. Qu'elle l'ait ou non voulu, sur le moment, la question ne se posait pas. Le sourire de Toby était trop large, songea Jacob, son regard, trop distant, et soudain Jacob sut, étrangement, que tout ce qu'on croyait savoir sur ce couple était entièrement faux, complètement à rebours. La façon dont Deuce Newman l'avait averti de se tenir éloigné de Trina, par exemple, la façon dont les autres la regardaient de travers. Jacob avait le sentiment en contemplant cette photo que s'il avait été un parent, c'est de son frère qu'il aurait conseillé à sa fille de se méfier.

Ce sentiment générait un malaise. Si c'était vrai, et s'ils étaient quasiment identiques, de quoi Jacob était-il alors capable ?

Toutes ces pensées étaient aggravées par le fait que Jacob savait quand le cliché avait été pris. Il était daté du soir de la mort de Toby mais, plus parlant encore, Jacob savait aussi *où* il avait été pris. À l'arrière-plan se dressait un lampadaire affublé d'un panneau BAIGNADE NON SURVEILLÉE. C'était à Toup's Landing, un ponton au bord du bayou Ibis, à vingt-cinq kilomètres en dehors de la ville, juste après la frontière de la commune, là où des générations d'adolescents s'étaient rendus pour fuir leur réalité. Là où se jouaient les deuxièmes parties de soirée les plus débridées, après un match ou un événement scolaire, là où les ados se comportaient comme les rois des demeurés, jusqu'à ce que la police locale vienne inévitablement les déloger, dressant aux mineurs des P-V pour leur consommation d'alcool si émoussés que les gamins remettaient ça dès le week-end suivant. Jacob savait très bien que Toby s'y trouvait, cette nuit-là, puisque l'accident s'était produit sur la portion de voie rapide entre Deerfield et Toup's Landing, où il avait complètement raté son virage, selon la police, à cause de la vitesse, et avait plié sa voiture contre un chêne face auquel une vie humaine ne pesait pas lourd.

Jacob se souvint des paroles de Trina, les jours suivant le drame. *Tu n'as pas la moindre idée de ce qu'ils ont fait*, avait-elle dit. *Ce n'est pas fini.*

Jacob n'était allé à Toup's Landing qu'une seule fois pour, imbécile qu'il était, songeait-il avec le recul, suivre une fille qui lui plaisait mais qui se fichait bien de lui. Histoire de confirmer la chose malgré l'évidence. Et quand Jacob s'était rendu compte que la fille n'avait pas du tout envie de parler avec lui, ni même qu'il soit là, et que le type avec qui il était venu n'avait aucune intention d'en repartir, il avait marché, solitaire, jusqu'à la rive du bayou, où les bateaux attendaient leur mise à l'eau. Attendu des heures, sans faire rien d'autre que des ricochets. Sur la cale, les cailloux étaient innombrables, il s'en souvenait parfaitement.

Jacob sortit le caillou que Trina avait déposé sur l'enveloppe dans le casier de Toby et l'observa minutieusement. Il passa le pouce sur la surface grise, polie par les ans, sans conteste la chose la plus ancienne qu'il ait jamais touchée. Il pouvait très bien venir de là-bas. Jacob ferma la photo et passa à l'image suivante, qui s'avéra une vidéo.

Il cliqua sur la petite flèche et le regretta immédiatement. Difficile de dire au premier abord ce qui se passait, l'image était sombre, tressautante, puis fut soudain traversée par une lumière vive – Toby avait mis en route le flash. Le téléphone oscilla d'avant en arrière jusqu'à s'immobiliser sur des cheveux, une tête avec des cheveux. Les cheveux de Trina. Puis Jacob vit son visage, regardant droit l'objectif, comme si elle avait été interrompue.

– Qu'est-ce que tu fais ? disait-elle, et elle souriait.

Jacob vit ce qu'elle tenait en main. Sous ses genoux, on entendit glisser des cailloux.

– C'est juste pour moi.

Toby, sa voix, un fantôme avait surgi sans prévenir.

– Continue, t'arrête pas.

La main de Trina continua. Elle dit juste :

– Tu promets ?

– Mais oui… oui. Je te l'enverrai, tu verras.

Quand il la vit se remettre à l'ouvrage, son estomac vrilla plus violemment que jamais. Il allait éteindre le film quand d'autres voix lui parvinrent, en fond sonore. Un groupe de mecs, a priori, qui approchaient en se marrant.

– Où est notre numéro 9 ? fit l'un d'eux – c'était le numéro qu'arborait Toby sur le terrain.

La caméra ne fit pas un mouvement en direction des garçons, resta rivée à Trina, qui s'arrêta en pleine action et dissimula son visage sous ses cheveux.

– Bah voilà putain, ça y est, on va enfin se marrer, numéro 9, dit l'un des types.

S'ensuivit un concert de voix inquiétantes tandis que la caméra quittait son point d'ancrage, un coup sourd, d'autres types bourrés rejoignant la scène, le bruit crispant des cailloux roulant sous leurs semelles et bientôt monta la voix de Trina, suppliante, loin quelque part. Puis Jacob entendit autre chose.

Un coup.

Redressant la tête, il vit son père sur le seuil de la chambre.

Jacob éteignit la vidéo. Son père suait à grosses gouttes et Jacob prit conscience que lui aussi. Il portait son chapeau, un vieux jean crasseux et ses santiags.

– Salut fiston, ça fait longtemps que t'es là ?

Jacob s'éclaircit la gorge. Que dire ? La scène à l'écran allait rapidement virer au crime, il le craignait, et Jacob se sentait pris sur le fait.

Il aurait voulu la montrer à son père, lui dire qu'il n'avait rien à voir avec ça, lui avouer pourquoi il était entré dans cette pièce pour la première fois depuis des mois et lui dire tout ce qui était arrivé à peu près à tous les gens qu'il connaissait dans ce monde d'une dégueulasserie sans nom. Mais avant qu'il ait pu ouvrir la bouche, son père dut deviner ce qu'il avait en tête parce qu'il lui offrit une porte de sortie :

– Allez viens. Je voudrais te montrer un truc.

– 27 –

« C'est drôle ce qu'un tesson de bouteille peut ressembler à un diamant »

« Ain't it funny how an old broken bottle looks just like a diamond ring »

Ses mains étaient superbes, ô combien.

Cherilyn ne pouvait en détacher les yeux. Sitôt que Marian la fit asseoir près de la caisse et se mit à mélanger le henné, sitôt qu'elle sentit sur sa peau la fine caresse du pinceau, Cherilyn fut transportée.

Assise là, dans son sari rouge, son tee-shirt et son short pliés au fond d'un sac plastique gisant à ses pieds, elle se laissa recouvrir de points. La femme à la caisse papotait et encaissait les clients tandis qu'Alice virevoltait dans sa boutique, apportant des accessoires fantaisie et des vêtements. Un maillot de bowling pour Rex Patterson, un justaucorps pour Amy Glick. Cherilyn participait de son mieux, avec celle de ses mains non accaparée par Marian. Elle compta la monnaie, donna des conseils, promit à au moins cinq personnes différentes de venir vendre ses créations le lendemain et oui, bien sûr, elle serait présente lors du bicentenaire. Et oui, merci à vous, la trouvaient-ils véritablement jolie ? Merci. Oui, des nichoirs à oiseaux, pour tout vous dire. J'en aurai plein.

– Je te l'avais bien dit, fit Alice. On ferait un combo du tonnerre, à nous deux.

– Tu as peut-être raison, dit Cherilyn, qui pensait que c'était bien possible.

Tout, à cet instant, lui semblait bien possible.

Quand Marian, qui en avait fini avec sa main droite, se leva pour s'étirer le dos, Cherilyn plaça la main devant la lampe. Un entrelacs de lignes pointillées s'enroulait et s'incurvait à l'infini, saupoudré de petits cercles délicats formant un ensemble hypnotique impossible à cerner.

– Qu'est-ce que c'est ? J'adore, hein, simplement c'est quoi ?

L'encre orangée prenait des reflets cuivrés sur sa peau.

– C'est une œuvre en devenir, dit Marian en se rasseyant pour s'attaquer à la deuxième main. Voilà ce que c'est.

Cherilyn tourna la tête vers l'horloge murale, elle allait être en retard. Ça l'embêtait, pour plusieurs raisons. Elle avait dit à Deuce qu'elle le retrouverait à 15 heures, ce qui lui laissait le temps de ranger, de passer chez Alice et d'aller faire un coucou à sa mère avant la photo. Et quelle photo ça allait être ! Elle était ravie de se présenter dans cette tenue devant Deuce. Elle voyait déjà la tête qu'il ferait.

Elle savait aussi que Douglas ne repasserait pas à la maison avant sa leçon de 16 heures, ce qui leur laissait deux heures pour prendre la photo, faire ce qu'ils devaient faire et Douglas n'en saurait jamais rien. Elle lui en parlerait le lendemain, quand il la verrait sur la fresque. Il serait toujours temps de s'expliquer. Et pourquoi se sentir coupable ? Elle devait se souvenir que Douglas lui cachait quelque chose, lui avait menti la veille. Boire un coup avec Geoffrey ? Tu parles. Il se préparait à lui servir un petit mensonge, eh bien elle aussi, elle allait dégainer. Et puis c'était à peine un mensonge, en plus. Non, simplement elle ne disait pas tout. Elle devait se souvenir de ça.

Elle avait proposé à Deuce de passer chez lui mais il avait refusé. C'était trop compliqué, avec tout son bazar, son matériel, ses appareils photo, et puis chez lui, globalement, c'était le foutoir. Ils firent un compromis. Cherilyn lui demanda de la rejoindre devant chez sa mère à 15 heures. Il n'avait qu'à se garer dans la rue et klaxonner quand il serait arrivé.

– Tu crois quand même pas que je vais klaxonner comme un bourrin une femme comme toi devant chez sa mère ? Je veux pas savoir en quelle année on est. Je suis un gentleman, moi.

– Alors tu m'attends, d'accord ? Tu n'entres pas.

– Oh, je t'attendrai, ne t'en fais pas.

Mais maintenant il n'y avait aucun espoir qu'elle y soit pour 15 heures, et une part d'elle s'en fichait un peu, parce qu'il y avait longtemps qu'elle ne s'était pas sentie aussi bien. Elle n'avait pas vu le temps passer dans le magasin, tout au plaisir de voir les gens s'acheter la tenue correspondant à leur nouvelle identité, au point que la douleur s'était envolée. Ni fourmillement, ni brûlure, ni crampe, juste la sensation des douces mains de Marian sur les siennes. Du henné qui séchait sur ses poignets. C'étaient comme des vacances de soi-même. Et chaque fois que Marian s'interrompait pour souffler ou consulter son portable, sortir une bière du petit frigo que les filles avaient calé sous la caisse, Cherilyn la remerciait, et c'était bon, d'exprimer de la gratitude. C'était peut-être une raison suffisante pour monter un commerce, songea-t-elle, juste pour avoir la chance de dire merci, encore et encore.

Marian eut bientôt fini et les filles firent cercle autour de Cherilyn. Elles chassèrent les plis de son sari dont le dos s'était froissé et réajustèrent le foulard sur ses cheveux. Cherilyn leva sa main gauche, elle était fort semblable à la droite, hormis pour l'alliance. L'anneau tranchait sur le motif, aucun doute là-dessus.

– Je m'excuse, dit-elle, c'est splendide mais, encore une fois, je ne sais toujours pas ce que ça représente. Si ça représente quelque chose ?

– C'est là tout le principe, lui répondit Marian en lui effleurant les paumes. Vous devez joindre les mains pour que ça prenne vie.

D'un geste lent, elle accola les mains de Cherilyn et soudain ce fut là : une fleur. Sur chaque main, la moitié d'un bourgeon et les pétales s'en écartant, pâles circonvolutions cuivrées grimpant le long de ses poignets, vrilles gagnant ses avant-bras.

– C'est une fleur de lotus. Les hindoues se tatouent ce motif le jour de leurs noces. C'est un symbole traditionnel de fertilité, de bonne santé et tout le toutim. De vie abondante.

– C'est hindou ? fit une des femmes en se signant brièvement. J'espère que vous pourrez vous faire enlever ça d'ici dimanche.

– Oh, chut, dit Alice. C'est somptueux, Marian. Je n'avais pas idée que tu étais si douée de tes mains. On devrait peut-être t'installer un petit stand de henné dans un coin de la boutique ? C'est trop bête de te cantonner au réassort des rayons.

– Ça part avec du jus de citron, normalement, dit Marian. Je viens de voir ça sur Google. Pour le côté traditionnel, on repassera…

Marian tendit son téléphone pour que chacune puisse voir.

Cherilyn vit tout un tas de motifs peints s'étalant sur des mains jointes, des mains féminines rappelant beaucoup les siennes. Une bouffée de plaisir monta en elle, elle se sentait connectée à ces femmes, comme à Susan d'Oman, et ferma les paupières tandis que Marian soufflait sur ses poignets pour que ça sèche plus vite.

– Je pourrais vous faire les paumes, aussi, si vous le souhaitez, proposa Marian. Tant qu'on me paie pour ces petits gribouillages, je suis partante.

– Je n'y vois aucune objection, dit Alice. On a tous besoin d'un peu de gribouillage et tripatouillage, dans la vie, si vous voulez mon avis.

La femme qui avait fait le signe de croix intervint :

– Ça m'a l'air un peu pervers, non ?

– C'est parce que je pensais à vous en le disant, rétorqua Alice.

Cherilyn sourit. Regarda de nouveau l'horloge. 15 h 45.

– À vrai dire, je vais devoir y aller.

Elle se pencha pour ramasser le sac contenant ses affaires et remercia Marian et Alice, les prit dans ses bras et, quand elle se retourna enfin, vit qu'une longue file d'attente s'étirait devant la caisse. Ils l'avaient tous observée, attendant patiemment de pouvoir payer leurs articles. Elle rajusta son sari pour qu'il ne traîne pas au sol et fit le tour du comptoir. Les gens s'écartèrent sur son passage jusqu'à former deux rangées distinctes de part et d'autre, et elle les remercia en se faufilant entre eux. Quelques femmes tendirent le bras pour tâter le tissu soyeux de sa robe.

– Cherilyn…

Elle tourna son visage vers Alice.

– Tu y vas doucement avec monsieur ce soir… Il ne s'attend pas à ce qui va lui tomber dessus.

Elle sentit le rouge lui monter aux joues.

– Non, il ne se doute de rien, je crois.

Mais de quel homme parlait-elle ? La question était un gouffre.

Cherilyn quitta le magasin et déboucha dans la chaleur dehors, où on s'écarta derechef sur son passage. Elle resta deux bonnes minutes sur la pelouse à chercher sa voiture, avant de se souvenir qu'elle était venue au volant d'un autre véhicule que le sien.

Et même une fois en route pour chez sa mère, elle regarda ses mains, les plaçant côte à côte sur le volant de Douglas chaque fois que le trafic ralentissait. Il y avait du monde mais elle s'en fichait bien. Elle se fichait bien d'être en retard. Même, une part d'elle en était soulagée. S'il y avait une chose qu'elle savait à propos de Deuce Newman, c'est qu'il serait toujours là à l'attendre, aussi longue soit-elle. Il l'attendait depuis toujours, alors une heure ou deux de plus ? Et puis, dans cette tenue, parmi les tracés dorés projetant des prismes minuscules aux quatre coins de l'habitacle, elle se sentait dans la peau de quelqu'un qui méritait qu'on l'attende.

Mais cette humeur s'évanouit sitôt qu'à l'approche de chez sa mère elle vit la camionnette de Deuce Newman, garée juste devant la porte du garage. Elle trônait si ostensiblement qu'un vent de panique souffla immédiatement sur Cherilyn. Et si les gens l'avaient vu ? Comment le justifierait-elle ? Cherilyn s'efforça de refréner la terreur qui montait, ce n'était pas du tout ce qu'elle avait en tête pour cette journée. Le temps des explications viendrait, nul doute, mais pas maintenant. À cette pensée, son ventre ne s'en retourna pas moins vigoureusement.

Elle se gara près de la camionnette avec ses pneus surdimensionnés et sa paire de clochettes si ridicules pendouillant de la boule d'attelage, et entra directement sans frapper. Elle trouva Deuce et sa mère attablés à la cuisine. Sa mère était habillée et semblait tenir la route, Cherilyn en fut grandement soulagée. Elle était dans un de ses bons jours, apparemment, ce qui signifiait que Cherilyn n'aurait pas à rester longtemps.

En la voyant entrer, Deuce se leva.

– Ça alors, c'est pas vrai !

Puis, inclinant légèrement le buste :

– Sa Majesté est arrivée.

Cherilyn sourit malgré elle, et esquissa une maigre révérence avec sa robe. Qu'il soit entré alors qu'elle lui avait demandé de rester dehors la perturbait, il n'avait pas suivi ses instructions et elle lui dit, sans trop de conviction :

– Je croyais t'avoir dit de m'attendre dehors…

– Cherilyn, fit sa mère qui ne l'avait pas encore regardée, qui est ce monsieur dans ma cuisine ?

– Bah alors, madame Fuller, dit Deuce. Ça fait une demi-heure qu'on discute, vous et moi.

– C'est Bruce Newman, maman.

Et elle alla lui déposer un baiser sur le front.

– Tu te souviens de lui, je suis sûre… du lycée. Il est photographe, maintenant. Il va faire mon portrait pour son projet artistique de demain.

– Vous vous rappelez ? dit Deuce. C'est la raison pour laquelle je vous ai photographiée tout à l'heure. Je prépare une fresque de tous les habitants de cette ville.

– Bon, fit sa mère, je préférerais qu'il s'en aille.

Cherilyn regarda Deuce et lui sourit.

– Oh, sois gentille, dit-elle.

Puis elle se tourna vers sa mère et écarta les pans de son sari.

– Alors, tu ne commentes pas ma nouvelle tenue ?

– C'est toi, l'œuvre d'art ! dit Deuce.

– Et regarde mes mains.

Elle tendit les mains sous les yeux de sa mère. Qui les regarda, puis releva le nez vers sa fille.

– C'est quoi, ça ? C'est pour Halloween ?

Cherilyn lâcha un soupir et se dirigea vers le congélateur. Son plan était simple. Elle allait réchauffer un plat surgelé pour s'assurer que sa mère avait de quoi se nourrir puis elle filerait.

– Je disais justement à ta mère qu'elle devrait venir, demain, en ville, et puis tester cette machine. Ça pourrait lui mettre un peu de baume au cœur.

Cherilyn attrapa une boîte de boulettes de viande industrielles et déchira le carton.

– En ville ? Chez Johnson's, plutôt, non ?

– Nan. Paraît qu'ils vont l'installer sur la place, demain, pour les festivités. Histoire que les touristes en profitent. Ils vont se jeter dessus, c'est sûr.

– Je ne savais pas.

Elle retira l'opercule de la barquette et l'enfourna.

– J'ai demandé à ta mère qui elle voudrait être, tu sais. Si elle pouvait se choisir un destin.

– Et je le lui ai répété mille fois. Je suis madame Jean Fuller.

Cherilyn referma la porte du micro-ondes et dit :

– Non, maman. Ça, c'est ce que tu étais du temps de papa. C'est juste ton nom. Cette machine te dit ce que tu pourrais être. Mieux, ce que tu devrais être.

Sa mère quitta la table et alla poser son verre dans le bac de l'évier.

– Je suis vieille, ma chérie, mais je ne suis pas débile.

– C'est juste que tu n'as pas compris l'intérêt, je crois.

Cherilyn reporta son attention sur le four pour programmer le minuteur. Il était déjà 16 h 45.

Elle allait devoir appeler Douglas. Il n'y avait pas à tourner autour du pot.

– Je vous laisse une seconde, si ça vous ennuie pas.

Elle attrapa en passant le combiné du téléphone mural. Elle fit faire au cordon le tour de la porte, jusqu'à la buanderie : il était long. Que l'appareil fonctionne encore relevait du miracle ; elle se souvenait l'avoir utilisé au temps du lycée, chuchotant à l'oreille de Douglas tard le soir, une fois les parents au lit. Et voilà qu'elle l'appelait de nouveau.

Elle composa son numéro et plaça sa main en coupe par-dessus le micro. Il fallait faire vite, pour qu'il n'entende pas Deuce derrière, qui suppliait toujours sa mère de se choisir un meilleur destin.

Douglas décrocha dans un environnement bruyant, de la musique en fond quelque part, et sa voix surprit Cherilyn. Il avait l'air tout guilleret au bout du fil, elle ne s'y attendait pas. Il lui donna de petits surnoms absurdes ; elle pouvait deviner sans le voir son sourire, et dut se forcer pour ne pas être contente pour lui.

Elle avait ses raisons.

Elle devait se souvenir qu'elle lui en voulait de lui avoir menti au sujet de Geoffrey. Elle devait se souvenir, levant les yeux vers Deuce, dans la cuisine, que l'heure n'était pas aux justifications. C'était un temps pour elle. Pour réaliser son plein potentiel. Pas question de faire taire cette femme en elle.

Elle lui demanda donc d'arrêter deux secondes de siffloter et de l'écouter attentivement, car elle avait un message à faire passer. Elle ne serait pas à la maison à l'heure où il s'y attendait. Non. Aujourd'hui, elle ne serait pas si prévisible et il allait devoir s'y faire. Puis elle regagna la cuisine et raccrocha. Elle appuya sur la touche « Start » du four et lança à Deuce :

– On est partis !

Il ramassa ses clés restées sur la table.

– À vos ordres.

Puis, faisant mine de tirer un chapeau – qu'il ne portait pas – en direction de sa mère :

– Madame Fuller, ce fut un plaisir. J'espère que nous aurons l'occasion de nous revoir sous peu.

– Avec un peu de chance j'aurai perdu la vue d'ici là.

Cherilyn rappela à sa mère que son dîner était dans le micro-ondes puis ouvrit la porte à Deuce qui rejoignit sa camionnette.

Alors qu'elle s'apprêtait à le suivre, la voix de sa mère lui parvint depuis la cuisine :

– Cherilyn. Cet homme… c'est pas Douglas.

Cherilyn se retourna, soupira :

– Je le sais bien, maman. Tu te mélanges un peu, c'est tout. Ça va.

Sa mère vint dans l'entrée et prit les mains de Cherilyn dans les siennes. Elles étaient étonnamment chaudes, puissantes, et elle les serra suffisamment pour que Cherilyn sente son alliance s'enfoncer dans sa peau.

– Non, ce que je veux dire, c'est que je préfère de loin Douglas.

Et voilà que ça recommençait, entre elles ? Comme un courant électrique… Était-il possible qu'elle le sente passer des mains de sa mère aux siennes ? Si oui, elle n'en avait aucune envie, et elle retira ses mains prestement et franchit le seuil de la maison.

Arrivée à la portière de Deuce, elle regarda par-dessus son épaule : sa mère n'avait pas bougé d'un iota et l'observait. Cherilyn entendit le bip du micro-ondes dans la cuisine et songea un instant à lui rappeler que son dîner l'y attendait. Au lieu de quoi elle ouvrit la portière, releva sa robe et grimpa à bord.

– 28 –

« Un jour au plus haut, le lendemain au plus bas »

« You're up one day and the next you're down »

Pete quitta le parking de chez Johnson's aussi bravache qu'un prêtre ayant emprunté la Subaru de la femme d'un nouveau copain peut l'être. Il se sentait revigoré, auréolé d'une énergie presque sacrée, tandis qu'il roulait vers Trina. Il se sentait aussi un peu vertueux, pourrait-on dire, bien que le logiciel préinstallé du catholicisme fasse de son mieux pour tempérer cet enthousiasme.

D'où te vient cette attitude positive ? lui demandait la voix. *Trina est dans la mouise, ça ne fait aucun doute.* Oui, lui dit-il, mais justement, je vais arranger tout ça. Quoi qu'il se passe, je suis prêt à aider. J'ai eu son âge, fut un temps. Moi aussi je suis passé par des phases merdiques, si tu t'en souviens. J'ai juste envie d'ajouter ma pierre à l'édifice. Je veux aider. Je peux le faire. *Tout doux, là, Pete,* dit la voix. *Tu ne sais pas ce qui se passe, avec cette fille. Pars pas du principe que tu peux tout régler. Ça ressemble à de la fierté ou je m'y connais pas.*

Bon, quoi qu'il en soit, lui dit-il, ça me fait du bien. Je crois que je me suis fait un nouvel ami et j'arrête pas de penser à Anna, elle aurait voulu que je m'implique, aussi, je le sais. Demande-lui si tu me crois pas. Et passe-lui le bonjour. Dis-lui que je l'aime, s'il te plaît. Si elle était encore parmi nous, elle voudrait sans doute qu'on prenne Trina avec nous, tu le sais, hein, qu'on la prenne en charge même si elle est compliquée. Mais je me sens heureux, là, c'est ça que je dis, avec ma prédiction, et avec Douglas et Anna et cette chance d'aider Trina. Je suis heureux que les choses changent. Tu peux me laisser ça, au moins ? Même si t'es persuadé que je fais ça pour ma pomme et pas pour Trina. Que je fais tout ça rien que pour moi. C'est déjà un peu de bonheur. J'y ai pas droit ?

La voix se tut un instant, le temps de consulter Anna – où qu'elle soit – pour vérifier que tout s'arrangeait.

Bien, bien, finit par dire la voix. *Un peu de bonheur pour Pete. Profites-en tant que ça dure.*

Pete en profita donc en roulant le long de la bande d'arrêt d'urgence d'Iris Lane, doublant les véhicules par la droite en toute illégalité pour aller prendre la route 61, comme tout bon emmerdeur de prêtre en mission l'aurait fait.

Sur le trajet, il fit grimper le moteur jusqu'à cent trente kilomètres-heure et, au moment où il mettait son clignotant pour tourner chez Lanny, une scène curieuse le cueillit : sa propre voiture, la vieille Toyota bleue aussi poussive qu'un vieux rafiot, débouchant sur l'asphalte. Dans une gerbe de graviers, elle s'engagea sur la bretelle, au loin, se rétablit après un virage serré et fila vers le nord, hors de sa vue. Voir son propre véhicule se mouvoir sans lui, drôle de sensation, mais aussi, pour Pete, un immense soulagement : il préférait de loin discuter avec Trina sans Larry dans les parages. Une courte prière pour sa bagnole et il remercia Dieu de jouer en sa faveur une fois de plus.

Cet état d'esprit ne dura pas ; devant chez Lanny, une voiture qu'il ne reconnut pas était stationnée devant la maison, à environ trois mètres de l'endroit où était enchaîné le croisement pitbull-chien de traîneau, qui pétait les plombs, aboyant à s'en décoller du sol. C'était un coupé deux portes sans plaques minéralogiques et, quand Pete sortit de l'Outback, il s'aperçut que le moteur tournait encore. Ce fut aussi un soulagement : le visiteur inconnu ne ferait pas de vieux os. Pete contempla le chien, dont le nom lui revint, Ollie, et fit claquer sa langue à plusieurs reprises. Ollie continua de se battre contre sa chaîne, aboyant, grognant, incontestablement mis en rogne par la présence de Pete, qui lui dit :

– Tu sais, Ollie, c'est pour ça qu'on n'est pas gentils avec vous.

Puis il monta les deux marches menant au porche. Il allait toquer mais la porte était entrouverte. Ayant de l'éducation, il frappa tout de même deux coups, entra et appela :

– Katrina ?

Sitôt son pied eut-il franchi le seuil, Pete se rappela avec gêne la tenue qu'il portait. Cela expliquait peut-être que le chien démoniaque de Lanny lui ait réservé un tel accueil, dehors. Pete avait toujours sa tenue de travail ; son col blanc et son pantalon repassé étaient aussi incongrus chez Lanny que l'éclat métallique de l'étoile et de la boucle de ceinturon du shérif. Il n'avait pas envie d'apparaître à Trina sous les traits d'une figure d'autorité, comprit-il, mais plutôt comme un membre de la famille, ou un ami, raison pour laquelle il décida d'ôter son col romain.

Il n'en eut pas le temps : il fut assailli par l'odeur émanant des lieux. Un mélange infect, ayant l'épaisseur d'un effluve de marijuana et de plastique brûlé, que Pete reconnut aussitôt pour avoir déjà respiré son exact équivalent flottant autour de certains hommes fréquentant la banque alimentaire de sa paroisse. Une de ces odeurs, si particulières, qui agissaient comme une machine à remonter le temps. Pete fit comme il l'avait fait ce jour-là, lors de la distribution, et se couvrit le nez de la main. Débouchant dans le salon, il vit Lanny étalé sur le canapé.

– Lanny ? C'est vous ?

Mais Lanny ne bougea pas d'un cil.

Pete s'approcha, supposant qu'il était dans les vapes après avoir forcé la dose, mais une fois tout près, il s'aperçut qu'on l'avait passé à tabac. L'œil gauche n'était plus qu'un renflement de chairs, le nez et la bouche étaient couverts de sang frais. Pete vérifia son pouls : il était toujours en vie. Il dessina un bref signe de croix sur le front de Lanny et entreprit de le redresser. Un bruit lui parvint du dehors, de derrière la maison. Il se releva. Quelqu'un se tirait avec fracas, quelque part dans la cour. Une porte extérieure claqua. Il regarda autour de lui. Mais qu'est-ce qui se passait ici ?

La pièce était sens dessus dessous. On avait tout fouillé. Au sol, un abat-jour, un tiroir de bureau renversé, une tour de CD effondrée, tous les boîtiers ouverts et saccagés. Pete comprit qu'il venait de pénétrer sur une scène de cambriolage.

Abandonnant Lanny couché là, il appela Trina d'une voix basse, crispée, à travers la maison.

– Trina, tu es là ?

Sous le coup de l'adrénaline, il se mit à transpirer en inspectant chacune des pièces. Dans la salle à manger, il tomba sur une armoire ancienne, sans doute du chêne, sans doute héritée des parents de Lanny, peut-être aussi vieille que toute cette putain de ville, béante, vidée. De la porcelaine brisée répandue partout par terre, une paire de salière et poivrière en verre opalin trônant, intacte, au centre de la table.

Pete se précipita dans le couloir, se jetant sur la première porte qui lui sembla être celle de la chambre de Trina – un panneau ENTRÉE INTERDITE : ATTENTION, ON TIRE À VUE cloué au battant. Il l'appela de nouveau et ouvrit la porte.

Pete sut immédiatement que c'était la bonne, non qu'il y eût des affaires d'adolescente, mais du simple fait que la pièce offrait un contraste saisissant avec le reste de la maison. Elle était immaculée. Le lit était fait au carré, quasi militaire, les uniformes scolaires parfaitement alignés sur leurs cintres dans le placard. Ça ressemblait davantage à une photo de magazine qu'à une véritable chambre hébergeant un être humain et, dans un sursaut de panique, Pete comprit que c'était une chambre dans laquelle personne n'avait l'intention de retourner. La seule trace que quelqu'un y soit jamais entré, un ordinateur portable, posé ouvert sur le bureau contre le mur opposé. Pete approcha, l'écran était encore éclairé, affichant la page d'un réseau social qu'il ne connaissait pas, Twitter, crut-il, d'après le petit oiseau dans le coin supérieur de la fenêtre. Il fixa l'écran un moment, le fil plein de # et de @, réalisant qu'il ne saurait pas par quel bout s'y prendre s'il voulait y chercher une info.

Que l'écran soit encore allumé signifiait que Trina était là il y a peu, que peut-être c'était elle qu'il avait vue démarrer en furie au volant de sa voiture. Si ça voulait dire qu'elle était en sécurité, alors tant mieux.

Pete remarqua ensuite la dernière étagère du bureau de Trina, nette, vide, presque un peu poussiéreuse, à l'exception de deux petits tas de cailloux placés côte à côte. Celui de gauche était constitué d'au moins une centaine de cailloux, dont pas un n'était plus large qu'une pièce de monnaie, pas bien différents du gravier jonchant le chemin devant chez Lanny, formant une pyramide régulière. Inversement, la pile de droite n'était pas vraiment une pile, mais plutôt un agrégat autour d'une pierre solitaire, de teinte rouge, aux contours lisses et plats, un galet qu'on aurait envie de garder au creux de la main. Coincées sous ces deux piles, deux cartes bristol, que Pete souleva d'un doigt pour les lire. Sur celle de gauche, sous la centaine de cailloux, un seul mot : « Oui ». On devinait le soin, l'attention portée au tracé. Il regarda la carte sous la pierre rouge esseulée. On y lisait juste « Non ».

Pete fut interrompu par l'irruption dans son dos d'un homme si hostile que, fugacement, il songea que peut-être son Dieu n'était pas le bon. Que peut-être les anciens païens avaient raison depuis le début et que, pendant que Pete regardait ailleurs, le chien avait pris forme humaine, toujours l'écume aux lèvres, s'était libéré de son collier et avait traîné son corps douloureux le long des marches, puis dans la maison, pour finalement venir accomplir ce dont il avait eu tant envie dehors.

Il n'eut pas l'occasion de poser la moindre question : le chien lui fonça dessus, leva le pistolet qu'il tenait en main et l'abattit sur le crâne de Pete.

Pete s'effondra au sol et la lumière qui l'éblouit n'était pas celle du paradis qu'il rêvait avec tant de ferveur de connaître, mais bien l'une des sources complexes d'illuminations de notre monde terrien. Un blanc aveuglant, n'ayant pour fonction que de souligner une douleur de même teinte. Pete pouvait toujours entendre et sentir ce qui se passait autour de lui, mais il ne voyait rien, son corps refusait de bouger et c'est dans cette posture que lui parvint une voix féminine – rien d'angélique ni d'éthéré, mais tout au contraire paniquée, hors d'haleine.

– Merde, putain, Ricky ! Qu'est-ce que t'as encore fait ? T'as buté un prêtre ?

– Mais ta gueule, Tessa. Je savais pas qui c'était.

– Bon ben, maintenant que c'est fait, t'as plus qu'à fouiller ses poches voir s'il a de la maille.

Pete sentit le poids d'un corps se pencher sur lui, s'immiscer loin dans ses poches, des mains brutales maltraiter ses cuisses, des ongles se refermer comme des serres sur sa peau.

– Pas de fric. Ces connards de curés, c'est toujours fauché. Qu'est-ce qu'il fout là putain ?

– Et là, le truc bleu, c'est quoi ? demanda la femme. Une carte de crédit ? Vas-y, prends. Et on se tire.

Le type ramassa quelque chose par terre derrière lui.

– C'est juste un genre de carte d'identité. Y a écrit *Prêtre* dessus. Où elle est passée, la gamine ? T'avais dit qu'il avait un flingue, il est où ? Je suis pas venu ici pour deux pauvres grammes de shit.

– Elle s'est barrée. Fous-lui la paix. Elle dira rien. Elle peut pas saquer Lanny non plus. Il a un téléphone, au moins ?

– Je suis pas venu pour un putain de téléphone, je te le dis, moi.

– Déconne pas, appelle les secours. Je vais pas aller en enfer pour avoir tué un prêtre.

– Il est pas mort. Allez cassos, on y va.

Là-dessus, son corps fut libéré d'un poids immense : le type se releva et quitta la pièce. Pete essaya de rouler sur le côté mais était incapable de dire s'il avait les yeux ouverts ou fermés, tant la lumière l'aveuglait, ni de quel côté il aurait pu mouvoir son corps s'il l'avait voulu.

Il sentit bientôt une présence plus douce à son côté, comme celle d'un animal bienveillant ; des tonalités étouffées résonnèrent : on composait les trois chiffres des secours sur son portable.

– Vous n'étiez pas censé vous trouver au milieu de tout ça, lui dit la femme. Regardez ce que vous nous avez fait faire.

Pete sentit le téléphone atterrir sur sa poitrine, la tonalité distante à l'autre bout du fil, puis les dernières paroles de la femme à son intention :

– J'espère que vous êtes content, maintenant.

– 29 –

« Une selle sous la pluie »

« Saddle in the rain »

Jacob suivit le claquement des santiags de son père dans l'allée. Il avait éteint le portable de Toby et l'avait replacé sur le bureau, comme on repose une carte face cachée, sitôt que son père était apparu. Qu'aurait-il pu faire d'autre ?

Tendu, transpirant, encore sous le choc de ce qu'il venait de voir sur la vidéo, Jacob demanda à son père s'il pouvait juste passer dans sa chambre pour retirer son uniforme. Il pensait gagner un temps de réflexion en solo, pour prendre une décision pour le reste de sa vie, mais il n'en fut rien. Son père l'attendit planté dans l'encadrement de la porte, santiags croisées. Il observait Jacob d'un air satisfait, comme s'il ne lui manquait dans la vie qu'un brin de paille à glisser entre les dents. Jacob retira son polo du lycée et enfila un tee-shirt noir, remplaça le pantalon par le jean de la veille, transféra le contenu des poches d'un vêtement à l'autre et, ce faisant, s'efforça de trouver la manière de dire à son père des choses impossibles.

La trajectoire ignoble de la vidéo avait été évidente dès le premier coup d'œil à Jacob, son existence, hélas, n'était pas si extraordinaire. Ce genre d'enregistrement sans scrupule était courant, au bahut, comme partout ailleurs. Il avait vu des captures d'écran de ses comparses nus, des vidéos granuleuses de couples en train de se peloter sous les gradins ou prises à travers les vitres d'une voiture. Savait pertinemment qui envoyait des photos de sa bite, qui se vengeait de son ex-copine en sauvegardant leurs sessions Skype masturbatoires et menaçait de les balancer sur Internet. Tout cela, étonnamment, ne suscitait aucune controverse, faisait partie de l'ADN de sa génération – c'était une des raisons pour lesquelles Jacob se sentait si seul au monde. Sans même parler de se filmer et de poster des images de lui sur les réseaux, Jacob n'avait pas envie de se voir du tout. Rien que l'idée le débectait.

Le désir qu'avaient ses pairs de se voir à l'écran n'était pas simplement addictif, mais suffisamment nocif pour contaminer ses hôtes mêmes. Les selfies. Les vidéos. Instagram. Snapchat. Chacun avait le beau rôle dans le film de sa vie, et pensait, à tort, que les autres avaient envie de voir ça.

Chaque fois que Jacob voyait un gars de sa classe tendre son portable à bout de bras pour se prendre en photo dans les couloirs du lycée, à la cantine, au café, il ne regardait pas le téléphone, ni la main qui le tenait, mais la manière dont le visage changeait en se voyant reflété à l'écran. La manière dont il changeait du tout au tout. *Sourire jusqu'aux oreilles. On lève le menton. On ouvre grand les yeux. Rappelle-toi : la vie est exactement comme on la rêve.* Après, une fois la photo prise, la manière dont il reprenait son apparence familière malheureuse. C'était un spectacle affligeant. Jacob ne pouvait s'empêcher de songer que tous ces selfies vous dévoraient l'âme, comme les Indiens d'Amérique avaient soupçonné les appareils photo de le faire. Du moins, si ce n'est l'âme, ils dévoraient votre sourire et l'emportaient loin de vous pour de bon. Y avait-il un jour où, comme on rend son dernier souffle, on n'aurait plus de sourire en réserve ? Auquel cas ces selfies étaient bien nommés, diminutifs du *self*, du « soi ». Des versions miniatures de soi, enjolivées, dont on ne voyait jamais l'envers, diffusées pour répandre au monde une parole mensongère.

Évoquer cette vidéo devant son père n'avait rien d'aisé. Il ne lui vint même pas à l'esprit qu'il aurait pu simplement dire *Hé, papa, regarde ça.* En partie parce qu'il savait que l'image de Toby et de ses copains, la vérité de ce qu'ils allaient sans doute faire subir à Trina, anéantirait son père comme elle anéantirait n'importe quel parent, mais aussi parce qu'il comprenait l'immensité de l'aveu compromettant que cette vidéo représentait pour le monde de son adolescence. Son père n'était pas préparé à ça. Comme si la vidéo était trop explicite pour lui, trop adulte, comme si son père et lui avaient en silence échangé leurs rôles ces dernières années, et que Jacob allait devoir lui ouvrir les yeux sur de tristes réalités. *Écoute, papa,* allait-il devoir dire, *non seulement il s'agit de ton fils, mais en plus ça n'a rien d'anormal. C'est ce que font les jeunes. Tu comprends ? Tout ce que tu as toujours cru ne devoir arriver qu'aux autres, loin de nous, parmi des gamins atroces… eh bien c'est ce que nous, on appelle un vendredi soir.*

Jacob resta donc mutique le temps de lacer ses chaussures et de se coiffer de sa casquette Latios.

– En route mauvaise troupe ? fit son père.

Jacob le suivit dans le couloir, laissant ses mains frôler les murs comme pour vérifier leur existence. Tellement de pièces qui s'assemblaient, mais pour autant la vue d'ensemble lui échappait encore. Trina, la victime ultime dans tout ça ? Il comprenait soudain d'où lui venait cette colère. Mais le compte Twitter, alors ? Et sa prédiction ? Qu'est-ce qu'elle attendait de lui ?

Son père le mena jusqu'à la cuisine, retira son chapeau de cow-boy et s'en servit pour s'éventer. Il souriait.

– Tu m'as dit que tu voulais de meilleures victuailles. Ton vieux père a relevé le défi.

Il lui indiqua l'évier ; un énorme morceau de viande trônait dans l'un des bacs. Suffisamment volumineux pour atteindre presque le rebord de la fenêtre, emballé dans un plastique aussi épais qu'un sac-poubelle, un lacis de veines violacées dessinant des rivières de sang. Clairement pas un truc qu'on pouvait se procurer là où Jacob faisait ses courses.

– D'où ça sort, ce truc ?

– Ça, mon petit gars, c'est le flanc d'un bœuf Angus américain cent pour cent nourri au pré, label rouge. Je l'ai acheté ce matin chez Otto, au marché. Ça a de la gueule, hein ?

– Et qu'est-ce que je suis censé faire, avec ça, moi ?

– Avec ça, on se nourrit pendant un mois, au bas mot. J'ai aussi commandé sur Amazon un bouquin qui explique comment le découper, le trancher et le conserver. On va pouvoir préparer des steaks, des entrecôtes, de la viande séchée et tout. De toute façon, faut bien que j'apprenne comment c'est fichu, une vache. Je me suis dit que c'était un truc qu'on pourrait faire ensemble, toi et moi. Le bouquin devrait arriver demain.

Jacob croyait halluciner. C'était qui, ce type, dans sa cuisine ? Quelle avait été sa vie, avant Jacob, pour finir comme ça ? Quelle histoire dissimulait-il ? Et surtout, quel étrange dessein avait poussé l'univers à les appairer ? À en faire, d'une certaine façon, des partenaires ? Quelle était la logique à l'œuvre ? Jacob ressentait ce que tous les enfants ressentent quand ils se mettent à considérer leurs parents dans leur individualité, quand une vie entière de questions s'emmêle pour ne plus en former qu'une, la seule qui vaille la peine d'être posée aux parents :

Qui es-tu ?

Jacob regarda son père.

– C'est ça que tu voulais me montrer ?

– C'est-à-dire… oui et non. (Il semblait déçu.) Enfin c'est juste un début. Viens voir le reste.

– Laisse-moi deviner. Tu as échangé ton camion contre une mule ?

Son père remit son chapeau, assortissant le geste d'un clin d'œil, et se dirigea vers la porte du garage.

Sitôt qu'il eut posé le pied sur la marche, de la musique parvint aux oreilles de Jacob. Le genre qui se jouait dans les saloons, à l'époque, et Jacob se prit à désespérer. *Oh mon Dieu, non, il a dégoté un piano mécanique.*

Aucun piano en vue, mais Jacob ne put manquer de voir que tout l'espace avait été reconfiguré depuis son dernier passage. Son père avait couvert les murs de contreplaqué et, à l'endroit de la porte, érigé une espèce de barrière à bétail avec des lattes de bois. Au milieu de ladite barrière, seul point d'entrée dans la pièce, une paire de portes battantes de saloon. Des tas de babioles dispersées partout, dont bon nombre que Jacob ne reconnaissait pas, dont il n'avait pas la moindre idée de la provenance. Des lampes-tempête antédiluviennes. Des pancartes métalliques vantant des bourbons et des liqueurs disparus, une affiche *On recherche, mort ou vif* représentant Jesse James. Sur un des murs, un opossum empaillé pelotonné sur le dos, semblant dormir. Et à l'autre bout de la pièce, un comptoir faisant bien deux mètres de long, couvert d'un bois sombre, vernissé, celui qu'il avait repéré dans la remorque la veille. À l'extrémité du bar, deux hauts tabourets côte à côte, en pleine conversation. Jacob songea que son père, de sa vie, n'avait jamais été si efficace.

Ce dernier se tourna vers lui, frêles bruits de clochettes montant de ses santiags, et montra ses paumes comme pour dire *Alors ?*, comme pour dire *C'est tout ce que j'ai.* Comme pour dire *Sois gentil, s'il te plaît.*

– Tu as fait tout ça hier ?

– Eh oui ! Le cavalier aurait bien eu besoin d'une paire de bras supplémentaire, pas de doute. Surtout pour le comptoir. Je crains d'avoir éraflé le bas assez méchamment.

– Mais tu n'avais pas une réunion importante, aujourd'hui ?

– Eh si.

Disant cela, son père regarda à la ronde, semblant voir la pièce pour la première fois, lui aussi.

– J'y étais, mais sans y être vraiment, si tu vois ce que je veux dire. On pourrait dire que mon esprit était à l'autre bout de la ville.

– Je vois tout à fait, dit Jacob, et de fait c'était exactement ce qu'il ressentait.

Il savait qu'il aurait dû dire un truc sympa à son père. Celui-ci attendait avec une telle ferveur le moindre changement dans sa vie, peut-être une simple tape sur la tête aurait-elle suffi à le sauver. Mais Trina occupait toutes ses pensées. Qu'avait-elle prévu ? Jacob imaginait déjà des choses terribles quand il était question de la mort de Toby, mais si c'était sa propre existence qu'elle voulait venger, jusqu'à quelles extrémités était-elle prête à aller ? Pourquoi ne l'avait-il pas arrêtée ? Pourquoi l'avait-il laissée entretenir ce fantasme ? Bientôt, tous les noirs fantasmes qu'elle lui avait confiés quand il ne pensait qu'à une chose, être avec elle, migrèrent vers une partie de son cerveau qui les firent apparaître non plus comme ses fantasmes, mais bien comme ses propres souvenirs coupables à lui, comme si ce qu'elle avait voulu faire à ces garçons était des choses qu'il avait lui-même déjà faites.

Jacob, évidemment, garda tout cela pour lui. Il se contenta de :

– C'est incroyable, papa. Totalement barré, mais incroyable.

Son père se renfrogna.

– Barré ? Je sais pas mais… pendant les travaux, au contraire, pour la première fois depuis longtemps j'ai eu l'impression d'avoir bien les pieds sur terre. C'est vrai, quoi, je me suis bien marré à faire ça, tu sais. Après, si tu trouves mon bar barré…

– Excuse-moi. C'est juste que c'est pas un truc qu'on s'attend à trouver dans son garage.

Son père eut l'air de penser que c'était justement là le principe.

– Je crois que je vais l'appeler Au Bon Somme de l'Opossum.

– D'accord. Et dois-je m'attendre à y croiser des renégats venus fêter l'attaque du train ? Une horde de hors-la-loi ?

– Non, dit son père. C'est un endroit juste pour nous. Pour toi et moi, pour le shérif et Jacob the Kid. Pour qu'on puisse se parler entre hommes.

– Entre hommes ?

Qu'est-ce que ça voulait dire ?

– Allez, viens, assieds-toi.

Et son père se jucha sur un tabouret. Quand Jacob prit place à ses côtés, il vit un pistolet posé sur le comptoir.

Il s'agissait du pistolet commémoratif rangé dans la vitrine qu'il avait déplacée la veille pour photographier les plans du lycée. Celui dont son père avait dû briser le verre la veille au soir. À côté était posée l'unique balle qu'il contenait.

Son père l'attrapa. Non pas comme on brandit un flingue, mais dans le creux de sa paume, pour mieux l'observer.

– Il s'agit d'un Colt Peacemaker de 1884, avec une cartouche du Frankford Arsenal, quasiment intacte. Je l'ai apporté chez McGee's Gun and Pawn ce matin, pour le faire graisser. L'armurier m'a dit qu'il n'y avait aucune raison qu'il soit hors d'usage, mais bon, tu vois, j'ai que cette unique balle. Apparemment, on n'en fait plus tellement des comme ça.

Il le tendit à Jacob.

Qui secoua la tête.

– Je n'ai pas envie de le toucher, dit-il – sans doute la parole la plus sincère qu'il ait jamais prononcée. J'ai aucune envie de toucher un flingue.

– OK, fit son père en reposant l'arme. Je comprends. Je me disais juste que ça pourrait jouer un rôle symbolique entre nous, tu vois. (Il leva le menton afin que Jacob le regarde dans les yeux, ce qu'il fit.) J'ai beaucoup pensé à toi, ces jours-ci, gringo. À nous.

Jacob sentit sa gorge se serrer comme auparavant dans la chambre de Toby, son corps semblait lui rappeler qu'il n'avait encore rien dit. Que toutes ses peurs et toute sa peine attendaient encore au fond de lui, qu'elles ne le lâcheraient pas tant qu'il ne s'en libérerait pas.

– Ça fait des années que j'avais ça au mur, dans mon bureau, dit son père. Ce truc toujours d'équerre, toujours en état de marche. J'avais ça accroché au-dessus de ma tête. C'était là et on n'y prenait pas garde. Ce que j'essaye de dire, enfin du moins je crois, c'est que j'ai en quelque sorte l'impression que pour toi et moi c'est un peu la même chose. Y a plus que nous, maintenant. Plus que nous deux, perdus dans l'immense prairie. L'infinie prairie. Il y a tant à faire. Pour se retrouver, et panser nos plaies. Sans compter qu'il pleut, mon bonhomme. Tu comprends ce que je te dis ? Là, on est à découvert, il nous pleut dessus.

Jacob contempla le sol. Les empreintes laissées par les santiags de son père dans la sciure. L'espace d'une seconde, il crut entendre tomber la pluie.

– Mais je me suis comporté comme si j'étais tout seul, dit son père. J'en ai conscience. Je n'ai pas été un bon père pour toi, ces derniers temps. Je ne t'ai été d'aucune aide. Depuis ton frère. J'ai l'impression de t'avoir accroché au mur et puis rien. Je suis désolé, mon fils. Je veux que tu saches que je regrette.

Les yeux de Jacob s'humectèrent, il savait trop bien que ce n'était pas à son père de s'excuser. Surtout, par-delà les choses terribles qu'il avait faites dernièrement, par-dessus tout ce qu'il avait pu évoquer avec Trina, Jacob songea que son pire crime était peut-être d'avoir laissé croire à son père qu'il n'avait pas été présent pour lui et l'avait abandonné. L'idée qu'il avait pu causer un chagrin supplémentaire à son père, un homme qui avait déjà tant souffert, le terrassait.

– Je me disais qu'on était un peu comme ce flingue, là, à notre manière, dit son père. Entre nous ça peut toujours marcher, pourvu qu'on en prenne la peine. Pourvu qu'on commence à se dire les choses. À se parler de Toby, par exemple. De ta mère.

– Papa, il y a un truc dont je dois te parler.

Son père leva la main.

– Si tu veux bien me laisser encore une minute.

Il saisit la balle devant lui et la fit rouler entre ses doigts.

– Je crois que la raison pour laquelle je ne t'ai pas parlé comme je l'aurais dû, Jacob, c'est parce que j'ai toujours eu un peu peur de toi.

Jacob releva la tête. La remarque le plongeait dans la confusion ; il avait passé son enfance, comme tous les enfants, à dissimuler aux yeux de son père les aspects de sa personnalité qui auraient effrayé n'importe qui.

– Peur ?

– Bah oui. Ton frère a toujours été simple à comprendre, tu sais. Il était basique, d'une certaine façon, dans son genre. Pas débile, hein, mais basique. J'en ai croisé des milliers, des gens comme Toby, dans ma vie. On savait à quoi s'en tenir, avec lui, et c'était reposant. C'était quelque chose que j'aimais chez lui. Mais toi ? Je ne sais pas. Tu as toujours représenté une énigme, à mes yeux.

– Je ne suis pas une énigme.

De nouveau, son père brandit la paume devant lui.

– Et je crois que si je te dis ça, c'est parce que tu me rappelles énormément ta mère.

Et voilà que ça recommençait, un afflux d'émotions échevelées se bousculaient en lui, s'apprêtant à quitter son corps pour déboucher dans le vaste monde. Sa mère, qui n'existait pour lui qu'en photo, que dans un brin d'ADN mystérieux et intouchable. Il ne parvenait pas à se rappeler quand ils avaient parlé d'elle pour la dernière fois.

– Le plus grand drame de ma vie – et j'ai été servi –, c'est que vous n'ayez pas pu la connaître, tous les deux.

– Papa, dit Jacob – mais il ne savait pas quoi dire d'autre.

Déchiré entre le désir de mettre fin à cette conversation et celui de la faire durer toute une vie, il ne put s'empêcher de remarquer que la lumière s'était modifiée dans le court laps de temps que son père et lui avaient passé dans le garage. À l'extérieur, par-delà les portes du saloon, le ciel avait pris des nuances pourpres flamboyantes annonciatrices d'un changement ; il y avait un mot pour cette heure de la journée, Jacob l'avait appris en cours de photographie mais ça lui échappait. Son père, à l'intérieur, lui apparut soudain plus nettement que jamais. La manière dont la lumière venait souligner l'ombre de barbe sur son menton, les ridules autour de ses yeux et de sa bouche, les veines courant sur ses mains posées sur le comptoir. Un portrait figé, presque une nature morte.

– Je t'ai déjà raconté la fois où ta mère a sauvé un moustique ? lui demanda son père.

Il le lui avait déjà raconté, le *leur* avait déjà raconté quand ils étaient petits, Toby et lui, mais c'était il y avait des années de cela. L'histoire datait d'un temps où ils n'existaient pas encore, quand ses parents vivaient dans une petite maison de location. Et, comme il l'avait déjà fait avant, son père convoqua pour Jacob l'image de sa mère suivant le moustique de pièce en pièce, montant sur des chaises et se dressant sur la pointe des pieds tandis que la bestiole se cognait bêtement d'un mur à l'autre sans que sa mère puisse la toucher. Il se souvenait de ce qu'elle portait, ce jour-là, lui dit-il, se rappelait avec tant de netteté son apparence à cet instant précis de leur vie commune. Comme elle était belle, et étrange, à ses yeux, et le dénouement de l'histoire était toujours le même.

– Je croyais qu'elle essayait de le tuer, dit-il. Mais tout ce temps, en fait, elle essayait de le sauver. Elle a réussi à refermer ses mains en coupe autour de lui et est allée le libérer de l'autre côté de la moustiquaire. Un moustique, tu imagines ? Moi, je n'en pouvais plus de rire, tu aurais vu sa tête, quand elle est sortie de la maison. C'était elle, pleinement elle, je la reconnaissais bien là et elle m'a souri, comme pour me dire, en quelque sorte : Je n'en ferai qu'à ma tête, mon bon monsieur, et vous ne m'en aimerez que plus. Et je n'ai jamais rien aimé tant que ta mère à ce moment-là.

Son père retira son chapeau et, le tenant par le dessus, en tapota le rebord sur le comptoir.

– Tu me rappelles ta mère, de ce côté-là, je crois. Ça te paraîtra peut-être absurde, mais cette scène m'y fait penser. Vous avez tous les deux ça, au fond de vous. Et je dois avouer que ça me fait un peu peur, parce que souvent quand je te parle, j'ai l'impression de parler avec elle, et je ne veux plus jamais vous décevoir ni l'un ni l'autre.

Une vague de culpabilité aussi sombre que le manteau de la nuit enserrait la poitrine de Jacob ; ce n'était pas à son père de s'excuser de quoi que ce soit.

– Papa, moi aussi, j'ai quelque chose à te dire.

Une lueur s'alluma dans les prunelles de son père. Il donna une claque légère sur la cuisse de Jacob.

– Tu vois ? Au Bon Somme de l'Opossum est un lieu magique ! Desselle ta monture, fils. Je t'écoute.

– Il y a cette fille, fit Jacob. Cette fille avec qui Toby sortait. Trina, elle s'appelle.

Son père opina, il voyait qui c'était, et inspira un grand coup par le nez comme pour montrer qu'il avait compris d'entrée que ça n'allait pas être une histoire gaie.

Par où commencer ? se dit Jacob. Les coups de fil ? Le sac de sport ? La vidéo ? Le compte Twitter ? Le flingue ? Toutes ces options catastrophiques tournaient en boucle dans sa tête, exact reflet de la musique dans la pièce qui avait changé. Le piano ragtime s'était quasiment tu, remplacé par le hennissement sans fin d'un cheval, jusqu'à ce que son père se penche et débranche son portable de l'enceinte, moment où Jacob comprit que c'était sa sonnerie de téléphone.

Jetant un œil à l'écran, il grimaça. Il tenait le téléphone entre deux doigts, comme s'il hésitait à le reposer, mais il dit :

– Nom d'un canasson. Ce sont les autorités. Je ferais mieux de décrocher.

Jacob se releva de son tabouret pendant que son père prenait l'appel :

– Ici le shérif. Que puis-je pour vous ?

Son père lui fit signe de patienter et de se rasseoir, mais Jacob n'en fit rien. Il avait beau savoir qu'il y avait mille raisons pour que le shérif appelle son père un soir pareil, avec toute la ville prête à s'animer comme jamais auparavant, il avait le pressentiment atroce que le shérif appelait peut-être à son sujet.

Il fit quelques pas vers la sortie et vit son père lever les yeux vers la vieille horloge surplombant le comptoir.

– Non, disait-il. Je n'ai pas parlé à Deuce depuis la scène qu'il nous a faite à la réunion de ce matin. J'ai vu qu'il avait appelé mais il y a des limites à ce qu'on peut supporter pour un salaire d'agent de l'État.

Jacob l'observa, son père fronçait les sourcils comme si on lui posait une question absolument inattendue.

– Non, disait-il. Jacob est ici, avec moi.

Là-dessus, Jacob ouvrit la porte et fila dans la maison. Tout venait de lui, il le savait. Toutes les facettes de lui-même dont il aurait tant voulu qu'elles n'existent pas étaient enfin venues lui présenter la facture, et il se sentit violemment écartelé entre le besoin pressant de tout cacher et celui de tout révéler. *Voilà comment on en est arrivés là*, pourrait-il dire. *Prenez, prenez tout ce que j'ai. Aidez-moi à comprendre comment assembler les pièces du puzzle. Aidez-moi à comprendre comment ça a pu basculer.*

Son père ouvrit la porte du garage et Jacob se précipita dans le couloir, vers la chambre de Toby.

Il entendait son père dans son dos :

– Un sac de sport ? J'en sais rien, Randy. Tu connais tous les sacs à main qui traînent dans ta baraque, toi, avec tes filles ?

Jacob débrancha précipitamment le portable de Toby et le fourra dans sa poche. Un regard à son sac à dos, qui contenait le sac de sport bleu, et il le ramassa aussi. Son propre téléphone gisait sur le lit, il l'attrapa et vit la série de messages qu'il avait ratés pendant qu'il était dans le garage. Tous de Trina.

Au tronc creux, disait le premier.

19 heures pile.

Le dernier, *Il faut que quelqu'un paye…*

Jacob vit l'ombre de son père s'avancer dans le couloir. Côté maison, pas d'échappatoire possible, Jacob avança donc vers la fenêtre. Il l'ouvrit en grand et, se pliant en deux, grimpa sur l'appui. S'il pouvait simplement trouver Trina. Simplement lui parler.

– Non, disait son père. Tu sais bien que je suis pas sur Twitter. C'est quoi cette histoire, tu veux que je lui interdise de sortir ?

Les jambes dans le vide, Jacob agrippa le rebord extérieur de la fenêtre et se balança d'avant en arrière comme il l'avait fait plus tôt sur le lit de son frère. Dans le couloir, les pas de son père se rapprochaient, il entendait cliqueter ses éperons et tomber toute cette pluie qui n'existait pas et, acceptant ce qui l'attendait, il sauta à pieds joints dans sa nouvelle vie.

– 30 –

Souvenirs

Il existe une théorie au sujet des rêves :

Certains disent que s'il est difficile de raconter un rêve à autrui, une fois réveillé, s'il est difficile de le décrire avec précision, c'est parce qu'il manque un cadre de référence consistant. Un peu comme une maison de l'esprit qui n'aurait pas de fondations.

Pour le dire autrement, imaginez que vous marchez sur un immense puzzle. Vous avancez, l'image devant vous est claire, dans toutes ses circonvolutions imbriquées, et vous comprenez où vous êtes. Votre rêve, en cela, n'a rien de perturbant tant que vous y êtes plongé. Sans que vous vous en rendiez compte, cependant, les pièces du puzzle sont retirées une à une, pour être remplacées par de nouvelles images sitôt que vous les avez quittées. Une fois arrivé au bout de votre rêve, quand vous vous retournez pour contempler l'ensemble, pour vous rappeler ce que vous venez de traverser, plus rien n'est conforme à vos souvenirs. C'est pourquoi vous vous retrouvez, le lendemain matin, à dire des choses comme : « J'ai fait un rêve, tu étais chez nous, mais ce n'était pas vraiment chez nous. Tu étais là, mais ça ne te ressemblait pas vraiment. Pour autant, je savais que c'était toi. Tu ne comprends pas. Je sentais que c'était toi. »

Normalement, c'est là que votre interlocuteur lâche l'affaire.

Quoi de plus normal ?

Partager des rêves qui n'appartiennent qu'à nous et à nous seuls, en proie à une déformation constante, dont on prétend qu'elle cesse une fois éveillé, est impossible. Notre mémoire n'est pas à blâmer, n'ayant pas failli ; à l'inverse notre cerveau nous protège ainsi, nous préserve, comme le font nos mains par automatisme, en formant une visière contre le soleil.

En ce qui concernait Douglas, il avait l'impression que sa journée était un rêve à rebours.

Tout ce qui avait transpiré des deux heures précédentes, tout ce à quoi il avait eu accès chez Geoffrey, était l'étoffe dont ses rêves étaient faits. Sauf que Douglas aurait su aisément raconter tout cela. Il pouvait reproduire son rêve au détail près. Le trombone s'équilibrant à la perfection entre ses mains. Le léger éclat se reflétant dans la caisse claire du batteur. Le cliquetis des doigts de la bassiste pinçant le manche. Les images, les sons, les odeurs. Tous à sa disposition pour qu'il les relaye, comme peu de rêves le permettent.

Même ce qui avait suivi, quand Douglas n'avait pu joindre Pete au téléphone. Après avoir accepté que le groupe le dépose chez lui. La manière dont il avait incliné le bord de sa casquette en baissant la tête avant de grimper dans le van des Bedknobs and Broomsticks, dont le nom floqué s'étalait sur les flancs du véhicule au-dessus d'une triple croche. Dont les autres occupants des Scenic Wetlands Apartments and Balconies s'étaient regroupés sur la coursive, pour les observer charger leurs instruments. C'était le point culminant d'un million d'images oniriques de Douglas, et il voulait désespérément être heureux de leur proximité avec ce qu'il avait imaginé. Le fatras de câbles électriques et de caisses métalliques derrière les sièges dans le coffre. Les autocollants de night-clubs disant des choses comme LES BATTEURS FONT ÇA EN RYTHME servant à rafistoler les sièges au skaï lézardé. Les relents de cigarette froide et de sueur. La façon qu'avait le moteur de toussoter de plus en plus fort, comme si plusieurs moteurs s'éveillaient tour à tour sous le capot et, ressuscitant sur le parking, les enfants se couvrant les oreilles avant d'avoir pu entendre la vraie musique qui montait, grésillante, de la radio, réglée sur 90.7 WWOZ diffusé depuis La Nouvelle-Orléans. Avant d'avoir pu entendre les premières mesures de *Hey Pocky A-Way* des Meters, 1974, qui commença à point nommé comme si le morceau les avait attendus. Et peut-être était-ce le cas, après tout, parce que c'était un morceau offrant à chacun dans ce van un bout à jouer. Le batteur frappait ses cuisses des mains en cadence avec la caisse claire du début, Geoffrey actionnait les touches d'un piano imaginaire sur le siège voisin de Douglas, le bassiste pinçait le bout du frein à main. La manière dont personne ne dit rien tout ce temps, hormis Douglas pour les guider jusque chez lui, et dont, à la fin de la chanson, ils étaient en quelque sorte déjà arrivés. Tous ces détails étaient à sa disposition pour qu'il les décrive.

Mais où était Douglas, dans tout ça ?

De tous les développements fantasques de l'après-midi, celui dont Douglas aurait le plus de mal à rendre compte et qui, partant, ressemblait le plus à un épisode onirique malheureux était sa conversation avec Cherilyn. Il ne cessait d'y repenser.

Il était retourné chez Geoffrey après que Cherilyn avait raccroché et les avait écoutés jouer un moment, mais avait décliné leur proposition de jammer avec eux de nouveau. Le son était bon, il sourit tout du long tant qu'il put, mais sitôt que l'heure fut écoulée sans que Pete soit revenu, Douglas se fit fébrile. Le ton de sa voix avait un je-ne-sais-quoi d'inédit. Il ressortit, rappela Pete mais pas de réponse, il ne s'en inquiéta pas. C'était un prêtre, après tout, il ne savait peut-être même pas se servir d'un portable. Quand Douglas regagna l'appartement de Geoffrey pour la deuxième fois, les yeux rivés à son écran de téléphone, Geoffrey dit au reste du groupe :

– On remballe pour aujourd'hui, les gars. Je crois que notre siffleur est attendu à un autre concert.

Quand ils s'arrêtèrent devant chez lui, Douglas sortit et remercia chacun d'eux, il les verrait le lendemain sur la grande scène, mais alors il remarqua quelque chose de curieux.

Sa voiture avait disparu.

Comment avait-elle réussi à la démarrer ?

Il songea à appeler pour lui poser la question. Il avait envie d'appeler Cherilyn et de lui poser tout un tas de questions, mais il avait aussi l'impression distincte qu'elle avait besoin d'air. Quoi qu'elle fît chez sa mère, il avait proposé de la rejoindre et elle avait décliné. Il allait lui accorder cela. Il pouvait accorder des choses aux gens, non ? Bien sûr qu'il pouvait. À titre d'exemple, il avait donné ses clés à Pete, résultat : il fut obligé de passer par l'arrière pour récupérer un double, dissimulé sous une petite statue en ciment, une grenouille d'allure joviale pêchant à la ligne.

Douglas passa donc par la porte donnant sur l'arrière, comme il l'avait fait des milliers de fois, suspendit son blouson au dos d'une chaise et fut frappé par le silence. Il regarda en direction de la cuisine, où devrait se tramer un apéro, où en temps normal il aurait vu Cherilyn l'attendre. Non, pas l'attendre, mais vivre sa vie avec lui. Où il aurait dû la voir esquisser la fin de sa journée, comme il le faisait, afin qu'ils puissent partager la soirée à venir. Elle n'y était pas.

Pourtant, sa présence transparaissait partout.

Le regard de Douglas effleura la table du petit déjeuner. Six nichoirs à oiseaux, arrangés les uns en face des autres de façon à former un petit hameau, dégageaient une beauté étrangement touchante. Chaque maisonnette était bâtie sur le même modèle, mais les mille fioritures ajoutées par Cherilyn leur conféraient un caractère unique. L'une avait un toit intégralement composé de pétales de fleurs en plastique, récupérés sur de précédentes créations datant d'il y a quelques années. Une large couronne florale en forme de cœur sur le devant d'une autre semblait intégralement constituée à partir des petits liens métalliques qui refermaient les sachets de pain de mie. Il devait bien y en avoir une centaine, mis en forme et tressés par les mains de sa femme. Comment avait-il pu ne pas remarquer qu'elle bricolait ça ? Ou, s'il avait assisté à la scène, comment avait-il pu ne pas s'extasier devant tant d'ingéniosité ? Une image frappa soudain Douglas, celle de sa femme se nourrissant de tout, faisant tout fructifier : les anecdotes qu'il lui rapportait du lycée, ses invendus, les petits liens multicolores qu'il avait si souvent jetés à la poubelle, et avec toutes ces trouvailles rassemblées, elle leur préparait une vie meilleure, à lui et à tous ces oiseaux. L'idée de sa générosité, de son grand cœur lui gonfla la poitrine.

C'est alors qu'il vit autre chose.

Sur la table, près des nichoirs, il y avait aussi deux tasses de café.

Il n'en avait pas bu, ce matin-là. Il avait une telle gueule de bois qu'il n'aurait rien gardé dans le ventre. Comme cela ne lui ressemblait pas d'utiliser deux tasses différentes, il en inclina une pour regarder l'intérieur de plus près. Au fond, une coulure huileuse de café noir. Dans l'autre, les veinures opalines familières trahissant un nuage de lait, leur habitude à Cherilyn et lui. C'était la deuxième fois, après l'épisode avec Tipsy, que la vie que Cherilyn menait en son absence recelait des zones d'ombre. Étrange. Qui était venu la voir aujourd'hui ? Sûrement pas sa mère, Cherilyn aurait récuré la cuisine à s'en briser les reins pour couper court à tout commentaire malvenu sur la tenue de son intérieur. Une copine, peut-être ? Un voisin ?

Douglas n'aurait sans doute pas donné suite à ses interrogations sur cette tasse s'il avait été le même homme que ce matin. Mais il n'était plus cet homme. Non pas à cause de sa prédiction, ou de ses élèves ou même du groupe, vraiment, mais parce qu'il était désormais un homme à qui sa femme avait demandé d'arrêter de siffler. Et, comme souvent dans la communication entre époux, ce ne sont pas les mots prononcés qui changeaient les choses, mais le ton sur lequel ils vous parvenaient. Douglas avait été pénible, avec sa femme, au téléphone, il en avait conscience. Il passa donc la tasse de Cherilyn sous le robinet et laissa la tasse de café noir pas rincée posée sur le plan de travail, pour pouvoir lui en parler plus tard.

Puis il s'adossa au comptoir. Elle avait raison, ils avaient des choses à se dire. À commencer par sa prédiction : il avait résolu d'écouter Cherilyn à ce sujet. Si c'était là la raison de la tension, au téléphone, alors il voulait tout faire pour s'assurer que ça ne se reproduise jamais plus. Non seulement il l'écouterait, mais il l'encouragerait. Quelle que soit son interprétation de l'idée de royauté, quelque changement qu'elle veuille opérer. Il la soutiendrait. Il n'aurait pas une parole négative ce soir. Il ne voulait qu'une chose : la voir heureuse.

Quant à sa propre prédiction, il lui en parlerait aussi. Fini les mensonges. Les omissions. Il lui avouerait au passage ce qu'il avait fait la veille au soir. Il se présenterait tel qu'il était et lui confierait l'affreuse vérité : que l'homme qui l'avait tellement agacée au téléphone était ce qu'il pouvait devenir de mieux. Je suis désolé, dirait-il, si cela te déçoit.

Mais pas dans cette cuisine sale.

Douglas décida, façon de combattre le vide qu'il ressentait sans elle à la maison, de faire en sorte que leur foyer témoigne de son attente. Il l'accueillerait chez eux comme elle le faisait si souvent pour lui. Puisqu'elle voulait de la royauté, il lui réserverait un accueil de reine. Il consulta l'horloge : il avait une heure devant lui, si elle devait être un peu en retard. Il humecta un chiffon qu'il passa sur la surface des plans de travail. Mit de l'ordre dans les revues culinaires.

Il ramassa précautionneusement les nichoirs à oiseaux, alla chercher une nappe brun clair dans le placard et la disposa sur la table. Il installa les nichoirs sur la nappe en reproduisant son arrangement initial – on eût dit une petite oasis de banlieue perdue au milieu du désert.

Puis il gagna leur chambre, remit son côté d'équerre et ouvrit son dressing. Il en sortit son plus beau costume, un ensemble pantalon-veste qu'il portait aux mariages et aux enterrements et qui plaisait à Cherilyn. Il choisit une chemise rose qu'elle lui avait offerte lors d'un anniversaire mais qu'il n'avait jamais osé porter, et la pendit à la poignée de la porte de l'armoire.

Pour terminer, il plongea derrière ses pulls, sur l'étagère du haut, et en sortit une boîte fermée à clé. Elle contenait trois fois rien. Une souche de billet, un soir où Cherilyn et lui étaient allés voir *Les Misérables* et qu'il s'était promis de se consacrer davantage à sa passion, ce dont il n'avait rien fait avant la semaine précédente. Quelques lettres de ses parents du temps qu'ils vivaient encore et, sous tout cela, deux pièces de monnaie aplaties.

Ç'avait été des pièces de vingt-cinq cents ordinaires, que Cherilyn et lui avaient insérées dans une machine à souvenirs lors de leur premier rendez-vous amoureux, il y a plus de vingt ans désormais, lorsqu'il lui avait fait la surprise de la conduire à quelques villes de là, pour le carnaval de Fluker, en Louisiane. Chacun avait tourné la manivelle de la machine, jusqu'à obtenir de fines gaufrettes où était gravé en relief : *C'est ici que la fête commence !* Douglas avait empoché les pièces, ce soir-là, et une fois de retour chez ses parents, repensant à elle, y avait percé deux trous pour en faire des pendentifs. Il avait imaginé les lui offrir lors de leur prochaine sortie, mais ça s'était si bien passé qu'il n'en avait pas ressenti le besoin. Et de prochaine sortie on était passés à prochaine année, Douglas repoussant sans cesse l'occasion, le cadeau gagnant en puissance avec le temps ; ce n'était pas tant ce que prédisaient les pièces, ni même qu'elles remontent à leur première soirée, qui leur conférait cette puissance, mais qu'il s'en souvienne comme de la première fois qu'ils s'étaient touchés, au sens physique du terme, lorsqu'il avait essayé de desserrer le frein à main et l'avait cru bloqué. Elle avait placé sa main sur la sienne et souri. « Alors… on est fragile et délicat ? Et si on essayait ensemble ? »

Récemment, il avait eu l'intention de les garder jusqu'à leur vingt-cinquième anniversaire, mais il espérait en secret réussir, fantasme grandiloquent, à tenir jusqu'au cinquantième. Mais cela ne faisait plus de doute désormais, il voulait lui en faire cadeau ce soir.

Il posa les pièces sur son costume et quitta la chambre pour aller prendre une douche. Il ôta son pantalon et sa chemise. Se regarda dans le miroir.

Ce qu'il donnerait pour pouvoir échanger ce corps contre un autre ! Ou, du moins, contre une version précédente, le corps qui avait su séduire Cherilyn à l'époque. Celui dont il se souvenait surtout, sans le lui dire, lors d'une virée sur une rivière, dont le nom ne lui revenait pas. Elle l'avait regardé, son corps et son visage, et s'était mordu la lèvre inférieure d'une manière qui criait *Tout me plaît chez toi.*

Le corps qu'il avait sous les yeux avait, hélas, un aspect terriblement comique. Ses hanches en forme de poire : des bajoues mollassonnes. Même sa poitrine, où les chairs pendaient, tels deux yeux aux cernes marqués. Sur son ventre, les poils dessinaient un nez épaté, et son nombril, cela lui sautait soudain aux yeux, était une fine bouche silencieuse. Son torse nu formait un visage à part entière, qui l'observait à distance, et depuis quand en était-il ainsi ? Il attrapa ses poignées d'amour et les secoua. Combien de repas pris à la cantine ? Combien de burgers du mercredi ? Il baissa les yeux et pressa les mains sur les contours de son nombril, comme pour le faire parler. Puis, adoptant une voix nombrileuse :

– Eh bien, je suis fort aise de faire votre connaissance.

C'est pas vrai, merde. Je suis devenu ridicule. Quel genre de femme un corps pareil pourrait-il séduire ? Il releva les yeux vers son visage dans la glace et fut pris d'un fou rire. Impossible de résister.

Il avait oublié d'enlever sa casquette.

– On va déjà commencer par là, dit-il en ôtant son couvre-chef.

Il l'accrocha à la poignée de la porte et sauta dans la douche. Il se frotta scrupuleusement et fit quelques exercices de renforcement musculaire. Pas de meilleur moment pour s'y mettre que maintenant, se dit-il. Il referma la main sur la savonnette comme sur un haltère. S'appuyant à la paroi, il fit quelques pompes tout en rinçant ses cheveux clairsemés. Il contracta des muscles du ventre encore affreusement courbaturés de leur badinage amoureux l'autre soir et, à ce souvenir, Douglas ressentit une brûlure vivace.

Il sortit de la douche, se sécha et passa son costume, s'aspergea d'un brin d'eau de toilette. Il alla tamiser l'éclairage au salon. Passant en revue ses CD, il opta pour « Ella for Lovers », d'Ella Fitzgerald, musique d'ambiance idéale, mais quand il ouvrit le lecteur, il tomba sur un disque d'Elton John, *Candle in the Wind*, version 1997. D'accord, songea-t-il, si c'était ça qu'elle voulait, banco. Il appuya sur « Lecture ».

Il rejoignit la cuisine en sifflotant, il n'avait pas entendu cette chanson depuis des années. Il disposa deux jolis verres à pied près de la bouteille achetée la veille. Ajouta le tire-bouchon au tableau. Ensuite, Douglas ouvrit le sac aperçu plus tôt pendant son ménage, renfermant un certain nombre de bougies, qu'il alla disperser aux quatre coins de la maison sans pour autant les allumer. Un regard à l'horloge. La nuit était tombée, dehors, mais il ne voulait pas les allumer trop tôt. Il pêcha une boîte d'allumettes dans le tiroir et en prépara une. Il voulait que le timing soit parfait, il resta donc là, allumette dans une main, grattoir dans l'autre, à guetter par la fenêtre de la cuisine l'arrivée de sa femme.

Il demeura dans cette position jusqu'à ce que le téléphone de la maison sonne et qu'il voie, sur le petit écran du combiné, s'afficher le nom de Bruce Newman.

– 31 –

« Tu as de l'or »

« You've got gold »

Avait-elle déjà été installée si haut sur la route ?

L'altitude à elle seule lui faisait tourner la tête, sans parler de la vitesse à laquelle ils roulaient. Elle croyait pouvoir, en tendant le bras, taper sur le toit des voitures qu'ils doublaient, tant le camion de Deuce était haut. Elle pouvait sans ambages, baissant les yeux, apercevoir les cuisses des conducteurs, une sensation un brin perverse, et ne doutait pas que Deuce puisse traverser le terre-plein central s'il le décidait, si large était la circonférence de ses pneus, ce qui, il fallait bien l'avouer, était assez enivrant.

Surtout, Cherilyn était installée dans une machine impressionnante. Le tableau de bord, immense, regorgeait de boutons métalliques et de diodes bleues, il y avait des sièges en cuir noir neufs et confortables, et derrière, encore une autre rangée de sièges. C'était une camionnette à plateau bourrée de gadgets et d'options, offrant tout l'espace nécessaire pour quelque projet que ce soit. À côté, son Outback était fade, ringarde au possible, et pourtant cette voiture était le plus bel objet que Douglas et elle possédaient. Elle avait coûté si cher que Douglas avait dû renoncer à remplacer la sienne, mais c'étaient des considérations qui n'avaient pas leur place ici, se rappela Cherilyn, pas aujourd'hui. Aujourd'hui, il ne s'agissait pas de Douglas. Il s'agissait d'elle.

Deuce n'avait pas dit un mot depuis qu'ils avaient quitté la maison de sa mère, ce qui n'était pas dans ses habitudes. Et tandis qu'ils fendaient la circulation, Cherilyn était soulagée qu'au moins, si haut perchée, on ne puisse la voir dans ce véhicule à la conduite si grossière et, peut-être aussi, qu'on ne la voie pas en compagnie de Deuce. Le silence devenait pénible, à force, Deuce lui semblait nerveux. Il n'avait de cesse d'aplanir la poche de sa chemise, de rabattre ses cheveux derrière les oreilles, de redresser sa posture. Elle voulut briser la glace. Elle faillit le complimenter sur son 4 × 4, mais se reprit : elle n'allait pas se comporter comme une ado lambda lors de son premier rencard, parce qu'il ne s'agissait pas de cela.

À la place, elle dit :

– Pourquoi tu fonces comme ça, Deuce ? T'es pied au plancher.

– On court après la lumière du jour, lui dit-il. C'est ce que font tous les bons photographes. Pas de meilleur moment que le lever et le coucher du soleil pour capturer la vraie beauté du monde.

– C'est ça que tu projettes de capturer ? dit-elle, en lissant sa robe sur ses cuisses. Tu as un endroit en tête ?

– Tu me connais. J'ai toujours un coup d'avance. On n'est plus très loin. Tu veux de la musique, peut-être ? J'ai deux cent cinquante-six stations préenregistrées.

La mention de la musique lui rappela brièvement Douglas, ce qui lui déplut. La musique bizarre qu'elle avait entendue en fond, quand elle lui avait parlé au téléphone, la façon dont il lui laissait choisir la fréquence en voiture, alors qu'elle savait qu'il préférait écouter la radio jazz de La Nouvelle-Orléans, qui ne lui disait trop rien. La façon dont, en rentrant, elle le trouverait assis au centre d'un cercle de disques, un vinyle tournant sur la platine dissimulée dans le placard du bas de leur bibliothèque. Et, avant tout, la façon dont il bricolait constamment sa propre musique aux quatre coins de la maison, sifflotant des rengaines et des bouts de morceaux en sortant de la douche, à table ou en laçant ses chaussures. Combien de musiques avait-il en lui ? se demandait-elle. Des airs qu'elle ne connaissait pas le moins du monde, n'avait même jamais entendus, et pourtant personne ne connaissait Douglas mieux qu'elle. Elle ne voulait pas y penser. D'où :

– Non, dit-elle. C'est bien, le silence.

Et elle reprit son examen du camion.

C'était évident qu'il avait fait un vague ménage de flemmard. Sur la banquette arrière, s'amoncelait un bazar phénoménal, comme s'il avait tout balancé là pour faire de la place. Des boîtes comportant toutes sortes de matériel qu'elle n'était pas sûre d'identifier : des modems et des imprimantes et des ramettes de papier et des cartouches d'encre. Des trépieds et des appareils photo. Un projecteur et un tuyau d'arrosage. Un sac servant de caisse, avec des billets et des reçus. Tout un fatras de ce qui faisait le quotidien d'un photographe professionnel, mais ce qui capta le regard de Cherilyn, ce qui lui parut le plus incongru, c'était un petit paquet de la taille d'une boîte de chaussures. Emballé dans du papier doré, avec un nœud argenté. En temps normal, Cherilyn aurait aussitôt posé la question, le détail sautait aux yeux, mais elle n'en fit rien, de peur que ce soit pour elle. Ou craignait-elle que ce ne fût pas pour elle ? Des deux, quelle issue la décevrait le plus ? Au lieu de quoi elle se retourna vers l'avant et dit :

– Dis donc, c'est un vrai fourre-tout, ici. Tu n'as pas un local pour stocker tout ça ?

– Tu me croiras si tu veux, mais il n'y a rien, strictement rien là-dedans qui soit à jeter. Ça a l'air d'être du bazar parce que c'est en pièces détachées. C'est comme tes nichoirs, par exemple. Certains ne voient que des brindilles jonchant le sol et un tube de colle dans le tiroir quand tu vois un monde de possibles s'ouvrir à toi. Je fonctionne comme ça, moi aussi.

Tournant dans une petite rue latérale, il ajouta :

– On y est presque.

Cherilyn comprit où ils allaient. De ce côté de la ville, il n'y avait que Parker Field. Là où on venait essayer d'apercevoir les cerfs qui venaient parfois paître dans l'herbe qui poussait là, descendants de la même famille d'où la ville tirait son nom, selon la légende, dont Cherilyn savait qu'elle était fausse. Les cerfs ne sont pas sédentaires. C'est leur nature. Donc en admettant que ce soient des animaux de la même famille que celle repérée quelque deux cents ans plus tôt par les premiers colons, cela ne signifiait pas qu'ils vivaient ici, ni qu'ils considéraient Deerfield comme leur foyer, simplement que c'était un lieu où ils aimaient à passer de temps à autre, un lieu de passage parmi d'autres, rien de plus.

Cherilyn connaissait surtout Parker Field pour sa Fête de la pêche annuelle et son barbecue géant du Labor Day et comme un endroit où des hommes venaient parfois faire voler des avions télécommandés. L'herbe n'était jamais tondue, à l'exception des veilles de jour férié, et ça plaisait à Cherilyn comme ça, quand virevoltaient partout des papillons occupés à butiner les fleurs, tout en étant, réalisait-elle, uniquement de passage, eux aussi. Cherilyn se demanda pourquoi tout, absolument tout semblait n'être que de passage, à Deerfield, alors qu'elle, elle y vivait. Pourquoi n'était-elle pas en route vers ailleurs ? C'était peut-être ce qui se profilait, après tout.

Deuce ralentit et Cherilyn baissa la visière pour s'y mirer, et les mains qui firent le geste pour elle lui parurent celles d'une étrangère. Le henné avait foncé, au cours de la dernière heure, et Cherilyn joignit les mains derechef pour contempler le joli motif. Puis elle fit glisser le volet du petit miroir, rajusta son foulard sur ses cheveux et laissa échapper un « Oh mon Dieu » : elle voyait ce qu'il y avait derrière elle, dans la remorque du pick-up.

– Bruce Newman. C'est bien un matelas que je vois là-derrière ? Parce que si c'est ça que tu as en tête, je descends illico. Je suis sérieuse.

Il sourit.

– Ben dis donc, qui c'est qui a les idées mal placées, ici ?

– Je n'ai pas du tout ce genre d'idées.

– Détends-toi. Je le ramène juste dans mon box. J'avais un copain à la maison, ces derniers jours, mais sa femme vient pour les festivités de demain et ils se sont pris une chambre d'hôtel.

Index et majeur dressés, il ajouta :

– Parole de scout.

– Je te connais quasiment depuis toujours, lui dit-elle. Tu n'as jamais été scout.

– Ha, ha ! – et de nouveau il sourit. Là, tu m'as eu.

Deuce quitta la route pour s'engager dans les herbes hautes de Parker Field. Il gagna le milieu de la prairie sans encombre et sans bruit, le camion était fait pour cela, et immobilisa le véhicule. Jetant un œil à l'horloge de bord :

– On a vingt minutes avant que le soleil se couche. Le timing est parfait. Les photographes appellent ça l'heure dorée.

– En quoi est-ce une heure si ça dure vingt minutes ?

– J'imagine que c'est en cela que c'est si spécial. Allez, on y va.

Cherilyn ouvrit la portière. Elle remarqua qu'un petit marchepied sortait de sous l'habitacle et, retroussant sa robe, elle descendit dans l'herbe haute. Elle regarda vers l'ouest, où le soleil disparaissait derrière les bois denses qui bordaient la prairie, et comprit pourquoi on surnommait ce moment l'heure dorée. Le soleil couchant avait enflammé le ciel derrière les arbres, une teinte d'un rose si vibrant qu'elle semblait d'un autre monde. Elle fit le tour du véhicule pour rejoindre Deuce, occupé à farfouiller dans la remorque.

– Dieu m'est témoin. Si tu sors le matelas, je hurle jusqu'à ce que le shérif arrive.

Deuce lui jeta un regard et, d'un geste lent, souleva un trépied d'une main et de l'autre une caisse en plastique. Il les brandit au-dessus de sa tête comme on le ferait d'un portefeuille et d'un chapeau en passant à travers un détecteur de métal.

– Avance un peu par là. Je voudrais pouvoir faire des grands angles avant qu'on passe au portrait rapproché.

Cherilyn s'aventura jusqu'au milieu du champ. Le vent traversant librement l'étendue se jouait de sa robe, délicieuse caresse sur ses cuisses et ses genoux.

Deuce la suivit, un appareil photo autour du cou, et posa la caisse par terre.

– Monte là-dessus. On la verra pas, avec toutes ces herbes folles. On aura l'impression que tu flottes.

– Ça paraît sympa.

– Je sais ce que je fais. T'occupe.

Cherilyn se jucha donc sur la caisse et chercha son équilibre. Son regard se perdait dans les bois, qui auraient aussi bien pu ne jamais prendre fin. Qu'y avait-il, de l'autre côté ? Si elle s'enfonçait à pied entre les arbres, si elle suivait une impulsion qui ne lui ressemblait pas du tout, où déboucherait-elle ? Dans quelle ville ? Dans quel comté ? Dans quel État ?

– Très… bien. Tourne-toi un peu vers moi.

Cherilyn, tenant sa robe à deux mains, pivota précautionneusement sur sa caisse vers l'endroit où Deuce avait installé le trépied, à une bonne vingtaine de mètres de là. Il réglait l'angle, resserrant des tas de choses du bout des doigts, l'œil rivé au viseur.

– C'est bien, dit-il, et elle entendait déjà le doux cliquetis de l'appareil.

– Tu veux que je sourie ou autre chose ? Je sais pas trop ce que je dois faire.

– Contente-toi d'être naturelle et ça ira. D'être toi-même.

Elle essaya un temps mais s'aperçut vite que le sourire ne lui venait absolument pas naturellement à cet instant. Non, ce dont elle avait envie, c'était d'être prise au sérieux, pour une fois, au moins à ses yeux à elle, si ce n'est à ceux des autres. Elle voulait que ses pensées intimes se reflètent sur son visage, qu'on puisse y lire combien elle comptait dans le monde, combien elle pesait dans le monde. Et donc, au lieu du sourire figé qu'elle avait gaiement revêtu sur des milliers de photos au cours de sa vie, Cherilyn ferma les yeux, lâcha les pans de sa robe et ouvrit grand les bras. Elle voulait sentir la chaleur du vent comme elle l'avait sentie dans son rêve de sable fin et, comme sur commande, la sensation se matérialisa. La brise s'empara de sa robe et la fit voleter de côté. Elle s'engouffra dans son foulard et Cherilyn inspira par le nez une longue goulée de ce qui lui parut de l'oxygène pur. Elle demeura longtemps dans cette posture.

– Oh mon Dieu, entendit-elle Deuce murmurer. Ne bouge pas d'un pouce.

Mannequin jouant son propre rôle, Cherilyn ne bougeait pas d'un pouce. Mais, à l'intérieur d'elle, c'était une cacophonie épouvantable. La caravane était en vue, désormais, avec son cortège de rêves et d'espérances accumulés les semaines passées, ses bras tendus, ses mains peintes, deux moitiés d'un même dessin qu'elle seule pouvait réunir. Une succession de clics rapides lui parvint, comme une série de brindilles craquant sous son pas, et elle murmura :

– C'est fou ce que c'est agréable.

– Chhhh, fit Deuce. Tais-toi. Et tourne-toi… doucement. Regarde derrière toi.

Quand Cherilyn rouvrit les yeux, Deuce pointait du doigt derrière elle. Elle pivota lentement et, sous le ciel embrasé, vit le plus beau spectacle qu'il lui ait été donné de contempler. À l'orée du bois, comme auréolés, trois cerfs paissaient paisiblement. Sous l'effet des rayons dorés, leur cuir brun semblait une étoffe duveteuse et, ayant perçu la présence de Cherilyn, chacun d'eux interrompit son repas, à l'affût. Leurs longs visages attentifs, la somptueuse géographie de leurs corps tandis qu'ils l'observaient. Ils ne semblaient pas craintifs et elle ne l'était pas davantage ; elle tendit les bras dans leur direction comme si, à rebours de tout réalisme, ils pouvaient se laisser caresser par elle seule, venir lui manger dans la main.

Dans son dos, la portière de Deuce s'ouvrit et se referma discrètement ; à ce bruit les cerfs dressèrent l'oreille, croupe alerte, et d'un bond regagnèrent la forêt sauvage dont Cherilyn ne voyait pas la fin. Lorsqu'ils disparurent, Cherilyn fut submergée par l'énorme potentiel de ce qui l'entourait déjà, ce qui était là de tout temps mais qu'elle ne voyait pas toujours. Les myriades de possibles pouvant surgir des bois pour se présenter à vous un beau jour, sans crier gare, pour peu qu'on ait la patience d'attendre.

Elle fit volte-face, radieuse, et se trouva nez à nez avec Deuce, le cadeau à la main.

– Je voudrais t'offrir ceci.

Il posa un genou à terre et, nuque ployée, lui tendit son présent.

– Je crois que ça va te plaire.

Et, chose qui la surprit elle-même, Cherilyn ne répondit rien. Elle était si loin d'ici, son corps plein d'émotions qu'elle ne comprenait pas encore mais était si impuissante à refréner, qu'elle ne savait pas si elle parviendrait jamais à reprononcer une parole. Elle tendit la main et se saisit du paquet cadeau par automatisme. Elle fut étonnée de le sentir si léger, comme si ce n'était rien, rien du tout, et, tout en dénouant le lien, elle comprit que ses mains, engourdies, gommaient toute sensation.

Elle garda le silence là-dessus tandis qu'elle soulevait le rabat de la boîte et, glissant un œil à l'intérieur, découvrit une délicate tiare dorée.

Et toutes ses pensées malheureuses, revers de toutes les bonnes choses qu'elle ressentait encore quelques secondes plus tôt, lui revinrent.

– C'est pour toi, dit Deuce.

Elle tâta la mince couronne, qui ne semblait pas un accessoire factice, mais bien un bijou en or, avec de fins éclats de verre bleu roi et verts sur les bords. Sous ses doigts, cela ne semblait rien du tout, et Cherilyn sentit un fourmillement courir le long de ses jambes. Un frisson parcourut son échine, lui effleura la nuque, aussi indéniable que la caresse d'une main invisible.

– Je ne comprends pas, fit-elle.

Et c'était vrai. Ni ce qui se tramait dans son corps, ni comment Deuce avait pu avoir vent des pensées qui l'avaient traversée ces dernières semaines. Ni ce qu'elle fabriquait au beau milieu d'un champ, ni ce qui l'attendait. Une vague de nausée monta et elle serra le paquet contre son ventre.

– Tout est pour toi, Cherilyn, lui dit-il. Tout ce que j'ai toujours fait. C'est ce que j'essaye de te dire. Tout peut être différent, maintenant.

Baissant les yeux, elle vit Deuce se redresser, venir placer la main sur son mollet, sous sa robe, pendant que l'autre main plongeait dans sa poche-poitrine.

– Je voudrais te montrer quelque chose.

Mais Cherilyn eut soudain la sensation que son cœur avait cessé de battre, son corps, cessé de respirer, tout allait de travers, et elle se demanda, hagarde, si c'était la honte qui lui causait ce trouble.

Elle se pencha et posa la main sur l'épaule de Deuce. Laissa la boîte choir au sol.

– Je vais me sentir mal, dit-elle en glissant lourdement de son piédestal.

Deuce la rattrapa et dit :

– Je sais. Je suis là pour toi. Ensemble, on peut y arriver.

Cherilyn tomba à genoux et regarda Deuce. Elle avait l'air apeurée, stupéfaite, comme si elle lui en voulait de l'avoir emmenée ici, qu'il était la cause de tout. Elle se sentait partir, sentait sa conscience lui échapper, son corps échapper à la prairie et à cet homme, et la seule chose qui lui vint, au prix d'un effort colossal, fut :

– Mais non, idiot, dit-elle en posant la main par terre. Appelle Douglas. Appelle Douglas tout de suite.

Cherilyn s'effondra dans l'herbe et sa dernière pensée, avant de perdre connaissance, fut pour le pas délicat de tous les êtres vivants invisibles à ses yeux.

– 32 –

« Toi et moi, réunis au fond de ma mémoire »

« You and me, sitting in the back of my memory »

Douglas n'était pas d'humeur à faire la conversation. Il s'en était tenu à l'essentiel, avec Tipsy : Cherilyn était à l'hôpital, il avait besoin qu'on l'y emmène.

– Je suis déjà en train de faire demi-tour, avait dit Tipsy. Je serai là dans dix minutes.

Pendant ces dix minutes, Douglas fit ce que font tous les hommes jaloux.

Il aggrava son cas.

L'essentiel de sa confusion avait viré à la colère tandis qu'il se repassait in petto la voix de Deuce, et la colère, chez Douglas, n'était pas belle à voir. Il se frottait le visage avec nervosité, tournait comme un lion en cage dans sa cuisine, semblable à un golden boy en pleine crise de manque. Il n'avait virtuellement aucune pratique de la jalousie, comprit-il. Il aurait peut-être dû ressentir ça depuis longtemps ? Cette forme bizarre de paranoïa reboota ses circuits de façon si totale qu'un négatif de toutes les pensées positives qu'il avait eues au sujet de sa vie alla se ranger dans un compartiment noir de son cœur dont il avait jusque-là ignoré l'existence.

Il était resté planté là comme un crétin pendant toute la conversation, combiné dans une main, allumette non allumée dans l'autre.

– À l'hôpital, tu dis ? Mais ça va ?

– Ouais, avait dit Deuce. Elle a fait une sorte de crise, on dirait. Les médecins la voient en ce moment. Tu savais qu'elle avait un pépin ? Bon sang, j'aurais jamais deviné.

Douglas avait contemplé son reflet dans la vitre de la cuisine, comme s'il se parlait à lui-même au téléphone.

– Je comprends pas. Pourquoi c'est toi qui m'appelles, Bruce ? Tu es à l'hôpital, toi aussi ?

– C'est que…

Deuce prit un temps avant de poursuivre.

– Que quoi ?

– Ben c'est-à-dire que c'est moi qui l'ai conduite aux urgences.

– Mais elle était chez sa mère. Je lui ai parlé il y a quelques heures à peine.

– Ouais, on pourrait dire que oui. On a commencé là-bas, mais après on est allés à Parker Field et… je sais pas. T'aurais dû la voir. C'était flippant, pour être franc.

Douglas s'était penché vers la fenêtre, son nez effleurant le carreau, de façon à ne plus voir que ses yeux dans le reflet.

– Tu étais là-bas avec Cherilyn ? Cherilyn était avec toi ?

– Écoute, avait fait Deuce. Je crois qu'on a tous besoin de s'expliquer.

– Tous ? Je ne crois pas avoir quoi que ce soit à t'expliquer, non.

– Non, je veux dire, Cherilyn et moi. Mais viens d'abord. Elle te réclame.

Deuce avait raccroché et Douglas n'avait pas bougé.

Qui était cet imbécile qui le dévisageait depuis la vitre ? Qui était cet abruti, cet abruti fini ? Un certain nombre de scènes récentes lui revinrent en mémoire, instantanément relues au prisme des derniers événements. Après avoir raconté que la femme de Wick Bart avait pété les plombs quand il l'avait fait cocue, Deuce les avait mis en garde : toujours être attentif aux changements soudains, même mineurs, chez sa partenaire. À la lumière de cette anecdote, la fois où Cherilyn avait voulu remettre ça, au lit, alors que ce n'était pas dans ses habitudes, prenait un tour inquiétant. Douglas avait-il simplement bénéficié du contrecoup d'une aventure extraconjugale ? Impossible. Mais il y avait aussi la manière dont elle avait écourté la discussion au téléphone, dont elle lui avait demandé d'arrêter de siffler pour la première fois de sa vie. Tout était là. Ça n'avait peut-être rien à voir avec sa prédiction, après tout. C'était peut-être beaucoup plus vaste, bien pire que tout ce qu'il s'était autorisé à imaginer. Comment se pouvait-il que, dans la vie, les terreurs, les cauchemars ne soient jamais loin ?

Il essaya de joindre Pete pour récupérer sa voiture, mais pas de réponse. Il appela ensuite la mère de Cherilyn, espérant que Cherilyn y soit, que tout se révèle une funeste blague. Quand sa mère décrocha, Douglas ne prit même pas la peine de dire bonjour.

– Cherilyn est là ?

Et sa voix était suffisamment éloquente pour le trahir : sa mère laissa échapper un long soupir.

– Oh seigneur. Je lui ai pourtant dit que ce n'était pas une bonne idée.

– Elle n'est pas là ?

– Non, Douglas. Ils sont partis il y a environ une heure. Si ça peut te remonter le moral, j'ai trouvé qu'elle avait vraiment l'air bête, comme ça.

– Elle est à l'hôpital. Vous le saviez ?

– À l'hôpital ? répéta-t-elle avant de souffler bruyamment. Elle ne m'a pas paru malade, à moi.

Douglas raccrocha et, quand il eut appelé Tipsy, passa les dix minutes suivantes à se demander ce qu'il pouvait bien casser. Il considéra la tasse à café, certain désormais de sa puissance dévastatrice, et songea avec une lucidité sans faille : *Que se passerait-il si je la balançais par la fenêtre ?* Il n'en fit pourtant rien et s'approcha de la table de la cuisine. Il s'attarda à contempler le charmant hameau formé par les nichoirs qu'il avait disposés pour le retour de Cherilyn, et il en attrapa un. Il hésita fugacement à écraser la construction blottie entre ses paumes, à l'écrabouiller de ses propres mains, qu'elle ne trouve que des ruines en rentrant à la maison. Il songea à transformer toutes ses créations en glorieuses métaphores brisées mais son regard s'arrêta sur les fines lignes de colle, leur tracé si méticuleux entre les bâtonnets, comme si un maçon miniature avait passé sa truelle sur toutes les jointures, sur la moindre jonction, et il reposa le nichoir.

Il quitta en trombe la cuisine pour le bureau – pour y chercher quoi ? Il n'aurait su dire. Des mails, peut-être, des photos accablantes. Penché sur la table, il déplaça la souris mais l'ordi rechignait si ostensiblement à lui obéir qu'il perdit patience aussitôt.

Il fonça à la salle de bains et observa à la ronde. Quand avait-elle été si propre pour la dernière fois ? Il avait un peu arrangé son côté, essayant absurdement de l'impressionner, de lui présenter la meilleure version de lui-même. Mais pourquoi son côté à elle était-il immaculé ? Faisait-elle ça pour lui, elle aussi, ou était-ce un moyen de lui cacher quelque chose ? Avait-elle récuré les environs comme une scène de crime ? Était-ce ce que c'était devenu ? Il passa dans la chambre, plongea dans les tiroirs, aperçut sa casquette de tweed sur la poignée de porte où il l'avait pendue plus tôt. Il s'en saisit et l'étudia. Il était si ridicule ? Qui était-il, pour se croire un destin spécial, pour penser qu'un potentiel l'attendait au tournant ? Quelle arrogance. Quel égoïsme. Aucune destinée fabuleuse ne l'attendait nulle part. Il était exactement ce qu'on lui prédisait, et rien de plus. Ça lui apparaissait clairement, désormais.

Il était un bouffon en adoration devant une reine.

Il replia la casquette dans sa main et la laissa tomber dans la poubelle de la salle de bains.

Revenu dans leur chambre, il regarda la commode de Cherilyn. Il savait ce qu'il y avait dedans. Une petite boîte contenant ses effets personnels. Une cachette renfermant les preuves. Il ouvrit le tiroir en question et farfouilla jusqu'à la trouver.

Il la déposa sur le dessus du meuble et son doigt courut sur le loquet.

Comme pour le sauver, il sentit s'activer en lui le mode professeur. Avait-il jamais enseigné autre chose que la folle propension de l'histoire à se répéter ? Jamais, au cours de leur vie commune, Douglas n'avait soulevé le couvercle de cette boîte, et il comprenait que cela créerait un précédent qu'il serait amené, condamné presque, à répéter.

Sauf que la seule histoire que Douglas voulait voir se répéter était celle qu'il avait toujours pensé connaître, où la marge qu'il laissait à la vie privée de Cherilyn correspondait à celle qu'elle laissait à la sienne, et constituait le fondement même de leur mariage. Cet accord implicite, s'il se passait de mots, était aussi puissant que d'autres accords implicites qu'ils partageaient, ceux qui, croyait-il, les différenciaient de tant d'autres couples autour d'eux. Ils ne mentionnaient jamais le mot « divorce », par exemple, même pour rire, entre eux ou en présence d'amis. Ils ne se moquaient jamais l'un de l'autre en public. Ils ne parlaient jamais des gens qui les attiraient, tout comme ils ne se plaignaient jamais de la famille ou des copains de l'autre. Ne disaient jamais intentionnellement une parole susceptible de blesser l'autre, même pour de menus détails. Cela ne signifiait pas qu'ils n'étaient pas sincères l'un avec l'autre. Mais plutôt – c'est ainsi que Douglas le vivait – qu'ils se devaient d'être à la hauteur, qu'ils comptaient l'un sur l'autre. Cela ne signifiait pas non plus qu'ils étaient parfaits. Mais simplement que quand l'un d'eux se sentait d'humeur petite, mesquine, comme bien souvent les humains, il s'en remettait à une astuce toute bête mais sous-utilisée pour s'en sortir. Au lieu de rétrécir l'autre à sa mesure, il s'agissait d'en appeler à leur amour pour qu'il les grandisse de nouveau.

Malgré cela, Douglas se sentait irrémédiablement petit avec sa main sur le loquet. S'il y avait quoi que ce soit dans la boîte que Cherilyn ne voulait pas qu'il vît, alors elle devait avoir ses raisons, tout comme il avait les siennes pour conserver par-devers lui deux pièces aplaties. Et puisque l'essentiel de son histoire regorgeait de signes de la bonté suprême de son épouse, la probabilité que la boîte renferme quelque chose qui ne fasse qu'accroître son amour était bien plus forte que celle d'y trouver l'inverse.

Il reposa le coffret à sa place, au fond du tiroir, et sortit de chez lui, pile à temps pour voir arriver Tipsy, faisant des appels de phares à défaut d'avoir un gyrophare.

Tipsy coupa par l'arrière du lotissement pour gagner plus vite la voie rapide. Douglas, sur le siège passager, frottait fébrilement le dos de ses poings contre son jogging.

– On va pas s'embêter à passer par le centre. C'est un foutoir sans nom. On pourra se rattraper un peu en mettant la gomme.

– Faites au mieux, lui dit Douglas. Tant qu'on roule.

– Vous savez, j'y étais juste avant. Y a même pas une heure de ça. J'ai pas vu votre Cherilyn, mais comme j'avais appris pour le père Pete sur la fréquence de la police, je suis passé voir qu'est-ce qui se passait.

– La police ?

– Ben ouais carrément, et Tipsy désigna du menton une petite boîte sous le tableau de bord. Je suis pompier volontaire. Ça va faire deux ans. Jamais vu un feu. Par contre, quand ça roule mal, faut bien que je fournisse de la matière, moi, ça m'aide pour les ragots. On compte sur moi, pour ce genre d'information, vous savez. Y a vraiment des gens qui font de ces trucs, dans c'te ville, vous avez pas idée.

– Tipsy, dit Douglas. Restons concentrés, vous voulez bien ? Qu'est-il arrivé à Pete ?

– Z'êtes pas au courant ? Apparemment qu'il serait tombé en plein cambriolage, chez Lanny. Il s'est pris une sacrée bosse sur le crâne. Lanny est là-bas, lui aussi, on sait pas ce qu'il a pris mais comment il délire… Paraîtrait que c'est un couple de junkies qui ont fait ça. J'ai pas pu lui parler, moi, alors je lui ai juste fait coucou par la vitre, comme ça. Bref. Tout ça pour dire que les flics, ils les cherchent partout, ils sont sur les dents.

– Bon sang, cette journée infernale n'en finira donc jamais ?

Tipsy mit un coup d'accélérateur et dit :

– Avec moi, vous y serez à temps. Je vois bien que vous êtes inquiet. J'espère que ça va aller pour vot' femme. Y en a pas deux, des comme elle, dans c'te ville, ça, je peux le dire. L'a jamais fait de mal à une mouche. Ni vous non plus, remarquez. Même que les gens vous admirent pour ça. Pour l'amour qu'on voit qu'il y a entre vous.

Douglas tourna la tête vers lui. Il était d'accord avec au moins une partie de ses paroles. Il espérait que ça irait pour elle, mais dans quelle direction ?

– Si ça ne vous ennuie pas, j'aimerais autant rouler en silence. L'essentiel, c'est qu'on y arrive, d'accord ?

– Reçu cinq sur cinq, fit Tipsy.

Ils furent à l'hôpital en un temps record et Tipsy déposa Douglas sur le parking. En se dirigeant vers l'entrée, il passa devant la camionnette de Deuce garée sur une place handicapé et jeta un œil à l'intérieur. La vision d'une fine tiare dorée sur le siège lui retourna l'estomac. Il faisait trop sombre pour bien voir ce qu'il y avait sur la banquette arrière, mais il vit distinctement un matelas, dans la remorque. Il approcha le visage de la vitre et plissa les yeux. *Fais marcher ton cerveau*, se dit-il. *Reste logique. Te braque pas.*

Il tourna les talons et gagna le guichet d'accueil, où officiait une femme du nom de Pamela Walker. Une ancienne élève, qui devait maintenant approcher la trentaine.

Elle leva la tête vers lui et lui sourit.

– Bonjour, monsieur Hubbard. Elle est dans la chambre 12, dans ce couloir-là, à droite. Elle nous a causé une belle petite frayeur, pas vrai ?

Douglas, que l'inquiétude paralysait, fut incapable de répondre. Il aurait dû la remercier, bien sûr, mais bizarrement tout ce qu'il trouva à dire fut :

– Je me souviens de ce devoir que tu avais rédigé sur Jean Lafitte.

Pamela sourit comme si elle était soudain infiniment plus âgée que Douglas.

– Vous en faites pas, monsieur Hubbard, ça va aller pour elle. Le docteur Granger est avec elle en ce moment même. Chambre 12. Juste par ici.

Douglas prit à droite et, dans le couloir, vit Deuce Newman, sur une chaise, yeux rivés à son portable. L'apercevant, ce dernier se leva et Douglas l'arrêta d'un geste.

– Pas un mot. Je ne veux pas entendre un mot de ta grande, si grande gueule.

Deuce leva les mains, paumes vers l'extérieur, en signe de reddition et Douglas, sans frapper, entra dans la chambre 12.

– 33 –

« Votre garçon est là »

« Your boy is here »

Jacob n'était pas sportif. Mais, pour l'heure, il faisait semblant.

Il fendit les rues paisibles de son quartier comme s'il était chronométré. S'arrêta une fois seulement pour reprendre son souffle, planqué derrière l'abri de jardin d'un voisin. Il voulait vérifier que son père n'arrivait pas au volant de son camion, mais non, Jacob sortit donc son téléphone de sa poche et passa son pouce sur l'écran, qui s'alluma. 18 h 30. Il était encore dans les temps pourvu qu'il fonce.

Il voulait arriver au tronc creux avant 19 heures, avant que la chorale commence, avant que tout le monde soit installé dans les gradins et, par-dessus tout, tant qu'il y avait encore des promeneurs sur le sentier. Des gens au hasard, de potentiels témoins, n'ayant rien à voir avec tout ça. Pas *tous sans exception*, pas les connards, juste des gens ordinaires tripotant un trousseau de clés dans leur poche avant d'en insérer une dans la serrure, d'aller s'asseoir dans leur canapé auprès de ceux qu'ils aimaient, sans trop rien dire de spécial, qui avaient un boulot, un chien ou un chat, et les pieds sur terre. Suffisamment de gens normaux dans le coin, peut-être, pour que Jacob puisse la convaincre de ne pas passer à l'acte, lui dise qu'il *savait*, désormais, qu'il comprenait.

Il lui renvoya un texto.

J'arrive.

Il se remit à courir avant d'avoir reçu sa réponse et, tandis qu'il haletait, ses pensées revenaient sans cesse aux moments qui avaient dû encadrer la vidéo. Il imagina Trina dans la voiture de Toby, tandis qu'ils se rendaient à la soirée, et la raison pour laquelle elle n'était pas dans la voiture quand il avait eu son accident lui apparut soudain, écœurante. Tout ce temps, il s'était dit que Trina avait lâché Toby, l'avait laissé prendre le volant, mais maintenant il y avait la possibilité que ce soit lui qui l'ait abandonnée. Qu'il ait assisté à une scène horrible, qu'il l'ait peut-être causée ou facilitée, puis laissée là par-dessus le marché, à sa souffrance. C'était trop, à imaginer, l'immense distance entre la soirée à laquelle elle devait s'attendre et ce que c'était devenu. L'idée de la distance le conduisit à penser au laps de temps après la vidéo, aussi. Et tandis qu'il sentait ses semelles cogner sur le macadam, il ne pouvait qu'imaginer le faible écho des pas de Trina sur le gravier alors qu'elle entamait son périple pour rentrer chez elle. Un si long trajet à pied, toute seule, la conscience qu'elle ne serait plus jamais la même que quelques heures plus tôt enflant, envahissant tout. Son passé était différent. Son avenir était différent. Jacob comprenait que, dans l'intervalle entre les deux, seule dans le noir, elle avait eu le temps d'échafauder un million de scénarios, que chacun des pas solitaires qu'on l'avait forcée à faire suffisait à lui seul à les justifier tous. Jacob en eut le cœur brisé, pensant à Trina et au monde en général, à tous ceux forcés d'avancer seuls, dans la vie. Il ne voulait plus connaître ça. La solitude. Il allait s'en débarrasser. Peu importait qu'il ne fût plus un jumeau, qu'il fût enfant unique ; tout ce qu'il pourrait faire pour ne plus avancer solo, il le ferait, dorénavant. Son père et lui. Ça pourrait fonctionner, sûr, s'il s'en donnait les moyens.

Quand il arriva enfin sur la place, il crut s'être trompé de direction. Il s'arrêta pour reprendre son souffle. Rien n'était tel qu'il se le rappelait.

Tout cet éclairage.

D'où cela venait-il ?

Devant lui, un lacis d'ampoules multicolores couronnait la place, câbles courant entre les tentes, stands d'artisans et étals de nourriture à emporter. Dans la lumière, les gens allaient et venaient, charriant cartons et caddies, premiers colons de ce lieu qu'ils venaient d'inventer. Et ce qu'il avait ressenti sur le seuil de la chambre de Toby, plus tôt dans l'après-midi, cette impression que peut-être il vivait dans un monde où toutes les possibilités étaient ouvertes, où chacun de vos pas pouvait être un pas de plus vers une vie différente de celle que vous croyiez mener, lui sembla soudain on ne peut plus concret.

Sur sa droite, deux femmes traversaient la rue, qui portaient des robes victoriennes à corset ; dans leurs mains tournoyaient des ombrelles. Elles firent signe à un garçon qui peignait sur une banderole : OPTIMISATION FISCALE ET CREVETTES. Jacob observa un homme, sur le trottoir opposé, se laisser lourdement tomber sur une glacière, le temps de souffler un peu après avoir tant travaillé, un écureuil juché sur l'épaule. Il n'aurait su dire s'il connaissait ou non ces gens. Peu importe, il prit une grande inspiration, rabattit la visière de sa casquette sur son front et fendit la foule d'un pas décidé.

Il allait l'empêcher de le faire, songeait-il. Il allait l'écouter. L'aider de son mieux. Fort de ces pensées, il bomba le torse. Arrivé à l'extrémité de la place, il reprit sa course à petites foulées et aperçut enfin, au bout de la rue, la flèche peinte à la main indiquant la direction du sentier de la Grue.

Le sentier commençait là, et l'étrangeté de cette place si violemment éclairée fut surpassée par l'obscurité s'ouvrant devant lui. Il se plia en deux, le temps de reprendre sa respiration, quand il entendit un moteur démarrer. Sur la route, à une trentaine de mètres de lui, le long des arbres, deux faisceaux percèrent le noir. Jacob, paniqué, crut un instant que son père l'avait devancé, avant de comprendre que c'était un autre véhicule, qu'il avait déjà vu. Celui du père Pete.

Cette perspective le réjouit, il songea soudain que c'était sans doute la seule personne au monde à qui il puisse parler des événements en cours. La seule autre personne qui puisse y mettre fin. L'oncle de Trina. Un témoin. Un prêtre.

Jacob mit une main devant ses yeux pour se protéger de l'éclat des phares tout en tâchant de lui faire signe de l'autre. Mais sitôt qu'il eut avancé vers lui, le conducteur enclencha la marche arrière et le véhicule s'éloigna. Jacob cria « Eh oh ! » en battant des bras, en vain. Il vit le pick-up disparaître en direction de la ville, sans qu'il parvînt à distinguer qui s'y trouvait, juste la faible lueur carrée d'un téléphone tenu à hauteur du volant.

– Revenez !

Mais Jacob n'avait pas crié suffisamment fort pour qu'on l'entende. Mains sur les genoux, pantelant, il marqua une nouvelle pause. Regarda vers le sentier comme on sonde le fond d'un puits. N'y entendit personne. Il se redressa et reprit sa course, s'efforçant de tendre l'oreille tout en courant, manquant trébucher à chaque racine de chêne et motte de terre sous ses pieds. Il sortit son portable et alluma la lampe torche, le monde sous ce tunnel de branches ostensiblement plus sombre que nulle part ailleurs. Il pointa le petit cône lumineux vers le sol et compta les racines et les pierres colorées qu'il croisait.

Il n'eut pas longtemps à attendre. Dans le lointain, lui parvenait l'écho de son lycée. Le lancement des festivités du bicentenaire. La chorale. L'équipe de football américain. Il entendit des portières de voitures s'ouvrir et claquer sur le parking, le brouhaha étouffé des parents pénétrant dans le gymnase pour écouter leur progéniture chanter et les voir se faire remettre des trophées et peut-être, craignait Jacob, si Trina parvenait à ses fins, les voir mourir. Cette situation malsaine, sa gravité sans précédent, prit le pas sur tout le reste, déformant tout. Les conversations innocentes, les papotages étouffés se reconfiguraient dans son esprit pour former des cris. Encore quelques pas et il atteignit le tronc creux.

Il s'immobilisa, cherchant autour de lui s'il la voyait.

– Trina, murmura-t-il, fouillant les bois de sa lampe torche. Je suis là. Je suis là.

Pas de réponse. Jacob s'accroupit, retira son sac à dos et dirigea le faisceau de sa lampe vers le creux de l'arbre.

À l'intérieur, il y avait un sac de sport bleu, peau luisante et craquelée comme celle d'un serpent. Jacob fit coulisser la fermeture de son sac à dos et, jetant un énième regard inquiet vers le couvert des arbres, en extirpa le sac de sport, en tout point identique à celui caché dans l'anfractuosité. Qu'est-ce que cela signifiait ? Deux sacs identiques, deux possibilités totalement divergentes.

Jacob plongea la main dans le tronc et en sortit le sac, sentant aussitôt son poids, terrible. Il l'ouvrit et y trouva ce à quoi il s'attendait : le canon d'une arme à feu. À cette vue, Jacob comprit que ses pires craintes prenaient forme, un projet monstre prenait vie. Il fourra son sac de sport dans l'autre, prenant garde à ne pas toucher l'arme, ses yeux se brouillant. Il allait le replacer dans le tronc creux quand, dans sa main, son téléphone vibra.

À l'écran s'affichait un message de Trina. Le dernier, il s'en souvenait, disait *Il faut que quelqu'un paye…*

Celui-ci disait juste : *Tu es le mieux placé.*

Jacob ferma les paupières et essaya de réfléchir. Il était le mieux placé pour expier quoi ? La mort de Toby ou la vie de Toby ? Il refusait d'endosser la responsabilité de l'une comme de l'autre, mais ne pouvait chasser totalement l'idée que les hommes dans leur ensemble étaient coupables de leur inaction. Que peut-être il était en partie coupable de n'avoir rien fait. Il avait observé tout un tas de filles entrer et sortir de la vie d'un Toby s'en fichant éperdument, sans jamais rien dire, il avait écouté Trina parler de vengeance, de flingues, mais était trop obsédé par ce baiser pour le voir, il avait entendu des mecs tenir des propos infects sur des filles sans jamais leur opposer autre chose que son silence. Mais si seulement il pouvait *réfléchir* et pas juste ressentir, ça l'aiderait grandement. S'il pouvait résoudre cette équation basique, relier tous les points, réussir à s'extraire de cet instant particulier avant de reprendre le cours de sa vie, il trouverait peut-être une solution. Mais Jacob n'y arrivait pas. Au lieu de quoi, ce qu'il *sentait*, c'est qu'il s'était comporté comme s'il était le seul garçon sur terre, comme s'il était un inconnu où qu'il aille et que personne, jamais, ne puisse le comprendre. Et à travers cet engrenage de choses senties et non réfléchies, Jacob fut submergé par un besoin urgent d'appeler son père. Il voulait tout lui dire, lui rapporter tout ce qu'il avait pensé et fait, même si les liens entre ces différents points semblaient absurdes. Il voulait endosser la pleine responsabilité pour tout ça.

Au loin, cependant, il entendit qu'on approchait.

Un bruissement doux de feuilles mortes, de brindilles qu'on écartait, un bruit d'une lenteur quasi impossible, trop léger et précautionneux pour un humain. Jacob regarda par-dessus son épaule, ne vit rien. Il se releva et dirigea sa lampe vers le sentier, devant lui, et là où, tout à l'heure, seul le vide régnait, un oiseau gigantesque se tenait.

Une aigrette, pattes hautes, plumage blanc, effectuant sa paisible promenade vespérale sans avoir conscience de rien. Tête roulant d'avant en arrière, sur son long cou, l'oiseau observait Jacob d'un œil qui lui parut exempt de tout jugement. Le pas attentif, la grâce discrète de son corps étaient si incongrus en ce lieu – tout le potentiel de la vie explosa au visage de Jacob. Le fait que cet animal puisse quitter le sol et s'envoler quand bon lui semblait, qu'il puisse être, sous bien des aspects, ce qu'il choisissait d'être. Ces propriétés physiques le laissèrent comme pétrifié.

Jacob le regarda traverser le chemin jusqu'à ce que sa vision se trouble complètement. Il savait qu'il pleurait, mais n'en était pas moins déterminé à ne pas ciller. À observer jusqu'au bout cette chose ténue, ce petit rien se baladant tranquillement sur un sentier qui allait le mener à un avenir terrible, au reste de sa vie.

La silhouette anguleuse de l'oiseau se perdit, jusqu'à n'être qu'une tache blanche floue, l'auréole de lumière projetée par la lampe s'élargissant sur son crâne, jusqu'à ce que ce ne soit plus un oiseau mais juste un vague halo.

Dans son sillage, d'autres sons montèrent.

Le son des hommes dans ces lumières, que Jacob distinguait maintenant.

Dans ces lumières blanc, rouge et bleu.

– 34 –

« Voilà ce qui arrive, quand deux mondes se percutent »

« That's what happens, when two worlds collide »

Dans la chambre, Cherilyn était assise bien droite sur un lit médicalisé, vêtue d'une fine blouse à fleurettes bleues. Le docteur Granger se tenait debout auprès d'elle, pressant doucement la base de son cou, semblant ausculter ses ganglions.

Cherilyn regarda vers Douglas sans bouger la tête.

– Oh, Douglas, fit-elle et elle tendit la main vers lui, comme dans l'attente d'un baiser.

Douglas resta dans le coin opposé de la pièce, sans dire un mot. Il ne pouvait détacher les yeux des mains de son épouse. Il n'avait pas la moindre idée de ce que ça pouvait être : des lignes et des cercles brun foncé qu'il prit d'abord pour une inflammation. Cherilyn dut intercepter son air dégoûté car elle ramena vivement la main à son flanc et la dissimula dans le tissu de sa chemise.

– Je suis contente que tu sois là, dit-elle.

C'est tout juste si Douglas parvenait à la regarder, pour l'heure. Cela lui était physiquement douloureux, il reporta donc volontairement son regard sur le docteur Granger.

C'était un homme portant beau, dans la soixantaine, la ligne, avec des cheveux poivre et sel et des lunettes à la mode en écaille de tortue. Pas le genre de médecin qu'on croisait en ville : le genre qu'on ne trouvait qu'en deux endroits, à l'hôpital ou devant un brunch.

– Que se passe-t-il ? lui demanda Douglas.

Le docteur Granger demanda à Cherilyn de se mettre debout et de lever les bras.

– Ce qui se passe, c'est que j'ai ici une patiente qui m'a fait des cachotteries.

– Est-ce bien vrai ?

– Douglas, dit Cherilyn.

– Tendez les bras sur les côtés. Essayez de les garder droit. Vous allez résister quand je vais pousser.

Le docteur posa ses mains par-dessus celles de Cherilyn et exerça une pression vers le bas. Il réussit à la forcer à baisser un bras, puis l'autre.

– Fermez les yeux, dit-il en prenant le stéthoscope passé autour de son cou. Je veux que vous me disiez quand vous sentirez que j'appuie sur vos bras, c'est d'accord ?

Cherilyn ferma les yeux.

– D'accord.

Le médecin prit son stéthoscope et en effleura son bras droit, de l'épaule jusqu'au coude.

– Je sens, là. C'est froid.

– Désolé.

Il souffla dessus, bouche grande ouverte, puis l'essuya à plusieurs reprises contre sa manche. Puis il passa le stéthoscope le long de sa jambe droite.

– Oh, fit-elle. Ma jambe. Je sens.

– Bien.

Et il fit courir l'appareil contre sa jambe gauche. Cherilyn était debout, paupières closes. Il remonta ensuite à son bras : parti du coude, il caressa tout l'avant-bras, avant de replacer le stéthoscope autour de son cou.

Cherilyn ouvrit les yeux.

– Vous ne faites pas l'autre côté ?

Son regard alterna du docteur Granger à Douglas, qui arborait une expression qu'elle ne lui avait jamais vue. L'expression d'une terreur pure, non dissimulée, qui la rendit si vulnérable que Douglas eut le sentiment que c'était sa propre existence qui était menacée. Il sentit sa poitrine se rétracter autour de cette image, comme pour la conserver dans sa réserve d'énergie noire au cas où il vienne à manquer de sujets d'angoisse, à l'avenir.

– Je n'ai rien senti…

Cherilyn semblait s'adresser uniquement à Douglas.

Ses yeux s'emplirent de larmes.

– Qu'est-ce qui m'arrive ?

Douglas dut se faire violence pour ne pas se précipiter auprès d'elle. Il en crevait d'envie, mais il savait également que, pour l'heure, il lui fallait *réfléchir*, et non ressentir, pour agir correctement.

– Qu'est-ce qui t'a amenée à l'hôpital ? l'interrogea Douglas.

– Moi aussi, j'aimerais savoir depuis combien de temps ça dure, dit le docteur Granger.

– Non, fit Douglas. Je veux dire… *qui* est-ce qui t'a amenée ici ?

Cherilyn baissa la tête, menton sur la poitrine, et se mit à pleurer d'une manière qui ne laissait guère de doute à Douglas.

Soudainement, son propre passé lui apparut hors d'atteinte et, plutôt que de consoler Cherilyn, il quitta la pièce, retrouvant Deuce, toujours assis dans le couloir.

Douglas ne dit pas un mot et mit toutes ses forces dans l'attaque.

Il saisit Deuce par le col et le jeta au sol. S'agenouilla sur lui et entreprit, pour la première fois de sa vie, de lever la main sur un autre être humain. Deuce tourna la tête de côté et Douglas s'explosa les jointures des mains contre le carrelage, mais cela ne l'arrêta pas. Il réarma son poing.

– Qu'est-ce que tu lui as fait ? hurla-t-il.

– Mais ça va pas, non ! fit Deuce et il bloqua les coups faiblards de Douglas de ses bras.

Il attrapa ensuite le manteau de Douglas et roula par-dessus lui, plantant son genou dans sa cage thoracique et s'efforçant de lui immobiliser les bras, que Douglas agitait frénétiquement dans sa direction, ses cheveux épars lui tombant sur le visage.

– M'oblige pas à t'en coller une, fit Deuce. Le combat est franchement inégal.

– Mais qu'est-ce que tu lui as fait, putain ? répéta Douglas.

Deuce avait enfin réussi à se saisir de ses deux poignets. Il les plaqua au sol.

– Je l'aime. Tu le sais, bordel. Fallait que je tente ma chance. C'est pas ce qu'on est tous censés faire ?

– Putain, l'enfoiré !

– Attends… Ce n'est pas réciproque. Je le sais, maintenant. J'ai essayé tout ce que je pouvais. C'est vrai, quoi, personne ne sait à quel point j'ai essayé. Et donc félicitations, Hubbard. T'es content ? Le gars le plus chanceux au monde, merde. Comme je te le dis depuis toujours.

Entre-temps, le docteur Granger était sorti dans le couloir et, une fois ses lunettes en lieu sûr, il essaya de faire lâcher prise à Deuce, qui l'envoya bouler d'un geste vif.

– C'est bon, j'ai fini. C'est bon ! J'ai bien vu. Je laisse tomber. Elle a pas arrêté de te réclamer alors que j'étais là, moi. Je laisse tomber.

– Je vais vous demander de partir, Deuce, dit le médecin. J'appelle la sécurité.

– J'y vais.

Et sitôt qu'il commença à se relever, Douglas lui sauta de nouveau à la gorge. Agrippant sa chemise il arracha la poche-poitrine, dont échappèrent deux tickets bleus qui atterrirent sur le visage de Douglas.

Deuce se redressa et porta la main à l'endroit de la déchirure. Douglas avait refermé un poing crispé sur les deux bouts de papier. Il se mit debout à son tour, ahanant lourdement.

– Rends-moi ça, maintenant.

Douglas n'avait pas la moindre idée de ce dont il lui parlait. Son esprit était accaparé par la douleur irradiant des jointures de ses doigts, l'élançant jusqu'à l'épaule. Il baissa les yeux sur sa main et ouvrit la paume.

– Je suis sérieux, fit Deuce. On est quittes, toi et moi. Rends-moi mes affaires.

Douglas contempla les deux prédictions. La première était très lisible. « Jonathan Bruce Newman. Couleur des cheveux : bruns. Potentiel dans la vie : **MAIRE**. »

Il dut retourner l'autre.

Y était écrit : « Jonathan Bruce Newman. Potentiel dans la vie : **MEMBRE DE LA FAMILLE ROYALE**. »

– C'est quoi, ça ? fit Douglas.

– Fait chier. J'imagine que ça a plus vraiment d'importance. C'est juste un business. Putain, fait chier.

Douglas restait bloqué sur les deux tickets.

– Qu'est-ce que t'essayes de me dire, là, Bruce ?

Mais ce dernier était déjà loin dans le couloir.

– Je dis que personne aura jamais autant essayé que moi, gueula-t-il, sur quoi il se cogna dans un brancard à l'accueil. Personne !

Douglas retourna les tickets dans sa paume, semblables en tout point à celui qu'il avait lui-même reçu, et n'eut pas le temps de digérer l'information.

Deuce n'eut pas plutôt disparu à l'angle du couloir qu'une infirmière se précipitait à leur rencontre.

– Docteur Granger ! On vous demande aux urgences. On a des blessures par balle qui arrivent.

– C'est vrai ?

Il fit à Douglas une mine stupéfaite mais ravie, comme si la nouvelle était formidable. Il remit ses lunettes à la mode et fit craquer les jointures de ses doigts.

– Visiblement il est temps que j'aille pratiquer ma magie.

Et, jetant un œil aux papiers bleus au creux de la paume de Douglas :

– Après tout, moi, on m'a prédit « Magicien ».

– 35 –

« À quel point peut-on être heureux ? »

« How lucky can one man get? »

Hank avait de la chance d'avoir encore son orteil.

Tel était du moins le consensus parmi le personnel soignant souriant qui était venu aux urgences lui bander le pied. Évidemment, on peut vivre sans petit orteil, mais ce n'était franchement pas pratique. Et donc n'était-il pas chanceux, ce bon vieux cow-boy, disaient-ils, n'était-il pas chanceux, ce dur à cuire Marlboro sur son lit d'hôpital, d'avoir encore son petit doigt de pied ?

Jacob ne voyait pas ce qu'il y avait de drôle.

Son jean était encore trempé après sa crise de panique dans les bois, quand il était resté tétanisé, tremblant, incapable de prononcer un mot, incapable de lâcher son portable, même, comme le lui ordonnait la police. Il sentait encore l'odeur rance de l'adrénaline sur son tee-shirt et sous ses aisselles, il avait transpiré comme une brute avant les lumières. Il n'avait pas été un héros, alors, il en avait bien conscience. Il savait aussi que Trina n'avait jamais eu l'intention de se pointer au lycée avec un flingue ni de faire quoi que ce soit à ces mecs. Il n'y avait pas de munitions, dans le sac, selon les flics, pas la moindre munition, et pourtant un appel anonyme les avait avertis qu'un tireur se trouvait sur le sentier de la Grue. Elle avait ensuite posté sur Twitter la vidéo de lui devant son casier. Ce que Trina avait en tête, c'est que Jacob se trouverait là au même moment que les flics, arme en main, et que peut-être il mourrait là, dans les bois, expiant, comprenait-il, un crime pour lequel son frère n'avait pas pu payer. Ce qu'elle lui avait prédit n'était en rien un message d'espoir, mais bien une concession d'une étrange espèce, qu'elle lui avait délivrée à distance. Il ne doutait pas un instant qu'elle avait obtenu quasiment ce qu'elle voulait. Un seul détail avait débordé du cadre : elle n'avait pas prévu que le père de Jacob serait là.

Jacob se souvenait de peu de choses ; la voix de son père lui était parvenue dans toute cette lumière, de derrière, cependant, comme s'il l'avait suivi le long de son parcours sur le sentier. Tous ces cris, se rappelait Jacob, des cris abrupts, comme il n'avait jamais entendu les adultes en proférer avant. Lâche ça. Tourne-toi. Mains en l'air. Tous ces ordres contradictoires auxquels Jacob n'aurait pas su obéir quand bien même il aurait essayé. Et, au bout du bout, l'unique phrase dont il se souvenait, parce que les infirmières la lui répétaient tout le temps :

– Que personne ne s'avise de pointer une arme sur mon fils !

Le coup de feu qui suivit envoya Jacob au tapis, persuadé qu'il s'apprêtait à basculer dans une autre vie. Les quatre policiers aussi se jetèrent au sol, chacun un genou à terre, arme pointée sur lui.

Le seul à rester debout fut son père, dont la main était toujours sur son holster.

– Ça, dit-il, c'était un accident.

– Ce sont les santiags qui ont sauvé l'orteil, dit une des infirmières. Tu sais, les Nike, ça vaut rien, dans ces cas-là.

Jacob était maintenant assis auprès de son père, aux urgences, pleinement conscient qu'il aurait pu mourir de mille manières, la nuit précédente. Si son père n'était pas arrivé, s'il avait porté une tenue différente, peut-être, dit quelque chose d'autre, eu l'air de quelqu'un d'autre, si l'un des officiers avait ne serait-ce qu'éternué. Ces options, chacune plus sinistre que l'autre, le terrifiaient. Et pourtant, les personnels soignants s'occupaient de lui comme s'il était grand temps qu'il réalise que chacun, en ce bas monde, n'est qu'à un doigt de l'éternité – et que ce doigt est toujours celui d'un inconnu. Ils ne lui prêtaient guère d'attention, au contraire de son père, autour duquel chacun s'affairait. Jacob frotta les hématomes commençant à foncer sur ses poignets, à l'emplacement des menottes qu'on lui avaient passées avant de le traîner dans une voiture de police qui attendait sagement au débouché du sentier. De là, à travers la vitre, il avait vu son père venir à lui, boitillant comme s'il marchait sur des charbons ardents. L'officier les avait installés tous les deux à l'arrière, où son père avait poliment saigné tout du long, sans que Jacob lui laisse placer un mot. Il avait appuyé la tête contre la grille les séparant de l'avant de la voiture et lui avait avoué tout ce qu'il avait à avouer. Il avait laissé le flot se dévider. Depuis le tout début, avec Trina. Ce que ces connards avaient fait à Toby, d'après elle, et comme il en avait voulu à Toby et ses potes, mais aussi à sa mère, et l'impression qu'il avait de n'avoir personne, personne au monde, et même comme elle l'avait embrassé et lui avait confié des projets effrayants sans qu'il essaye jamais de l'en empêcher, et au bout du compte, comme un abruti, tout lui avait échappé.

Son père se contenta de malaxer l'épaule de Jacob qui sanglotait tout ce qu'il savait. Un geste répétitif, puissant, comme pour compresser une blessure infectée, en exprimer le pus de la culpabilité. Un geste si étrange, si spontané – tandis que le petit enfant en Jacob se livrait, pleurait – que Jacob ne savait l'interpréter. Mais quelque chose, dans le toucher rugueux de son père, lui plaisait. Cette impression que peut-être il n'essayait pas de tirer quelque chose de lui, mais de le rejoindre, de pénétrer le corps de Jacob, ne faire qu'un avec lui à l'heure des épreuves. Jacob voulait retrouver cette sensation.

Le policier chargé de les convoyer conduisait sans se presser, il dit juste :

– C'est marrant que vous mentionniez Trina Todd. Il y a eu un appel à toutes les unités, elle a pris la fuite au volant d'un véhicule. J'crois que ça donnera trop rien, vu le nombre de flics mobilisés autour du lycée, mais *pfiou*, on dirait une nuit de pleine lune.

Bon, songea Jacob, d'autres flics allaient pourchasser Trina.

Bonne chance à eux.

Jacob regarda son père, qui était maintenant allongé sur un brancard, avec toujours sa santiag au pied gauche, et le droit empaqueté. Son chapeau était posé sur sa poitrine et il semblait sans conteste très content de lui. Une paille au coin de la bouche, il sirotait à petites gorgées une brique de jus de pomme, semblant connaître tout le monde ici. Étonnamment, Jacob éprouvait une certaine fierté à voir le nombre de gens qui venaient saluer son père. Hank était admiré, c'était flagrant, et pourquoi ne le serait-il pas ?

Jacob devait lui dire qu'il l'admirait, lui aussi, à un moment ou un autre, il allait le faire, oui, mais il avait le temps. Qu'ils l'envoient dans un centre de détention pour jeunes délinquants ou le jettent en prison ou même qu'ils le laissent planté sur sa chaise pour toujours dans cette chambre d'hôpital, Jacob savait que ce que son père lui avait dit plus tôt était vrai : il n'y avait plus qu'eux deux, dans la prairie sans fin, sous la pluie sans fin, et ils auraient tout le temps de parler.

La personne à qui Jacob mourait d'envie de parler pour l'instant se trouvait aussi, il l'avait entendu dire, à l'hôpital. Il quitta son siège et s'étira de tout son long. Son père leva vers lui des yeux souriants. Porta à sa bouche index et majeur dressés, et souffla sur son flingue encore fumant.

– Qu'est-ce que je t'avais dit, *compadre* ? Ce truc marche encore.

Jacob ne sourit pas mais quitta la pièce. Débouchant dans le couloir, il aperçut le shérif Bates adossé au mur opposé, pianotant sur son téléphone.

– Où crois-tu aller comme ça ?

– Il paraît que le père Pete est ici. Il travaille dans mon lycée. C'est l'oncle de Trina. J'ai un truc à lui dire.

Le shérif désigna du menton une porte à l'autre bout du couloir et souffla pesamment.

– Dis donc, toi… Si tu n'étais pas le fils de ton père… Je te laisse imaginer ce qui aurait pu se passer ce soir.

Jacob se tourna vers lui. Il n'avait jamais rien entendu de plus vrai.

– Oui, je comprends. Je suis désolé. J'ai eu du bol, oui, je m'en rends compte.

– Moi ça m'a l'air de tout sauf du bol. Toutes ces épreuves que tu as dû traverser. Ton frère. Ta maman – je la connaissais, elle me manque encore aujourd'hui, tu sais. C'est pas parce que ton père est le maire de la ville… c'est juste qu'on sait tous que cet homme est à bout. Qu'il ne pourra pas en supporter davantage. Il ne le mérite pas. Je crois qu'avec ça tu as une carte à jouer, si tu vois ce que je veux dire. La gâche pas.

– Oui, je vois, dit Jacob.

Et c'était vrai. Désormais, sa mission serait assez proche de celle du shérif. Il ferait de son mieux pour protéger son père, à compter de ce jour.

Le shérif Bates baissa les yeux sur son écran.

– Laisse-moi te demander, y a un truc que je ne comprends mais alors pas du tout. Tous ces tweets, là. Tu me dis que tu n'en as envoyé aucun. Et le sac que tu tiens, là. C'est pas le même ? Tu me dis que tout ça, c'est elle qui faisait semblant que c'était toi ? Qui te manipulait ?

Jacob acquiesça :

– Ça arrive constamment. Les comptes bidon. Les fakes. Les usurpations d'identité. On sait plus qui est qui. On fait juste semblant, grosso modo. J'aurais probablement dû faire plus gaffe.

– J'vais te dire, moi, fit le shérif, jouant du pouce pour faire défiler des centaines de posts à la suite, quand je vois tout ça j'ai l'impression d'être complètement dépassé. On dirait qu'on a affaire à un cerveau du crime.

– Mais non, pas du tout. Ce qu'elle a fait est hyper logique. Ça n'a rien de compliqué.

– Bof, j'ai l'impression d'être dans un film, et ça me dit rien qui vaille.

Jacob tourna les talons. Tout en avançant dans le couloir, il songea qu'il était bien triste de s'imaginer dans un film pareil. Sur sa gauche, derrière une porte close, on chantait. Une voix d'homme, un beau filet pur, un air qu'il ne reconnut pas. Derrière la porte suivante, à droite, Jacob entendit prononcer son propre nom.

Tournant la tête, il vit son prof d'histoire, M. Hubbard, assis sur une table d'examen. Une infirmière lui entourait le poignet d'une poche de glace, et il était en costume, allez savoir pourquoi. Il avait encore son œil au beurre noir. Effet de la pure surprise de le voir ici ? toujours est-il que Jacob comprit soudain que M. Hubbard comptait beaucoup pour lui. Il avait de l'affection pour lui. C'était peut-être sous le flux d'adrénaline que son cœur s'ouvrait, peu importe, ça lui allait. En revanche, il savait que l'opinion que M. Hubbard avait de lui comptait énormément, et la réalité tangible de ce qu'il avait fait, sans même toucher une arme, lui revint de plein fouet. Des émotions semblaient se dénouer, des liens, s'échapper de lui pour aller s'attacher à tous ceux sur terre qu'il aurait pu blesser par son inaction. Formant une carte glorieuse et invisible. Comment avait-il eu autant de mal à voir tout ça auparavant ? Tous ces liens silencieux entre nous, de toute nature. Nos amis. Nos familles. Les gens que nous allons bientôt rencontrer. Les gens que nous devons rappeler.

Et ce gentil M. Hubbard, ici, avec sa défunte moustache.

Jacob eut tellement honte qu'il osa à peine le regarder.

– J'ai appris ce qui s'était passé, dit M. Hubbard.

– Je suis désolé.

– Non, c'est moi qui suis désolé. Tu as essayé de m'en parler, tout à l'heure, après la classe, n'est-ce pas ? Tu as voulu me prévenir et je n'ai pas écouté. Je n'arrête pas d'y repenser, depuis. Tu étais préoccupé, ça se voyait, et je n'ai pas su me rendre disponible.

– C'est pas grave.

– Si, c'est grave. Je veux que tu comprennes, Jacob. Pour moi, c'est très grave. C'est exactement le genre de prof que je ne veux pas être. Est-ce que tu me comprends ? Ça inclut tout ce que j'ai fait en classe aujourd'hui, à vrai dire. Je tenais à te présenter mes excuses.

– C'est bon, ça va. La plupart des prédictions sont complètement absurdes, de toute façon. À mon avis, tous ces gens sont un peu paumés. On dirait que chacun essaye d'être ce qu'il n'est pas, vous croyez pas ?

– C'est une vraie question ou une question rhétorique ? Tu veux que je te confirme que tous ces gens ont perdu la boule ? Ou tu as déjà compris qu'ils avaient tous dévissé ?

Jacob attendit, sans rien dire.

– Dans les deux cas, je te mets un A. Mais ne nous fais plus jamais une frayeur pareille.

– Je n'aurais jamais imaginé que ça puisse aller si loin.

– On n'imagine jamais. Si tu as besoin que je me porte garant de toi auprès de la police ou de je-ne-sais-qui, tu me dis. Tu es quelqu'un de bien. Pas juste un bon élève. Ça se voit à un kilomètre à la ronde. Comme me l'a dit un jour un charpentier plein de sagesse : certains êtres sont exempts de mystère.

Jacob inclina la tête.

– Il s'appellerait pas Jésus, votre charpentier, par hasard ?

– Non : Pat. Curieusement, c'est la principale qui m'a dit ça.

– Bizarre.

– Tu l'as dit.

Jacob le remercia et se remit en route, les yeux de nouveau brûlants, comme pour lui rappeler qu'ils pouvaient se répandre en sanglots à n'importe quel moment. Cela ne les gênerait en rien, ne leur pèserait pas le moins du monde. Ils agiraient à leur guise. Était-ce cela, se dit Jacob, être adulte ?

Il jeta un coup d'œil dans la pièce suivante et, comme pour confirmer ses soupçons, à travers la petite fenêtre d'observation sur la porte lui apparut une femme, assise sur une table d'examen, qui pleurait à chaudes larmes, le visage enfoui dans ses mains. Sur ses bras, Jacob crut voir des tatouages fleuris.

Parvenu à la dernière chambre, Jacob vit le père Pete, allongé sur un lit, en blouse d'hôpital. Il avait la tête ceinte d'un bandage conséquent et les paupières closes. Pour autant, il ne dormait pas. Son visage était à l'inverse extrêmement tendu, comme s'il avait la migraine. Il semblait répéter des mots à voix basse, le buste oscillant légèrement, et Jacob dut l'observer un temps avant de comprendre qu'il priait. Il songea qu'il n'avait jamais vu personne faire ça. En tout cas sûrement pas ses camarades de classe, même pas ceux qui prétendaient attacher de l'importance à tous les chants et prières qu'ils mémorisaient lors de la messe hebdomadaire. Pas même son propre paternel. Non, le père Pete priait pour de bon. C'était une conversation à deux. Aux yeux de Jacob, ç'avait tout du don.

Il toqua doucement à la porte jusqu'à ce que Pete ouvrît les yeux et tournât son visage vers lui.

– Je suis Jacob Richieu, dit-il.

– Je sais qui tu es. Je te vois tous les jours au lycée. J'ai officié lors des funérailles de ton frère.

– C'est vrai. Je ne sais pas pourquoi je me suis présenté.

– Tu sais où elle est, Jacob ? Tu sais où Trina est partie ?

Il secoua la tête.

– Non. Mais je crois que la police la cherche.

– Oui, je sais. C'est moi qui leur ai donné l'info, pour l'immatriculation du véhicule. J'espère juste qu'ils vont la retrouver saine et sauve. J'essaye de ne pas trop écouter les bruits de couloir, tu sais, tant que je n'ai pas de ses nouvelles. De ne pas trop faire de suppositions.

– Ça va mal finir, fit Jacob. Peu importe dans quel état ils la retrouvent. Ça va mal finir, pour Trina.

Jacob sortit de sa poche le portable de son frère. Il lui parut aussi froid et distant qu'un objet appartenant à un parfait étranger et il fit ce pour quoi il était venu. Avançant jusqu'au bord du lit, il entra le code PIN et tendit l'appareil à Pete.

– Je crois que vous devriez voir ça, dit-il en lançant la vidéo.

Jacob ne prit pas la peine de s'asseoir pendant que le père Pete prenait connaissance du contenu qu'il avait déjà vu. Il entendait juste les voix atroces des garçons dans les bois, cette nuit-là. « On va enfin se marrer, numéro 9 ! » Le maillot de son frère. Ce frère qu'il aimait mais qui avait fait des choix différents des siens, et ses choix, à l'écran, furent bientôt noyés sous la masse de choix abominables que des générations et des générations de garçons faisaient, inlassablement, tandis qu'on comprenait que le portable était tombé au sol, tandis que le chœur des congratulations masculines virait au chaos. La voix de Toby, quasi indiscernable dans le flot de voix se mêlant par vagues, vagues qui venaient se superposer à ce qu'on ne pouvait manquer d'identifier : la supplication, l'urgence dans la voix de Trina. Qui se perdit à son tour dans le vacarme du gravier sous les semelles jusqu'à ce qu'enfin on entende crier que les flics étaient là. Et Jacob vit le regard de Pete se concentrer sur le téléphone portable de Toby, comme sur un objet de valeur, tandis qu'on le ramassait et qu'on le rempochait. Ils assistèrent au martèlement des pas de Toby fonçant vers sa voiture, sans dire un mot, sans prononcer la moindre parole d'excuse à celle qu'il abandonnait derrière lui. Puis le claquement de la portière, la marche arrière et, allez savoir pourquoi, le film s'arrêtait là. Était-on venu à bout de l'espace mémoire ? Toby l'avait-il éteint malgré lui ? Ou le téléphone avait-il su qu'en montrant ce qu'il avait en mémoire le film tournerait pour l'éternité ?

Le père Pete reposa l'appareil sur la table de chevet.

– Je suppose que c'est le portable de ton frère ? Pas le tien.

– Oui, monsieur.

Pete croisa les doigts sur sa poitrine et inspira si profondément qu'on eût dit qu'il découvrait une toute nouvelle manière de respirer.

Derrière Jacob, une infirmière fit son entrée, s'affairant dans la pièce comme s'ils n'étaient pas là. Elle ouvrit un tiroir, consulta les informations consignées sur le relevé officiel sur le bureau.

– Est-ce qu'elle t'a déjà parlé de sa mère ? demanda Pete à Jacob.

– Non. Elle ne m'a jamais vraiment parlé de rien. D'une certaine manière, j'étais la dernière personne à qui elle avait envie de parler.

– Je crois que je suis sans doute moi-même assez loin sur sa liste.

– Vous pensez que c'est là qu'elle est allée ? Chez sa mère ?

– Si c'est le cas, fit Pete, je suis bon pour chercher un nain à Natchez.

L'infirmière s'approcha pour venir poser une petite pince au bout du doigt de Pete.

– Je connais. Avec mon mari, on y est allés l'année dernière, voir les illuminations de Noël.

– Où ça ?

– Ben à Natchez. Y a un bar là-bas. Under the Hill, je crois bien que ça s'appelle. C'est tenu par un nain, ou une personne de petite taille, c'est la terminologie officielle, je crois bien, mon père. Mais bref, chaque soir, au moment de la fermeture, pour l'annoncer aux gens, il grimpe sur les enceintes et chante *House of the Rising Sun*. C'est à voir. J'ai chialé comme un gosse.

Pete consulta Jacob du regard pour s'assurer qu'il ne rêvait pas.

– Attendez, je ne suis pas sûr de comprendre, dit-il à l'infirmière. C'est une histoire vraie, ce que vous me racontez là ?

– Vous êtes à quatre-vingt-dix-neuf pour cent, dit-elle en retirant l'oxymètre. Aussi costaud qu'un bœuf qu'aurait pris un bon coup sur la tête. Eh oui, c'est une histoire vraie. J'aurais pas pu l'inventer, celle-là. Y a des trucs qui sont trop, on pourrait pas les inventer.

Elle enroula les câbles autour du capteur et rangea le tout dans le tiroir.

– Je parie qu'ils vont vous laisser sortir ce soir. Maintenant, il faut que j'aille voir votre ami pour lui dire qu'on a du nouveau, pour sa femme.

L'infirmière passa devant Jacob et sortit. Il reporta son attention sur Pete.

– Si vous la retrouvez…

Il fit un pas vers Pete et tira de sa poche la carte Pikachu, qu'il lui tendit.

– Si vous la retrouvez, vous lui donnerez ça. Dites-lui que je ne suis pas mon frère. Que je ne serai jamais mon frère. Que je n'aurais jamais été mon frère.

– Je lui donnerai. Mais je crois qu'avant toute chose je lui dirai que je suis heureux de la voir. Quant au reste, je me contenterai d'écouter. Ça te semble bien ? Parfois, il s'agit juste d'écouter.

Jacob se dirigea vers la porte. Il se retourna et resta un temps sans rien dire.

– Jacob ?

– Oui, monsieur. Je vous écoute.

– 36 –

« Si tu as besoin d'un imbécile qui t'aime... »

« If you need a fool who loves you... »

Ce qui lui faisait le plus mal, c'était que Douglas était forcément dans les parages. Il ne pouvait pas en être autrement.

Il n'allait quand même pas la quitter comme ça ? Dans une chambre d'hôpital ? Dans un moment si chargé ? L'idée était trop affreuse pour même l'envisager.

Il était sûrement juste au coin du couloir, il allait débouler sous peu.

Alors pourquoi n'était-il pas encore là ?

La dernière vision qu'elle avait eue de lui, c'était lorsqu'il s'était précipité dehors pour aller régler son compte à Deuce. Dans le genre vision absurde... Cherilyn avait passé une tête dans le couloir et vu Douglas à califourchon sur Deuce, assis comme sur un jet-ski, arrosant le crâne de Deuce de tapes comme si ses oreilles avaient pris feu. Elle avait regagné son lit à la hâte, avant de savoir qui avait eu le dessus. Bizarrement, que Douglas la voie assister à ce combat la terrifiait. Mais pourquoi ?

N'était-ce pas justement le type de scène dont étaient peuplés ses récents fantasmes, après tout ? N'avait-elle pas rêvé de jeunes hommes se battant pour obtenir son attention, qui venaient défiler devant elle pour capter son regard ? Et pas seulement des jeunes, dans ses fantasmes, mais aussi des hommes mûrs, oui, des hommes mûrs par centaines, par milliers, pour protéger son honneur royal. Des nations, des armées d'hommes. Qui tous se battaient pour elle. Et pas uniquement les hommes mûrs, d'ailleurs, mais aussi les femmes, au magasin de costumes, dont elle avait recherché et apprécié l'attention qu'elles lui portaient. Tous ces gens autour d'elle. N'avait-elle pas désiré tout cela ? Oui, et elle le savait pertinemment.

Alors, comment se faisait-il qu'elle n'en ait plus envie ?

Peut-être parce que, au lieu d'être sur son trône, au lieu d'être cette personne déployant mille vaisseaux, Cherilyn prenait conscience qu'elle s'était engagée dans la bataille la plus bancale qui soit. Que Douglas soit à même d'écraser à plate couture Deuce n'était pas la cause de sa honte, malgré tout. Elle prenait racine dans le fait que Douglas se fût senti obligé de devoir prouver sa grandeur. Comment avait-elle pu le laisser oublier ? Et, avec tout cela, elle comprenait que c'étaient peut-être les motivations qu'elle avait tues qui l'avaient mis dans cet état. Elle résolut de ne plus jamais ressentir le besoin de se faire belle pour Deuce Newman ni de lui laisser croire d'aucune manière qu'il puisse y avoir une chance même minime qu'elle aime jamais quelqu'un en dehors de son mari. Elle allait jeter sa clé. La garder, c'était ce qu'elle avait fait par le passé, et tout le monde a un passé. Désormais, une seule chose lui importerait, décida-t-elle, ce serait son présent.

Elle se retira donc de la bataille ayant lieu dans le couloir, non parce qu'elle ne voulait pas voir Douglas, mais pour que Douglas ne voie pas cette version d'elle du passé. Par la porte restée ouverte, lui parvint l'écho de leur dispute, des médecins et personnels soignants s'efforçant de les séparer, et elle ne ressentit rien, rien qu'une culpabilité cristallisée. Elle savait qu'elle avait de quoi s'expliquer, la virée à Parker Field avec Deuce, la tenue improbable. Elle savait qu'elle n'était pas allée suffisamment loin dans ses dérives intérieures pour avoir imprimé une faille durable dans le cœur de Douglas, mais elle s'attendait à ce qu'il soit blessé. Il avait le droit de se sentir blessé.

Ce à quoi elle ne s'était pas attendue, en revanche, c'était qu'il ne revienne pas.

La bagarre avait pris fin. Depuis une bonne trentaine de minutes. Une aide-soignante lui dit qu'on mettait de la glace sur le poignet de Douglas mais même ça, ça n'aurait pas dû prendre autant de temps. Elle alla à la porte jeter un œil dans le couloir, la fille lui dit qu'il n'en avait plus que pour une minute ou deux, mais les gens comme elle ne comprenaient jamais rien, songea Cherilyn.

Quand on a besoin de la personne qu'on aime, le temps fonctionne autrement.

Les minutes pendant lesquelles Cherilyn patienta seule dans sa chambre s'incarnèrent, tentacules pénétrant sa mémoire pour aller se brancher sur toutes les autres fois où elle s'était trouvée sans lui. Ils fouillèrent son passé et y recueillirent de petites images dans lesquelles elle se replongea : une poignée de minutes interminables un jour qu'elle s'inquiétait de ne pas le voir rentrer après le travail, la fois où, parti chercher un cornet de glace, lors de vacances en Floride, il l'avait laissée seule trop longtemps. Des centaines de vignettes de même nature, Cherilyn s'observant, seule sans Douglas, se voyant comme sur la photo en bikini sur la rivière, qu'il avait prise quelques années plus tôt. C'était elle, sur la photo, bien sûr, mais ce n'était pas la version d'elle-même qu'elle préférait. Et ces tentacules dans sa mémoire la reconnectaient à tous ces moments vécus sans lui, spectre allant du lycée jusqu'à la pièce où elle patientait présentement comme pour dire : *Là, Cherilyn, on y est. Les vois-tu, tous ces pauvres misérables instants ?* Comme elle les voyait !

Cherilyn se rassit donc, porta les paumes à son visage et laissa les larmes couler tout leur soûl.

Quand Douglas revint enfin dans la chambre, il y entra en étranger. Il demeura sur le seuil, hésitant presque, comme s'il doutait d'être au bon endroit. Depuis combien de temps était-il dehors à faire les cent pas ? s'interrogea-t-elle. Depuis combien de temps préparait-il ce qu'il allait lui dire ? Quand son corps franchit enfin le chambranle de la porte, on aurait dit un représentant de commerce, songea Cherilyn, avec sa veste de costume pliée sur l'avant-bras.

Quelle pouvait bien être la raison de ce costume ?

Et où était passée sa casquette plate ?

Elle reconnut la chemise rose qu'elle lui avait offerte et sentit confusément que Douglas s'offrait à elle comme un cadeau qu'elle n'aurait pas mérité. Elle lui fit un sourire, qu'il ne lui retourna pas.

– Douglas, dit-elle. Je peux tout t'expliquer.

Il referma la porte dans son dos, sans lâcher la poignée. Il s'était soigneusement peigné. Le contour de son œil était toujours aussi sombre. Un gigantesque pack de glace lui entourait la main.

Cherilyn se tourna vers lui et fut surprise qu'il n'approche pas. Il gardait les yeux rivés au mur du fond, sur un point au-dessus de sa tête. Il se dressa sur la pointe des pieds, comme s'il essayait de faire le dos droit, et Cherilyn reconnut un geste qu'elle l'avait vu faire quand il prenait la parole en public. Portant un toast lors des mariages, se lançant dans un petit discours improvisé lors des ventes de charité à l'école. Sa façon de se regarder dans le miroir le matin avant de partir au lycée. Son visage si sérieux.

Douglas, comprit-elle, était en mode professeur.

– Tout d'abord, Cherilyn, dit-il, sache que je suis désolé que tu te sentes mal et de m'être conduit comme je l'ai fait, mais avant qu'on parle de tout ça plus en détail, il faut que tu saches que j'ai plusieurs questions.

Elle posa les mains sur ses cuisses.

– OK.

Elle n'avait jamais vu Douglas arborer une mine plus grave. Sous sa veste, sa main semblait prise de tremblements.

– Je suis en droit de savoir, je crois, Cherilyn, dit-il sans détacher les yeux du mur, si mes pires cauchemars sont en train de se réaliser. Il faut que je sache si je dois me préparer à vivre chacun des instants cauchemardesques que j'ai pu imaginer.

– Oh, Douglas. Non, non, jamais de la vie. Tes cauchemars ne se sont pas réalisés. Les miens, si ?

Douglas trépigna comme si c'était lui qui posait les questions. Il fit un pas de côté et reprit depuis son nouveau poste :

– Laisse-moi reformuler ma question. Ce que j'ai besoin de savoir, Cherilyn Hubbard, c'est si tu m'as trompé avec mon ennemi mortel.

La formulation arracha un sourire à Cherilyn.

– Je ne plaisante pas, madame Hubbard.

Et elle vit combien elle l'avait blessé. Son roi, son propre roi à elle, craignant qu'un ennemi se soit infiltré dans le royaume.

– Non, monsieur.

Elle n'avait pas la moindre idée d'où lui venait ce mot. Elle voulait s'exprimer avec clarté, sans doute, s'assurer qu'il n'y ait pas de confusion possible.

– Je ne te trompe avec personne. Je n'ai jamais autant aimé mon mari qu'aujourd'hui.

Douglas fit quelques pas, le temps d'intégrer cette information, de réfléchir aux divers moyens s'offrant à lui pour clarifier autant que faire se pouvait ce dont il avait besoin de s'assurer.

– Dans ce cas, d'accord. C'est bien. C'est même très bien. Alors ce qu'il faut que je sache, ensuite, maintenant, c'est qu'est-ce qu'il leur arrive, à tes mains ?

– Oh, Douglas, fit-elle, ouvrant les bras. Viens là.

Avant qu'elle ait pu l'attirer à elle, cependant, avant même qu'elle sache s'il l'y aurait autorisée, la porte s'ouvrit et le docteur Granger fit son entrée, téléphone en main, tête baissée. Douglas recula, comme s'il cherchait à disparaître dans le coin de la pièce. Cherilyn l'entendit replier la veste pendue à son bras et prendre de grandes inspirations à la Douglas.

Le docteur Granger chaussa ses lunettes en écaille de tortue pour mieux lire ce qui s'affichait à l'écran et plissa les yeux.

– Croyez-moi, le type a de la chance d'avoir encore son orteil.

Sur quoi, il prit place sur la petite chaise à roulettes et avança jusqu'à Cherilyn. Il glissa le téléphone dans la poche de sa blouse et avisa Douglas.

– Douglas, dit-il, vous feriez mieux de vous asseoir.

– Je préfère rester debout.

– Bien. Approchez, alors, venez près de votre femme.

Cela ne plut pas à Cherilyn, pas du tout, ce ton grave du médecin, et elle consulta Douglas, qui vint de fait se placer à son chevet. Il posa une main sur son épaule et, dès lors, ce fut comme si sa vie dans son entier se remettait en bon ordre.

Cherilyn avait le sentiment de lire à travers sa peau tout ce que Douglas voulait lui dire bien mieux que si elle avait tenté de lire sur son visage. La pression que sa paume exerçait comme tant d'années durant elle l'avait fait pour la consoler de difficultés mineures et majeures. La façon dont son pouce allait et venait dans son dos, comme pour y imprimer un message codé qui signifierait que bien qu'il ait encore beaucoup de choses en tête, beaucoup de points à éclaircir, tout irait bien. La pression et le rythme impulsé par son pouce pour lui faire comprendre que, quoi qu'ils apprennent de la bouche du médecin, ce n'était rien au regard de la conversation qu'ils avaient laissée en suspens, au regard de ce qu'ils avaient chacun besoin de savoir, de sanctifier, à savoir qu'eux deux, leurs deux cœurs réunis, c'était toujours une affaire qui roulait. Que leurs vies n'allaient pas basculer d'un état qu'ils chérissaient à quelque chose dont ils n'avaient jamais voulu. Tout cela se communiquait très clairement à travers son pouce, comme s'il avait prononcé les mots, mais restait invisible aux yeux du commun des mortels.

Et ainsi, avec cette main sur son épaule, cette communication constante, Cherilyn redressa la tête et songea, regardant le docteur, *C'est parti. Dites-moi tout. Douglas est à mes côtés, maintenant. Je saurai gérer.*

En amour, Cherilyn le savait bien, la peau ne saurait mentir.

– 37 –

« … J'en connais un »

« … I know one »

Ce que Douglas avait besoin de savoir :

Tout ce qui comptait pour lui, c'était elle. Quoi qu'ait dit le médecin, quoi qu'elle ait encore à lui dire, tout ce qui comptait, c'était leur avenir ensemble.

Il voulait le lui dire à toute force mais dut d'abord céder la place au docteur. Quand il apparut qu'il s'apprêtait à leur annoncer une mauvaise nouvelle, Douglas s'approcha et vint poser sa main dans le dos de Cherilyn. Si seulement il pouvait le lui dire, songeait-il, et son pouce caressait sa peau en un doux va-et-vient.

Le docteur Granger dirigea un faisceau de lumière dans les pupilles de Cherilyn.

– Votre corps, dit-il à sa patiente, a été très sollicité.

Tout cela ne disait rien de bon à Douglas. Il accentua sa pression sur l'épaule de Cherilyn et commença à se préparer à argumenter contre tout ce que pourrait dire le médecin qui puisse suggérer que sa femme n'était pas parfaite.

– Comment ça ? entendit-il Cherilyn demander.

– Bon, vous voulez la bonne nouvelle dont je suis sûr ou la mauvaise que je redoute ?

Douglas se rendit compte qu'il était encore en mode professeur car la question le frappa comme la plus sotte qu'il ait jamais entendue.

Quelle personne saine d'esprit préférerait une mauvaise nouvelle potentielle à une bonne nouvelle garantie ? Pour lui, la question n'en était pas une.

– On veut les deux, dit Cherilyn. J'ai les épaules.

– OK. C'est pas bon signe, les syncopes. Pas plus que la perte de sensibilité dans les mains. Surtout quand on est enceinte.

Rien que de supposer, songeait Douglas, que l'éventualité d'une mauvaise nouvelle, aussi mineure fût-elle, puisse se comparer à l'assurance d'une bonne nouvelle sonnante et trébuchante était scandaleux.

– Qu'est-ce que vous dites ? On va avoir un bébé ?

– Ce que je dis, c'est que votre cas, Cherilyn Hubbard, recèle de multiples facettes. Et, à en croire vos urines, une de ces facettes est une grossesse.

Douglas retira sa main de l'épaule de Cherilyn comme s'il venait de prendre une décision ferme. Il croisa les bras et inspira brièvement par le nez.

– Je veux la bonne nouvelle garantie. Je choisis toujours ça.

Au regard que lui jetèrent Cherilyn et le médecin, il comprit qu'il avait dû sembler confus, et quand Cherilyn lui prit le bras, ce fut comme si le monde des vivants s'éclaircissait. Le temps opéra alors son tour de magie spécial amoureux et rembobina les dernières minutes pour qu'il puisse se les repasser.

– Un bébé ? Vous avez bien parlé d'un bébé ?

Il sentit les doigts de Cherilyn raffermir leur prise. Il ne l'avait pas encore regardée, bizarrement, cela lui faisait trop peur.

– Comment est-ce possible ? Je veux dire, on croyait que la fenêtre de tir était passée pour de bon.

– Le corps est une machine étonnante, dit le docteur Granger.

Il joignit les doigts, formant comme un bulbe de fleur.

– Parfois, on dirait juste que le corps…

Ses doigts s'ouvrirent.

– … se réveille.

Les pensées de Douglas s'éparpillaient dans toutes les directions, dont seule une poignée était dirigée vers l'avenir. Il se pencha sur son passé, sur sa propre histoire personnelle, afin d'essayer de déterminer comment ils en étaient arrivés là. Ses élucubrations le menèrent tout d'abord à la scène, deux nuits plus tôt, où sa femme en avait redemandé. Pourtant, dans sa mémoire, la honte qu'il avait ressentie avait disparu, la pression des chevilles de sa femme dans son dos et les formes qu'elle avait tracées sur ses épaules après l'amour prenaient toute la place. Ces formes le menèrent à la forme de leur canapé, où ils avaient fait l'amour, interlude impromptu, il y a quelques mois. Si ç'avait été la bonne, après toutes ces années à essayer, si ç'avait été la fois qui avait tenu, cette session impromptue qui semblait n'avoir aucun objectif prédéfini, alors qu'est-ce que ça voulait dire ? Hourra, et vive le canapé ?

Pouvait-on se contenter de ça ?

Ce que ne fit pas le cerveau de Douglas, ce à quoi il ne songea pas une seconde, fut de se demander si l'enfant était bien le sien. Douglas était chanceux, en cela. Si son esprit, comme celui de beaucoup de ses comparses, s'était égaré dans cette direction, s'il avait écouté son cerveau et pas son instinct, et posé la question, même à demi-mot, alors il n'aurait jamais pu retourner à sa vie d'avant. Et donc, comme pour le protéger, son cœur prit son cerveau par la main et le guida dans la bonne direction.

Ce faisant, Douglas se rappela d'autres scènes liées au canapé du salon. Cherilyn s'asseyant près de lui, lisant ce livre sur les rois et reines, souhaitant peut-être être totalement ailleurs. Cherilyn assise à table, qu'il avait si souvent vue la tête entre les mains ou se frottant la paume du bout du pouce. Tous ces flacons d'aspirine ouverts semés aux quatre vents dans la maison. Ces boulots, qu'elle avait laissés tomber, cette fatigue envahissante. Toutes ces scènes défilaient sous ses yeux, et où était-il, lui, Douglas, là-dedans ? Comment se faisait-il qu'elle soit si seule dans chacune de ces vignettes alors qu'il avait forcément dû être là, pour les enregistrer ? Pourquoi ne se voyait-il pas auprès d'elle ?

Tout cela lui rappela qu'il n'existait pas de bonnes nouvelles sans contrepartie et Douglas posa donc la question qui semblait s'imposer :

– Et la mauvaise nouvelle potentielle, qu'est-ce que c'est ? Que se passe-t-il d'autre ?

– Le bébé va bien ? fit Cherilyn.

– Je suis sûr qu'il va très bien. Pour l'instant, je n'ai que le test de grossesse. Il n'est sans doute pas plus gros qu'un petit pois, à ce stade. C'est juste une petite boule d'ADN. Nous aurons tout le temps de voir la suite, vous allez me voir souvent, donc ne vous inquiétez pas pour lui pour le moment.

– Je suis un peu perdu, dit Douglas. De quoi est-on censés s'inquiéter alors ?

– Voyez-vous, c'est l'aspect neurologique qui me chiffonne. Je n'aime pas ces vertiges, bien qu'on puisse les mettre sur le compte du bébé en gestation, et je n'aime pas ces évanouissements ni ces maux de tête, bien que cela aussi puisse être en lien avec le bébé.

Douglas posa la main sur l'épaule de Cherilyn. Son pouce se remit à courir sur sa peau.

Le docteur Granger se leva et enfonça les mains dans ses poches.

– Ce qui m'inquiète, c'est la perte de sensibilité.

Il se tourna ensuite vers le bureau derrière eux et en sortit une pile de brochures.

– Je vais prescrire des tests complémentaires. J'aimerais pouvoir vous dire que c'est par pure précaution, mais vous savez, les docteurs qui vous disent qu'ils savent à quoi s'attendre, ce sont des, comment dire ?

– Des gros cons ? dit Douglas.

Granger sourit. Il disposa sur la table une série de dépliants avec des titres comme « Tout savoir sur la sclérose en plaques », « Qu'est-ce qu'une neuropathie ? » et enfin « Un fourmillement n'est jamais anodin ».

– Si vous me passez l'expression, monsieur Hubbard, je dirais que, quoi qu'il advienne, votre épouse et vous-même allez embarquer pour une toute nouvelle aventure.

Le médecin tapota le genou de Cherilyn et quitta la pièce, sous le regard de Douglas.

Celui-ci posa sa veste sur le lit, près de Cherilyn. Il en fit le tour pour aller s'installer sur le tabouret que venait de libérer le docteur, sans ouvrir la bouche. Il lissa ses cheveux sur son crâne, appuya ses coudes sur ses genoux et fit ce qu'il n'avait plus fait depuis bien trop longtemps. Il la regarda.

Ils restèrent tous deux les yeux dans les yeux, si longtemps que quiconque les aurait vus depuis le couloir les aurait cru pétrifiés. Mais ce à quoi il se livrait, et ce à quoi il savait que sa femme se livrait, c'était tout sauf figé. À l'inverse, ils se fondaient l'un dans l'autre. Ils rentraient au port. Ils étudiaient leurs visages respectifs, reprenant conscience de la présence physique de l'autre. Pas de sourire, pas de front plissé – simplement une communion de regards qui dura le temps que chacun se sente prêt à élargir la focale au-delà de la présence physique pour plonger dans les recoins invisibles de l'être qu'ils connaissaient mieux que personne.

Et quand Douglas eut vu ce qu'il avait besoin de voir en elle, vu confirmé tout ce qu'il avait besoin de voir confirmé, il se pencha en avant et vint poser la tête sur le ventre de Cherilyn. Les mains de Cherilyn se mirent à caresser ses fins cheveux et ils demeurèrent ainsi sans savoir ce qu'ils diraient le moment venu, mais certains que le moment viendrait, ils demeurèrent ainsi jusqu'à ce qu'on frappe à la porte.

– Salut, Hubbard.

Une voix d'homme. Douglas releva la tête et, se tournant vers la porte, découvrit Pete sur le seuil, en tenue de travail, un énorme pansement lui ceinturant le front. Il avait passé un bras autour de Hank, qui arborait son chapeau, sa santiag épargnée et un plâtre gros comme un ballon.

– Juste par curiosité, dit Hank, vous connaissez la blague à notre sujet ?

– 38 –

« Contre toute attente »

« In spite of ourselves »

Trop de gens ne comprennent rien à la nuit.

Ils tirent les rideaux et vont au lit comme si la boucle était bouclée. Sauf que ce qu'ils ne comprennent pas, évidemment, c'est que la nuit offre les mêmes possibilités que la journée.

Pour le père Pete, par exemple, elle offrait la possibilité d'accepter que Tipsy l'emmène à Natchez : la police avait retrouvé la voiture de Trina, elle l'attendait au dépôt.

– C'est juste l'affaire de quelques heures, dit Tipsy. Ça me dérange pas du tout. À vrai dire, je me faisais un peu de mouron pour demain, alors... Je vais être tellement sollicité de partout, je pourrai jamais contenter tout le monde. Donc, bon, autant se concentrer sur la personne qu'en a le plus besoin, non ? Je peux même revenir nourrir votre chienne, aussi, si besoin, pas de souci. Je pourrais même l'emmener faire un tour. Lui faire visiter la ville.

Et donc, pour le père Pete, l'heure du dénouement n'avait pas sonné, il était confortablement assis dans la voiture de Tipsy, au frais, et traversait la Louisiane. La route défilait dans le noir, et lui, main sortie par la fenêtre ouverte, paume vers le haut, semblait brandir un objet invisible. Pas de cocktail à faire miroiter dans la lumière, il était tout entier tendu vers son objectif en cet instant précis, vers une âme en détresse, un être qui n'avait jamais reçu l'amour auquel chacun aspire, dont chacun doit se nourrir pour exprimer son plein potentiel. Et donc, contemplant sa paume vide, il murmura de nouveau à part soi, bien que 17 heures fussent passées depuis longtemps :

– Un jour en moins loin de toi.

Jacob savait lui aussi que cette nuit ne marquerait pas la fin de cette journée.

Ils l'avaient relâché, oui, avec son père, mais les ennuis ne s'arrêteraient pas là. Il en avait pour la vie, à ce qu'on le considère d'une certaine façon, qu'on le compare à d'autres, qu'on le lie à un passé ou une lignée qui ne le reflétait pas fidèlement parce que aucun passé ni aucune lignée ne saurait refléter ce qu'on est à un instant T. Et donc toutes ces fois où Jacob s'était demandé comment on se souviendrait de lui furent effacées, noyées par la nouvelle question qu'il se posait, à savoir : comment voulait-il qu'on se souvienne de lui ?

À bien des égards, avec toutes les visions nocturnes auxquelles on s'ouvre, la nuit n'a pas même besoin de ressembler à la nuit.

Après que Tipsy fut parti avec Pete et que Hank et les Hubbard eurent réalisé qu'ils n'avaient pas de voiture pour les ramener chez eux, Hank fit même comme si c'était encore la journée. Il prit son portable et appela les pompiers. Avec un clin d'œil à la ronde, il passa son bras autour de son fils.

– Alors monsieur-dame, besoin d'une dépose ? Vous savez, être maire n'a pas que des inconvénients.

Et de fait, cette nuit-là, debout dans un fatras de tuyaux et d'échelles sur la plate-forme du camion des pompiers, on y voyait comme en plein jour.

Cherilyn, en sari, avait jeté le manteau de Douglas sur ses épaules, il avait passé son bras autour de sa taille et ainsi, ils traversaient la grand-place, qui, pour la première fois de son histoire, profitait elle aussi de la nuit. Tous les petits stands et étals, les estrades, dressés pour exhiber les rêves bourgeonnants de tous les habitants de Deerfield, brillaient sous les guirlandes lumineuses comme s'ils avaient été là de toute éternité. Et, une pensée lumineuse en appelant une autre, Cherilyn vit surgir des images d'un enfant à ses pieds dans une boutique d'artisanat, Douglas, d'un enfant jouant sous son nouveau bureau de principal. Douglas voyait des images de lui s'occupant de Cherilyn si les mauvaises nouvelles se confirmaient, et Cherilyn, d'elle s'occupant de Douglas si sa mauvaise nouvelle s'avérait. D'eux deux, d'eux trois, s'occupant de sa mère. Des uns s'occupant des autres. Peu importe le contexte, les détails pratiques de tout ça, l'essentiel était qu'ils fussent ensemble. Et tandis que le camion des pompiers passait devant le tribunal, ils virent le dernier artisan encore en place, derrière son stand. Un certain Bill, qui travaillait à la banque, installé derrière un bidon retourné, déroulait une dernière saynète, une marionnette au bout des doigts.

Les apercevant, il salua de la main la petite parade s'engageant sur la place illuminée, les fils invisibles pendant de ses doigts, et tous lui retournèrent son salut.

Et bien qu'ils fussent nombreux à dormir sur leurs deux oreilles, au creux de leur lit, certains ne faisaient pas de différence entre nuit et jour. C'était le cas de Bruce Newman, assis à son ordinateur ; il cliquait fébrilement d'une image à l'autre, les chargeant dans la base de données qu'il complétait depuis des semaines. Des visages se détachaient sur un fond gris – le rideau de la cabine DNAmix –, pressés de voir quel avenir il leur réservait, des visages bougons, furieux, devant une vitre brisée, des visages âgés, déçus, à la table d'une cuisine ayant connu des jours meilleurs. Il les insérait dans un collage géant, qui formait le portrait le plus éloquent à ses yeux, une silhouette féminine ouvrant grand les bras au milieu d'une prairie. L'image, à ses yeux, d'une personne se voyant enfin offrir ce qu'elle méritait, c'est-à-dire tout, absolument tout. Et quand il en eut fini, il éteignit l'ordinateur et la webcam sur lesquels il avait passé tant de temps, tapant ce qui lui venait à l'esprit à mesure qu'on entrait dans la cabine, s'amusant avec ses semblables, avant de finir par laisser la machine répondre au hasard. Le projet bouclé, il savait que cette nuit signifiait que la journée suivante était enfin arrivée, et qu'elle pourrait le lancer dans un millier de directions différentes. Qu'elle pourrait lui faire quitter Deerfield pour voir du pays, un destin qu'il n'avait que trop repoussé. Il avait tellement d'idées pour l'avenir, pouvait transformer sa vie de tant de manières, impossible de dormir, sa petite invention allait lui ouvrir tellement de portes… Une seule en tout et pour tout lui demeurait fermée : Cherilyn. Mais du moins avait-il essayé. Il y trouvait du réconfort. Il avait essayé de la conquérir et avait échoué, il allait pouvoir tourner la page. Se donner d'autres missions. Il n'avait besoin de rien d'autre qu'un peu d'eau et de lumière.

Et, songeait Deuce, si quiconque trouvait ça bizarre, qu'on puisse concevoir un plan si tarabiscoté pour se gagner le cœur d'une fille, c'est que cette personne n'avait jamais aimé.

Dans l'une des rues les plus silencieuses de Deerfield, tandis que Douglas aidait Cherilyn à descendre du camion de pompiers, les Hubbard savaient eux aussi que la nuit ne signait pas la fin de leur journée.

Ils franchirent ensemble la porte d'entrée, chose qui leur arrivait rarement, et suivirent étonnamment deux chemins distincts pour se rendre à la cuisine, où ils se retrouvèrent de nouveau côte à côte.

Cherilyn retira la veste de Douglas, qu'elle plia soigneusement près de l'évier. Puis elle attrapa une tasse à café, ouvrit le robinet et, sans dire un mot, la rinça et l'essuya avec une éponge rêche. Elle la déposa sur l'égouttoir, se sécha les mains et regarda Douglas.

– Bon, et si on s'écoutait un peu de musique ?

Sous le regard de Douglas, elle alla ouvrir la porte du cellier, puisqu'il était minuit passé et que ni l'un ni l'autre n'avait dîné. *Et si* on s'écoutait *un peu de musique*, songea-t-il, et avant de se mettre à siffloter ou de même penser à sortir son trombone, il vint se poster tout près d'elle, dans son dos, et l'entoura de ses bras. Cela faisait bien trop longtemps, songea-t-il, bien que ça ne fasse pas tant de temps que ça, qu'il ne l'avait pas tenue dans ses bras. Cherilyn appuya sa tête contre son épaule et quelques minutes s'écoulèrent ainsi, sur le seuil du cellier, sans qu'un mot fût dit, à se balancer d'avant en arrière sur une chanson qu'eux seuls entendaient.

– J'ai une idée, finit par dire Douglas en la relâchant.

Il alla chercher la bouteille d'huile d'olive dans le placard. La posa sur le plan de travail.

– Et cette idée implique une aubergine.

Cherilyn, un sourire aux lèvres, ouvrit la porte du réfrigérateur et en tira quatre citrons joufflus et quatre aubergines. Elle les disposa sur la planche à découper tandis que son mari s'installait à la table. Par terre, à ses pieds, elle vit son étui à trombone. Douglas lui jeta aussi un coup d'œil et Cherilyn voulut à toute force le voir s'en saisir.

– Imagine. Éclairage tamisé. On est à Radio City. Montre-moi de quoi tu es capable.

De quoi était-il capable ? se demanda Douglas.

De siffler. D'enseigner. D'avoir pour femme une reine.

Tout cela était indéniable.

Douglas ne se sentait plus du tout dans la peau d'un bouffon. Mais dans celle d'un homme qui avait besoin de se faire confiance, de se rappeler que tout ce qu'il avait voulu jusque-là, toutes les décisions qu'il avait prises, dans toute leur gloire individuelle et triviale, avaient fait de lui la vedette du seul spectacle dans lequel il ait envie de jouer. Et donc, si elle voulait qu'il lui donne de la musique, il lui en donnerait.

Il souleva le couvercle de l'étui et en extirpa l'instrument étincelant. Il vissa la coulisse, essuya le pavillon et se leva, en position.

– Attends, dit-elle. Où est passé ton chapeau ?

– Il s'avère que la casquette ne confère aucun talent particulier.

Douglas se prépara à gonfler ses poumons.

– Il faut que tu saches que je ne serai sans doute jamais doué pour ça.

Cherilyn débita les quatre citrons en cônes, qu'elle fit glisser dans un bol.

– Dans ce cas, dit-elle, tu pourras me le siffler plus tard.

– Tu as tout à fait raison.

Douglas colla l'embouchure à ses lèvres et souffla ; en émergea un son si bas, si fauve, que Cherilyn porta la main à sa poitrine. Douglas ne s'arrêta pas pour autant. Il allongea la coulisse, laissa le rythme enfler et fit résonner l'instrument à en faire trembler les vitres, jusqu'à ce que, dehors, le chien du voisin se mette à aboyer. Douglas ne s'arrêta pas pour autant. Levant les genoux bien haut, il fit mine de défiler au pas cadencé tout en jouant chacune des notes de *Soixante-seize trombones* qui lui revenaient.

Ouais, carrément, se dit-il. *De la fanfare, un soir comme celui-ci.*

Le temps qu'il ait fini, Cherilyn avait émincé l'aubergine et l'ail, et allumé leur modeste cuisinière sur gril.

– Maintenant, dit-elle, je vais avoir besoin de toi.

Elle apporta le bol de citrons sur la table et s'assit.

– Regarde-moi ces mains : je t'en supplie, aide-moi à nettoyer tout ça.

– Je vais t'aider. Mais c'est vraiment ce que tu veux ? fit Douglas.

Cherilyn croisa les jambes et tendit les bras devant elle sur la table, les deux mains côte à côte, sans prêter attention à sa question.

– Allez, vas-y, fit-elle. Le dîner sera bientôt prêt.

Douglas posa son trombone sur la table entre les nichoirs à oiseaux et prit une chaise en face d'elle. Il saisit un bout de citron qu'il pressa au-dessus de ses mains. Puis du bout du pouce il le fit pénétrer sous sa peau, et ce faisant il ignorait totalement s'il lui confierait sa prédiction, s'il lui avouerait connaître la sienne, s'il lui ferait part de ses soupçons au sujet de Deuce, même, au sujet de l'impossibilité de savoir ce à quoi l'on est véritablement destiné ; il songea à la place à la façon dont il pourrait conserver les petits bouts de papier bleu, sous quelle forme, peut-être en perçant un trou dans la partie supérieure pour pouvoir un jour les lui présenter comme une autre relique de ce à quoi ils avaient survécu ensemble, ce qui les avait grandis, à l'image des deux pièces de monnaie aplaties enfouies dans la poche de sa veste.

Douglas demeura longtemps ainsi, ce soir-là, ce soir si semblable à la journée qui avait précédé, derrière eux. Du four grésillant s'échappait un fumet aillé, qui s'immisça bientôt partout. Il s'engouffrait dans la hotte, pénétrait le système d'air conditionné et gagnait le moindre recoin de la maison. Se glissait sous les portes, remontait le long des murs. S'enroulait autour des rideaux et imprégnait les draps. Colorant tout ce qu'ils toucheraient à compter de cet instant, et tout ce qui demeurerait hors de portée.

Réponse

Comment se douter que la vie va changer du tout au tout, alors que le soleil s'est levé à l'heure prévue par la science, par Dieu ou par qui-on-veut et que les oiseaux tombés du nid partent à la chasse aux asticots comme si de rien n'était ?

Comment savoir ?

On ne peut pas. Personne ne le peut.

Et, donc. Qu'est-ce qu'on fait ?

La réponse est simple.

On referme le livre.

On lève les yeux.

On se voit. Je suis là. On est tous là, autour, débordant d'amour.

On se *reconnaît.*

Et, ensemble, on part à l'assaut des jours.

Remerciements

La première personne que je souhaite remercier, c'est vous – vous qui avez pris le temps de me lire. Nos vies sont une somme d'heures et vous m'avez fait grâce de quelques-unes. Je ne l'oublierai pas. Merci pour tous les livres que vous avez lus et lirez, à tout moment, tout auteur et sujet confondus. C'est important, ce qui circule d'une personne à l'autre, d'une page à l'autre. N'arrêtez jamais.

Mes remerciements fervents vont à Renee Zuckerbrot et Sally Kim, pour m'avoir toutes deux témoigné confiance et bienveillance. Et pour avoir cru en ce roman qui, sans elles, serait encore un fichier parmi d'autres sur mon ordinateur. Vous comptez pour moi plus que vous ne pouvez l'imaginer. Merci également à Ivan Held et G.P. Putnam's Sons, et à Katie McKee, Alexis Welby et Gabriella Mongelli pour leur foi continuelle et leur énergie.

Merci aussi aux bibliothécaires et libraires – gardiens de la joie.

En plus du plan de travail de ma cuisine, ce livre s'est écrit dans deux endroits auxquels je dois beaucoup. Tout d'abord, la Sundress Academy for the Arts dans le Tennessee. Merci à Erin Smith de m'avoir laissé nourrir les animaux. Un immense merci, également, à Mary Ann O'Gorman et à la Twisted Run Retreat dans le Mississippi, où de larges pans de ce roman ont vu le jour. La tranquillité du lieu m'a sauvé. Encore et encore. Je me suis tellement amusé dans ma tête.

Je suis aussi reconnaissant à John Prine qui, bien que je ne l'aie jamais rencontré, semblait me connaître mieux que je ne me connais moi-même. Mister Prine, si vous m'entendez de là-haut, vos chansons forment la bande-son de mes souvenirs les plus chers. Vos paroles sont des amies. Il ne se passe pas un jour sans que l'une de vos phrases surgisse en moi, égayant mon univers à sa manière. Au nom de tous ceux qui sifflent, battent la mesure et fredonnent, qui partagent mon émotion : merci.

Je tiens aussi à remercier tous mes élèves et collègues du Creative Writing Workshop de l'université de La Nouvelle-Orléans et du Yokshop d'Oxford, Mississippi. Tous les cinglés magnifiques croisés à la Parkview Tavern. Grâce à vous j'ai tenu bon. Sans oublier Sean Ennis, la première personne à qui j'ai laissé lire l'ensemble, qui a eu la gentillesse de rire quand il fallait rire et de poser les bonnes questions.

Et tous les écrivains qui croient en l'Art comme machine à générer de l'empathie. Continuons. On en a grand besoin.

Plus important encore, je remercie mes parents et mes beaux-parents, mes sœurs et mes grands-parents. Tous ceux qui m'ont prodigué sourires et encouragements, d'ici ou de là-haut. Qu'ai-je bien pu faire pour vous mériter ?

Et comme toujours et pour toujours, à Sarah, Magnolia et Sherwood :

Mes amours infinis.

Mes meilleurs tickets bleus.

Table des matières

pca
cmb
édition pré-presse
livres numériques

44400 Rezé

Imprimé en
Dépôt légal : août 2022
N° d'impression : 170364
ISBN : 978-2-7499-4497-5
LAF : 2998